rororo

«Eine spannende Familiengeschichte voller dunkler Geheimnisse.» *Freundin*

NIKOLA SCOTT ist in Deutschland geboren und aufgewachsen. Nach dem Studium arbeitete sie jahrelang in verschiedenen Verlagen in Großbritannien und den USA. Sie lebt inzwischen mit ihrer Familie in Frankfurt.

NIKOLA SCOTT

ZEIT DER SCHWALBEN

Roman

Aus dem Englischen
von Nicole Seifert

Rowohlt Taschenbuch Verlag

Die Originalausgabe erschien 2017
unter dem Titel «My Mother's Shadow»
bei Headline Publishing Group, London.

Veröffentlicht im Rowohlt Taschenbuch Verlag,
Reinbek bei Hamburg, März 2019

Umschlaggestaltung www.buerosued.de
Umschlagabbildung Mark Owen/Trevillion Images;
Elektrous 08/plainpicture
Gesetzt aus der Adobe Garamond
bei Pinkuin Satz und Datentechnik, Berlin
Druck und Bindung CPI books GmbH,
Leck, Germany
ISBN 978 3 499 29145 6

Für Paul

Dieses Haus hat viel gesehen und gehört. Geheimnisse, die nachts vom Wind davongetragen wurden, sich um Schornsteine und schiefergedeckte Giebel wanden, an Flügelfenstern vorbei und über Kieswege. Geflüstertes, das sich seinen Weg suchte zwischen Rosen und Rhododendren und den Obstbäumen von Hartland. Neue und alte Lieben, den Schmerz eines plötzlichen Todes und die Köstlichkeit verbotener Rendezvous. Mitternächtliches Lachen und sommernächtliche Tränen, alle Träume, die man nur träumen, und alle Welten, die man entdecken kann. Das Haus hat sie bewahrt. Ohne zu fragen, ohne zu urteilen, hat es sie im Schatten seiner Mauern erhalten.

Heute ist Hartland voller Erinnerungen. Der Krieg und die Menschen, die er sich geholt hat, sind in den Köpfen noch lebendig. Es ist noch gar nicht lange her, dass England die düsteren Jahre der Rationierung und der ausgebombten Häuser hinter sich gelassen hat und den unerwarteten Ansturm von Luxus und Süßigkeiten und klimpernder Musik verdauen musste. Aber jetzt scheint die Zukunft leuchtend hell, und so ist es kein Wunder, dass die jungen Leute im Jahr 1958 mit beiden Händen nach dem Leben greifen, dass ihnen in diesem Sommer auf dem Land ganz schwindelig ist von der Aussicht, alles haben zu können.

Oder es ist der Mond, der die Menschen heute Abend so schwindelig macht? Prallvoll und seltsam orangefarben schwebt er am Himmel, ganz dicht über den Ställen, als hätte ihn jemand dort aufgehängt. Man muss ihn nur ansehen, man muss nur das Champagnerprickeln am Gaumen spüren und den berauschenden Duft des Rosengartens einatmen, und schon spürt man ein Ziehen im Bauch, eine leichtsinnige Verrücktheit, die von endlosen Möglichkeiten spricht und davon, sich die Welt zu eigen zu machen. Rundherum wurden Laternen aufgehängt, die in der Abendbrise schaukeln und blinken, als wären es bunte Glühwürmchen, und die Paare wiegen sich zu «Magic Moments» und lachen und rauchen, sitzen auf den niedrigen Mauern der Terrasse und kühlen mit Gimlets und Limonade ihre geröteten Wangen. Eines der jungen Mädchen, die an diesem Abend aushelfen, bleibt stehen, um Krüge und Bowlenschüssel wieder zu füllen, eine neue Platte mit Gebäck hinzustellen, und staunt über diese goldenen jungen Männer und Frauen, die sich auf der Welt um nichts kümmern zu müssen scheinen, nur darum, einen siebzehnten Geburtstag zu feiern, zu bejubeln, dass ein junges Mädchen erwachsen wird.

Zwei Personen jedoch fehlen, zwei haben sich von der Terrasse gestohlen, an einem vergessenen Krockethammer vorbei, der zwischen den Rhododendren liegt, einen Gartenweg entlang und durch die Bäume. Sie haben die Hände auf ihre Münder gepresst, um ihr Lachen zurückzuhalten, und ab und zu erschrecken sie, weil ein herumliegender Ast ihre nackten Waden streift. Die eine Person ist das Geburtstagskind, das in seinem kurzen Leben schon viel Kummer erlebt und noch Schlimmeres vor sich hat. Aber heute Abend hat das Mädchen alle Sorgen und Ängste abgestreift, und tief in seinem Inneren weiß sie, dass das Leben nie wieder so köstlich verboten und wunderbar neu sein wird wie an diesem Sommerabend. Also greift auch sie mit beiden Händen nach dem Leben und hält, wer könnte ihr daraus einen Vorwurf machen, die Hand eines Mannes, der sie seit Tagen anlächelt. Mal ein träges, verträumtes Lächeln, an den Wimpern noch Tropfen vom Meerwasser, mal ein unschuldiges Grinsen, wenn andere zusahen, und heimliche, vielversprechende Blicke, wenn sie für einen kurzen Moment im Rosengarten allein waren. Heute Abend kann sie das Lächeln seiner Augen nicht sehen, dazu sind das Mondlicht und die Glühwürmchenlaternen zu schwach, aber sie spürt ihn nah bei sich, so nah, dass seine Haut an ihrem Arm ganz warm ist und sein Duft sich mit dem von frischgemähtem Gras vermischt und mit den dunkleren, geheimnisvolleren nächtlichen Düften eines Gartens, der nicht gestört werden möchte, nicht mal von einer ersten Liebe, die so dringend ist wie diese. Hier, zwischen den Bäumen im Obstgarten, ist die Luft kühler, und unwillkürlich zittert das Mädchen. In diesem Moment legt er seinen Arm um sie und zieht sie an sich, hebt mit der anderen Hand ihr Gesicht an, und in diesem einen Moment ist das Leben perfekt.

Aber schon jetzt liegt Ärger in der Luft, und das Haus weiß es. Auf die goldene Fassade dieses perfekten Sommers, auf den Glanz dieser berauschenden, wohlriechenden Nacht legt sich ein Schatten. Das Haus hat seine Geheimnisse immer treu gehütet, also wird es auch jetzt nicht preisgeben, was bevorsteht. Und so nimmt es die flüchtigen Erinnerungen an die erste Liebe eines Mädchens in sich auf, um sie für immer sicher zu bewahren.

1. Kapitel

Der Tod ist eine komische Sache. Nicht wirklich komisch, natürlich, komisch überhaupt nicht, aber seltsam. Wenn es mit rechten Dingen zuginge, müsste er mit einem Knall kommen, seinen verheerenden Schlag mit Maschinengewehren ankündigen. Stattdessen schleicht er sich an wie ein Dieb, wartet, bis ein allzu eiliger Fuß auf die Straße tritt oder bis diese eine rebellische Zelle in unserem Körper plötzlich beschließt, sich zu multiplizieren. Der Tod beobachtet, wartet auf den Moment, in dem er zuschlägt, und wenn er es tut, wird nichts mehr sein, wie es vorher war.

Trotz der unverhältnismäßigen Furchtbarkeit des Todes habe ich kaum Erinnerungen an den Tag, an dem meine Mutter von einem Lastwagen überfahren wurde. Unzusammenhängende Fetzen, wie die absurde Menge Glas, die der Lastwagen auf die Gower Street schüttete, das verkrampfte Gesicht meines Vaters, als wir auf das Taxi warteten, das uns zu ihrer Leiche fahren sollte; wie meine Schwester Venetia mit der Polizistin stritt, die bestimmt einen Fehler gemacht hatte, machte denn heute niemand mehr ordentlich seine Arbeit?

Das Einzige, woran ich mich noch sehr deutlich erinnere, ist der Moment, in dem man es mir sagte, denn in diesem Moment – ich stand gerade vor dem Kühlregal, in den

Händen fünfundsechzig Eier für das Baiser – verschwanden alle Tränen, die ich hätte weinen können, und meine Augen trockneten plötzlich und unerklärlicherweise aus. Und sie blieben trocken, über Wochen, während Gerichtsmediziner ihre Aussagen machten, die Lieblingsrosen meiner Mutter auf ihrem Sarg befestigt wurden und wir dafür sorgten, dass mein Vater jeden Morgen aufstand, drüben in dem großen, jetzt leeren Haus an der Rose Hill Road. Die ganze Zeit vergoss ich nicht eine Träne.

Manche Leute weinen einfach nicht besonders viel, das allein sagt nicht unbedingt etwas darüber aus, wie sehr man trauert, aber zu diesen Leuten hatte ich nie gehört. Im Gegenteil, ich war ganz besonders gut im Weinen, darin übertraf ich alle. Als ich klein war, weinte ich so schnell und so oft, dass meine Mutter einmal bemerkte, mein Körper müsse zu zwei Dritteln aus Salzwasser bestehen. Mein persönliches Tal der Tränen, sagte sie. Ich weinte, wenn ein Milchzahn aus Versehen im Ausguss verschwand, und ich weinte über weiße Flecken in meinem Rachen, ich hatte Angst vor dem, was sich in meinem Schrank versteckte und unter meinem Bett und auf dem Boden des Swimmingpools. Ich folgte herrenlosen Katzen und sammelte Vogelküken, die aus dem Nest gefallen waren, um dann tagelang um ihr Leben zu ringen.

Du meine Güte, Addie, sagte meine Mutter mit einem Zucken im Gesicht und schob ein Taschentuch in meine Richtung, wenn meine Augen anfingen zu glänzen und meine Kehle versuchte, das Schluchzen zu unterdrücken, das so schwach und unnütz war, obwohl man doch stark sein, die

Schultern straffen und weitermachen sollte. *Komm schon, Schatz. Guck dir Venetia an, vier Jahre jünger als du, und* sie *weint nicht.* Ich muss ein extrem nerviges Kind gewesen sein, denn vieles, was ich tat, löste bei meiner Mutter dieses Zucken aus. Sie presste ihre Lippen dann aufeinander, bis sie ganz weiß wurden. Wenn ich es kommen sah, versteckte ich mich, meist unten auf der Toilette, wo es immer warm war und nach Mrs. Baxters Lavendelreiniger duftete, außerdem kam dort nur selten jemand hin. An meiner eigenen Wohnung, die ich Jahre später kaufte, liebte ich am meisten, dass sie unten keine Toilette hatte.

Aber jetzt, da ich durch eine perverse Wendung des Schicksals Gelegenheit gehabt hätte zu glänzen, war Mutter verschwunden. Das Äußerste, was ich hervorbrachte, waren ersticktes Schluchzen, krampfhaftes Würgen, um den komischen Kloß zu vertreiben, der dauerhaft in meiner Kehle festzusitzen schien. Es war nicht so, dass ich sie nicht vermisste. Natürlich tat ich das. Wer auf dieser traurigen Welt vermisst seine Mutter nicht, wenn sie nicht mehr da ist? Aber je schlimmer Venetia trauerte, wie es ein Goldkind eben tut, je mehr Gewicht sie verlor, je bleicher und schemenhafter sie wurde, desto trockener wurde es in mir. Das machte mir große Sorgen, bis ich auf den Gedanken kam, dass ich vielleicht genau das tat, was meine Mutter immer von mir erwartet hatte: stark sein und die Schultern straffen. Vielleicht blieben meine Augen so heldenhaft trocken, weil der Drang, das weißlippige Mundzucken abzuwehren, nach vierzig zänkischen Jahren mit meiner Mutter so tief verwurzelt war. Vielleicht gab es tief in meinem Inneren ein kleines Mädchen, das lächelte, weil seine Mutter auf dem Weg ins Grab endlich zufrieden sein würde?

Venetia war seit kurzem schwanger und gefährlich launisch. Sie kam ständig mit homöopathischen Mitteln, im Feinkostgeschäft gekaufter Hühnersuppe und massenhaft ungebetenen Ratschlägen in die Rose Hill Road gerauscht. Ich versuchte ihr, so gut es ging, aus dem Weg zu gehen, denn während sie sich mit ihrer Schwangerschaft und ihrem Trauerberater in den Mittelpunkt drängte, war mein Vater im Seitenflügel sehr still geworden.

Sein einziger Zusammenbruch, zwei Wochen nach der Beerdigung, war vollkommen unspektakulär gewesen. Er war einfach nicht mehr aufgestanden. Als seine Schlafzimmertür an Tag vier um fünf Uhr nachmittags immer noch geschlossen war, fuhren mein Bruder Jas und ich mit ihm zum Arzt und dann ins Krankenhaus, aus dem er eine Woche später so ruhig zurückkam, dass es beinahe unheimlich war. Durchaus erleichtert wandten sich meine Geschwister wieder ihrer eigenen Trauer, ihren jeweiligen Berufen und entstehenden Familien zu. Ich blieb, beunruhigt von dem Ausdruck in den Augen meines Vaters. Es war schwer zu glauben, dass dies derselbe Mensch war, der mir Schach spielen beigebracht hatte, als ich zehn war, der mit einem Tacker, zwei Stiften und einem Locher die Landung der Alliierten nachgestellt hatte, als ich Hilfe bei den Geschichtshausaufgaben brauchte, und der immer bereit war, eine Taschenlampe zu holen und die weißen Flecken in meinem Rachen zu betrachten. *Das ist kein Tumor, Adele, da bin ich ganz sicher. Das sind Keime, die mit deinem Körper kämpfen und … mach mal weiter auf … ja, sieht so aus, als hätten deine Antikörper im Moment die Oberhand. Hier, vielleicht hilft ein Pfefferminzbonbon.*

Jetzt tauschten wir beim Tee höflich Neuigkeiten über unsere Woche aus oder starrten stumm in den vor sich hin welkenden Garten meiner Mutter. Manchmal musste ich gegen den Wunsch ankämpfen, ihn zu kneifen, richtig fest, einfach, um sicherzugehen, dass er nicht auch gestorben war und nur seinen Körper dagelassen hatte, der aufstand und zur Arbeit ging und danach Tee aus Tassen trank, die er samt Bodensatz im ganzen Haus stehen ließ. Mrs. Baxter, die vier Vormittage pro Woche kam, um ein Auge auf alles zu haben, sammelte sie dann wieder ein. Ich hoffte die ganze Zeit, dass er eines Tages mit zwei Tassen Tee auf mich warten würde, siedend heiß, wie wir es beide mochten. *Addie! Da bist du ja. Wie wäre es mit einer Partie Schach mit deinem alten Vater?* Ich besuchte ihn also weiterhin, fuhr nach der Arbeit durch den Norden Londons, erst an Sommerabenden, dann in der herbstlichen Dämmerung und schließlich in eiskalten Winternächten, die erneut zu einem schönen Londoner Frühling wurden.

Seit dem Tod meiner Mutter waren zwölf Monate vergangen.

Den Todestag meiner Mutter fürchtete ich schon, bevor Venetia anfing, mit Ideen um sich zu werfen, wie man ihn begehen könnte. Der Kalender, der in der Patisserie-Küche hing, hatte in der Ecke vom 15. Mai einen großen roten Fleck, wahrscheinlich Himbeersoße, der jedes Mal größer geworden zu sein schien, wenn ich von Mrs. Saunders Geburtstagstorte aufsah, und immer wieder musste ich schlucken, um niederzuzwingen, was in meiner Speiseröhre aufstieg.

Venetia wollte, dass sich ein Teil der Familie versammelte – Jas und Mrs. Baxter, Fred, der Bruder meines Vaters, und das Familientreibgut, das sonst noch in der Nähe lebte, um «in der Gesellschaft der anderen Trost zu finden» und «diesen Tag mit Hilfe der engsten Familie zu überstehen». Das war ihrem Trauerberater zufolge ein wichtiger Schritt, um ins fünfte Stadium des Trauerprozesses einzutreten. Extrem optimistisch, wenn man mich fragte, denn mein Vater war noch nicht einmal über das erste Stadium, das «Nicht-wahrhaben-Wollen», hinaus. Obwohl ich normalerweise dazu neigte, den Dingen ihren Lauf zu lassen, insbesondere, wenn Venetia beteiligt war, versuchte ich dieses Mal zu diskutieren. Ich wollte den Tag nicht in unserer großen, hellen Küche verbringen, in der meine Mutter so spürbar abwesend war, und ich war ziemlich sicher, dass es meinem Vater genauso ging. Aber Venetia schmetterte alle Einwände ab, brachte mich dazu, meine Schicht zu tauschen, bestellte bei der Patisserie, für die ich arbeitete, eine obszön große Schachtel Kuchen und sorgte dafür, dass ich rechtzeitig aufbrach, um sie in die Rose Hill Road zu liefern.

Und da war ich nun. Die Tür gab das übliche leise Ächzen von sich, als ich die Eingangshalle betrat und unwillkürlich die Luft anhielt. Aber es war ganz ruhig, in der Ecke tickte wie immer die Standuhr, und es roch, wie es immer roch, nach Büchern und Staub und Mrs. Baxters Lavendelreiniger. An dem alten Garderobenständer zu meiner Rechten hingen Jacken, und mehrere Regenschirme tropften auf die Steinplatten. Die Familie war gerade erst zusammengekommen.

Leise ging ich durch die Halle. Unten aus der Küche drang unterdrücktes Murmeln, dann ein Lachen, aus dem schnell diskretes Hüsteln wurde. Onkel Fred, dachte ich, der Bruder meines Vaters, der mit seinen drei Hunden und einer Sammlung rostiger Autos, an denen er ständig herumbastelte, in Cambridge lebte. Ich versuchte, meinen Vater herauszuhören, aber seine tiefe, etwas heisere Stimme war nicht auszumachen. Er hatte in letzter Zeit mehr gearbeitet denn je, und soweit ich es einschätzen konnte, war sein Sodbrennen viel schlimmer geworden. Ich hoffte, er war gestern wie vereinbart zum Arzt gegangen. Wieder ein fragendes Murmeln, wahrscheinlich Jas, der auf Venetias Geheiß direkt aus dem Krankenhaus hergeeilt sein musste.

Ich stellte mir vor, wie sie alle um den großen Küchentisch herumsaßen. Venetias Trauerberater hatte gesagt, wir sollten den Stuhl meiner Mutter frei lassen, als Zeichen des Respekts. Ich hasste den Trauerberater, der aussah wie eine Leiche und Hamish McGree hieß, und ich hasste die Vorstellung von dem leeren Stuhl mit den geschwungenen Armlehnen, der hohen Rückenlehne und dem Keilkissen, das meine Mutter ihrem Rücken zuliebe unter den Bezug gesteckt hatte. Ich versuchte mich zu erinnern, wann ich sie zuletzt dort hatte sitzen sehen, wie sie stirnrunzelnd die Zeitung las oder abwesend in den Garten schaute, weil sie in Gedanken bei dem war, was an diesem Tag zu tun war. Aber es gelang mir nicht. Ihr Gesicht blieb unscharf, alles, was ich sehen konnte, waren Teile von ihr: ihre Hände, langgliedrig und leicht spitz zulaufend wie meine, oder Haarsträhnen, die nach vorn fielen, wenn sie sich vorbeugte, um in ihren Kaffee zu pusten, den sie am liebsten lauwarm mochte und fast weiß vor Milch. So war es das ganze Jahr hindurch gewesen. Während die Menschen um mich herum sich an lustige Momente, vollständige Gespräche und ganze Nachmittage in ihrer Gesellschaft erinnerten, konnte ich mich nur daran erinnern, wie sie morgens Lippenstift auftrug, wie ihr Mund zuckte, wenn sie ungeduldig war, und daran, wie sie abends, wenn sie fror, die Schultern zusammenzog und sich nach einem Tuch umsah. Erinnerungsfetzen wie Bombensplitter.

Wieder unterdrücktes Lachen, und plötzlich wusste ich, dass ich auf gar keinen Fall da runtergehen würde, zu diesem leeren Stuhl und den anderen. Rückwärts entfernte ich mich von den Stufen, ließ die Kuchenschachtel mit einem matschigen Geräusch auf den Tisch fallen und schlüpfte, mit nasser Jacke, Tasche und allem, durch eine Tür zu meiner Rechten. Ich ließ mich mit dem Rücken an der Wand nach unten gleiten, blieb dort eine lange Weile sitzen und genoss die kühle Dunkelheit vor meinen Pupillen, die den ganzen langen Tag auf den Himbeerfleck vom 15. Mai gestarrt hatten.

Das Arbeitszimmer meiner Mutter. Ich war lange nicht

darin gewesen, nicht, seit Venetia und ich ihren Schreibtisch zaghaft nach ihrem Adressbuch durchsucht hatten, um die Todesanzeigen verschicken zu können. Mrs. Baxter schlug hin und wieder vor, dass wir das Zimmer ausräumen sollten, aber Venetia lehnte jedes Mal rigoros ab, und so sah der Raum noch genau so aus wie an dem Morgen, an dem meine Mutter ihn verlassen hatte, um zum letzten Mal ihr Seminar «Schreibweisen junger Autorinnen» zu halten. Auf den Regalen lagen ordentlich nebeneinander Bücher, Hefter und Papiere, nur hier und da wagten sich Post-its hervor, in einer alten Tasse, die zu gut war, um weggeworfen zu werden, standen ihre stets angespitzten Bleistifte. Da war ihr Telefon, senfgelb und noch mit Wählscheibe, und an der Wand ragte ihr riesiger Sekretär auf, mit Schubladen und Ablagefächern und Schachteln, die wir ihr zu Weihnachten und zum Geburtstag geschenkt hatten, weil wir wussten, wie gern sie alles ordentlich wegräumte.

Sie war jeden Abend hier gewesen, um an Vorlesungen zu arbeiten, Hausarbeiten, Manuskripte oder Zeitung zu lesen. Sie las die Zeitung mit beinahe religiösem Eifer, jeden Abend, ob wir wach waren oder schliefen, mit Windpocken im Bett lagen oder in der Stadt unterwegs waren. Wenn ich sah, wie sie die Zeitung auseinanderfaltete und den gesamten Schreibtisch damit bedeckte, wünschte ich mir oft, dass sie mich auch nur halb so aufmerksam ansähe. Aber mit meiner Mutter und mir war es schwierig. Das war meine Schuld, wirklich, ich war zu weich, war es immer gewesen. Ich setzte mich nicht auf den Fahrersitz des Lebens, ich straffte die

Schultern nicht genug. Meine Mutter war nicht weich, und sie war auch nicht schwach, sie war wie ein hartes, glänzendes Juwel, und egal, wie sehr wir es miteinander versuchten: Mein weiches Ich, das unbedingt gefallen wollte, und ihr brillantes Ich gerieten immer wieder aneinander, unaufhaltsam, als würde man eine Katze gegen den Strich streicheln.

So war das mit meiner Mutter und mir.

Ich weiß nicht genau, wie lange ich da auf der Schwelle zu ihrem Zimmer stand und den Geruch von Büchern und Entschlossenheit einatmete, das Wesen meiner Mutter; wie lange ich auf Tränen wartete und mir eine kleine gute Erinnerung an sie wünschte, wenigstens an diesem Tag.

Irgendetwas musste geschehen, und es geschah auch etwas.

Das Telefon klingelte.

2. Kapitel

Für eine Sekunde erstarrte ich. Dann klingelte es erneut, und als ich in der Halle das Echo des Hauptanschlusses hörte, hechtete ich zum Schreibtisch und schnappte mir den Hörer.

«Ja?», flüsterte ich und blickte nervös zur Tür. Wenn ich irgendwas ganz sicher nicht wollte, dann im dunklen Arbeitszimmer meiner Mutter angetroffen zu werden, obwohl ich eigentlich den anderen beim Trauern Gesellschaft leisten sollte.

«Mrs. Harington?»

Da ich den Hörer fest an mein Ohr gepresst hielt, klang die Stimme am anderen Ende unverhältnismäßig laut. Ich unterdrückte einen Schrei und riss mir den senffarbenen Telefonhörer vom Ohr, der klappernd auf dem Schreibtisch landete.

«Mrs. Harington? Sind Sie noch dran?», quakte es aus dem Hörer. Ein Mann, der langsam und mit rauer Stimme sprach. Reflexartig öffnete ich den Mund, obwohl es diese Mrs. Harington nicht mehr gab.

«Entschuldigung, ja, was war das denn?», sagte ich zögernd, blickte erneut zur Tür und räusperte mich.

«Ich weiß, dass Sie auf diesem Anschluss eigentlich nicht angerufen werden möchten», sagte die Stimme am anderen Ende, «aber Sie sind in den letzten Wochen nicht an Ihr

Handy gegangen. Ich habe mich gefragt, ob die Nummer noch stimmt. Es ist seit längerem nichts reingekommen, also habe ich mich nicht gemeldet, genau, wie Sie es wollten. Aber dann kam aus heiterem Himmel ein ziemlich interessanter Brief, den ich Ihnen gern zukommen lassen würde. Da Sie ja aber darum gebeten haben, ohne Vorwarnung nichts geschickt zu bekommen …»

Mrs. Harington ist nicht da. Sag ihm das, Addie.

«Ein Brief?», sagte ich zu dem Fremden, der meine tote Mutter angerufen hatte.

«Ich bin nicht ganz sicher, vielleicht ist er auch nur eine weitere Sackgasse, aber …» Er hielt einen Moment inne. «Die Verbindung ist leider nicht besonders gut, deshalb fasse ich mich kurz, wenn Sie erlauben. Aber ich schicke Ihnen den Brief bald. Am vierzehnten Februar scheint jedenfalls –» Es knisterte in der Leitung.

Am vierzehnten Februar? Ich runzelte die Stirn und wollte gerade die naheliegendste Frage stellen, als ich noch andere Geräusche hörte. Das verräterische Quietschen der Küchentür, dann Schritte in der Halle.

«Es tut mir leid» flüsterte ich ins Telefon, «ich muss auflegen. Entschuldigen Sie bitte. Ich melde mich wieder», fügte ich noch hinzu.

Als ich auflegte, wurde mir klar, dass ich weder die Nummer noch den Namen dieses Menschen kannte. Und ich hatte nicht die geringste Ahnung, was er wollte. Hatte er wirklich gesagt «am vierzehnten Februar»? Das war seltsam, denn … aber was sollte er schon über die Bedeutung des vierzehnten Februars wissen? Und wer war er überhaupt? Ich betrachtete skeptisch das Telefon. Mrs. Baxter würde es wissen. Sie musste ich fragen.

Stimmen in der Halle. Schuhe auf Steinplatten, Absätze, die ins Bad klackerten und wieder rauskamen, das Ächzen der Haustür.

«Dann bis bald!» Das war Jas' Stimme hinter der Wand. «Soll ich dich bis zum Bahnhof mitnehmen, Onkel Fred? Ich muss zurück ins Krankenhaus.»

«Ich hab *keine* Ahnung, wo Addie ist. Sie hat doch *gesagt*, sie würde kommen.» Es lag eine Schärfe in Venetias Stimme, die mich erschaudern ließ, wenn ich an den unausweichlichen Moment dachte, in dem sie mich finden würde.

Schließlich wurde es still, und ich lauschte angestrengt. Vielleicht war auch Venetia gegangen und überließ es jemand anderem, die Küche aufzuräumen, vielleicht konnte ich herauskommen und die Kuchenschachtel, Mrs. Baxter und meinen Vater suchen. Als Tagesangebot hatten wir heute *Biscuit Roulé* gehabt, und ich hatte fünf extrem fluffige Bisquitrollen gemacht, gewürzt mit Vanille und gefüllt mit rubinroten, aromatischen Himbeeren. Ein paar Scheiben davon hatte ich auch in die Schachtel gelegt, denn am Ende eines langen, anstrengenden Tages gab es nichts Besseres als eine Tasse von Mrs. Baxters goldenem Oolong und ein mit Himbeersahne gefülltes Stück himmlische *Biscuit Roulé*.

Mein schwarzer *Whistles*-Beutel lag auf dem Boden. Die Jacke, die ich auf den kleinen Sessel geworfen hatte, als das Telefon klingelte, war zu Boden gerutscht und hatte ein paar

Münzen über den Boden verstreut, kleine unordentliche Inseln in dem sonst so aufgeräumten Zimmer. Schnell ging ich in die Hocke, um sie zusammenzuschieben, und ich wollte mich gerade wieder aufrichten, als ich unter dem Schreibtisch etwas entdeckte. Ganz hinten, zwischen den Tischbeinen, lag die Handtasche meiner Mutter.

Ich sah sie einen Moment lang an, dann streckte ich die Hand aus, und ehe ich es mir anders überlegen konnte, hatte ich sie hervorgeholt. Es war eine Hermès-Tasche, graphitgrau, auf elegante Weise stabil und *vintage* – inzwischen jedenfalls, in den frühen Siebzigern, als meine Mutter sie gekauft hatte, noch nicht. Sie hatte sie von ihrem allerersten Preisgeld bezahlt, das sie für einen Text über die Zeitgenossinnen von Jane Austen bekommen hatte. Ich strich über das genarbte Leder der Tasche. Natürlich war sie hier. Niemand hatte sie angerührt oder weggeräumt oder sonst irgendetwas verändert. Mein Vater schlief immer noch auf der rechten Seite des Bettes, neben sich ihr bezogenes Bettzeug, ihr Buch aufgeschlagen neben dem Lampenfuß. Venetia begegnete dem Leben im Allgemeinen und meinen vielen Unzulänglichkeiten im Besonderen zwar eher barsch, aber wenn es um unsere Mutter ging, war sie sehr sentimental, und am liebsten hätte sie das ganze Arbeitszimmer für alle Ewigkeit in Frischhaltefolie gepackt. Die Gartenhandschuhe meiner Mutter, die für immer die Form ihrer Hände angenommen hatten, hingen immer noch über dem Eimer, und *Die Blütezeit der Miss Jean Brodie* lag, angeschwollen vor Feuchtigkeit, unter dem U-Rohr des Waschbeckens im oberen Badezimmer; wir hatten ihren Mantel am Garderobenständer in der Halle hängen lassen, und in der Dusche stand noch ihr Shampoo. Irgendjemand sollte sich bei diesem Trauerberater beschweren.

Ich stellte die Tasche auf den Schreibtisch. Sollte es jemals so weit kommen, dass wir ihre Sachen wegräumten, würde Venetia wahrscheinlich die Hermès-Tasche an sich nehmen. Sie und meine Mutter hatten denselben schlichten, dezenten Schick; beide liebten es, sich schön zu machen, und beide liebten all die kleinen Annehmlichkeiten, die einem den Tag versüßten. Venetia hatte die Geschenke für unsere Mutter mit schlafwandlerischer Sicherheit ausgewählt, und meine Mutter liebte mit ebensolcher Sicherheit alles, was sie von Venetia bekam.

So seltsam es war: Meine Mutter und ich sahen uns viel ähnlicher als sie und Venetia. Wir waren beide klein und kompakt, hatten eine schwer zu pflegende Wolke dunkler Locken und über einer kleinen Nase leicht schräg stehende graue Augen, die weit auseinanderlagen. Aber ansonsten waren wir so unterschiedlich, wie man nur sein kann: Als Konditorin musste ich unförmige Schürzen und Haarnetze tragen, ich hatte verschrammte Hände, und meine Kleider waren klebrig von Fondant und Blaubeerfüllung. Meine Mutter dagegen kümmerte sich sorgfältig um ihre Kleidung, vielleicht weil sie als junge Frau niemals viel Geld gehabt hatte, und obwohl ich immer versuchte, mich für sie herzurichten, entdeckte sie unweigerlich jeden Riss in meinem Ärmel oder den Mehlstaub, der sich auf meinen Rücken verirrt hatte, und missbilligte meine Nachlässigkeit.

Die Hermès-Tasche war eine seltene Ausnahme. Als wir sie kaufen gingen, war Venetia unterwegs im Buggy eingeschlafen, und ich half dabei, sämtliche Mitbewerber auf dem Verkaufstisch aufzureihen, ich bewunderte die vielen Innenfächer, mit denen man Ordnung halten konnte, und ich wies darauf hin, dass Grau sich als praktischer erweisen würde als helles Beige. Bald darauf lernte Venetia laufen und sprechen und andere erstaunliche Dinge, und als ich zehn war und sie sechs, hatte sie meine Mutter mühelos und vollständig in Beschlag genommen. Und meine Mutter, die mit mir immer so ungeduldig war und so viel Energie darauf verwandte, dass ich die Schultern straffte und nicht so ziellos herumeierte, strebte bereitwillig Richtung Venetia, die schnell und entschlossen und selbstsicher war. Ich brauchte eine Weile, um diese Tatsache zu begreifen und zu akzeptieren, und dann noch eine kleine Weile, bis ich aufhörte, mich mit meiner schlauen Schwester messen zu wollen, die Architektin wurde und nördlich vom Regent's Park ihr eigenes kleines Büro eröffnete. Als dann Jas, der mit wilder Entschlossenheit und einem Stethoskop in den Händen zur Welt gekommen war, Londons jüngster Handchirurg aller Zeiten wurde, hörte ich ganz auf, mit meinen Geschwistern zu konkurrieren, und widmete mich ausschließlich meinem eigenen bescheidenen Leben als Konditorin in einer neuen kleinen Patisserie in Kensington. *Die ganze Welt hätte ihr offengestanden, und was wird sie? Bäckerin*, hörte ich meine Mutter mehr als einmal zu meinem Vater sagen. Irgendwann hörte ich also auch damit auf, zum sonntäglichen Mittagessen Kuchen, Kekse und Brot mitzubringen, denn das erinnerte sie nur daran, wie weit mein mittelmäßiger Beruf hinter ihren Erwartungen zurückblieb.

Ich zögerte eine Sekunde, dann nahm ich die Hermès-Tasche und hängte sie mir über die Schulter. Meine Mutter hatte danach noch andere Taschen gekauft, aber auf diese war sie immer wieder zurückgekommen. *Sie erinnert mich daran, wie weit ich es gebracht habe*, sagte sie einmal, und immer wenn ich sie an ihrem Arm hängen sah, verspürte ich ein lächerliches kleines Glücksgefühl, als hätte der Nachmittag, an dem wir sie ausgesucht hatten, mich zu ihrer Komplizin gemacht. Deshalb wollte ich sie so gern behalten. Ich konnte Venetia auch einfach fragen, ob es ihr recht wäre …

Schritte und ein ärgerliches, lautes Räuspern verkündeten, dass Venetias Erscheinen unmittelbar bevorstand. Im selben Moment, in der Zehntelsekunde, ehe die Tür aufging, beschloss ich unerklärlicherweise, die Handtasche meiner Mutter vor meiner Schwester zu verstecken. Ich schob sie hinter mich und griff nach meiner Jacke, um sie damit zu bedecken.

«Adele.»

Venetia betrachtete mich durch ihre Hornbrille. Sie hatte das Haar zum Pferdeschwanz gebunden und war mit Ausnahme einer vollkommen runden Kugel, die aussah, als hätte sie sich einen großen Basketball unter ihr teures Umstandskleid geschoben, so dünn und hohläugig, dass ich Schuldgefühle bekam, vor der Familienversammlung geflohen zu sein. Ich schob die Hermès-Tasche noch weiter nach hinten, tastete ungeschickt nach meinem großen *Whistles*-Beutel und hängte ihn an meinen anderen Arm.

«Es tut mir so leid, Vee, ich weiß nicht, ich war so …» Ich bemerkte das ungeduldige Zucken um ihren Mund und hörte automatisch auf zu quasseln. «Wie geht es Dad?»

«Er hätte heute Gesellschaft brauchen können, und ich hätte Hilfe brauchen können. Mal abgesehen von den Kuchen, für die ich ein Vermögen bezahlt habe», blaffte sie.

«Vee, es tut mir leid …» Ich wollte sie an der Schulter berühren, aber sie wandte sich stirnrunzelnd um.

«Was machst du überhaupt hier? Ich dachte, wir hätten uns geeinigt, erst mal alles so zu lassen?»

Ich wollte schon nicken, als ich plötzlich sagte: «Vielleicht ist es gar keine schlechte Idee, ihre Sachen wegzuräumen? Vielleicht muss Dad nicht andauernd an sie erinnert werden.»

Venetia sah mich finster an. «Ich sage dir doch, Addie, wir sind noch nicht so weit. Du weißt doch genau, dass es für Dad viel zu früh ist.»

Woher wollte sie eigentlich wissen, wer so weit war und wer nicht, wenn sie immer nur kurz auftauchte, um Hamish McGrees fragwürdige Weisheiten und noch viel fragwürdigere Hühnersuppe zu verteilen?

Ich sah weg, und sie sagte: «Komm, wir essen was von deinem Kuchen», und ging vor, die einzige Frau, die noch kurz vor der Entbindung auf acht Zentimeter hohen Absätzen laufen konnte.

Ich zögerte. Den Impuls, die Hermès-Tasche zu nehmen – na gut, ich nenne es beim Namen: zu stehlen –, bedauerte ich jetzt schon, aber es gab keine Möglichkeit, sie zurückzustellen, ohne die Aufmerksamkeit darauf zu lenken, dass ich sie vorher genommen hatte. Nicht dass ich kein Anrecht darauf hätte, aber Venetia war in solchen Dingen komisch. Sie wandte sich um und fragte: «War das vorhin das Telefon?»

«Ja, also, das war –» Ich überlegte, denn was war es eigentlich gewesen? Ein Fremder, der meine Mutter anrief? Ich, die tat, als wäre ich sie?

«Äh, das war nichts. Nur eine Umfrage.»

Nervös, weil mir die Lüge so leicht über die Lippen gegangen war, schob ich Venetia vor mir her Richtung Wohnzimmer, wobei ich die Hermès-Tasche tief in meinen großen Beutel stopfte. «Weißt du, ob Dad gestern beim Arzt war? Er hatte einen Termin.»

«Einen Termin? Warum? Mach die Tür zu, ja?» Venetia hatte die Hände auf ihre Babykugel gelegt, unter dem Kleid stachen die Schulterblätter hervor.

«Er hatte wieder Sodbrennen.»

«Nein, weiß ich nicht. Er hat nichts gesagt.»

«Hast du ihn gefragt? Von selbst sagt er nichts.»

«Adele, ich wusste ja nicht, dass er einen Termin hat, wie hätte ich da fragen sollen?»

Ehe wir dieses extrem ergiebige Gespräch fortsetzen konnten, ging am Fuß der Stufen die Küchentür auf, und Mrs. Baxter erschien, dicht gefolgt von meinem Vater, der eine Teetasse in der Hand hielt.

«Addie!» Mrs. Baxters Gesicht hellte sich auf, und sie stürmte auf mich zu und drückte mich mit einem Arm an sich, in der anderen Hand ihre Tasche und eine Schachtel Zigaretten. «Wir dachten schon, du wärst uns abhandengekommen. Wie geht es dir, Liebes? Sehen Sie mal, wer wieder aufgetaucht ist, Mr. Harington.»

Den Arm immer noch um meine Schultern gelegt, drehte sie mich zu meinem Vater, der gehorsam «Addie» sagte und dann hinzufügte: «Wir haben uns schon gefragt, wo du bist.»

Mrs. Baxter drückte noch einmal liebevoll meine Schultern. «Wie schön, dich zu sehen, Addie, Liebes. Ich wollte gerade gehen, damit Mr. Baxter sein Abendessen bekommt. Aber ich kann auch bleiben und uns noch eine Kanne Tee kochen?»

Mein Vater sah sehnsüchtig auf seine Tasse, die er offensichtlich an einen Ort hatte mitnehmen wollen, an dem er für sich war, und ich sagte schnell: «Schon gut, Mrs. Baxter, ich komme gerade aus der Konditorei. Tut mir leid, dass ich so spät bin, aber … Wie geht es dir, Dad?»

Ich umarmte ihn nicht, wir waren keine Familie, die sich küsste und umarmte oder sich überhaupt viel berührte. Stattdessen musterte ich verstohlen sein Gesicht, um zu sehen, ob er oft schluckte, was auf Sodbrennen hinweisen würde, oder ob die Furchen um seine Augen tiefer waren als sonst, was bedeuten würde, dass er wieder nicht hatte schlafen können. Als junger Mann hatte er Kricket gespielt, «die Hoffnung seines Dorfes auf nationalen Ruhm», wie seine Mutter immer gesagt hatte, und egal, wie sehr er trauerte, wie wenig er aß und wie viel zu viel er arbeitete, seinen stabilen Schultern und seinen langen Schritten würde es nichts anhaben. Aber wenn man genauer hinsah, schien er in den letzten zwölf Monaten geschrumpft zu sein, und sein Gesicht wirkte irgendwie durchscheinend.

«Ich war gerade auf dem Weg nach oben», sagte er, beide Hände um seine Teetasse gelegt. «Ein paar Papiere durchsehen.»

«Aber du musst doch bestimmt nicht arbeiten, heute doch nicht», sagte ich besorgt.

«Lass ihn doch, Addie», sagte Venetia mit einem missbilligenden *Hrmpf* in Richtung eines nassen Regenschirms, den jemand auf den Tisch in der Halle gelegt hatte. «Jedem das Seine, weißt du.»

Ich ignorierte diese himmelschreiende Scheinheiligkeit, hatte sie an mir doch ständig irgendwas auszusetzen, und überlegte, was ich zu Dad sagen konnte, das nichts mit meiner Mutter zu tun hatte. «Wie, äh, war es denn gestern beim Arzt?»

Einen Augenblick lang wirkte er ratlos. «Ach, den Termin musste ich absagen, ich hatte im Büro so viel zu tun. Walker war krank, und ich musste statt seiner die Sitzung leiten. Aber es zwickt auch nur ein bisschen, kein Grund zur Sorge.»

«Dad», sagte ich genervt. «Es dauert Wochen, bis man einen Termin beim Spezialisten bekommt. Jas hat alle möglichen Hebel in Bewegung gesetzt.»

«Addie, es geht mir gut.» Er klang ärgerlich, und ich hörte Mrs. Baxter neben mir leise seufzen, weil es meinem Dad immer «gut»ging, egal, was war. Manchmal verstieg er sich zu einem «wirklich gut», manchmal zu einem «gut, wirklich»; gelegentlich war es «gut gelaufen», und wenn er mal richtig jubelte, war «alles gut».

«Dann gehe ich mal», sagte sie resigniert. «Wenn Sie sicher sind, dass es Ihnen *gut*geht, Mr. Harington.» Sie hob ihr Päckchen Zigaretten zum ironischen Salut. «Dann sehen wir uns morgen?»

«Ja, natürlich. Danke für alles, Mrs. Baxter. Grüßen Sie Ihren Mann von mir.» Es war spürbar, wie gerne mein Vater verschwinden wollte, und er hatte schon den Fuß auf der untersten Stufe, als er stehen blieb, sich mir zuwandte und sehr leise, sodass niemand anders es hören konnte, sagte: «Geht es dir denn gut, Addie? Heute, meine ich?»

Er sah mich direkt an, und in seinen Augen standen plötzlich Liebe und Einsamkeit und eine derartige seelische Qual, dass ich instinktiv einen Schritt nach vorn machte, um mich ihm in die Arme zu werfen, so, wie ich es als kleines Mädchen getan hatte. Aber im selben Moment hörte ich ein Rascheln und einen durchdringenden Schrei von Venetia, als Mrs. Baxter versuchte, den vergessenen Regenschirm auszuschütteln, der sich plötzlich öffnete und dabei beinahe Venetias Bauch aufspießte. Mein Dad, dem wohl klarwurde, dass menschlicher Kontakt jeder Art ihn zwingen würde, wieder Teil der Welt zu sein, zog sich sofort zurück und räusperte sich verlegen.

Ich hielt in der Bewegung inne. «Mir geht's gut, Dad, mir geht's ganz gut.»

Du meine Güte. Wann würden wir endlich aufhören zu behaupten, es ginge uns *gut*?

«Na, jedenfalls schön, dass du gekommen bist.» Er klang, als wäre er ganz woanders. «Sehen wir uns denn morgen?»

«Ja, Dad. Hab einen schönen Abend.»

Die Teetasse immer noch fest in den Händen, ging er die Treppe hoch. Ich hörte eine Tür auf- und dann zugehen, und weg war er.

Ich sah, dass Mrs. Baxter, die neben mir stand, ihn ebenfalls beobachtete, die Hände in den nassen Falten des Regenschirms. Als sie merkte, dass ich sie ansah, schürzte sie die Lippen und schüttelte den Kopf.

Venetia inspizierte unterdessen ihren Bauch. «Mrs. Baxter, wie konnten Sie nur? Direkt neben dem Baby. Was, wenn –»

Aber wir erfuhren nicht mehr, was genau der Regenschirm ihrem ungeborenen Kind hätte antun können, denn in diesem Moment waren auf den Stufen vor der Haustür Schritte zu hören. Wir drehten uns alle gleichzeitig um und warteten auf die Klingel, aber die Schritte entfernten sich wieder, nur, um dann wieder näher zu kommen.

Ich sah Venetia an.

«Ich wette, es ist Onkel Fred, und dieser infernalische Schirm gehört ihm», sagte sie düster. Sie riss die Tür auf und wollte ihm gerade den Regenschirm entgegenschleudern, als sie sah, dass der Besucher gar nicht der dicke, bärtige und lustige Onkel Fred war.

Sondern eine Frau.

Ihre Silhouette stand im Gegenlicht des Nachmittags, leicht vorgebeugt, um den Tropfen auszuweichen, die von der Glyzinie herunterfielen. Sie war groß und dünn, und ihr Gesicht schien im Wesentlichen aus Kanten und scharf hervorstehenden Wangenknochen unter grauen Augen zu bestehen. Ihre Haut war blass, und das Haar hatte sie so streng zurückgenommen, dass es an ihrem Gesicht zu ziehen schien. Ich hatte sie noch nie gesehen.

Einen Moment herrschte Stille. Ich wartete darauf, dass Venetia die Frau begrüßte. Ich nahm die Kuchenschachtel und wollte gerade damit nach unten gehen, als ich Venetia in ungeduldigem Ton sagen hörte: «Ja? Können wir Ihnen helfen?» Sie trat von einem Fuß auf den anderen und hatte sichtlich den dringenden Wunsch, sich hinzusetzen.

Die Frau sah von Venetia, mit ihrem Bauch und dem Schirm in der Hand, zu mir mit meinem ausgebeulten Beutel und der großen Schachtel mit den fröhlichen rotweißen Streifen und dem Emblem der *Patisserie Grace*.

«Ja, das können Sie», sagte die Frau, und ihre Stimme klang, verglichen mit den scharfen, symmetrischen Linien ihres Gesichts, unerwartet melodisch. «Das heißt, ich bin nicht sicher. Ich hoffe es.» Wieder sah sie Venetia und mich an, dann gab sie sich sichtlich einen Ruck.

«Es tut mir leid, dass ich so hereinplatze, aber ich suche Mrs. Harington. Elizabeth Sophie Harington. Sie hieß mal Elizabeth Sophie Holloway. Ob ich wohl mit ihr sprechen könnte?»

Ich zuckte zusammen. Das war schon das zweite Mal,

dass jemand Fremdes nach meiner Mutter fragte, die heute vor einem Jahr gestorben war.

Als sie unsere starren Gesichter sah, zögerte die Frau nur eine Sekunde, dann sprach sie weiter, presste die nächsten Sätze schnell hervor, sodass die Worte durcheinanderpurzelten: «Ich glaube, dass sie … also, ich habe herausgefunden, dass … Elizabeth. Wissen Sie, sie ist meine Mutter.»

Limpsfield, 17. Juli 1958

Heute habe ich ein neues Tagebuch gekauft. Mr. Clark hatte eine neue Farbe da: Mattrosa. Er hat mir das Schloss und die Blumen auf einigen Seiten gezeigt und zwinkernd gesagt, es wäre perfekt für eine junge Dame wie mich. Er meinte es sicher nett, aber ich habe stattdessen das dunkelgraue, fast schwarze gekauft, denn ich weiß sehr gut, dass dies kein Jahr von der mattrosa Sorte werden wird. Außerdem habe ich das mit dem etwas festeren Papier genommen, auch wenn es teurer war, weil ich so das Gefühl habe, dieses Jahr festeres Papier zu brauchen. Dickes, durstiges Papier, das alle Gedanken und Tränen und all die schrecklichen Dinge aufsaugt, die bei mir zu Hause passieren.

Auf dem Nachhauseweg im Schulbus habe ich meinen Namen vorne reingeschrieben, wie ich es immer mache, Elizabeth Holloway, und das Jahr: 1958. Und dann wurde mir plötzlich klar, dass am Ende dieses Buches, wenn alle Seiten voll sind, meine Mutter tot sein wird. Gestorben, von uns gegangen. Sie wird begraben sein. Sie wird nicht mehr da sein.

Die dumme Mrs. Farnham hat es neulich beim Schlachter Schwindsucht genannt und gesagt, ich soll ihr nicht zu nahe kommen, sonst wären wir bald alle ausgelöscht. Ich hab sie in der Schlange stehen lassen, obwohl ich eigentlich Knochen und Hühnerfüße für Mamas Brühe holen wollte. Ich ertrage so dumme Leute nicht, und ich weiß auch nicht, was meine Mutter sie überhaupt angeht, außerdem ist es keine Schwindsucht. Ich habe an der Tür gelauscht, als die Schwester da war, und dann habe ich in der Schulbücherei nachgeschlagen, und ich weiß genau, was es ist. Eine Wucherung in ihrer Lunge. Bestimmt liegt das an den Wintern mit dem üblen Nebel, in denen alle husten, bis es Frühling wird. Nur dass Mum auch den ganzen Sommer durch gehustet hat und den nächsten nebligen Herbst hindurch und dann noch einen Winter, bis es war, was es jetzt ist. Eine unheilbare Wucherung. Krebs, haben sie gesagt, als sie dann im Krankenhaus war. Schlicht und einfach unheilbar, so schlicht und einfach wie tot und begraben und nicht mehr da.

Mein Vater spricht nicht darüber, er spricht nie über das, was ist und werden wird. Vielleicht glaubt er, ein sechzehnjähriges Mädchen sollte nichts wissen von unheilbaren Wucherungen und Bettpfannen und Morphiumspritzen, aber mir ist rätselhaft, wie er denken kann, ich würde nicht mitbekommen, dass meine Mutter sich zu Tode hustet. Ihr Husten besteht aus trockenen, quälenden Atemzügen, die schmerzhaft sein müssen; er strengt sie sehr an und wird von

Tag zu Tag mühseliger. Am Anfang habe ich ihren Husten gefürchtet, habe immer darauf gewartet und war erleichtert, wenn es eine gute Nacht war, wenn es ruhig blieb. Jetzt fürchte ich am meisten, den Husten gar nicht mehr zu hören. Er ist zu einem Barometer für Hoffnung und Verzweiflung geworden, und ich spüre ihn überall um mich herum. An Waschtagen hängt er in der feuchten Luft, und er knistert im Feuer, wenn meine Mutter mir freitagabends die Haare bürstet, was ich immer noch zulasse, obwohl ich kein kleines Mädchen mehr bin, weil ich weiß, dass sie es bald nicht mehr machen wird. Der Husten ist das Letzte, was ich höre, wenn ich morgens aus dem Haus gehe, und das Erste, wenn ich nachmittags die Haustür öffne und zu ihr eile, ehe Vater aus der Bank kommt und mich in mein Zimmer schickt, ehe die Schwester kommt und ihr die Spritze gibt und meine Mutter in einen unruhigen Dämmer aus Schmerz und Morphium fällt.

Jetzt sitze ich hier und warte, dass Schwester Hammond geht. Ich habe mir ein Buch von einer Frau namens Kingsley Amis ausgeliehen, das *I like it here* heißt und lustig genug wirkt, um mich abzulenken. Ich sollte vermutlich meine lateinischen Verben lernen, wenn ich nach den Ferien besser werden und irgendwann mal auf die Universität gehen soll, wie Mum und ich es besprochen haben. Aber ich kann mich nicht auf das Buch oder die Verben konzentrieren, solange ich Schwester Hammonds Stimme am Ende des Flurs höre, ich kann nicht mal an die Zukunft denken, mit all diesen

Sorgen und Ängsten in meinem Kopf. Sie aufzuschreiben und wegzupacken ist das Einzige, was sie davon abhält, hervorzusprudeln und alles zu verschlingen, also habe ich beschlossen, dass die Verben warten müssen. Lieber schreibe ich über die Straße unten, die heiß und staubtrocken in der Spätnachmittagssonne liegt. Der Vertreter vier Häuser weiter schwitzt in seinem Anzug. Die Kinder aus Nummer vier rennen die Straße entlang und rufen ihre Freunde.

In der Schule sind alle aufgeregt wegen der Ferien, alle fahren an Orte wie Brighton und Blackpool und Torquay. Nach Torquay fährt Judy, und vor einer Weile hat ihre Mum mich gefragt, ob ich mitkommen möchte. Aber ich habe gleich nein gesagt und es Mum gegenüber nicht mal erwähnt, weil ich jetzt auf gar keinen Fall fort sein will. Judys Mutter hat mich nicht gedrängt. Sie hat im Krieg zwei Brüder verloren und versteht bestimmt, wie schnell die Zeit vergeht, wenn jemand stirbt, wie Wasser, das durch eine Gabel rinnt, und dass ich mehr davon brauche, mehr Zeit mit Mum, wenn ich den Rest meines Lebens ohne sie überleben will.

Ich habe eine Liste mit Büchern gemacht, von denen ich weiß, dass sie sie noch lesen möchte, *Seelenstürme* von Elizabeth Jane Howard, das ein bisschen traurig ist, und *Afrikanische Tragödie* von Doris Lessing, das wir nicht lesen sollen, wenn es nach Vater geht, weil er es für kommunistischen Unsinn hält. Ich hab im Programm von *Radio Times* die Sendungen angestrichen, die wir hören werden, ich werde in den Sommer dieses Jahres das ganze Lesen und Reden und Zuhören packen, mit dem wir ein Leben hätten verbringen sollen.

Jetzt ist die Haustür ins Schloss gefallen, und unten auf der Straße fährt Schwester Hammond auf ihrem Fahrrad. Sie sieht kurz auf, und ich winke, aber ich bin nicht sicher, ob sie mich auf meiner Fensterbank überhaupt sehen kann, halb von den Vorhängen verdeckt. Sie kommt an Mrs. Peckitt und Mrs. Smith vorbei, die gegenüber wohnen und vor der Haustür miteinander plaudern, und hält an, um eine Frage zu stellen, dann guckt sie einem Kleinkind in den Hals, das an Mrs. Peckitts Rock hängt. Ich mag Schwester Hammond, sie ist immer ehrlich und direkt, und sie bietet meinem Vater die Stirn, wenn der wieder allen sagt, was sie zu tun haben. Und sicher ist es nach der Stille und dem Tod hier bei uns eine Erleichterung, es wieder mit dem Leben zu tun zu haben, selbst wenn es ihr in Form eines schmutzigen, rotgesichtigen Kindes auf der heißen Straße begegnet. Trotzdem erstaunt es mich, dass sie nur wenige Minuten, nachdem sie bei meiner Mum war, mit Mrs. Peckitt so lachen kann. Die drei wirken so gelassen, so tüchtig und fröhlich und rotwangig, mit ihren unendlichen Vorräten an Tee gegen Heiserkeit und Jod gegen aufgeschürfte Knie – einfache Mittel gegen einfache Wehwehchen.

Ich beneide sie, all diese Familien mit ihren vergnügten Kindern. Man hat uns immer höflich gegrüßt, und Mum hat in der Straße ein paar Bekannte, aber irgendwie herrschte immer eine gewisse Skepsis zwischen uns und unseren Nachbarn. Das liegt an meiner Mum, die eleganter und klüger und lustiger ist als die Hausfrauen hier. Sie hat beim Fensterputzen und bei der Wäsche Hilfe und lässt sich die Lebensmittel liefern, während die meisten anderen Mums selbst auf den Knien sitzen und die Kacheln schrubben oder sich mehrmals am Tag mit Einkaufstüten die Straße hinunterschleppen. Es liegt an mir, einem Einzelkind und dazu noch einer Gymnasiastin, die jeden Morgen den Bus nimmt, was auffällt inmitten des Rudels fröhlicher Kinder, die aus den Häusern in die örtliche Grund- und Volksschule strömen. Und es liegt an meinem Vater, der jeden gesellschaftlichen Fortschritt ablehnt, der diese neuen hellen Jahre hasst, in denen man es so gut hat, und der Heiterkeit und Leichtigkeit und Frivolitäten verachtet, der seine verworrenen Erinnerungen an Krieg und Tod mit seiner moralischen Überlegenheit nährt.

Aber vor allem liegt es am Tod, der dieses Haus langsam, aber unaufhaltsam in Beschlag nimmt, der über unserem Dach lastet und jeden wissen lässt, dass wir keine gute Gesellschaft sind.

Schwester Hammond radelt jetzt die Straße runter, und Mrs. Peckitt und Mrs. Smith scheuchen ihre Kinder zum Abendessen ins Haus. Bald wird die Straße ruhig daliegen, und in den Häusern, in denen es Fernseher gibt, werden sich die Familien vor ihnen versammeln. Mein Vater hält nichts vom Fernsehen, er hält auch nicht viel vom Radio, und überhaupt gar nichts hält er vom Rock 'n' Roll. Ich mache mir aus alldem auch nicht viel, aber *The Sky at Night* würde ich schon gerne mal sehen. Miss Steele hat mir in der Schule davon erzählt, und ich finde, es klingt so schön, und ich sitze ja selbst oft auf der Fensterbank und gucke in den Himmel.

Ich warte, bis es richtig Nacht wird und Vater ins Bett geht, damit ich durch den Flur huschen und mich auf den Stuhl an Mums Bett setzen und mit ihr reden oder ihr was vorlesen kann, wenn sie möchte. Aber er ist noch in ihrem Zimmer, obwohl es schon auf neun Uhr zugeht. Ich höre sie reden, die raue, von Husten unterbrochene Stimme meiner Mutter, und das bellende Stakkato meines Vaters. Worüber sie wohl sprechen? Ich frage mich oft, was sie eigentlich zusammengebracht hat, denn es gibt auf der ganzen weiten Welt keine zwei Menschen, die unterschiedlicher wären als George und Constance Holloway. Mein Vater wurde hier geboren, schon seine Eltern lebten in diesem Haus, und irgendwann wird er in diesem Haus sterben als der angesehene Bürger, der er immer war, der morgens im dunklen Anzug und mit Melone auf dem Kopf zur Bank geht und abends nach Hause kommt, um gemeinsam mit Frau und Tochter zu essen. Abwechslung braucht er nicht, nie verlangt es ihn nach mehr. Er träumt nicht von den Sternen, nicht wie meine Mutter, die mir immer sagt, dass wir als Menschen, die die Hölle überlebt haben, verpflichtet sind, jetzt aus dieser neuen Welt etwas Gutes zu machen. «Geh und greif nach den Sternen, Lizzie», hat sie gesagt, als ich mit elf am ersten Tag des Gymnasiums meinem Bus nachgewinkt habe.

Ich glaube, mein Vater weiß nicht mal, was das ist, die Sterne, denn in der Bough Road Nummer sieben werden die Samtvorhänge – die dort hängen, seit meine Urgroßmutter Alice sie aufgehängt hat – um acht Uhr zugezogen. Wie kam es bloß, dass meine Mutter wie ein hübscher fröhlicher Vogel in sein Leben geflattert ist, neugierig und erwartungsvoll? Wie kam es, dass sie sich eingenistet hat in diesem Haus, das so erfüllt ist von der strengen Düsternis meines Vaters? Meine Mutter und ich gehen gern zu Blumenschauen und in den Zirkus, wir gehen ins Weihnachtsmärchen und suchen uns im Süßwarenladen etwas aus den Gläsern aus. Wir tun, als wären wir elegante Damen, die in herrschaftlichen Häusern Tee trinken, wenn dort Tag der offenen Tür ist, und in Buchhandlungen dreht meine Mutter immer fast durch und gibt zu viel von ihrem Taschengeld für Bücher aus, die sie dann vor meinem Vater verstecken muss, um keinen Vortrag über überflüssigen Luxus gehalten zu bekommen.

Es ist schon fast dunkel, gleich werde ich Licht anmachen und mein Tagebuch unter dem Rand des kleinen Teppichs vor meinem Vater verstecken, wo er es niemals finden wird. Aber ich will bis zum allerletzten Augenblick am Fenster sitzen, weil es draußen so warm ist. Von den Rosen in unserem Vorgarten steigen kleine Duftwellen auf, die nächtliche Brise spielt mit meinen Haaren, und ich muss lächeln, und auf Stufen und Erkerfenstern und bemoosten Dächern liegt das letzte Licht, während die Straße sich auf die Nacht vorbereitet. Es ist die Art Abend, den man ganz festhalten will, denn wenn es ganz dunkel ist und ganz still, dann geht das Husten wieder los.

Limpsfield, 18. Juli 1958

Jetzt weiß ich, worüber sie gestern Abend geredet haben. Und wenn ich daran denke, dass ich noch heute Morgen viel fröhlicher als sonst zur Schule gegangen bin, weil es der letzte Tag vor den Sommerferien ist, und dass ich beim Nachhausekommen so viel glücklicher war als sonst, weil es erst mal geschafft war und der Sommer vor mir lag, dann wird mir ganz schlecht.

Aber dann sah ich, dass Vater früher nach Hause gekommen war und das Auto inspizierte, und mich beschlich das böse Gefühl, dass etwas geschehen würde. Er kam nie früher nach Hause, niemals, schließlich musste er allen anderen in der Bank ein Vorbild sein.

Als ich später an ihm vorbeiging, rief er mich ins Wohnzimmer und sagte, ich solle einen Koffer packen, weil ich morgen aufs Land fahren werde, um dort den Sommer zu verbringen. Mindestens einen ganzen Monat würde ich weg sein, sagte er, vielleicht sechs Wochen, und dann redete er über die Vorzüge der Landluft und dass ich hoffentlich etwas Sinnvolles mit meiner Zeit anzufangen wüsste, und irgendwie schien er zu denken, dass er mir etwas Gutes tat, und zu erwarten, dass ich die richtigen Dinge sagte, dankbar und höflich war. Aber ich stand nur wie gelähmt in der Tür und sagte gar nichts, die neue *Radio Times* hinter meinem Rücken versteckt, weil ich nicht wollte, dass er sah, was ich mir alles mit Mum anhören wollte. Er ist es nicht gewohnt, Widerworte zu hören, weder von mir noch von Mum, also wandte er sich wieder seiner Zeitung zu, nachdem er mir seine Nachricht überbracht hatte, und ließ mich dort stehen, während ich immer noch versuchte, die richtigen Worte zu finden, um nein zu sagen.

Erst jetzt, zurück in meinem Zimmer, fallen mir die Worte ein, die ich hätte sagen sollen. Ich werde nicht tun, was er sagt, ich werde es einfach nicht tun. Das schwöre ich jetzt und hier auf diesen Seiten, und ich gehe jetzt direkt zu Mum, um es ihr zu sagen, um ihr zu sagen, dass sie sich für uns starkmachen und ihm sagen muss, dass er unrecht hat.

Später

Mum setzte sich auf, als ich reinkam. Ich fand, dass sie heute besser aussah, sie schien mehr Farbe zu haben, und ihr Gesicht schien nicht so von der Krankheit gezeichnet wie sonst. Meine Stimmung besserte sich, weil Hoffnung so dämlich unverwüstlich ist, und ich setzte mich zu ihr, zeigte ihr die *Radio Times* und fragte sie, ob sie bereit sei für *Mrs. Dale's Diary* oder ob ich in den Garten gehen sollte. Als vor ein paar Monaten endlich Frühling wurde, hat sie viel über ihren Garten gesprochen, davon, dass sie nach den Blumen und dem Gemüse sehen muss und nach dem Spalierobst. Aber das konnte sie nicht, die Anstrengung erschwerte ihr das Atmen so sehr, dass sie drinnen bleiben musste. Deshalb rücke ich, wenn sie allzu beunruhigt ist, ihren Sessel ans Fenster, sodass sie nach unten gucken und in ihr Notizbuch schreiben kann, was blüht und was gemacht werden muss, und dann schickt sie mich mit einer Liste nach unten. Manchmal ruft sie mir durchs Fenster Anweisungen zu, und ich stehe unten mit der Gartenschere und befolge sie. Für die großen Sachen haben wir einen Gärtner, und Vater mag es nicht, wenn sie durchs Fenster ruft; er hält es für vollkommen unpassend, wenn eine Frau so schreit, zumal eine sterbende Frau. Aber es macht sie glücklich, und sie liebt ihre Blumen, also pflücke ich dicke Sträuße, egal, was Vater sagt, manchmal zwei oder drei Vasen voll, und stelle sie ihr ins Zimmer.

Aber heute war nicht so ein glücklicher Gartentag, denn ich werde wirklich für die gesamten Sommerferien zu einer Familie geschickt, die ich nicht kenne. Die Shaws leben in Sussex an einem Ort, der Hartland heißt. Mum legte ihr Buch beiseite, als ich reinkam, und schon, als sie mich ansah, wusste ich, dass es beschlossene Sache war. Ich hatte noch nicht mal den Mund aufgemacht, als sie mit dieser schrecklich rauen, heiseren Stimme, die sie jetzt hat, sagte: «Ich möchte, dass du fährst.» Sie versuchte, zu Atem zu kommen, und ich stand instinktiv auf, um zu gucken, ob das Wasser im Kessel noch kochte. Wir lassen ihn den ganzen Tag lang auf dem Feuer, um ihr das Atmen zu erleichtern. Aber sie hielt mich zurück. «Ich möchte, dass du fährst, Lizzie, Schatz. Du sollst einen wunderschönen Sommer haben. Du warst so ein gutes Mädchen, so eine Freude. Du hast es verdient.»

«Aber ich will bei dir sein», widersprach ich und versuchte, nicht zu weinen. Sie mag es nicht, wenn ich weine, sie möchte, dass wir unsere gemeinsame Zeit nicht mit Tränen verschwenden oder damit, das Unvermeidliche zu beklagen. Ich weiß, dass sie mir beibringen will, stark zu sein, damit ich weiß, wie es geht, wenn sie nicht mehr da ist. Aber ich bin nicht stark, nicht immer, und ganz bestimmt nicht jetzt. Ich versuchte zu sagen, dass ich sie nicht verlassen wollte, aber sie hielt meine Hand ganz fest und sagte, sie wisse, dass das hart würde, dass ich die Shaws aber mögen würde und dass sie selbst in Hartland gewesen sei, als sie jünger war, es sei wunderschön, nah am Ärmelkanal, und an windigen Tagen könne man das Meer riechen. «Es ist ein herrlicher Ort, Lizzie, ein echtes Landhaus, groß, dabei aber gemütlich, inmitten von Bäumen und Wiesen und wunder-, wunderschönen Gärten. Du kannst darin spazieren gehen, es gibt einen Rosengarten wie im Rossetti-Gedicht. Es ist nicht nur das, was Vater will; *ich* möchte, dass du fährst. Ich will, dass du glücklich bist. Es wird gut für dich sein, mit Leuten deines Alters zusammen zu sein, statt immer bei deiner alten Mutter zu hocken und kaum das Haus zu verlassen.»

Aber was will sie tun, wenn er den ganzen Tag weg ist? Sie ist immer müde und unruhig, wälzt und wirft sich im Bett herum, und ich weiß, wie man mit ihr redet, wie man sie beruhigt. Er kümmert sich nicht so um sie wie ich, bringt ihr keinen Tee und hält ihr nicht die Hand, wenn sie sich ausruht. Ich lese ihr auch vor, aber man muss es langsam und ruhig machen, damit ihr Kopf nicht weh tut, mit vielen Pausen, damit sie husten kann. Er wird ihr nicht die Romane vorlesen, die ihr gefallen, Graham Greene und Doris Lessing und Agatha Christie. Und er weiß wahrscheinlich gar nicht, wie sehr sie Gedichte liebt, all das Sehnen und Lieben würde ihn nur verlegen machen. Ich lese ihr auch aus der Zeitung vor, nicht die schlechten Nachrichten über nukleare Aufrüstung und den Kalten Krieg und die Asiatische Grippe, aber die guten Sachen: dass Hillary den Südpol erreicht hat und im House of Lords endlich auch Frauen zugelassen sind.

Mir vorzustellen, dass meine Mutter nur von ihm, Schwester Hammond und ihren Morphiumspritzen Gesellschaft hat, ist beinahe mehr, als ich ertragen kann.

«Ich werde dich so vermissen», sagte sie, als wüsste sie, was ich denke, «aber ich möchte, dass du ein gutes Mädchen bist und dir eine schöne Zeit machst, hörst du? Hörst du, Lizzie? Ich möchte, dass du glücklich bist.»

Ihre letzten Worte klangen drängend, was es überhaupt nicht einfacher machte. Ich weiß, dass er mich nicht hierhaben möchte. Erst habe ich gedacht, er will mir ersparen, meine eigene Mutter sterben zu sehen, aber er weiß einfach nur nicht, was er mit mir machen soll, wenn ich keine Schule habe und die ganze Zeit zu Hause bin. Vielleicht will er selbst nicht sehen, wie meine Mutter verfällt, vielleicht kommen dadurch schreckliche Erinnerungen an die Front hoch, und ich sollte Mitleid mit ihm haben. Aber ich habe es nicht in mir, Mitleid mit ihm zu haben, wir müssen beide irgendwie damit zurechtkommen, wir werden beide stark sein und bald damit leben müssen. Ich hasse es, dass er entscheidet, auf welche Weise ich damit umgehe, dass ich keine andere Wahl habe, als das zu tun, was er sagt. Und ich hasse es, dass ich mich nicht gegen das wehren kann, was Mum sagt, nicht, wenn sie es so dringlich sagt und dabei meine Hände hält und ihre Stirn an meine drückt, sodass ich ihre früher so weiche Haut spüre, die jetzt dünn und pergamentartig ist. Aus dieser Nähe, wenn ich nur ihre Augen sehe, nicht ihren dünnen, kranken Körper, kann ich manchmal für einen Moment vergessen, was ihr geschieht, dann sind es einfach sie und ich, so, wie es immer war.

Aber als sie sich von mir löste und aus dem Fenster sah, begriff ich plötzlich. Ich verstand, oder jedenfalls glaubte ich zu verstehen, dass sie mir die Flucht ermöglichen wollte, sie wollte mir dieses staubverhangene, dunkle Haus ersparen, das bald noch dunkler sein wird, den Garten, um den sie sich nicht kümmern kann, die Leute aus der Straße, die nicht in unsere Nähe kommen, weil hinter uns der Tod lauert. Sie will, dass ich frei bin, wenigstens für eine Weile.

Ich sagte nichts mehr, und zum letzten Mal lasen wir zusammen, und ich gab mir alle Mühe, es für sie gut klingen zu lassen und nicht zu weinen, weil sie es hasst, wenn ich weine. Aber versucht mal, Christina Rossetti zu lesen, ohne zu weinen, wenn eure Mutter im Sterben liegt.

3. Kapitel

Elizabeth Holloway ist meine Mutter. Die Worte landeten auf der Türschwelle, platzten in die Halle und hallten von den Wänden wider bis in die dunkelsten Ecken.

«Es tut mir leid», sagte sie und kam ein Stück näher. Sie streckte die Hände aus, als wollte sie uns beschwichtigen, und ich konnte sehen, dass ihre Finger leicht zitterten. «Ich weiß, das kommt plötzlich. Tut mir leid, dass … dass ich hier einfach so auftauche. Ich bin den ganzen Weg aus Solihull gekommen, und dann hatte ich plötzlich Angst zu klingeln. Ganz so hatte ich mir das –» Ihre Stimme hatte, während sie sprach, das Melodische verloren, klang dünner und greller und verlor sich dann ganz.

Es gibt eine Million Dinge, die man zu so etwas sagen kann, aber unter Schock reagieren Menschen seltsam, ziehen sich zurück, wollen es nicht wahrhaben, haben das Gefühl, alles von außen zu betrachten. Ich beobachtete, wie ihr Mund sich öffnete und schloss, erst zögernd, dann entschlossener, wie sie eine dünne Mappe hervorholte, darin auf etwas zeigte und es uns hinhielt, aber all das erreichte meinen Verstand nicht, bis ich Mrs. Baxter sprechen hörte.

«Das ist Ihre Geburtsurkunde?» Mrs. Baxter tastete nach der Brille auf ihrer Brust und betrachtete mit gefurchter Stirn das Papier.

«Ich weiß, ihr Name steht da nicht, aber die Adoptionspapiere habe ich nicht. Noch nicht.» Die Frau räusperte sich. «Ich habe mich an die Behörden gewandt, aber es ist alles kompliziert, weil ich mit einem Beistand zusammenarbeiten muss. Ich habe allerdings noch das hier.»

Sie griff in ihre Tasche und holte ein Bündel hervor. Nein, kein Bündel, eine Leinentasche, zusammengehalten mit groben, ungleichmäßigen Stichen, als hätte die Näherin nicht genau gewusst, was sie tat. Es roch etwas muffig und war ganz vergilbt. Die Frau griff erneut in ihre Tasche und holte einen grünen Strampelanzug heraus, eine kleine Wollmütze mit Bommel und ein Pluderhöschen aus der gleichen, kratzigen Wolle. Und schließlich ein dünnes Notizbuch, eigentlich eher ein Heft, das abgegriffen wirkte und weich, als wäre es viele Male gehalten und gelesen worden. Reflexhaft griff ich danach, aber Mrs. Baxter war schneller, rammte sich die Brille auf die Nase und blätterte darin. Ich hörte ein seltsames Zischen und sah, dass sie ganz blass geworden war.

«Woher haben Sie das?», fragte sie, jedes Wort einzeln betonend.

«Von meiner Mutter. Ich meine, von meiner Adoptivmutter.» Die Frau sah sichtlich besorgt auf Mrs. Baxters Hände, die das Heft hielten. Als Mrs. Baxter es nicht sofort zurückgab, sagte die Frau: «Entschuldigung, aber ich würde *wirklich* gern mit ihr reden, ich meine, wenn es irgendwie möglich wäre? Ich weiß, das ist ein bisschen ungewöhnlich, und ich wollte auch gar nicht einfach so auftauchen. Eigentlich bin ich nicht so. Aber ich konnte einfach nicht mehr zu Hause sitzen und warten. Gar nichts zu machen ist die Hölle. Ich konnte nur daran denken, dass ich mit ihr reden will. Gott, ich verursache hier so ein Chaos», fügte sie selbstironisch hinzu. «Es tut mir wirklich leid. Ich bin Phoebe. Phoebe Roberts. Sind Sie, ich meine – sind Sie ihre Töchter? Ihre Familie?»

Sie streckte eine Hand aus, aber im selben Moment ging oben eine Tür auf, wodurch Mrs. Baxter wieder zu sich zu kommen schien. Sie ignorierte die ausgestreckte Hand, drängte die Frau zurück und zog Venetia und mich durch die Haustür nach draußen auf den Weg. Es hatte endlich aufgehört zu regnen, und auf der anderen Straßenseite schnitt Mr. Field wie immer seine Hecke.

«Entschuldigen Sie, Miss, äh, Roberts?», sagte sie mit einem erneuten Blick auf die Geburtsurkunde. «Heute ist wirklich kein guter Tag dafür. Wir brauchen einen kleinen Moment. Venetia, Liebes. Addie. Das müsst ihr euch ansehen.»

Sie gab uns das Heft und behielt die Urkunde in der Hand. Venetia schüttelte den Kopf, aber ich griff unwillkürlich danach, schlug es auf, blätterte um. Erschrocken schnappte ich nach Luft.

Blaue Tinte, Wirbel und Windungen, die sich in mädchenhaften Schleifen über die Seiten breiteten, manche Linien hatten sich in das weiche Papier gegraben und kleine Rillen hinterlassen. *Gewicht: 53 kg … Bewege mich viel … Fühle mich schlapp, 36. Woche …*

Die Buchstaben waren runder, als ich sie von meiner

Mutter kannte, aber es war ganz eindeutig ihre Handschrift, und endlich sah ich der Frau in die Augen und sagte das, was gesagt werden musste:

«Meine Mutter ist vor einem Jahr gestorben. Es war ein Unfall. Sehr überraschend.»

Einen Augenblick lang stand die Frau da und sah mich an, als blicke sie mir direkt ins Herz und sähe dort meine Mutter mit ihrer Zeitung und der in die Locken geschobenen Brille. Dann verschloss sich ihr Gesicht, die Winkel ihrer Wangenknochen wurden wieder spitzer.

«Nein», flüsterte sie. «Oh nein. Das wusste ich nicht.»

Ihre Stimme klang so niedergeschlagen, dass ich unwillkürlich auf sie zuging, aber Mrs. Baxter war bereits vorgetreten, hatte der Frau einen Arm um die Schultern gelegt und bedeutete ihr, sich auf die Stufen vor der Haustür zu setzen, auf die sie erschöpft niedersank. Von der anderen Straßenseite drang das Geräusch von Mr. Fields Heckenschneiden herüber, Schnitt-Quietsch-Schnitt-Quietsch, wie schon seit Jahrzehnten. Meine Mutter war mal herübergegangen und hatte anonym ein Fläschchen Öl vor seine Tür gestellt.

Dann, laut und deutlich: «Ich glaube Ihnen nicht.» Venetia hatte sich erholt. Ihr Gesichtsausdruck zeugte von Entschlossenheit. «Unsere Mutter ist tot. Sie ist fort. Lassen Sie uns in Ruhe um sie trauern, und gehen Sie mit Ihrer Geschichte woandershin.»

Die Frau, die über ihre Tasche gebeugt dasaß, hob den Kopf, und als sie sah, wie Venetia vor ihr aufragte, stand sie auf, bedächtig, aber keineswegs eingeschüchtert, und etwas in mir bewunderte das für einen Moment.

«Nein? Dann sehen Sie sich das hier an.»

Ihr Gesicht war sehr weiß, und ihre Wangen wirkten ausgehöhlt. Sie betastete den Saum des Leinenbündels, fuhr mit dem Daumen daran entlang, bis sie gefunden hatte, wonach sie suchte, die Buchstaben ESH, sorgfältig gestickt. *Elizabeth Sophie Harington.* Venetias Kehle gab ein ungläubiges Geräusch von sich und schien etwas sagen zu wollen, aber die Frau nahm ruhig das kleine Heft und schlug es auf, hielt es uns hin und blätterte bis zum Ende. Eine Auflistung von Wörtern in der Schrift meiner Mutter. Sorgfältig untereinander stand dort: *Flora. Beatrice. Hester. Dona.* Babynamen. Und dann, in der untersten Zeile: *Venetia.*

Venetia hatte eigentlich *Flora* heißen sollen, aber mein Dad war dagegen gewesen, und Jas wurde *Jasper* statt *Fitzwilliam* genannt, des eigentlichen Favoriten meiner Mutter, gegen den mein Vater sein Veto eingelegt hatte, wie auch gegen *Winifred*, *Galadriel* und *Sylvester*, was einmal mehr deutlich machte, dass Literaturprofessorinnen verboten werden sollte, Namen für ihre Kinder auszusuchen. Bestimmt ging die Liste auf der nächsten Seite weiter. Da mussten noch mehr Namen stehen. Adele. Oder Adelaide. Adeline?

«Venetia sind Sie, oder?» Die Frau betonte jede Silbe. «Wenn Sie mir nicht glauben, wird es Sie noch mehr schockieren, dass da nicht nur ich bin. Ich bin ziemlich sicher, dass es noch jemanden gibt –»

«Wie können Sie es wagen», zischte Venetia mit blitzenden Augen, «wie können Sie es wagen, ausgerechnet heute hier aufzutauchen. Woher haben Sie das alles? Haben Sie es geklaut?»

Die Frau sah Venetia verächtlich an. «Eine Schwester hat es meiner Mutter gegeben in der Nacht, in der ich adoptiert wurde. Ich habe gelesen, dass man die Frauen ermuntert hat, Kleidung für ihre Babys anzufertigen und sie den Adoptivfamilien mitzugeben.» Sie atmete aus und ließ die Schultern sinken, und als sie das Höschen und die Mütze wieder zusammenfaltete und in die Tasche tat, deutete nichts an ihr darauf hin, dass sie den Konflikt suchte. «Meine Eltern haben die Sachen all die Jahre aufbewahrt. Ich habe sie letzte Woche zufällig gefunden, als ich eine alte Winterjacke gesucht habe.»

Ich beobachtete, wie sie das Heft zuklappte, und in der Sekunde, in der die blaue Handschrift meiner Mutter verschwand, traf mich die Trauer so unerwartet und rasierklingenscharf, dass es mich buchstäblich fast umhaute. Irgendwoher kam ein Arm, um mir Halt zu geben, und ich lehnte mich in Mrs. Baxters vertrauten Geruch nach Lavendelwasser und kaltem Rauch.

«Wie haben Sie uns gefunden?», fragte sie, und ich spürte ihren Atem auf meinem Haar. Sie hielt die Papiere jetzt umgedreht in der Hand, sodass ich sie nicht sehen konnte.

«Ich hatte ihren Namen und habe sie im Heiratsregister gefunden. Es dauerte eine Weile, bis ich sicher war, aber als ich ihren Ehenamen kannte, war es nicht schwer, die Adresse zu finden. Sie war so jung, ich bin nie auf den Gedanken gekommen zu überprüfen, ob sie gestorben ist. Und», sie deutete mit dem Daumen auf das Haus, «sie steht immer noch im Telefonbuch.»

Ich sah nach oben, wo mein Vater mit seiner kalten Teetasse saß, und nickte. Das ergab Sinn.

«Meine Mutter wollte, dass ich warte», fuhr die Frau fort. «Dass ich erst mit dem Beistand rede, es richtig angehe. Aber das wollte ich nicht. Ich konnte nicht warten, nicht, nachdem ich ihren Namen und alles andere hatte. Aber, wie sich jetzt zeigt, hätte es keine Rolle gespielt –»

Sie unterbrach sich, und kurz herrschte Stille. Nicht mal die Schere von Mr. Fields machte ein Geräusch.

«Wann haben Sie Geburtstag?» Es dauerte einen Moment, bis mir klar wurde, dass ich es war, die gesprochen hatte. Mrs. Baxters Arm umfasste mich noch fester.

«Also, ich habe genug», sagte Venetia abschätzig. «Komm, Addie, wir gehen wieder rein. Ich muss mich hinsetzen.»

Sie versuchte mich mit hineinzuziehen, aber ich rührte mich nicht, und die Frau sah auf. Als sie sprach, war ihre Stimme heiser.

«Mein Geburtstag ist der vierzehnte Februar», sagte sie.

Venetia gab ein Keuchen von sich, aber die Frau ignorierte sie, denn etwas an meinem Gesichtsausdruck schien ihre Aufmerksamkeit auf sich zu ziehen. Ihr Blick wanderte über mein Gesicht, mein Haar, konzentrierte sich dann auf meine Augen.

«Der 14. Februar 1960», wiederholte sie langsam. «Warum? Kennen Sie … kennen Sie vielleicht die andere?»

«Die andere?»

Das Dröhnen in meinem Kopf war ohrenbetäubend. Der *Whistles*-Beutel rutschte mir von der Schulter und landete mit einem Plumps auf dem Boden. Ich versuchte zu verstehen, was sie gesagt hatte, das Unglaubliche, was sie zu sein vorgab, bis der Druck in meiner Stirn und in meiner Kehle brannte, als würde ich gleichzeitig ersticken und ertrinken. Venetia ging so schnell auf die Frau zu, dass sie sich gezwungen sah, auf die Straße zu treten, aber sie blickte mich unverwandt an. Ich sah, wie sich ihr Mund bewegte, wie Mrs. Baxter Venetia zurückhielt und Venetia schrie und die Frau zwischen zwei Autos stand, die am Straßenrand parkten, und nur mich ansah, denn nur sie schien sofort verstanden zu haben, was sonst niemand begreifen konnte.

Der 14. Februar 1960 war mein Geburtstag.

4. Kapitel

Vergnügungsparks hat meine Mutter immer geliebt. Als wir klein waren, konnte sie sich keinen lustigeren, aufregenderen Familienausflug vorstellen als den *Bembom-Brothers-Vergnügungspark* in Margate. Wenn ich jetzt darüber nachdenke, schien das überhaupt nicht zu ihr zu passen, weil sie sonst so genügsam und ordentlich und intellektuell war, Chaos und billigen Nervenkitzel dagegen hasste. Aber Mut und Kühnheit und immer drauflos liebte sie, dafür brauchte sie vielleicht ein Ventil, und das war der Dreifach-Looping Himmelszyklon.

Ich mit meiner ausgeprägten Risikoscheu war, wenig überraschend, nicht die geborene Achterbahnfahrerin. Während Venetia mit ihrem schönsten rosa Stift auf einem an die Wand gepinnten Stück Papier die Tage bis zum Ausflug herunterzählte, sah ich nur entstellte Körper durch den Himmel purzeln, und es gab nichts, was ich mehr fürchtete als den Moment, wenn wir an der Kasse vorbei waren, meine Mutter die Eintrittskarten in ihre Tasche stopfte und aufgeregt in die Hände klatschte, während ich schaudernd hoffte, ganz plötzlich eine tödliche Krankheit zu bekommen. *Ja, den Himmelszyklon zuerst. Der Himmelszyklon ist das Beste. Und dann die Donnerwelle, wenn die Schlange nicht zu lang ist. Komm jetzt, Addie, nicht schon wieder eine Toilettenpause. Komm!*

Mein Vater, stets der Taschenträger und Jas-Aufpasser, Getränkebeschaffer und Schlangesteher, versuchte, mich aufzuheitern, wenn er meine Not bemerkte, aber das Vergnügen meiner Mutter ging immer vor, und meine Mutter wollte, dass wir zusammen Achterbahn fuhren. Absurderweise wurde sie immer entschlossener, je mehr ich zauderte, bis es zu einer fixen Idee wurde, dass Achterbahnfahren genau das war, was ihre ängstliche Erstgeborene von ihren nutzlosen Ängsten befreien konnte. *Kopf hoch, Schatz, du meine Güte. Wir sind ja noch nicht mal oben. Augen auf!* Selbst wenn ich weniger gezaudert hätte, selbst wenn ich öfter die Schultern gestrafft hätte – gegen die vereinten Mächte von Venetia und meiner Mutter hätte ich keine Chance gehabt. In dem großen Wunsch, meiner Mutter den Tag nicht zu verderben, den sie sich extra freigenommen hatte, um mit uns Spaß zu haben, ließ ich mich jedes Mal wieder durch das Drehkreuz zerren. Zwischen meiner Mutter und Venetia sitzend, spürte ich, wie ihre Hände nach meinen griffen, als wollten sie mich davon abhalten, in letzter Sekunde zu flüchten. Dann das erste Rucken des Wagens, das unvermeidliche Hinuntertauchen, das schreckliche Gefühl des freien Falls. Und gerade wenn ich dachte, mein dreizehnjähriges Herz müsse vor Adrenalin und Schreck in tausend Stücke springen, kam dieser eine kurze verlockende Moment, in dem die Welt für den Bruchteil einer Sekunde wieder im Lot war, einen halben Atemzug lang Erleichterung, nur, um sofort wieder rasende, tödliche Fahrt aufzunehmen.

Ich wurde von einem risikoscheuen Kind, das im Himmelszyklon fuhr, damit seine Mutter vor Freude juchzte, zu einer risikoscheuen Erwachsenen, einem durchschnittlichen Menschen, der gar nicht mehr so viel weinte, aber in London blieb, wenn sie mit dem Rucksack durch Thailand hätte wandern können, die eine Reihe genauso durchschnittlicher Freunde hatte und die, zum ewigen Missfallen ihrer Mutter, nicht nur beruflich backte, sondern auch noch in sämtlichen anderen Stunden des Tages.

Ich fuhr nie wieder Achterbahn, aber in der Nacht, nachdem Phoebe Roberts in die Rose Hill Road gekommen war, träumte ich plötzlich davon. Es war ein Traum ohne jede Handlung, ein schräg verlaufender Schreckensschacht endloser Drehungen, neben mir in weißen Blitzen das Gesicht meiner Mutter, deren Nägel sich in meine Handballen gruben, ihr Mund ein «O» des Vergnügens, das meinen Schrecken einen Augenblick lang wert war. Ich wachte im Halbdämmer des frühen Morgens auf, in Decken und Laken verwickelt, die Arme fest um mein Kissen geschlungen, und mit einem Stich in meinem Inneren fiel mir alles wieder ein, was am Vortag passiert war.

Kennen Sie die andere?

Es waren sämtliche Lampen nötig und eine ganze Tasse Kaffee, schwarz, heiß und sehr stark, damit der Zyklon-Traum verblasste und ich halbwegs in der Lage war, wieder über das Auftauchen einer Frau namens Phoebe Roberts nachzudenken. Als ich gestern endlich auf ihre Geburtsurkunde schaute, hatte ich nicht viel mehr wahrgenommen als ihr Geburtsdatum: *14. Februar 1960.* Phoebe Charlotte. Der Name meiner Mutter stand dort nirgends, an seiner Stelle standen *Soundso Roberts* und noch ein *Soundso Roberts.* Meine eigene Geburtsurkunde, die ich nach einigem Wühlen endlich fand, sah anders aus. Dort stand sehr deutlich und unmissverständlich, dass ich die Tochter einer Elizabeth Sophie Harington, geborene Holloway, und eines Graham Alexander Harington war. Da stand nichts, rein gar nichts, was mich mit Phoebe Roberts verband, was mich zu «der anderen» machte. Abgesehen vom Geburtsdatum, natürlich. Und dem Ort. Wir wurden beide in Brighton geboren.

Ich stand in meiner Küche, lauschte dem Regen, der kübelweise herunterkam, zupfte an einem weißen Schokoladenkuchen herum, mit dem ich ein paar Tage zuvor herumexperimentiert hatte, und überlegte, wie es sein konnte, dass vor meinem Elternhaus eine vierzigjährige Frau auftauchte und behauptete, meine Zwillingsschwester zu sein. Und wie diese Frau am Tag unserer Geburt verschwunden sein konnte. Und wie meine Eltern, vor allem meine Mutter, die immer so stark war, teil daran haben konnte, wie sie ein Baby weggeben konnte, meine andere Hälfte, ohne es mir jemals zu sagen.

Meine Eltern heirateten 1959. Es gibt ein Foto von ihnen in der Rose Hill Road, auf dem meine Mutter ein helles Kostüm trägt, schlank und modisch blass, ihre damals viel kürzeren Haare locken sich leicht unter einem kleinen Hut. Mein Vater sieht jung aus und nervös-glücklich im schwarzen Anzug mit einer ausgefransten Blume im Knopfloch, die Hand in die Ellenbeuge meiner Mutter gesteckt. Die Eltern meiner Mutter waren damals schon tot und die Familie meines Vaters so riesig, dass er immer sagte, er habe seiner jungen Braut nicht zumuten wollen, mit Hunderten ausgelassener Haringtons zu feiern, zumal sie gar nicht das Geld hatten, um sie zu bewirten. Also heirateten sie an einem sonnigen Tag im Mai 1959 einfach im Standesamt von Southwark, und kaum ein Jahr später kam ich dazu.

Die Hochzeitstage bereitete mein Vater immer sorgfältig vor, vielleicht, um die Bescheidenheit der eigentlichen Hochzeit wettzumachen. Da Venetia so gut darin war, Geschenke für meine Mutter auszusuchen, bat er sie oft um ihre Meinung. Würde sie sich mehr über Karten für ein Konzert freuen oder für den Blues Club? Oder vielleicht fürs Ballett? Ein richtiges Geschenk für sie hatte er auch jedes Mal, einen gerahmten Druck für ihr Arbeitszimmer, einen Rosenstrauß, manchmal Schmuck in einer kleinen Schachtel. Im Einpacken war mein Dad überraschend gut, er machte perfekte spitze Ecken, und das Tesafilm war immer genau parallel aufgeklebt. Dann wartete er in seinem besten Anzug und dunklen Lederschuhen in der Halle, eine kleine weiße Rose im Knopfloch, überprüfte zwischendrin immer wieder sein Äußeres im Spiegel und schnitt alberne, gar nicht dadtypische Grimassen, wenn er merkte, dass ich ihn von oben beobachtete. Wenn meine Mutter schließlich die Treppe herunterkam, hellte sich sein Gesicht auf, und er bot ihr seinen Arm, vielleicht machte er um meinetwillen auch einen theatralischen Kratzfuß, und dann verließen sie lachend zusammen das Haus. Ich habe diesen Tag im Mai immer heimlich geliebt, das Fortbestehen dieses Glücks, die Zuverlässigkeit, mit der er sich wiederholte. Er war eine der leuchtenden Wegmarken meiner Kindheit wie Faschingsdienstag und die Feiertage im Mai, mein Geburtstag und der Schulanfang.

Bei dem Gedanken an die Rose im Knopfloch musste ich unwillkürlich lächeln, aber das verging wieder, als mir einfiel, wie ein völlig veränderter Mann im selben Anzug und in denselben Lederschuhen mit einem kleinen Blumenstrauß neben dem Grab gestanden hatte, bis ich ihm den Strauß irgendwann aus den Händen nahm, um ihn selbst auf den Sarg zu legen. Meine Mutter war eine Woche nach ihrem vierzigsten Hochzeitstag gestorben, den wir groß gefeiert hatten. Eine Rubinhochzeit im Red Velvet Club in der Marylebone Street, für die Venetia sich ein rubinrotes Buffet ausgedacht hatte, das ich zusammenstellen musste: Rote-Bete-Salat mit Mandelsplittern und Granatapfelkernen, Lachsspieße mit getrockneten Tomaten, Red Velvet Cake und Erdbeerparfait. Granatapfel-Martinis zur Begrüßung der Gäste. Literweise Rotwein, um ihnen den Rest zu geben. Viele Beileidsbriefe, besonders die der Partygäste, erwähnten noch mal, dass meine Eltern vierzig Jahre lang verheiratet gewesen waren, nur für den Fall, dass meinem Vater nicht bewusst war, wie schlimm der Verlust war *nach vier wunderbaren gemeinsamen Jahrzehnten.* Ich habe ihm diese Karten nie gezeigt.

Ich stellte meine Kaffeetasse etwas härter ab als beabsichtigt und sah mir die Geburtsurkunde noch einmal an. Dass mein Vater eine Zwillingsschwester weggegeben hätte, war unmöglich. Es war einfach nicht wahr. Er wäre begeistert gewesen, etwas so Besonderes zu haben wie Zwillinge, gleich zweimal das Wunderbare, das er mit der Frau teilte, die er am meisten auf der Welt liebte, die Frau, die er die nächsten vierzig Jahre lang jeden Mai wieder in seinem guten schwarzen Anzug ausführen würde, mit einer Rose im Knopfloch.

Aber mich stachen erneut kleine Zweifel. Nichts besagte definitiv und eindeutig, dass es nicht wahr sein *konnte.* Jedenfalls nichts, was ich bisher über die Einzelheiten des 14. Februar 1960 wusste. Es gab über meine Geburt keine Familienlegende wie die, die die Mutter meines Freundes Andrew bereitwillig jedem erzählte. *Das Blut, Adele, man konnte praktisch die Haut reißen hören. Es war ein Massaker, das reinste Massaker. Der Arzt hat eine Viertelstunde gebraucht, um mich wieder zusammenzunähen. Mal ganz abgesehen davon, dass da unten nichts mehr war, wie es vorher war, aber davon will ich gar nicht erst anfangen. Tut mir leid, Andrew, aber man muss die Frauen warnen!*

Ich schob die Geburtsurkunde unter meine Jacke, die zusammengeknüllt auf der Arbeitsplatte lag, seit ich gestern Abend nach Hause gekommen war, zusammen mit meiner Tasche und der Gebäckschachtel.

Mein Vater hatte eigentlich nie viel über meine Geburt oder meine ersten Lebensjahre gesprochen, genauso wenig wie meine Mutter. Wobei Letzteres nicht unbedingt was zu sagen hatte, weil meine Mutter nie viel für sentimentales Gerede übrighatte, jedenfalls nicht mit mir. Sie war einfach nicht der Typ Mutter, mit der man bei einer Tasse Kaffee über erste Küsse plauderte. Zum einen war sie sehr auf ihre Privatsphäre bedacht, zum anderen hatte sie einfach zu viel zu tun. Ich weiß noch, wie sie zu einer ihrer vielen Dienstreisen aufbrach, um einen Vortrag an einer anderen Universität zu halten oder in einer entlegenen Bibliothek zu recherchieren. Sie griff nach ihrem Koffer, drehte sich in der Tür noch einmal um und lächelte kurz. *Sei lieb zu deinem Dad und Mrs. Baxter, hörst du?* Kurz bevor sie die Tür dann schloss, sah ich in ihrem Gesicht – Erleichterung. Erleichterung darüber, frei zu sein. Hatte sich meine Mutter, als sie Zwillinge erwartete, überfordert gefühlt? Wollte sie frei sein? Aber sie wäre nicht frei gewesen; sie hätten immer noch ein Baby gehabt, sie hatten noch mich.

Plötzlich ertönte unter meiner Jacke ein lautes Summen. Ich zuckte zusammen, verschüttete Kaffee auf die Arbeitsplatte und zog etwas genervt mein Telefon aus der Tasche. Es gab nur einen Menschen, der morgens um halb sieben anrief, und sie würde einfach so lange klingeln, bis ich abnahm.

«Addie!» Venetias Stimme brach in den Morgen wie eine Flutwelle. «Bist du wach? Ich wollte nur sichergehen, dass es dir gutgeht. Wie geht's dir?»

«Bisschen müde.» Ich griff nach einem Lappen, um den verschütteten Kaffee aufzuwischen. «Und, na ja …»

«Es ist vollkommen lächerlich, und das weißt du», kam Venetia sofort auf den Punkt. «In Brighton werden jeden Tag haufenweise Babys geboren. Diese Frau kann das Kind von sonst wem sein. Was, wenn jemand in dem Krankenhaus, eine andere Mutter, wirklich ihr Baby weggegeben hat, während Mom da war, und irgendwie sind dann Moms Sachen bei dem Baby gelandet statt bei dir? Überleg doch mal, diese Frau hat all die Jahre *deine* Sachen gehabt.» Sie schnaubte empört ins Telefon. «Das ist echt ungeheuerlich. Wir sollten das Krankenhaus verklagen.»

«Aber ihr Blick.» Ich wischte in kleinen, systematischen Bewegungen mit einem Lappen über die Edelstahloberfläche. «Sie wirkte so sicher.»

«Du kennst Mum. Du *kennst* sie.» Ihre Stimme war scharf, und ich hielt das Telefon ein Stück vom Ohr weg. Mit Venetia unterhielt man sich besser persönlich, denn am Telefon klang ihre Stimme das entscheidende bisschen schärfer und schriller, als ein vernünftiger Mensch es früh am Morgen ertragen konnte. «Das würde sie niemals tun. Denk daran, wie sie aufgewachsen ist, als Einzelkind. Mum wollte eine große Familie.»

Das stimmte. Sie hatte keine Geschwister, und nachdem ihre Eltern gestorben waren, hatte sie kaum genug zum Leben gehabt, eine Weile als Sekretärin gearbeitet und bis zur Uni alle möglichen Jobs angenommen, zum Beispiel abendliche Extra-Tipparbeiten. Später ließ sie auch uns für jeden Luxus arbeiten und hielt uns ewig Vorträge darüber, wie weich unsere Generation sei, die alle Möglichkeiten hatte und der es an nichts mangelte.

«Wir waren ihr Ein und Alles. Sie hätte *alles* für uns getan.» Während sie wartete, dass ich zustimmte, kroch ein kleiner Schluchzer durchs Telefon. Ich blinzelte mit meinen trockenen Augen und wünschte, ich hätte wenigstens halb so viel Vertrauen in die mütterliche Hingabe unserer Mutter wie meine Schwester.

Sie putzte sich am Telefon die Nase, und als ich stumm blieb, stieß sie ein verärgertes Krächzen aus. «Also, mir ist nicht ganz klar, warum du so bereit bist, einer Fremden eher zu glauben als Mum, die, wenn ich dich erinnern darf, tot ist und keine Möglichkeit mehr hat, sich gegen diese unbegründeten Anschuldigungen zu verteidigen, aber …»

«Venetia, hör mal, ich muss jetzt zur Arbeit.» Ich schmiss den Lappen in die Spüle und angelte nach meiner Tasche, in der mein Kalender war. Ich musste tatsächlich in die Patisserie, aber erst in ein, zwei Stunden, was ich Venetia allerdings nicht auf die Nase binden wollte. Grace, meine Chefin, war sogar so freundlich gewesen, mir anzubieten, ein paar Tage frei zu nehmen, aber ich hatte abgelehnt, klugerweise, wie sich jetzt zeigte, denn alles war besser, als hierzubleiben und die Arbeitsfläche zu polieren, während Venetia versuchte, einer Sache Sinn zu verleihen, die einfach keinen Sinn ergab.

«… Ich werde jedenfalls nicht zulassen, dass sie Mums Namen beschmutzt und alle in dieses Gefühlschaos stürzt. Wir haben so schon genug, womit wir klarkommen müssen. Wir müssen nur dafür sorgen, dass sie keinen Kontakt zu Dad aufnimmt.»

«Was? Warum sollte sie?» Ich hielt inne, die Hand auf meiner Tasche. «Er hat sie doch nicht gesehen, gestern, nachdem ich weg war, oder?»

Ich stellte mir vor, wie mein Vater die Treppe herunterkam und uns dort draußen stehen sah, auf der Straße, mit einer Frau, die behauptete, seine verschollene Tochter zu sein. Unwillkürlich schauderte ich.

«Nein, ich hab es geschafft, sie abzufangen, und ich hab ihr *gesagt*, sie soll nicht wiederkommen, sehr deutlich, aber, weißt du, ich bin trotzdem nicht sicher.» Venetia klang erstaunt angesichts der Tatsache, dass es da draußen immer noch Leute gab, die nicht taten, was sie ihnen sagte. «Sie hatte diesen *Blick.* Was meinst du, sollen wir die Polizei rufen?»

«Jetzt werd nicht dramatisch», sagte ich.

«Aber weißt du noch, als er letztes Jahr im Krankenhaus war und wir danach praktisch bei ihm eingezogen sind? Ich bekomme in wenigen Wochen ein Baby, ich muss mich seelisch und mental darauf vorbereiten. Ich kann nicht jederzeit in die Rose Hill Road kommen und über Nacht bleiben und alles.»

«Venetia, darf ich dich daran erinnern, dass du nie *bei ihm eingezogen bist.*» Ich hatte endlich den Reißverschluss meiner Tasche gefunden und zog ihn mit einer ärgerlichen Bewegung auf. «Ich bin auch der Meinung, dass er nichts davon wissen muss, solange es nicht nötig ist, aber bitte tu nicht so, als ginge es hier um *dich* oder das *Baby.*»

Mir wurde bewusst, wie laut ich gesprochen hatte, und ich machte den Mund schnell wieder zu. Aber statt mir eine ihrer eisigen Antworten zu geben, war Venetia still.

«Er ist so bedrückt», sagte sie schließlich. «Ich erkenne ihn kaum wieder. Letztes Jahr bei ihrem Fest haben sie die Tanzfläche noch mit diesem *Fabulous-Forties*-Hut und der dazu passenden Tiara eröffnet, weißt du noch? Dad hat den Hut während des ganzen ersten Tanzes getragen, dabei dachte ich, er würde ihn gar nicht aufsetzen. Und jetzt, ich weiß nicht, es ist, als würde er auf seinen eigenen Tod warten.»

«Er braucht Zeit», sagte ich und versuchte, nicht an das glückliche Lächeln unter dem *Fabulous-Forties*-Hut zu denken, an den Stolz, mit dem er seine schöne Frau über die Tanzfläche wirbelte. «Er ist immer noch irgendwo da drin ...»

Ich verstummte und runzelte die Stirn, denn bei einem Blick in meinen *Whistles*-Beutel fiel mir wieder ein, was mir durch den Himmelszyklon-Albtraum und diesen Nebel des Nichtbegreifens vollkommen entfallen war: der merkwürdige Anruf des Mannes mit der heiseren Stimme. Und dann die Frau an der Tür. Und beide fragten nach meiner Mutter, an ein und demselben Tag, und beide hatten das Datum genannt, das das Ganze mit mir in Verbindung brachte: den

14. Februar 1960.

5. Kapitel

Der gestrige Nachmittag zog in Fetzen durch mein nebliges Hirn. Der Mann hatte darüber gesprochen, dass er versucht hatte, meine Mutter zu erreichen, er hatte Informationen. Es ging um den 14. Februar. Und was hatte er noch gesagt? *Sie sind nicht an Ihr Handy gegangen.* Aber meine technophobe Mutter hatte gar kein Handy. Sie hatte eine langmütige Sekretärin namens Jessica und ein senfgelbes Wählscheibentelefon, das noch wunderbar funktionierte, danke der Nachfrage.

Oder hatte sie eins? Falls sie eins hatte, konnte es eigentlich nur hier sein, in ihrer Hermès-Handtasche, die immer noch in meinem Beutel steckte. Ich überlegte kurz, dann zog ich sie schnell – denn Schnelligkeit funktioniert in solchen Situationen am besten – hervor und machte sie auf. Alles lag friedlich an seinem Platz, seit zwölf Monaten unangetastet: ein Kosmetiktäschchen, ein kleiner schwarzer Kalender von der Marke, die sie seit Jahrzehnten benutzte, ein Tuch, sorgfältig gefaltet, ein neues Päckchen Taschentücher. In einer Seitentasche steckten ein Füller und ein Lippenstift mit angelaufener Perlmutthülle, und ich wusste, dass in dem Kosmetiktäschchen ein winziger Handspiegel und ein kleiner Parfümflakon sein würden, ebenfalls aus Perlmutt, denn das alles war Teil eines Sets, das Granny Harington Mum mal zum Geburtstag geschenkt hatte.

Einen langen Moment starrte ich auf die Seideneinfassung der Tasche, die kleinen Fächer, die Gegenstände, die mir mal so vertraut gewesen waren. Das war sie, Elizabeth Sophie Harington, geborene Holloway, ihr Leben reduziert auf das Wesentliche, sauber und ordentlich und für jedermann sichtbar, so, wie sie immer gewesen war, wie ich sie seit vierzig Jahren kannte. Ich schluckte und begann, einen Gegenstand nach dem anderen auf die Arbeitsplatte zu legen, bis die Tasche leer war.

Nichts.

Ich durchkämmte noch einmal das glatte Innere und drehte die Tasche um. Es war ein dumpfes Geräusch zu hören. Ich zog an dem Reißverschluss, der sich neben dem Futteral für den Lippenstift verbarg, und fluchte, als er auf halber Strecke nicht mehr weiterwollte. Ich steckte zwei Finger durch die Öffnung und fischte schließlich etwas Längliches heraus. Es war ein Nokia-Handy, flaschengrün und schwer. Es sah genau aus wie meins, nur ohne Kratzer und schmierige Fingerabdrücke. Dieses Gerät wirkte neu, kaum benutzt.

Ich stand da und starrte es an, bis es vor meinen Augen verschwamm. Wofür hatte meine Mutter ein Handy gebraucht, und, die noch wichtigere Frage, funktionierte es noch? Ihre Sekretärin Jessica und ich waren alle ihre Verträge durchgegangen: ihre Mitgliedschaften, ihre Zeitungs-Abonnements und Jahreskarten, und bis hin zu ihrem antiquierten Bibliotheksausweis hatten wir alles gekündigt, ohne jemandem etwas davon zu sagen. Falls dieses Telefon noch funktionierte, konnte es also nur eins bedeuten: dass niemand außer meiner Mutter – und einem komischen Mann mit heiserer Stimme – von seiner Existenz wusste.

Dreißig Minuten später stand ich wieder vor der Arbeitsplatte und verband das Handy mit meinem Aufladekabel. Ich wollte ebenso sehr, dass es zum Leben erwachte, wie ich das Gegenteil wollte, denn wenn es tatsächlich funktionierte, würde nichts mehr sein, wie es vorher war.

Das Gerät surrte, und das Display leuchtete auf. In der Mitte tauchte kurz ein Symbol auf, das Kooperationsbereitschaft signalisierte. Wörter erschienen. *Menü. Kontakte.* Auf der linken Seite erschienen Balken. Dieses Telefon funktionierte noch, das war eindeutig.

Es summte einmal, dann noch einmal, und wenige Sekunden später füllte sich das Display. *Acht Anrufe in Abwesenheit. Sechs Nachrichten.* Als ich durch die Liste scrollte, tauchte eine Nummer immer wieder auf, eine 0208-Vorwahl, die ich nicht kannte. Die Anrufe begannen rund acht Wochen zuvor, und ich fragte mich, ob die Telefongesellschaft Nachrichten löschte, die älter waren. Ich öffnete das Adressbuch. Darin standen nur zwei Nummern, und die Wörter waren seltsam buchstabiert, als käme die Benutzerin noch nicht mit der Tastatur klar. *Jessicabüro. MAilbox.* Ich drückte auf Letztere und hörte mit angehaltenem Atem zu, wie gewählt wurde, dann hörte ich die Nachrichten ab, die früheste zuerst.

Mrs. Harington, hier ist James Merck. Es ist ein Weilchen her, dass wir Kontakt hatten, da wollte ich mich mal melden, um Sie über ein paar Dinge zu informieren.

Der Mann von gestern. Älter, dachte ich. Höflich, geschäftsmäßig.

Eine Woche später: *Mrs. Harington, hier ist James Merck. Ich wäre dankbar, wenn Sie mich mal zurückriefen.*

Dann, Anfang Mai, ein Anflug von Ungeduld in seiner Stimme:

Hier ist noch mal James Merck. Rufen Sie mich bitte zurück, sobald Sie können, Mrs. Harington. Ich habe einen Brief bekommen, den Sie sich mal ansehen sollten. Da Sie keine Post nach Hause bekommen wollen, ohne vorher informiert zu werden, sagen Sie doch bitte Bescheid, ob ich ihn schicken soll. Es scheint auch ein Problem mit den Zahlungen zu geben, über das ich gern mit Ihnen sprechen würde.

Etwas später klang er ernsthaft verärgert.

Mrs. Harington, ich weiß nicht, ob Sie meine letzten Nachrichten gehört haben. Ich versuche Sie zu erreichen. Bitte melden Sie sich, wenn Sie das hören.

Die letzte Nachricht war vom 14. Mai, vor zwei Tagen, kurz bevor ihm der Geduldsfaden offenbar gerissen war und er unter der Festnetznummer angerufen hatte, die meine Mutter ihm für den Notfall gegeben haben musste. Nur dass durch irgendeinen irren kosmischen Zufall ich ans Telefon gegangen war.

James Merck. Er klang sehr ernsthaft und besonnen, nicht besonders warm, schon gar nicht freundschaftlich. Vielleicht ein bisschen kleinlich, jemand, der sich an Konventionen hielt mit seinem vornehmen *Guten Morgen* und seinem ewigen *Mrs. Harington.* Ein Forscher? Ein Arzt? Ein Kollege? Er hatte etwas von diesen verstaubten Akademikern, die ich im Laufe der Universitätslaufbahn meiner Mutter kennengelernt hatte. Aber welche Verbindung konnte er zum 14. Februar haben und zu mir?

Hatte ich nicht gestern angekündigt, dass ich zurückrufen würde? Es war erst Viertel vor acht, aber ich sollte ihm sagen, dass meine Mutter gestorben war, dass ich gestern verwirrt war und … ich drückte auf *Rückruf*.

«Detektei James Merck», flötete die Stimme einer jungen Rezeptionistin, und ich spürte scharf die Stahlkante der Arbeitsfläche in der Seite. *Detektei?*

«Ähm», machte ich probeweise und bohrte die Faust in meine pochende Seite. «Kann ich mit Mr. Merck sprechen?»

«Der ist für ein paar Tage nicht da-ha», sang die Stimme am anderen Ende. «Kommt Donners-tag wieder. Kann ich ihm etwas ausrichten?»

«Ach, dann rufe ich wieder an», sagte ich schnell. «Ich wollte nur –»

«Einen Termin vereinbaren?», bot die Stimme beflissen an.

«Ähm, vielleicht? Also, ich weiß nicht –»

«Wir bieten alles, von Ehebruch bis Familiengeschichte, aber Mr. Mercks Spezialität sind vermisste Personen», spulte die Frau fröhlich ab. «Und sein Terminkalender füllt sich schnell, also …»

«Ich melde mich wieder», sagte ich und legte auf.

6. Kapitel

Meine Mutter *hatte* also ein Geheimnis, mehrere sogar. Ein Handy, einen Privatdetektiv. Und – eine vermisste Person? Das schien darauf hinzudeuten – obwohl das nicht sein konnte, oder? –, dass sie nach Phoebe Roberts gesucht hatte, während Phoebe Roberts durch irgendeinen schrägen Dreh des Schicksals gleichzeitig die Babysachen und das Heft gefunden und versucht hatte, sie zu finden.

Ich ging in das Hinterzimmer, das mir in Graces Patisserie als Büro diente, nahm aus einem Regal hinter der Tür eine saubere Schürze und ging in die Küche, um den Tag zu beginnen, wie ich es seit fünfzehn Jahren tat. Aber heute sah ich ständig meine Eltern vor mir, vor vierzig Jahren, meine Mutter im Krankenhausbett, mein Vater daneben, im Bettchen zwei weiße Bündel, Wange an Wange. Meine Mutter betrachtet uns und zeigt dann mit ihrem Finger auf die, die bleibt, und die, die weggegeben wird.

Ich schüttelte den Kopf und drückte die Küchentür auf. Ich konnte es nicht glauben, *wollte* es nicht glauben, denn wenn meine Mutter sie weggegeben hatte, hatte mein Vater dasselbe getan. Andererseits war eins vollkommen klar: Wenn sie sich die Mühe gemacht hatte, das Handy zu verstecken, wenn sie James Merck gebeten hatte, ihr ohne Vorwarnung nichts nach Hause zu schicken, dann konnte er an diesen

Nachforschungen nicht beteiligt sein. Aber warum suchte er nicht ebenfalls nach Phoebe Roberts? Und warum hatte er überhaupt zugelassen, dass meine Mutter sie weggab?

«Alles in Ordnung, Addie?» Claire, meine Assistentin, sah mich an. Sie hatte einen flachen Korb voller Rosmarinbrötchen an die Brust gepresst.

«Ja, alles okay.» Ich atmete tief den Duft nach frischen Croissants und Brioches ein und verspürte Erleichterung, dass hier drinnen alles noch war wie immer. Mehl, Zucker und Butter waren immer noch die Bestandteile einer *pâté brisée*, jeder Löffel und jeder Schneebesen hatte hier seinen Platz, und ich wusste genau, wo der war.

«Du scheinst ja alles unter Kontrolle zu haben», sagte ich und überprüfte die Körbe. «Wie weit sind wir denn?»

«Ich bringe das hier gerade nach vorne. Das, was aus der Hauptküche kam, hab ich schon sortiert. Es sind allerdings längst nicht genug Vanilleteilchen dafür, dass das heute die Spezialität des Tages sein soll. Die vier Möhrentorten für Mrs. Jenkins-Smythe sind aber dabei. Ansonsten ist es heute relativ ruhig. Ach, und Grace kommt später vorbei …»

Ich drehte mein Haar ein, damit es unter das Haarnetz passte. «Dann hilf du doch vorne mit. Ich backe noch mehr Vanilleteilchen. Dann brauch ich heute wenigstens nicht die Steuer zu machen.»

Claire verschwand durch die Schwingtür. Aus dem Verkaufsraum war Lachen zu hören, und als ich anfing, in schnellen, automatischen Bewegungen Sahne zu schlagen und Zucker unterzurühren, legte sich ein Teil der namenlosen, ruhelosen Angst, die immer größer geworden war, seit ich das flaschengrüne Handy in der Tasche meiner Mutter gefunden hatte. Ich trennte Eier und kratzte Vanillesamen in die sich langsam erwärmende Sahne, bis sie auf der Oberfläche tanzten wie winzige kleine Motorboote, dann schnitt ich Butter in kleine Würfel, tat sie zum Mehl und griff nach dem Mixer.

Sie kann dich nicht gehen lassen. Das hatte mein Vater an dem Tag gesagt, an dem ich auszog aus der Rose Hill Road, nach den schlimmsten Monaten, die meine Mutter und ich je miteinander verbracht hatten. Wir hatten meine höchst enttäuschenden akademischen Leistungen in der Schule überstanden und meine schockierend unumstößlichen Pläne, das Bäckerhandwerk zu erlernen. Aber in meinem letzten Sommer zu Hause wurde alles noch schlimmer, bis ich am 1. September auszog. Mein Berufswunsch hatte meine Mutter zutiefst beunruhigt, tatsächlich hatte sie gedacht, ich scherzte, als sie das erste Mal davon hörte. Sie lehnte es rundweg ab, auch nur darüber nachzudenken, und versuchte mich dazu zu bringen, mir Größeres vorzustellen und London zu verlassen. *Du meine Güte, Addie, Backen ist doch für jemanden wie dich kein* Beruf. *Sieh dir Andrew an, er hat einen Plan, er verlässt seine Komfortzone, obwohl es seiner Mum lieber wäre, wenn er zu Hause wohnt, bis er fünfzig ist. Die ganze Welt steht dir offen. Geh und nimm sie dir. Hol dir die Sterne vom Himmel.*

Meine Mutter liebte Andrew, seinen Schwung und seine Entschlossenheit, und wenn ich selbst schon nicht die Führung übernahm, hielt sie es für das Nächstbeste, dass ich in seinem Kielwasser schwamm.

Als ich am Ende in der National Bakery School lernte, die perfekten Zimtsterne zu backen, und mir eine Wohnung mit einem Freund von Andrew teilte, wappnete ich mich für die Enttäuschung meiner Mutter und für einen weiteren Hol-dir-die-Sterne-vom-Himmel-Vortrag. Aber stattdessen gab sie nach monatelangen Debatten auf, sprach vom Abgabetermin für ihr neues Buch und zog sich in ihr Arbeitszimmer zurück, Abend für Abend.

Mir selbst und meinen irrigen Plänen überlassen, begann ich etwas deprimiert meine Sachen zu packen. Ich packte meine Kleidung, sortierte Backbücher aus und organisierte alles Mögliche, während ich versuchte zu verstehen, warum meine Mutter, die im Sommer normalerweise ständig durch den Garten schlenderte oder mit einem von uns durch die Stadt bummelte, praktisch verschwunden war. Ich war mit Veränderungen noch nie gut klargekommen und machte mir gerne Sorgen, dass das Ende einer Ära nah war, aber diese stillen, merkwürdigen Sommerwochen hätten jeden mit Höchstgeschwindigkeit in die Niedergeschlagenheit getrieben.

Schließlich brach mein allerletzter Tag in der Rose Hill Road an. Das Haus war still, als ich aus meinem Zimmer kam und die letzten Sachen in die Halle brachte. Plötzlich hörte ich ein Geräusch. Ein merkwürdiges Geräusch, wie leises Wehklagen, aber so voller Sehnsucht und Verzweiflung und Trauer, dass ich mitten in der Halle stehen blieb, in den Händen einen Karton voller Schürzen. Mein Herz raste, denn das unheimliche Geräusch schien aus dem Arbeitszimmer meiner Mutter zu kommen, dessen Tür verschlossen war. Ich weiß nicht, warum ich nicht nachsehen ging, warum ich nicht die Tür aufriss, um zu sehen, was los war, warum ich sie nicht in die Küche zerrte, damit wir an meinem letzten Tag melancholisch zusammen Tee tranken, wie es andere Mütter und Töchter am Ende einer Ära getan hätten. Ich tat es nicht. Stattdessen setzte ich lautlos den Karton ab, ging auf Zehenspitzen wieder hoch und blieb in meinem Zimmer, bis mein Vater aus dem Büro kam und mich zum Essen rief.

Das Abendessen verlief ausgesprochen still. Venetia war auf einer Jugendfreizeit, und Jas besuchte Granny Harington, also saßen nur mein Dad und ich bei Shepherd's Pie und Blaubeer-Scones, die zwar kein geeignetes Abendessen waren, die ich aber trotzdem gemacht hatte, weil mein Dad sie so gern mochte.

«Ich werde deine Scones vermissen», sagte er, nahm noch eins und bestrich es dick mit Sahne. «Wirklich, Addie. Was soll ich nur ohne sie machen? Und ohne deine Blaubeermarmelade? Und ohne deine Himbeermarmelade? Und ohne die Sahne?» Er zwinkerte mir zu und biss in sein Scone.

«Ach, Dad, ich bin doch nicht aus der Welt. Ich komme ja zu Besuch. Du wirst dir noch wünschen, ich hätte keinen Schlüssel mehr.» Aber ich sah ihn nicht an, und Scones und

Sahne schienen in meinem Mund anzuschwellen, weil ich schon seit dem Nachmittag einen Kloß in der Kehle hatte, der sich weigerte zu verschwinden.

«Das ist nicht dasselbe», sagte er und seufzte. «Es ist nie dasselbe. Die Zeit vergeht so schnell. Man muss sie mit beiden Händen festhalten. So wie man schöne erstgeborene Töchter festhalten muss, die zu aufregenden Scone-Back-Abenteuern aufbrechen und hoffentlich ab und zu mal zu einer Partie Schach vorbeikommen und ganz viele Arbeitsproben mitbringen.» Aber sein Lachen klang gezwungen, und er räusperte sich umständlich.

«Ich bin so stolz auf dich», fügte er unerwartet hinzu.

«Ja?» Ich war überrascht und sehr gerührt. «Oh Gott, danke, Dad.»

Mein Vater war nicht der überschwängliche Typ, aber jetzt nickte er, als wollte er sichergehen, dass ich es auch begriffen hatte.

«Ja. Wirklich stolz. Du wirst das ganz toll machen, das weiß ich. Geh einfach und –»

«Hol die Sterne vom Himmel?», sagte ich bitter, widerstand aber dem Drang, an die Decke zu sehen, wo meine Mutter vermutlich über ihrem Manuskript saß.

«Geh und hab Spaß», sagte er mit fester Stimme. «Mach deine Träume wahr. Was alles so auf diesen albernen Glückwunschkarten steht. Leb dein Leben, *carpe diem* und all das.»

«Na ja …», sagte ich zögernd, «Mum – ich meine, sie ist noch nicht mal hier.»

Ich hielt inne, weil ich in all den Jahren nie fähig gewesen war, mich bei meinem Vater über meine Mutter zu beschweren. Er war zuverlässig immer auf ihrer Seite, wollte kein schlechtes Wort über sie hören und war allerhöchstens dazu zu bewegen, mich zu bitten, «freundlich zu sein». Ich war sicher, dass er versuchen würde, das Gespräch in ungefährlichere Gewässer zu lenken, und überrascht, als er sagte: «Das war wirklich hart für sie. Ich weiß, es wirkt nicht so, es wirkt, als wäre sie sauer oder als wäre es ihr egal. Aber glaub mir, Addie, bitte glaub mir, dass es so nicht ist. Es ist einfach hart für sie.»

«Dass ich ihren hohen Maßstäben nicht gerecht werde, meinst du?», sagte ich bitter. «Dass ich Konditorin werde, muss sie ja wirklich sehr enttäuschen, wenn sie nicht mal zum letzten gemeinsamen Abendessen nach unten kommt. Sie hat sich ja den ganzen Sommer über praktisch nicht sehen lassen.»

«Dass du ausziehst, ist hart für sie», sagte er. «Du warst ihr erstes Baby, in so vieler Hinsicht besonders, und jetzt ziehst du aus. Es wird nie wieder sein, wie es war.»

«Aber sie *will* ja, dass ich ausziehe, dass ich gehe und Großes vollbringe. Sie ist enttäuscht, dass ich nicht nach New York ziehe wie Andrew, um in einem tollen großen Restaurant zu arbeiten, dass ich stattdessen auf Nummer sicher gehe und in London bleibe. Wie soll sie da traurig sein, weil ich nicht mehr zu Hause bin?»

«Sie wünscht sich all das für dich, aber das heißt nicht, dass dein Auszug ihr nicht das Herz bricht. Sie kann dich nicht gehen lassen, Addie. Ich schätze, auf diese Weise versucht sie auszuprobieren, wie es geht. Wie sie dich gehen lassen kann. Wie sie Abschied nimmt.»

«Aber es ist kein Abschied», sagte ich verblüfft. «Ich bin ja noch da.»

«Ich weiß. Sei freundlich. Sie braucht es, mehr denn je, auch wenn sie sich abweisend verhält.»

Er setzte sich aufrecht hin, schüttelte den Kopf und brachte ein weiteres harmloses Lachen zustande, um zu zeigen, dass dieser Teil des Gesprächs nun wirklich abgeschlossen war. «Aber das Wichtigste ist, dass du bald zu deiner Revanche kommst. Schach und Blaubeer-Scones, Addie, am liebsten beides, dann bin ich ein glücklicher Vater.»

Am nächsten Morgen half er mir, das Auto zu beladen, ignorierte munter die verschlossene Arbeitszimmertür und plapperte, als wäre es nicht weiter ungewöhnlich, dass eine Mutter nicht auftaucht, um ihre Tochter in die Welt zu verabschieden. Wir wollten gerade losfahren, als sie doch noch kam. Sie wirkte etwas hohläugig, aber gefasst, nahm mich in den Arm, wünschte mir alles Gute und sagte, sie hoffe, wir sähen uns bald wieder. Und als ich im Wagen saß und mich ein letztes Mal zum Haus umsah, sah ich sie dort stehen, wie sie uns nachblickte, ohne zu winken, und ich fragte mich, ob ich mir beides nur eingebildet hatte, das Gespräch mit meinem Vater und das Wehklagen hinter der geschlossenen Tür meiner Mutter.

Sie kann dich nicht gehen lassen. Ich fuhr mit dem Mixer durch den Kuchenteig. Konnte sie *mich* nicht gehen lassen, weil sie die andere nach unserer Geburt hatte gehen lassen müssen?

Ich formte den Teig zu einer Kugel, packte ihn ein und legte ihn in den Kühlschrank. Als ich den Mixer wieder anstellte und das Eigelb durch den Zucker blass und luftig wurde, dachte ich an meinen Vater, an seine Liebe zu Blaubeer-Scones, an seine Liebe zu meiner Mutter, an seine Liebe zu mir. Nichts wollte ich mehr, als mit ihm zu sprechen, ich wollte ihn sagen hören, dass alles ein seltsamer Irrtum war, dass sich nichts geändert hatte. Aber er war nicht mehr dieser Schach spielende, Scones essende Mensch, der den Dingen einen Sinn geben konnte, und ich wusste, dass ich ihn hiermit nicht belasten durfte, nicht einen Tag nach dem ersten Todestag seiner Frau, nicht bevor ich sicher war, worum es hier überhaupt ging.

Langsam und systematisch führte ich die Bewegungen aus, die ich in der Schule gelernt hatte, ließ mich von der beruhigenden, heimeligen Normalität einlullen, bis ich fast davon überzeugt war, dass irgendjemand irgendwo etwas vollkommen falsch verstanden haben musste.

Hartland, 20. Juli 1958

Sich von jemandem verabschieden zu müssen, den man liebt, ist an sich schon wie ein kleiner Tod, etwas Schreckliches, Hartes, Schwarzes, das sich in der Kehle festsetzt und sich einfach nicht runterspülen lässt.

Sich von Mum zu verabschieden war wohl das Schwerste, was ich je tun musste, weil ich wusste, wenn ich wiederkäme, würde alles anders sein. Während ich ins Auto stieg und die Bough Road entlangfuhr, aus der Stadt und in die Landschaft, fühlte ich mich die ganze Zeit taub und wie eine Hülle, als hätte ich mein ganzes Inneres zu Hause bei meiner Mutter gelassen. Normalerweise hätte ich es geliebt, mit dem Auto zu fahren, das wir so selten benutzten, nur für gelegentliche Wochenendausflüge und die Ferien im Lake District. Aber dann wäre auch meine Mutter dabei gewesen, aufgekratzt und gesund, hätte auf alles Mögliche gezeigt, Brote aus dem Picknickkorb geholt und Spiele erfunden, wenn mir langweilig wurde.

So waren es nur mein Vater und ich, und es war nicht mal wirklich ich, nur meine äußere Hülle, die am Fenster lehnte und ihn beobachtete, das konzentrierte Profil, als wir die Stadt hinter uns ließen und Richtung Küste fuhren. Wir hätten auch den Zug nehmen können, aber ich glaube, Vater wollte nicht schäbig wirken, wollte gesehen werden, wie er mit seinem eigenen Morris Minor vor dem Haus vorfuhr. Die Fahrt dauerte lange, denn die Straßen waren holprig und schmal und schlecht ausgeschildert. Wir schienen endlos im Kreis zu fahren, und Vater wirkte irgendwie nervös.

Endlich führte uns ein kleiner Feldweg zu einem enormen schmiedeeisernen Tor: Wir hatten Hartland erreicht. Er hielt an, stieg aus und ging zum Tor, sichtlich unsicher, wie ein Filialleiter sich diesem Anwesen nähern sollte, das offenbar viel größer war, als er angenommen hatte. Ihn so überfordert zu sehen riss mich aus meiner Benommenheit, und ich stieg ebenfalls aus. Gemeinsam standen wir da und sahen die geschwungene Auffahrt unter riesigen Platanen hinauf. Ich steckte das Gesicht durch das Tor in die Spätnachmittagssonne, um das Haus am Ende des Weges besser sehen zu können, aber er zog mich zurück, sagte, ich solle mich anständig benehmen, und fing an, mir einen Vortrag darüber zu halten, wie man sich als Gast verhielt. Ich hörte nicht richtig zu, weil das Haus meine ganze Aufmerksamkeit in Anspruch nahm. Ich hatte einfach eine größere Version von Bough Road Nummer sieben erwartet, ein einzeln stehendes, kompaktes georgianisches Steinhaus. Dieses Haus aber war viel größer, wenn auch nicht ganz so weitläufig wie die Herrenhäuser, die ich mit Mum besucht hatte. Der Platz vor dem Haus war so groß, dass Autos wenden konnten, und mit leuchtend weißen Kieseln bedeckt, die ihm einen hellen, beinahe überirdischen Schimmer verliehen, und das Haus selbst wirkte luftig und einladend mit seinen honigfarbenen Mauern, den weiß eingefassten Fenstern, den bogenförmigen Giebeln und Schornsteinen. An den Seiten duckten sich ein paar kleinere Gebäude unter die Bäume, und dahinter glaubte ich abfallende Rasenflächen zu sehen, an deren Ende noch mehr Bäume standen. Das mussten die Gärten sein, von denen Mum gesprochen hatte.

Ich wollte traurig bleiben, ich wollte nicht hier sein wollen, aber als ich das Haus sah, spürte ich, wie sich mein Körper mit etwas Neuem füllte, wie ich wieder ich wurde. Es ging gar nicht anders bei diesem Anblick, beim Duft der frischen Luft und mit der warmen Sonne im Rücken. Aus den Ställen kam ein junger Mann, der ein Pferd führte. Als er uns entdeckte, machte er einen Riesensatz, und plötzlich saß er auf dem Pferd und galoppierte über die Auffahrt auf uns zu. Ich spürte, wie Vater neben mir zurückwich, und ich tat es ebenfalls, ein bisschen, denn nach Limpsfield und der stillen Autofahrt war dieser Reiter so anmutig und geschmeidig und so vollkommen lebendig, dass man zurückweichen musste, um Platz für ihn zu machen.

Ich verstand seinen Namen nicht, aber er öffnete das Tor, entschuldigte sich und redete und wedelte mit den Händen, und irgendwann stieg Vater wieder ins Auto. Er wollte sichtlich, dass ich dasselbe tat, aber der junge Mann hatte mich schon durch das Tor gezogen und bat mich, das Pferd von der Auffahrt fernzuhalten, während mein Vater vorbei und auf das Haus zu holperte, dann schloss er hinter uns das Tor, sagte irgendwas über Hunde, die weglaufen würden, und das Pferd stand vollkommen ruhig hinter mir und blies warmen Heuatem in mein Haar. Vielleicht war es das Haus oder die furchtbare Fahrt oder die Sonne oder alles zusammen, aber als ich auf das Haus zuging, hinter mir das Knirschen der Hufe auf den Kieselsteinen, neben mir der redende, lachende Mann, schien mein Herz ein bisschen zu schweben.

Vater wartete vor dem Haus auf uns, und man sah an seinen Händen, dass er sich unwohl fühlte und nicht genau wusste, wie er sich einer Familie gegenüber verhalten sollte, die so herrschaftlich war und so locker wie die Shaws. Anders als Mum, die mit Mädchen aus solchen Familien zur Schule gegangen ist und genau gewusst hätte, was zu sagen und zu tun ist, wie man lächelt und liebenswürdig ist. Mum kennt die Shaws noch von der Schule, und ihre Kinder, Harry und Beatrice, sind den Sommer über hier, und Mum hat meinen Besuch hier organisiert. Vater dagegen war nach der langen Fahrt steif und zerknittert und wirkte sauer. Dann kam Janet Shaw auf uns zu geeilt, um uns zu begrüßen, in ihrem Schlepptau noch mehr Leute, die lachten und durcheinanderredeten. Ein Mann nahm meinen Koffer mit, und ein anderes Mädchen begrüßte mich. Ich wurde von der Menge hin und her geschoben, schüttelte Hände, nickte und lächelte. Als ihnen bewusst wurde, dass Vater gleich wieder fahren und nicht zum Tee bleiben würde – was ich etwas unhöflich von ihm fand –, lief sofort jemand zum Tor, um es für ihn zu öffnen.

Als Vater ins Auto stieg, spürte ich wieder dieses tiefe stechende Ziehen wie zu Hause und eine Benommenheit, als wäre ich im Inneren einer Muschel. Und plötzlich wollte ich nicht, dass er fährt, weil er meine letzte Verbindung zu meinem Zuhause ist, zu Mum, und der Gedanke daran, wie sie im Bett liegt und darauf wartet, dass Vater spät am Abend zurückkommt und von diesem sonnigen Ort, all diesen lustigen, lauten Leuten erzählt, war beinahe unerträglich. Obwohl ich wusste, dass auch das unhöflich wirken musste, lief ich meinem Vater hinterher und griff nach seinem Arm. Er wurde noch ärgerlicher, denn er mag es nicht, wenn Mädchen in der Öffentlichkeit aus der Rolle fallen. Es kommt nicht oft vor, dass ich mich gegen ihn behaupte, aber gestern Abend tat ich es. Ich ließ ihn versprechen, dass er anrufen würde, sobald sich die Lage zu Hause änderte. Ich will dort sein, wenn es passiert. Das sagte ich ihm sehr langsam und wahrscheinlich zu laut, denn ich sah, wie Janet Shaw, die mir hinterhergekommen war, die Stirn runzelte. Aber ich sah meinem Vater direkt ins Gesicht, um sicherzugehen, dass er verstanden hatte, was genau ich meinte. Er muss verstehen, dass ich zu Hause sein will, um mich zu verabschieden. Er muss.

Dann fuhr er ab, und ich sah ihm nach. Janet musste alle Leute ins Haus gescheucht haben, denn am Ende winkten nur sie und ich dem Auto nach, bis es um die Kurve verschwand. Dann führte sie mich hinein. Sie hatte ihren Arm um mich gelegt, was mir unangenehm war, weil sie mich doch gar nicht kennt, und ich war froh, als sie drinnen eine Tür öffnen und mich loslassen musste. Ein Mädchen wartete darauf, mich in mein Zimmer zu bringen, aber Janet winkte sie fort und brachte mich selbst, schien auch dann noch widerwillig zu gehen und fragte immer wieder, ob alles in Ordnung wäre, ich solle unbedingt sagen, wenn ich irgendwas brauchte, egal, ob tagsüber oder nachts. Ich nickte, als ob ich das tatsächlich vorhätte, aber natürlich wecke ich sie nicht mitten in der Nacht, weil meine Mutter allein zu Hause ist.

Ich war erleichtert, als sie die Tür schloss, gleichzeitig war es seltsam, denn zu Hause war meine Tür immer offen. Ich wartete, bis alles still war, dann guckte ich um die Ecke, um zu sehen, ob sie dort wartete, ob es vielleicht ein Missverständnis war und ich meine Tür doch offen stehen lassen sollte. Aber es war niemand dort.

Hartland, 24. Juli 1958

Ich habe das Schreiben etwas vernachlässigt, weil ich anfangs nicht sicher war, ob ich es darf. Nachdem Janet mich in meinem Zimmer allein gelassen hatte, versteckte ich mein Tagebuch in der Ritze zwischen der Matratze und der Wand. Das ist zwar kein so gutes Versteck wie das zu Hause, aber es wird fürs Erste reichen. Vater mag es nicht, wenn Leute Geheimnisse haben, er mag auch keine Tagebücher – zu viel Phantasie und Gefühl, sagt er –, also habe ich es immer vor ihm versteckt und nur geschrieben, wenn ich wusste, dass er nicht da oder bei Mum ist, oder ich habe etwas Sand vor meine Tür gestreut, damit ich das Knirschen rechtzeitig höre.

Aber nach ein paar Tagen hier bin ich ziemlich sicher, keinen Sand und keine Verstecke zu brauchen, was gut ist, weil ich ständig werde schreiben müssen, um alles festzuhalten, was hier anders ist, alles, was passiert, um Mum davon erzählen zu können, wenn ich in ein paar Wochen wieder zu Hause bin. Alle machen ständig irgendetwas Aufregendes, und niemand schert sich darum, was die anderen machen, solange niemand das Tor offen lässt, weil die Welpen nicht auf die Straße dürfen. Es schert auch niemanden, was ich mache, und niemand nimmt an, ich würde irgendwas Unrechtes tun. Im Gegenteil, alle fragen mich ständig, ob es mir gutgeht. Ob ich Hunger habe? Durst? Müde bin? Gut geschlafen habe? Mir ist das jedes Mal unangenehm, weil immer alle sofort aufhören zu reden, um meine Antwort zu hören, und dann überbieten sie sich immer alle darin, sicherzustellen, dass ich alles habe. Vielleicht muss ich versuchen, mich besser einzufügen; vielleicht muss ich mir mehr Mühe geben, fröhlich und glücklich zu wirken, damit sie aufhören zu fragen.

Das Haus ist voller Leute, und ich habe ein Zimmer im Obergeschoss. Sie entschuldigen sich immer wieder für die Lage und die Größe des Zimmers, das offenbar mal eine Dienstbotenkammer war, aber wenn ich sage, dass ich es sehr schön und gemütlich finde mit dem Messingbett und den einfachen Holzmöbeln und dass ich die Abendsonne liebe, den leuchtend honiggelben Stein und die Bäume vor meinem Fenster, nicken sie nur skeptisch. Ich sage ihnen nicht, dass es für mich ein Luxus ist, in diesem hellen kleinen Raum zu sein und die Tür zumachen zu können, ein Luxus, dem ich nur langsam zu trauen beginne. Dass es wunderbar und anders ist, morgens warm und frei und frühstücksfertig im Bett zu liegen, Tagebuch zu schreiben und darauf zu lauschen, wie um mich herum dieses schöne, luftige Haus erwacht. Es riecht hier am Morgen so anders: nach Grün, das über Nacht gewachsen ist, nach Tau, der sich auf dem Krocketrasen gesammelt hat, nach Rauch aus den Schornsteinen, und dann ist da der wunderbare Duft von Kaffee und Schinkenspeck und getoastetem Brot. Ich wünschte, ich könnte diesen frühen Morgen in eine Flasche füllen und Mum schicken, mit all seinen Verheißungen und der fröhlichen Betriebsamkeit von Menschen, die frei haben. Nicht wie in Limpsfield, wo Mum auf ihren schönen Garten blickt, um den sie sich nicht mehr kümmern kann, und sich Geschichten aus einer Welt anhört, an der sie nicht mehr teilhat.

Aber ich darf mir nicht so viele Gedanken um sie machen, denn das hat sie mir ausdrücklich verboten. Gestern kam ein so lieber Brief von ihr, sie hat mir geschrieben, was sie alles im Radio gehört hat und dass sie jedes Mal an mich denkt, wenn sie *Mrs. Dale's Diary* hört. Sie schreibt, dass Dora ihr viele frische Blumen gebracht hat und dass eine Nachbarin da war, um ihr vorzulesen. Ich versuche mir vorzustellen, wie Mrs. Peckitt oder Mrs. Smith die Treppe hoch- und den Flur entlanggehen, sich die Hände an ihren Hauskleidern abwischen und sie mit einem gesunden, kompetenten Lächeln begrüßen, aber auch wenn ich es nicht klar vor mir sehe, höre ich das gern. Sie schreibt, sie möchte nicht, dass ich überhaupt an sie denke, weil alles gut ist, und nur, um sicherzugehen, schreibe ich alles auf, was ich mache, damit ich ihr davon erzählen kann, wenn wir uns wiedersehen.

Und hier passiert in jedem Fall genügend, um ganze Tagebücher zu füllen oder jede Stunde einen Brief zu schreiben, also tue ich das, ich schreibe und schreibe und schreibe, weil ich es kann und weil ich es möchte und weil sich niemand daran stört.

Hier leben und arbeiten mehr Leute, als ich je in einem einzigen Haus gesehen habe. Zu Hause haben wir nur Dora, die zu uns kommt, um zu kochen und die Wäsche zu machen, und Bridget, wenn wir zusätzliche Hilfe brauchen. Wir haben neben dem Wohnzimmer drei Zimmer und unten eine Küche. Damit haben wir mehr Platz als die meisten anderen in unserem Viertel, aber verglichen mit hier, ist es gar nichts, rein gar nichts, dabei ist das hier offenbar auch nur ein mittelgroßes Landhaus. Ein schlichtes Familienheim, hat Janet mit ihrem breiten Lächeln gesagt und von ihrer Londoner Wohnung erzählt, die wohl «ziemlich groß» ist. Ich habe sie ebenfalls angelächelt und bin weggegangen, aber natürlich weiß ich, dass Hartland nichts Schlichtes an sich hat und dass die Londoner Wohnung auch nicht «ziemlich groß» ist. Sie scheinen überhaupt keine Vorstellung davon zu haben, wie andere Familien leben. Dass Wohnraum für die Mehrheit der Menschen wertvoll und rar ist, dass in London ganze Viertel noch nicht wieder aufgebaut sind nach dem Blitzkrieg, dass Menschen sich in Elendsquartieren zusammendrängen oder zu zehnt in einem Haus und von der Großmutter bis zum Untermieter in einem Schlafzimmer stecken wie die Sardinen. Dass niemand, den ich kenne, in einem Haus lebt, das so groß und offen und golden ist wie dieses, das mitten in grünen Hügeln liegt, wo die Schwalben fliegen, mit einer großen Terrasse, von der aus man die Gärten sieht und die kleinen Wälder in der Nähe. Auf der Landkarte, die in Abel Shaws Arbeitszimmer hängt, habe ich gesehen, dass Hartland ganz nah am Meer liegt, so nah, dass man es an manchen Tagen riechen kann, ganz, wie Mum es erzählt hat, etwas Frisches, Salziges liegt dann in der Luft. Ich kann von dieser würzigen Brise gar nicht genug bekommen und wünsche mir immer so sehr, dass Mum bei mir wäre, weil die frische Luft so gut für ihre arme Lunge wäre.

Zum Abendessen an meinem allerersten Tag holte mich Beatrice ab, die wirklich nett ist und mich unter ihre Fittiche genommen hat, was gut ist, denn wenn sie nicht wäre, würde ich mich hier verlaufen. Es scheint überall noch mehr Räume zu geben, für jeden Zweck und jede nur denkbare Tätigkeit einen: eine Stiefelkammer, ein Billardzimmer, eine Vorratskammer, ein Musikzimmer, Schlafzimmer und Wohnzimmer und Salons und eine Bibliothek. Ich brauchte eine Weile, um zu kapieren, dass das Haus gar nicht so riesig ist, dass es einfach nur sehr viele lange verwinkelte Flure und Treppen hat. Eigentlich bräuchte man eine Karte, um zum Frühstück nicht zu spät zu kommen. Allerdings habe ich gemerkt, dass es überhaupt niemanden stört, wenn man zu spät zum Frühstück kommt. Die Eier und Würstchen und alles andere liegen in jedem Fall bereit und werden warm gehalten, und es gibt haufenweise Toast und Marmelade, und wenn irgendwas aufgegessen ist, taucht jemand auf und bringt noch mehr von dem, was man sich wünscht. Am ersten Tag habe ich so viel gegessen, dass mir ein bisschen schlecht wurde.

Bei den Shaws sind immer viele junge Leute zu Besuch. Da sind John und Harry und Felicity und Will – die sind alle älter, schon über zwanzig. Nur Beatrice, Harrys Schwester, ist so alt wie ich und Johns Cousin, Bert, der furchtbar schwitzige Hände hat und den offenbar keiner richtig leiden kann. Jeden Tag schlagen sie neue Ausflüge vor: ausreiten und Picknicks machen, ein altes Kloster besichtigen oder spazieren gehen, endlos lange essen, auf der Terrasse Tee oder andere Getränke trinken und nachmittags Krocket spielen. Mir wird ganz schwindelig von der ganzen Fröhlichkeit, und ich fürchte, ich habe nicht mal annähernd genug Kleidung dabei für all das, was wir machen. Sie waren ganz entsetzt, als sie mitbekamen, dass ich nicht reiten kann, was Abels große Leidenschaft ist (und seine Arbeit, glaube ich). Sie wollen es mir schnell beibringen, damit ich dabei sein kann.

In ein paar Tagen fahren wir an die Küste, um mit dem Schiff rauszufahren. Als sie hörten, dass ich auch nicht richtig schwimmen kann, waren sie noch entsetzter, es war, als würden sie alle gleichzeitig nach Luft schnappen. In ihrer Welt voller Internate und Hockeyspiele und Krocket und Skifahren ist das offenbar unvorstellbar, aber ich bin die Tochter eines Bankangestellten aus Limpsfield, und Schwimmen habe ich zusammen mit dreißig zitternden, blaulippigen Kindern im örtlichen Schwimmbad «gelernt», wenn die Lehrer gerade mal Zeit hatten, mit uns dort hinzugehen. Wie sich herausstellt, bin ich dafür ganz schön gut im Krocket, und das, obwohl es gar nicht mal so leicht ist, sich zu konzentrieren, wenn es so schön warm ist und duftet wie im Himmel. Der Rosengarten verlockt mich immer, mit meinem Buch zu kommen und mich irgendwo hinzusetzen, und wann immer ich kann, tue ich das auch. Harry hat mir die Bibliothek gezeigt und gesagt, ich darf ausleihen, was ich möchte. Nach meinem Zimmer und dem Garten ist die Bibliothek im

Haus mein Lieblingsort. Sie ist hübsch, mit einem runden Dachfenster, und überall stehen Sofas, obwohl nie jemand da ist, weil alle immer unterwegs sind und irgendwas Lautes, Lebhaftes machen. Es gibt viele Regale voller Bücher, die so alt und mürbe aussehen, als würden sie auseinanderfallen, wenn man eins herauszieht. Aber es gibt auch neuere Bücher, die wahrscheinlich Janet gehören, und viele davon würde ich gern lesen – Anthony Powell und Graham Greene, Ernest Hemingway und Nancy Mitford –, aber ich weiß gar nicht, ob ich bei allem anderen dafür die Zeit finde.

Heute habe ich ein ziemlich gutes Versteck gefunden, direkt an einer Mauer, die den ganzen Tag die Sonne speichert und auch am späten Nachmittag noch warm ist, wenn sie im Schatten der Glyzinie liegt. Ich habe eine kleine Decke mitgenommen, die ich in meinem Schrank gefunden habe, und mich mit zwei Büchern davongestohlen. Eins ist eine wunderbare Geschichte über eine Dame, die Afrika erforscht, es heißt *The Road to Timbuktu*, das andere ist ein jüngerer Roman von Ivy Compton-Burnett. Aber ich saß noch gar nicht lange da, als John kam, der mich gesucht hatte. Er ist der Älteste von allen, ist gerade vierundzwanzig geworden, und arbeitet schon, oben in London. Er hatte den Auftrag, mich aufzuheitern und bis zum Abendessen nicht allein zu lassen. Strikte Anweisung seiner Mutter, hat er gesagt, du darfst nicht allein sein. Seine Augen haben gefunkelt, als er das gesagt hat, und ich glaube, er hat gelacht. Er lacht ständig und bringt auch alle anderen zum Lachen, es ist schwierig, in seiner Gegenwart traurig zu bleiben. Wir sind dann ein bisschen spazieren gegangen, und er hat mir alles über Rosen erzählt und über eine neue Sorte, die der Gärtner kürzlich gezüchtet hat, sie heißt Janie, nach seiner Mutter, und ich habe versucht, mir alles zu merken, damit ich es Mum erzählen kann. Und dann hat er meine Decke und meine Bücher genommen und mich zum Tee mitgenommen. Ich hab ihm nicht gesagt, dass ich gerne allein bin, hier, wo es so gut duftet und alles so weit ist, genug Raum zum Lesen und Schreiben und An-meine-Mutter-Denken. Aber andererseits hatte ich auch nichts dagegen, mit ihm zurückzugehen und zuzuhören, wie er lacht.

7. Kapitel

«Hier ist jemand für dich, Addie.»

Nachdem ich in meinem etwas luftarmen Büro ganze Papierberge abgearbeitet hatte, stand ich nun in der Küche und dekorierte die vier Möhrentorten für das Kaffeekränzchen der Tochter von Mrs. Jenkins-Smythe. Meine Gedanken drehten sich seit dem Morgen im Kreis, und inzwischen war ich so müde, dass ich mir nur noch Vergessen wünschte, sogar, wenn das Vergessen in Form fünfundachtzig winziger Marzipankarotten kam. Als Claire durch die Schwingtür trat, hatte ich gerade den angenehmen Zustand beinahe tranceartiger Konzentration erreicht.

«Ist Grace schon da? Sag ihr, die Unterlagen für die Steuer liegen auf dem Schreibtisch.»

«Viel besser.» Claire nahm einen Arm voller Baguettes vom Tresen und rollte enthusiastisch mit den Augen, als mein Freund Andrew in die Küche kam, langbeinig und groß und ekelhaft braun, weil er eine Woche mit der Familie seiner Freundin in Marseille gewesen war, während England den nassesten Mai seit siebzehn Jahren erlebte.

«Hey, Ads.» Er runzelte die Stirn, als er sah, wie ich mit orange verfärbten Händen das Marzipan formte. «Was machst du denn da?»

«Ach, nur das Übliche», murmelte ich und schwang das

Messer in einem Bogen, der die Torten, mich und die Existenz einer geheimen Zwillingsschwester umreißen sollte.

«Hattest du einen schönen Urlaub, Andrew?» Claire drückte sich albern grinsend an der Tür herum. «Pass bloß auf, dass du wieder weg bist, wenn Grace kommt. Hier sind keine Zivilisten erlaubt, aber ich sag nichts.»

«Claire, nimm die doch schon mal mit nach vorne», sagte ich, und Claire zog sichtlich widerstrebend Richtung Verkaufsraum ab.

Andrew betrachtete mich prüfend.

«Du siehst furchtbar aus», sagte er. «Kaum bin ich mal eine Woche weg …»

Er beugte sich neben mir über die Arbeitsplatte. Die Sonne fiel schräg durch das hohe Fenster und ließ die hellen Strähnen in seinem blonden Haar aufleuchten, das der ganze Stolz seiner Mutter war. Er wirkte unwahrscheinlich sauber und knackig, wie ein frischgebügeltes weißes Hemd, ich dagegen fühlte mich zerknautscht und orange verfärbt, und meine Haare versuchten ungeduldig, dem Haarnetz zu entkommen.

«Danke sehr.» Ich widmete mich wieder dem Marzipan. «War ein langer Tag.»

«Es ist erst ein Uhr.» Um seine dunkelblauen Augen bildeten sich amüsierte Falten. «Wie war das Gruppentrauern gestern? Ich hab vom Zug aus ein paarmal versucht, dich anzurufen. Wahrscheinlich bist du froh, dass es vorbei ist.»

«Du hast ja keine Ahnung», murmelte ich, und eine wilde Minute lang war ich versucht, ihm die Ereignisse der letzten vierundzwanzig Stunden zu erzählen, doch dann entschied ich mich widerstrebend dagegen. James Merck und meine Mutter und Phoebe Roberts gehörten nicht in Graces Küche und zu den vier Torten, die vor mir standen.

«Warum bist du nicht in Marseille und schmeichelst deinen Schwiegereltern?», fragte ich stattdessen. Ich sah ihn direkt an, und mir fiel auf, dass er seltsam unruhig wirkte. «Ist was nicht in Ordnung?»

Er nickte. «Claudettes Brüder mochten mich nicht besonders, und ihre Mum war ein totaler Eisberg. Sie wollen, dass sie so bald wie möglich das Restaurant übernimmt, und sie scheinen zu denken, dass ich ihr dabei im Weg stehe.»

«Warum bloß.» Ich rollte mit den Augen. Beinahe hatte ich Mitgefühl mit den fernen Duponts. Andrew war schon seit langer Zeit immer mal wieder mit einer hübschen Französin namens Claudette zusammen, die eigentlich seit drei Jahren das Restaurant ihrer Eltern übernehmen sollte, stattdessen aber in London herumhing und hoffte, dass Andrew sich endlich von seiner *bisque de homard* losriss, sich für sie entschied und mit ihr nach Marseille zog. Ich persönlich fand zwar, dass Andrew ein heftiger Liebeskummer mal ganz guttun würde, war aber gleichzeitig nie so richtig mit Claudette warm geworden, wie eigentlich mit keiner von Andrews Freundinnen. Sie neigten allesamt dazu, total verknallt zu sein, bis sie genug davon hatten, ihn mit toten Hummern, gehäuteten Kaninchen und den Feinheiten einer Consommé zu teilen, haufenweise hysterische Szenen hinlegten und verärgert abdampften. Andrew, der von diesem Wirbel immer leicht amüsiert war, tauchte dann mit einer Tüte zappelnder Fische vor meiner Tür auf und fragte, ob wir mal dieses neue Bouillabaisse-Rezept ausprobieren wollten, von dem er gelesen hatte.

Andrew und ich kannten uns seit dreieinhalb Jahrzehnten, seit er sechsjährig ins Nachbarhaus meiner Eltern gezogen und durch die Hecke in unseren Garten gekrochen war, um mir zu zeigen, wie man richtig Limonade machte. Mit acht ernteten wir unsere erste Ladung ziemlich schrumpeliger Pastinaken und kochten zusammen Suppe; mit zehn zelteten wir im Garten und rösteten über dem Feuer neue Kartoffeln; mit zwölf übernahmen wir das Catering für die Feier von Jaspers sechstem Geburtstag, ein Auftrag, den wir sehr ernst nahmen und für den wir fünfzehn Pfund berechneten; und mit vierzehn begannen wir, uns Notizen für ein Restaurant mit dem Namen *Le Grand Bleu* zu machen, in dem ich für Dessert und Kuchen zuständig sein und in dem Andrew – welch eine Überraschung – Chefkoch sein würde. Andrew und ich hätten nicht unterschiedlicher sein können, aber als er an jenem Tag durch die Eibenhecke kam, war etwas eingerastet, so leicht und unkompliziert, wie es bei Kindheitsfreunden manchmal ist. Und wir waren Freunde geblieben, egal, welche Krisen und hoffnungslosen Romanzen wir gerade durchlebten.

«Jedenfalls hat sich die Lage dann etwas zugespitzt.» Andrew griff mit falscher Gelassenheit nach einer Schürze und kam an meine Seite.

«Oh nein, das machst du nicht», sagte ich warnend und

stellte mich schützend vor mein Marzipan. «Auf das Berühren meiner Möhren steht die Todesstrafe. Ich komme im Moment sowieso schon viel zu wenig dazu, in der Küche zu arbeiten.»

«Dann häng den Manager-Job an den Nagel und werd wieder Konditorin.» Er machte eine Pause. «Jedenfalls hat Claudettes *maman* ein Ultimatum gestellt. Claudette soll sofort zurück nach Marseille ziehen, sonst verliert sie das Restaurant.»

Ich vergaß meine Möhren und starrte ihn an. «Im Ernst?»

Andrew nahm mein Messer, kurz verschwamm das Bild wie bei einem japanischen Stockkampf, und dann fiel eine perfekte winzige Möhre auf die Arbeitsfläche samt Miniaturblättern und einem Krümel Erde. In seinem Gesicht blitzte ein ironisches Lächeln auf.

«Mann, Andrew, echt! Ich hab nicht geschlafen, ich hab noch einen Berg Möhren vor mir, einen noch größeren Berg Papierkram, und Grace kann jeden Moment kommen. So fesselnd dein Liebesleben ist, *sprich* bitte, ansonsten sehen wir uns später.»

«Du wirkst ganz schön erledigt.» Er nahm ein anderes Messer aus der Schublade und gab es mir. «Sicher, dass es dir gutgeht, Addie?» Er sah mich prüfend an, und ich wandte mich wieder meinen Karotten zu, um ihm meine Augenringe nicht auf die Nase zu binden. Nach einer Weile fügte er hinzu, als wäre es ihm nachträglich noch eingefallen: «Na ja, jedenfalls hat sie mir einen Heiratsantrag gemacht.»

«Wirklich?» Ich sah auf und begriff mit einem seltsam

scharfen Stich in der Magengegend, dass ich die liebe Claudette offenbar ziemlich unterschätzt hatte. «Wow. Das ist ja … da sind dann wohl Glückwünsche angebracht», sagte ich vorsichtig und schnitt winzige grüne Blätter aus dem Marzipan, um meine Verwirrung zu kaschieren. «Dann ziehst du also nach Marseille. So plötzlich, hm, da werd ich dich aber ganz schön vermissen …»

Ich versuchte, den nächsten Stich zu unterdrücken, denn in den letzten drei Jahrzehnten hatte ich immer gewusst, wo Andrew gerade war, und ich hatte immer gewusst, dass er zurückkommen würde, und sei es, um mich beim Pub Quiz für meinen schockierenden Mangel an Allgemeinwissen auszuschimpfen. Aber jetzt würde er für alle Zeiten in Marseille sein und an der Seite seiner hübschen kleinen gallischen Ehefrau kochen, mit der er sicher eine Menge Kinder bekommen würde, so blond und fluffig wie Küken in einem Teich. Ich begann die Karotten auf der braunen Kuchenoberfläche zu verteilen und spürte, wie die Angst von heute Morgen sich wieder wie ein kratziger Umhang um mich legte.

«Meine Antwort war nein.»

Andrews Hände folgten meinen und verteilten die grünen Blätter, bis das Ganze aussah wie ein echtes Karottenbeet im Miniaturformat. Ich hatte wohl nicht richtig hingehört, aber zumindest das letzte Wort hatte ich mitbekommen, denn durch mein Innerstes pulsierten Wellen der Erleichterung.

«Nein?» Ich versuchte, nonchalant zu klingen. «Aber du willst schon seit Ewigkeiten dein eigenes Restaurant eröffnen.»

«Aber nicht in Marseille, nicht das Restaurant eines anderen. Weißt du, ich dachte, vielleicht –»

«Und wo ist die arme Claudette jetzt?»

«Sie hat beschlossen, in Marseille zu bleiben. Es lief danach nicht mehr so gut mit uns.»

«Versteh ich gar nicht.» Wieder rollte ich mit den Augen.

Ich nahm die Mittagslieferung Brote aus der Hauptküche entgegen und begann sie auf die Edelstahlbleche zu verteilen, damit Claire sie mit nach vorne nehmen konnte.

«Wir könnten uns doch zusammentun, du und ich», sagte Andrew plötzlich. «Aufhören, nur über *Le Grand Bleu* zu reden, und es wirklich tun.»

Als wir vor Jahren am Küchentisch in der Rose Hill Road angefangen hatten, uns *Le Grand Bleu* auszudenken, sollte es ein Ort kulinarischer Wunder mit ständig wechselnder Karte sein. Dann trennten sich unsere beruflichen Wege, und *Le Grand Bleu* wurde zum Stoff weinseliger spätabendlicher Träumereien, die Art Ausstiegsplan, von dem man immer spricht, wenn die Zeiten hart sind, den man aber niemals umsetzt. *Le Grand Bleu, Baby*, sagte Andrew, wenn sein Chefkoch ihn für einen verpfuschten Fischfond zusammenstauchte. *Ach, Le Grand Bleu*, seufzte ich, wenn ich eine halbe Stunde lang Schokoladentrüffel übereinandergestapelt hatte, nur, um dann festzustellen, dass ganz unten einer kaputtgegangen war. *Le Grand Bleu*, dieser mythische Ort, an dem das Leben perfekt war und der sich mit den Jahren so weit von der Realität entfernte, dass er am Ende nur noch ein Luftschloss war.

«Das gute alte *Grand Bleu*», murmelte ich abwesend und packte die dritte Torte in eine Schachtel. Gott, war ich müde.

«Komm schon, Addie, es wäre phantastisch. Glaubst du nicht?»

«Sicher.» Ich unterdrückte ein Gähnen. Andrew faltete eine vierte Schachtel und hielt sie mir hin. «Du solltest wahrscheinlich gehen. Grace wird jeden Moment hier sein.»

«Ich hab noch ein paar Tage frei. Ich dachte, vielleicht treffen wir uns später. Wir könnten nach einer passenden Lage gucken, Räumlichkeiten suchen.»

Wie die Speisekarte und die Größe des Restaurants war auch die Lage etwas, worüber wir uns schon viele Gedanken gemacht hatten, aber wir waren uns nie einig gewesen, ob das schicke Kensington passender wäre (Andrew) oder das heimeligere Ende der Islington High Street (ich). Deshalb erschrak ich ein wenig, als ich sah, dass Andrew mehrere Hochglanzbroschüren von Maklern aus seinem Rucksack zog. So weit waren wir noch nie gewesen.

«Ich weiß, du bist mit deiner Mum beschäftigt und mit deinem Dad und allem», sagte Andrew und wedelte mir mit den Broschüren Luft zu – ich war wohl ein wenig blass um die Nase. «Deshalb hab ich die hier heute Vormittag schon mal zusammengesammelt. Guck, ich hab uns Termine bei den ganzen üblichen Verdächtigen gemacht, bei Flaxton, Mylor und Steele. Es gibt einiges, es wird nur eine ziemliche Lauferei.»

Ich setzte die letzte Torte ab. So weit waren wir definitiv noch nie gekommen.

«Ähm, Andrew …» Ich versuchte meiner Stimme einen dringlichen Unterton zu geben. «Ich möchte eigentlich keine Termine bei Maklern machen. Ich kann bei Grace nicht einfach aufhören, außerdem gefällt es mir hier. Und *Le Grand Bleu*, na ja, weißt du …»

Wie sollte ich jemandem wie Andrew, der auf der Überholspur des Lebens praktisch geboren worden war, erklären, dass ich nicht die Art Mensch war, die ein Restaurant eröffnete, mit dem Himmelszyklon fuhr oder die Sterne vom Himmel holte?

«Ich bin einfach noch nicht bereit dafür», brachte ich schließlich hervor, zugegebenermaßen ziemlich kleinlaut.

«Doch, bist du», sagte Andrew eindringlich. «Es wird wunderbar. Ich hab massig viel gespart und du ja auch …»

Ich verfluchte mich dafür, dass ich Andrew gebeten hatte, mir bei der Steuererklärung zu helfen.

«… und wir bekommen einen echt guten Gründungskredit. Ich hab mit meinem Bankberater darüber gesprochen und –»

Plötzlich waren auf dem Flur Schritte zu hören, und Andrew ließ die Broschüren geistesgegenwärtig wieder in seinen Rucksack gleiten. Einen Augenblick später stand Grace in der Küche.

«Tagchen», trällerte sie und steuerte auf mich zu, um mich zu umarmen. «Wie geht's dir, Süße? Alles okay? Ich hab gestern an dich gedacht, du musst ja am Boden zerstört sein, du armes Ding.»

Ihr Blick fiel auf Andrew. Zum Glück gehörte sie zu den

wenigen meiner weiblichen Bekannten, die nicht das kleinste bisschen in Andrew verliebt waren (wie auch meine Schwester Venetia), weshalb sie mitten in der Umarmung innehielt.

«Ist mir irgendwas entgangen, hab ich Sie eingestellt?», fragte sie kühl. «Oder was machen Sie sonst hier in meiner Küche?» Sie wandte sich wieder mir zu und sah mich vorwurfsvoll an. «Du kennst doch die Regeln, Addie.»

«Ja, Grace, tut mir leid.» Ich spürte, dass ich rot wurde wie ein Kind, das mit der Keksdose erwischt worden ist. «Er ist nur vorbeigekommen, um mir was zu bringen. Er wollte gerade wieder gehen, stimmt's, Andrew?»

Da Andrew eine Schürze mit ihrem Logo trug und seine Hände von den Marzipankarotten orange und grün waren, war das ganz offensichtlich eine Lüge, aber Grace wandte ihm einfach den Rücken zu und tat, als wäre er nicht da.

«Sind das die bestellten Torten? Zeig mal.» Sie betrachtete kritisch eine nach der anderen und drehte sie, um auch die andere Seite sehen zu können. «Sehen toll aus. Sieh zu, dass die Tortenplatten auch perfekt sind. Mrs. Jenkins-Smythe ist eine langjährige Kundin, und ich will, dass sie uns erhalten bleibt.»

«Ja», sagte ich. «Ich tu mein Bestes.»

Im Büro klingelte das Telefon. «Und ich hab die Formulare gesehen, vielen Dank, Addie. Zuverlässig wie immer. Ich bin den Nachmittag über hier, komm doch auf einen Plausch zu mir, ja? Und Sie –», sie sah Andrew streng an, «– werden dann nicht mehr hier sein. Gehen Sie schon, und zwar schnell. Und wenn Sie bitte die Hintertür nehmen würden.»

«Sind wir hier bei *Jane Austen*, oder was?», zischte Andrew fassungslos, als sie im Flur verschwunden war. Er nahm seine Schürze ab, hängte sie an den Haken und sah mich eindringlich an. «Wie hältst du es aus, dass sie hier reinkommt und deine Arbeit inspiziert? Du bist praktisch schon seit dreißig Jahren Konditorin, und zwar eine verdammt gute! Sie ist ja nicht mal Bäckerin. Alles, was du hier machst, ist Vorgebackenes von der Hauptküche in den Verkaufsraum verschieben.»

«Ich backe auch selbst. Ich dekoriere Torten. Und ich hab diese Vanilleteilchen gemacht –»

«Gut, dann machst du also mal Vanilleteilchen, wenn die Hauptküche es verdaddelt hat. Aber Torten dekorieren und Steuerformulare? Du solltest selbst Gebäck kreieren, du solltest dir brillante Desserts ausdenken. Du verschwendest hier dein Talent, das sage ich dir immer wieder. *Le Grand Bleu*, Ads. Es wäre einfach phantastisch.»

Ehe ich noch was sagen konnte, gab er mir einen schnellen und ziemlich überraschenden Kuss auf die Wange und verschwand durch die Vordertür.

8. Kapitel

Kurz nach fünf war ich in der Küche fertig. Wir hatten die Tablettwagen mit leeren Edelstahlblechen für den Lieferanten der Hauptküche bereitgestellt, der früh am nächsten Morgen kommen würde. Claire hatte vorne noch ein letztes Mal die Regale für den abendlichen Ansturm gefüllt und war gegangen. Ich blieb noch bis halb sechs Uhr. Andrew mit seinen Hochglanzbroschüren hatte mich unruhig und besorgt zurückgelassen.

«Addie», rief Grace aus dem Büro, als ich vorbeiging. «Hast du einen Moment Zeit?»

«Mit der Küche bin ich fertig», sagte ich, sank auf einen Stuhl auf der anderen Seite des kleinen Schreibtischs und zog mir das Haarnetz vom Kopf.

Als ich vor fünfzehn Jahren anfing, für Grace zu arbeiten, bestand ihre Patisserie noch aus einem einzigen kleinen Laden, der Gebäck, Desserts und Kuchen verkaufte, alles von mir vor Ort frisch hergestellt. Als Grace nach ein paar Jahren noch den benachbarten Laden dazukaufte, wurde aus dem kleinen Verkaufsraum mit Küche ein Geschäft mit großem Schaufenster, und es kamen noch drei weitere zu dem in Kensington dazu. Ende des Sommers sollte in Marylebone der fünfte Laden eröffnet werden. Insgeheim hatte ich es so, wie es ganz am Anfang gewesen war, viel mehr gemocht, aber Grace wollte expandieren, und sie wollte, dass ich die Leitung der neuen Läden übernahm. Das war mir alles zu viel. Ich übernahm also nur die Leitung des Ladens, mit dem alles begonnen hatte, und selbst das bereute ich, als mir klarwurde, welchen Raum Steuerformulare, Schichtpläne und Bestellformulare dabei einnahmen. In letzter Zeit fürchtete ich geradezu den Enthusiasmus, den ich in Graces Augen aufleuchten sah, wenn sie ihr neuestes Projekt erwähnte.

«Also, es wird dich freuen zu hören: Startschuss für Marylebone ist im September», sagte Grace so munter, wie sie schon um elf Uhr vormittags gewesen war. «Wenn nach den Sommerferien alles wieder losgeht – perfekt. Aber darüber wollte ich mit dir reden. Ich werde dann sehr viel Zeit dort verbringen, und ich möchte wirklich, dass du dann die anderen Läden übernimmst.»

Ich rieb mir die Stirn.

«Du bist perfekt dafür, Addie.» Sie klang ungeduldig. «Du kennst dich mit den Waren aus, du kannst gut mit Menschen, du arbeitest hart, bist sorgfältig, und du bist mit meiner Vision groß geworden, mit *unserer* Vision. Ich glaube, es wäre der richtige Schritt für dich. Es ist an der Zeit, Addie …»

Sie sprach noch weiter, während ich meine Schürze betrachtete und versuchte, einen Mehlfleck wegzureiben. Warum drängten mich immer alle, zu einer besseren Version meiner selbst zu werden, mehr zu sein, als ich war? Und wo wir schon bei diesen existenziellen Fragen waren, warum musste sich überhaupt ständig alles ändern?

«Also, was meinst du?», fragte Grace strahlend, als ich schwieg. «Komm, Addie, lass mich nicht hängen. Ich brauche dich.»

«Ich denke darüber nach», sagte ich schließlich. «Tut mir leid, Grace, mir geht heute viel im Kopf rum.»

Sofort wirkte sie zerknirscht. «Natürlich, entschuldige. Du siehst auch echt fertig aus, wenn ich das sagen darf. Geh nach Hause, ich mach das hier schon. Geh, iss was Ordentliches …» Sie betrachtete mein Haar, das vermutlich in alle Richtungen abstand, nachdem es dem Haarnetz entkommen war. «… Nimm vielleicht ein Bad.»

Ich zögerte, aber nur äußerlich, denn innerlich war ich nach den letzten vierundzwanzig Stunden wirklich am Ende, nach Phoebe Roberts und James Merck, nach *Le Grand Bleu* und Graces Angebot. Morgen würde ich überlegen, wie ich meinen Dad ansprechen könnte und auch James Merck, morgen würde ich über *Le Grand Bleu* nachdenken und über das *Grace.* Für heute war Schluss. Ich würde mir auf dem Heimweg bei dem italienischen Feinkostladen etwas zu essen holen, ich würde mir die Haare waschen, Ewigkeiten lang schlafen und die Welt Welt sein lassen.

«Wirklich?», sagte ich, aber ich war schon aufgestanden.

«Ja. Ruh dich aus, Süße. Und wegen der Läden sagst du mir Ende der Woche Bescheid, ja?»

Während ich überlegte, wie ich es anstellen sollte, so ziemlich alle Menschen in meinem Leben mit einem Nein zu verprellen, winkte ich den Mädchen, die im Verkaufsraum die letzten Kunden bedienten, und verschwand mit einem letzten *Ping* durch die Tür. Es regnete schon wieder, leichter, kühler Nieselregen, der aus allen Richtungen zu kommen schien, als würde man von der Seite besprüht, und ich war so damit beschäftigt, meinen Regenschirm aufzuspannen und meine Jacke anzuziehen, dass ich erst gar nicht sah, wer neben dem bodentiefen Fenster der Patisserie an der Mauer lehnte. Groß und dünn. Riesige Augen im blassen Gesicht.

«Hallo.»

Phoebe Roberts stieß sich von der Mauer ab und kam mit einem entschlossenen Lächeln auf mich zu. Ich war direkt vor der Tür stehen geblieben, dermaßen überrumpelt, dass mir nichts einfiel, was ich hätte sagen können. Es war so viel passiert, mir ging so viel im Kopf herum, dass ich noch nicht bereit war, die Schlüsselfigur des Ganzen wiederzusehen. Es war zu früh, viel zu früh. Ich überlegte, ob ich noch einfach weglaufen konnte.

Phoebe hatte die Arme verschränkt, dicht am Körper, und in ihrer Armbeuge steckte ein Regenschirm. Sie wirkte unsicher. Offenbar wartete sie schon eine ganze Weile, denn ihre Schuhe waren regennass, und auf ihrem sandfarbenen Trenchcoat glitzerten winzige Wassertropfen.

«Tut mir leid, dass ich so einfach hier auftauche», sagte sie leise. «Ich habe den Namen des Ladens gestern auf der gestreiften Schachtel gesehen, und dann habe ich heute nach Ihnen gesucht. Dies ist die dritte Bäckerei, in der ich gefragt habe. Die Verkäuferin sagte, Sie wären bald fertig, und ich dachte, es wäre besser, als noch mal zum Haus zu kommen.

Ich wollte mit Ihnen reden. Ich wollte Sie was fragen … Es gibt so viel, das ich wissen muss …»

Ich schüttelte unwillkürlich den Kopf. All dieses Wollen und Müssen. Hinter dem Fenster erschien Grace und machte eine freundliche Husch-husch-Geste. Sie mochte es nicht, wenn ihre Angestellten vor dem Laden herumlungerten.

«Dann kommen Sie.» Ich deutete auf die Straße.

«Wo gehen wir hin?» Sie lief neben mir her und wich den entgegenkommenden Fußgängern aus, bis ich ein paar Straßen von der Patisserie entfernt stehen blieb.

«Hier?», fragte Phoebe etwas atemlos und sah zu dem Neonschild hoch. *Stanhope Café.*

Drinnen war es düster, die Tische waren aus Resopal, die Lampen orange, und wie nicht anders zu erwarten, roch es nach ranzigem Fett. Ich nickte dem jungen Mädchen hinter der Theke zu, die fröhlich winkte, und setzte mich ohne Umschweife. Phoebe betrachtete skeptisch den Tisch, dann zog sie ihren Mantel aus und hängte ihn über einen Stuhl, erst dann setzte sie sich.

«Es tut mir leid», sagte sie. «Mir ist schon klar, dass dies nicht der ideale Weg ist, das anzugehen. Ich würde auch nicht gern von einer Fremden verfolgt werden. Ich konnte einfach nicht mehr zu Hause rumsitzen. Ich muss mit jemandem sprechen. Aber so geht es wohl nicht.»

«Okay», sagte ich und atmete ein paarmal tief durch. «Was … ich meine, was wollen Sie denn jetzt von mir?»

Phoebe griff nach den Salz- und Pfefferstreuern aus Plastik und spielte damit herum. Die Kellnerin hinter der Theke hörte zu und polierte immer wieder dasselbe Messer.

«Ich möchte nur reden, das ist alles. Ich weiß, Sie glauben mir nicht richtig, und ein Teil von mir kann das ja selber alles nicht begreifen, aber wenn die Möglichkeit besteht, dass wir verwandt sind, dass wir Zwillinge sind, wollen wir dann nicht versuchen, der Sache auf den Grund zu gehen?»

Sie nickte mir eifrig zu, und ich versuchte, irgendein Zusammengehörigkeitsgefühl zu spüren, irgendwas, das uns durch die schiere Macht unserer gemeinsamen Gene verband. Aber alles, was ich spürte, war ihre Hoffnung, der ich mich irgendwie nicht gewachsen fühlte.

«Ich weiß nicht», sagte ich. «Mit meiner Mutter war es kompliziert. Und ihr Tod … ist immer noch so frisch. Tut mir leid, wenn das etwas lasch klingt, aber ich weiß einfach nicht genau, was ich denken soll.»

«Kompliziert? Warum?», fragte sie. «Hatten Sie kein gutes Verhältnis? Wie war sie denn, und wie … also, ich meine, wenn ich fragen darf», fügte sie hinzu.

Ich fand, dass sie, eine Fremde, eigentlich kein Recht hatte, von mir zu erwarten, dass ich mal eben vierzig Jahre mit meiner Mutter vor ihr auf den Tisch packte. Sie war mir auch so schon so nah auf die Pelle gerückt, uns trennten nur ein paar Zentimeter Resopal. Aber immer wenn ich etwas auf Abstand ging, um Raum zum Atmen zu haben, rückte sie nach.

«Haben Sie Ihren Vater nach uns gefragt?» Sie musterte meine Gesichtszüge, meinen Oberkörper, meine Haare und

Hände, als suche sie nach Gemeinsamkeiten. Unter ihrem Blick begann mein Nacken zu jucken, und ich spürte, wie sich auf meiner Stirn Schweiß sammelte.

«Nein», sagte ich und versuchte, mich nicht allzu offensichtlich zurückzulehnen. «Ich habe ihn nichts gefragt. Und ich weiß auch nicht –»

«Er muss etwas wissen. Vielleicht könnte ich mit ihm reden? Oder wir beide? Wir könnten uns treffen und –»

«Nein.» Der Stuhl kreischte laut, als ich ihn zurückschob. «Augenblick mal, bitte. Sie können nicht mit ihm sprechen, tut mir leid. Nicht so. Ich muss eine Möglichkeit finden, als Erste mit ihm zu reden.» Ich bemühte mich, meine Stimme zu zügeln. «Es geht ihm nicht gut, und … und ich weiß einfach nicht, ob er das alles packt.»

Ich hatte wild gestikuliert, und sie lehnte sich zurück, Salz- und Pfefferstreuer in den Händen wie winzige Gewichte.

«Das *alles*?», wiederholte Phoebe Roberts.

«Ja», sagte ich und wischte mir mit der Hand über die Stirn. «Ich brauche einfach Zeit. Sie wissen das seit Wochen. Ich erst seit gestern.»

«Aber –»

«Tut mir leid, Phoebe. Ich muss mir erst mal darüber klarwerden, ob …» *Es überhaupt stimmt*, wollte ich eigentlich sagen. Aber obwohl ich es nicht tat, hatte sie es verstanden.

«Also wirklich, Adele! Ich bin vierzig. Ich habe ein gutes Leben. Warum um alles in der Welt sollte ich mir das ausdenken?» Ihr Blick war jetzt hart wie Stein. Hinter der

Theke legte die Kellnerin das Messer weg und rief etwas nach hinten.

«Ich hab keine Ahnung», sagte ich, «aber wer taucht denn einfach bei Leuten zu Hause auf und wirft ihnen so eine Bombe in den Schoß? Am Todestag ihrer Mutter. Wer macht so was?»

«Soll das heißen, ich bin eine Lügnerin?», fragte sie ungläubig. «Soll das heißen, ich soll nicht mehr stören, wie Ihre Schwester gesagt hat? *Stören?*» Sie war laut geworden. «*Ich* störe? Wie denn? Ich wusste doch gar nicht, dass sie tot ist, sonst wäre ich ja nicht gekommen –»

«Schreien Sie mich nicht an», sagte ich. «Ich sage ja gar nicht, dass Sie lügen. Ich bitte nur um etwas mehr Zeit, um einen klaren Kopf zu bekommen. Und ich bitte Sie, nicht bei meinem Vater vor der Tür zu stehen, ohne dass ich vorher mit ihm geredet habe. Ist das so schwer zu verstehen?»

«Ja, ehrlich gesagt schon.» Sie funkelte mich an. «Wissen Sie, wie sich das anfühlt, herauszufinden, dass alles, wovon man wie selbstverständlich ausging, eine Lüge ist? Zu hören, dass einen die eigene Mutter weggegeben hat, einfach so, und dann vor ihrem Haus zu stehen, nur, um zu erfahren, dass sie *tot* ist? Zu erfahren, dass Sie und Ihre Schwester die ganze Zeit da waren, ich aber weggegeben wurde? In Ihrem kuscheligen Zuhause ist es sicher schwer vorstellbar, wie sich das anfühlt.» Ihre Stimme klang scharf. «Und jetzt darf ich nicht mit Ihrem Vater reden, weil Sie ihn nicht mit Geschichten über einen Zwilling belasten wollen.»

«Aber wir sind keine Zwillinge!»

Ich hatte keine Ahnung, wo das herkam, aber kaum hatte ich es ausgesprochen, schlug ich mir die Hand vor den Mund, als könnte ich die Worte so wieder hineinschieben. Die namenlose Angst, die mich den ganzen Nachmittag begleitet hatte, war auf einmal weg, und mir war etwas übel. Phoebe auf der anderen Seite des Tisches war plötzlich ganz still geworden.

«Oh Gott, es tut mir leid. So hab ich es nicht gemeint.» Ich zwang mich, ihr in das zugleich aufgebrachte und versteinerte Gesicht zu sehen. «Es tut mir wirklich leid. Ich bin es den ganzen Tag im Geiste durchgegangen und weiß überhaupt nicht mehr, was ich denken soll. Es ist einfach so … hart.» Ich stammelte beinahe. «Ich meine … nicht hart, sondern … es ist so schwer zu glauben. Nicht, weil das alles Lügen wären oder so, es ist einfach so … groß. Für meinen Vater ist es im Moment schwierig, wenn Sie ihn kennen würden, würden Sie verstehen –»

«Adele», unterbrach Phoebe mein Geschwafel. «Wir sind Zwillinge. Wir wurden nach der Geburt getrennt. Er ist der Einzige, der irgendwas über die Situation wissen kann. Wir *müssen* mit ihm reden.»

«Er –»

Aber sie hörte nicht zu. «Vielleicht weiß er allerdings auch nichts. Vielleicht hat sie es vor ihm geheim gehalten. Möglich wäre es, obwohl sie wahrscheinlich …» Sie wiegte den Kopf hin und her, als versuche sie sich über etwas klarzuwerden.

Ich starrte sie an. «Wovon reden Sie denn? Was geheim

gehalten? Meinen Sie, sie ist einfach aus dem Krankenhaus nach Hause spaziert, eben nur mit einem Kind statt zweien? *Hi, Schatz, ich bin wieder da?*»

Phoebe hielt mitten in der Bewegung inne und sah mich überrascht an. Ihr Blick ruhte eine Weile auf mir, und plötzlich hatte ich den Eindruck, dass sie sich ihre Worte genau überlegte. «Adele, unsere Mutter hat die Monate vor der Entbindung in einem Heim für unverheiratete Mütter verbracht, für alleinstehende Frauen mit Problemen. Unten in der Nähe von Brighton. Sie muss direkt von dort ins All Saints Hospital –»

«Was? Wovon reden Sie denn da?»

«Das stand in dem Heft», sagte sie behutsam. «Wissen Sie? Das kleine Heft mit den Namen, das ich Ihnen gestern gezeigt habe. Ich habe irgendwo gelesen, dass –»

«Zeigen Sie es mir noch mal. Jetzt.» Meine Stimme klang ungewohnt bestimmt, und das «Bitte», das ich noch schnell anhängte, ließ es kein bisschen weniger wie einen Befehl klingen.

Phoebe kramte in ihrer Tasche, zog das Notizbuch hervor und wischte einen nicht existenten Krümel vom Tisch, ehe sie es darauflegte. Ich griff danach und schlug es mit zittrigen Fingern auf. Da war sie wieder, die blaue Tinte, die sorgfältigen Rundungen der Schrift meiner Mutter.

Babys heute besonders aktiv. Babys. Die Seite hatte ich gestern nicht gesehen. *Bauchumfang, wie er sein soll.* Ein paar Seiten weiter war ein Stempel: *Die Wohltätigen Schwestern, Brighton. 12. Dezember 1959.*

«Ich hab es nachgelesen», sagte Phoebe. «Manchmal wurden die Mütter ermuntert, eine Art Schwangerschaftstagebuch zu führen oder Briefe an die Babys zu schreiben. Das sollte später bei der Trennung helfen.»

Ich blätterte das Heft durch. Als ich mit dem Fingernagel an einer Ecke hängen blieb und sie einriss, zuckte Phoebe zusammen, was ich ignorierte. «Ich verstehe nicht ganz. Was wollte sie denn da? Sie war doch mit meinem Dad verheiratet und –»

«Adele.» Sie klang beinahe, als würde sie sich entschuldigen. «Ihre Eltern haben erst nach unserer Geburt geheiratet. Hier hinten steht ihr Mädchenname und –»

«Nein.»

Ich hatte endlich kapiert, was sie mir über meine Eltern zu sagen versuchte, insbesondere über meinen Vater, und schüttelte heftig den Kopf. Meine untere Gesichtshälfte fühlte sich seltsam starr an. Vor meinem geistigen Auge blitzten einzelne Erinnerungen auf. Mein Vater in dem ersten Restaurant, in dem ich gekellnert hatte, wie er all meine falsch aufgenommenen Bestellungen anstandslos aufaß, damit ich keinen Ärger mit meinem Boss bekam. Wie er beim Schachspielen abwechselnd mir und dem Springer zuzwinkerte, damit ich ihn nicht verlor. Wie er am Ende von *Ein Sommernachtstraum* frenetisch klatschte, weil ich den dritten Esel von links gespielt hatte. Wie er mit all unseren Taschen unter dem Himmelszyklon stand und uns mit der pummeligen Faust von Baby-Jasper zuwinkte. *Du schaffst das, Addie. Einfach nicht runtergucken!*

«Das glaube ich nicht», sagte ich tonlos. «Sie … okay. Ich verstehe zwar nicht, wo Sie herkommen und wie Sie verschwunden sind, und meine Mutter … also, ehrlich gesagt keine Ahnung, was sie so getrieben hat. Meine Eltern waren vierzig Jahre lang verheiratet. Sie hatten drei Kinder und ein Haus und haben letztes Jahr im Red Velvet Club ihre Rubinhochzeit gefeiert. Wir waren eine Familie.»

Sie öffnete den Mund, und in ihren Augen stand etwas, das auf mich so wirkte wie Mitleid. Am liebsten hätte ich sie hinter diesem blöden Resopaltisch hervorgezogen und sie kräftig geschüttelt.

«Ich will nichts mehr hören.» Ich griff nach meiner Tasche.

«Aber –»

«Nein.» Ich gab mir alle Mühe, nicht zu laut zu werden. «Nur weil Ihr Leben auf den Kopf gestellt wurde, können Sie nicht einfach hier hereinplatzen und dasselbe mit meinem machen. Meine Mutter ist vor einem Jahr gestorben. Aber mein Dad ist mein *Vater*, und nichts, was Sie sagen, wird daran etwas ändern.»

«Adele, ich hab den Eintrag im Standesamtsregister gesehen. So habe ich ihren neuen Nachnamen rausbekommen, so habe ich sie gefunden. Sie haben *Monate* nach unserer Geburt geheiratet –»

«Ich muss gehen.»

Ich schob meinen Stuhl so heftig zurück, dass er umkippte, und stieß ihr meinen Finger ins Gesicht. «Und Sie – halten Sie sich von mir fern. Von uns.»

9. Kapitel

Ich stampfte die Treppe zur U-Bahn hinunter und kämpfte mich durch die Menge und auch gleich in die Bahn, ohne groß Rücksicht auf alte Leute oder Schwangere zu nehmen, stellte mich in eine Ecke und starrte mein Spiegelbild in der Scheibe an. Ich sah nicht mich, sondern das Gesicht von Phoebe Roberts, die mir erzählte, dass mein Vater gar nicht mein Vater war, sondern ein Fremder, der mich seit vierzig Jahren belog. Aber sie wusste doch nicht das Geringste über meine Familie, und schon gar nicht, wie sehr er mich liebte. Ich weigerte mich zu glauben, dass er mir die Unwahrheit gesagt hatte, dass er die Unwahrheit *über mich* gesagt hatte und über Phoebe Roberts und die Rubinhochzeit und eine Million anderer Dinge, von denen ich noch nicht einmal eine Ahnung hatte. Nachdem ich den ganzen Tag versucht hatte, die Schultern zu straffen und einfach weiterzumachen, spürte ich jetzt förmlich, wie mir die Galle hochkam, und mir wurde klar, dass ich mit meinem Vater reden musste.

An der Haltestelle meiner Eltern drängelte ich mich nach draußen und rannte die Treppe hoch, und ich blieb erst stehen, als ich vor der Tür stand, über der tropfnass die Glyzinien meiner Mutter hingen. Ich betrat die Halle, ließ dabei einen kleinen Schauer auf die Schwelle regnen und schleuderte meine Tasche auf den Boden.

«Hallo? Jemand zu Hause?»

Aus der Küche drang eine Stimme, dann waren Schritte zu hören. Einen Moment später erschien Mrs. Baxter, in einer Hand eine nicht angezündete Zigarette, in der anderen den *Telegraph.*

«Addie! Ich hab dich gar nicht erwartet. Du bist ja nass bis auf die Knochen. Wann hört es bloß auf zu regnen? Man wird ja ganz verrückt davon. Wolltest du deinen Dad besuchen?» Sie kam durch die Halle auf mich zu und steckte sich die Zigarette hinters Ohr. «Ich hab dich vorhin versucht anzurufen, Liebes. Ich dachte, du und … Ist was passiert, Addie? So hab ich dich ja noch nie gesehen. Komm, wir machen erst mal die Tür zu, und dann trinken wir eine Tasse Tee.»

«Ich wollte Dad besuchen.» Ich reckte den Hals, um zu sehen, ob er hinter ihr die Treppe hochkam.

«Er wird sicher gleich zurück sein. Komm, gib mir deine Jacke. Es geht um diese Frau, oder? Deshalb hab ich auch angerufen. Sprich mit mir, Addie. Ich will helfen.»

Sie legte mir die Hände auf die Schultern. Ich kannte Mrs. Baxter seit fast dreißig Jahren. Seit ich denken konnte, hielt sie mit ihren wilden orangefarbenen Haaren und den mit heiserer Raucherstimme gesungenen Liedern die Rose Hill Road zusammen. Mrs. Baxter war diejenige gewesen, die mir von Frauendingen erzählt hatte *(Nervt total, Liebes, einfach Zähne zusammenbeißen, mehr kann man nicht machen)* und von Jungs *(Mit ihnen ist es eigentlich dasselbe).* Sie hatte mir beigebracht, Brotauflauf und Würstchen im Schlafrock zu machen, und ihre Besessenheit vom Geschmack geriebener Orangenschale hatte meine Madeleines zur Spezialität vom *Grace* gemacht. Sie war immer da, vor sich eine Tasse Tee und ein Stück Kuchen, immer bereit, von ihrem Buchclub zu erzählen, von den Pokerabenden im Gemeindehaus und den Campingtrips durch Italien, die sie einmal im Jahr mit ihrem Mann unternahm. Aber gerade jetzt wollte ich sie nicht ansehen, wollte ich nicht auf noch jemanden wütend sein, weil er womöglich mehr über mich wusste als ich selbst.

«Nein.» Ich schob ihre Hände von meinen Schultern, und sie zuckte zusammen. «Ich hab das ganze Jahr lang Rücksicht genommen und um den heißen Brei herumgeredet, jetzt muss ich mit ihm reden, jetzt brauche *ich ihn.* Wir sind doch erwachsen, Herrgott, wenn *ich* damit umgehen kann, wird *er* es wohl auch können.»

«Womit? Damit, dass diese Frau mit dieser komischen Story auftaucht?», fragte Mrs. Baxter, zum Glück ganz sachlich. «Venetia sagt –»

«Venetia sagt, Venetia sagt», äffte ich sie nach, und Mrs. Baxters Augenbrauen verschwanden in ihrem dunklen Haaransatz. Ich schämte mich sofort, war aber zu aufgebracht, um jetzt noch den Mund zu halten. «Venetia hat doch überhaupt keine Ahnung. Zu rechtfertigen, was Mum macht, ist ihre Spezialität, war es schon immer. Wissen Sie überhaupt, was los ist?»

Mrs. Baxter schüttelte den Kopf. «Offenbar nicht», sagte sie ruhig.

«Diese Frau, Phoebe Roberts, ist bei mir im Laden aufgetaucht, einfach so, mit diesen ganzen Informationen, und hat Fragen über Mum gestellt. Und sie hat gesagt», ich schnappte nach Luft, «sie hat gesagt, dass meine Eltern erst geheiratet haben, nachdem wir geboren waren, und dass Dad nicht –»

Zu meiner enormen Erleichterung wirkte Mrs. Baxter überrascht, geradezu perplex. Wenigstens hatte sie es nicht auch gewusst und mich angelogen wie alle anderen.

«Wussten Sie das?», fragte ich trotzdem mit angehaltenem Atem. «Irgendwas davon?»

«Nein, nichts», sagte sie schnell, aber dann zögerte sie. «Allerdings wusste ich, dass da irgendwas sein musste, denn sie hatte, denke ich, die klassischen Symptome einer Depression. Nicht immer, aber definitiv nach der Geburt von Jas. Und manchmal in den Wintermonaten. Nachdem du ausgezogen warst, als Venetia ging. Ich hab ein-, zweimal versucht, mit ihr darüber zu reden, aber … na ja, du weißt ja, wie zurückhaltend sie war.»

Ich schwieg, dann schüttelte ich den Kopf und sagte bitter: «Wie sich zeigt, *weiß* ich gar nichts über sie, noch nicht mal, dass Phoebe Roberts und ich *Zwillinge* sind, von irgendeinem Mann, mit dem meine Mutter geschlafen hat, und dass sie Phoebe weggegeben hat, wahrscheinlich, um mir weh zu tun, schließlich hat sie ja immer gedacht, ich wär nicht gut genug, und dann ist sie einfach weggegangen und hat ihren neuen Mann vierzig Jahre lang als meinen Vater ausgegeben, und niemand kam je auf den Gedanken, es mir zu sagen.»

Die letzten Sätze waren lauter herausgekommen als geplant, und Mrs. Baxter wollte gerade etwas sagen, als sie plötzlich an mir vorbeiblickte und mit den Händen eine Bewegung machte, als wolle sie etwas abhacken. Ich fuhr herum und sah meinen Vater in der offenen Tür stehen. Er musste zumindest einen Teil des Wortwechsels mitbekommen haben, denn sein Gesicht war weiß, und die Falten wirkten wie tiefe Einschnitte.

«Dad», sagte ich, und meine Wangen wurden ganz heiß. Ich sah Mrs. Baxter hilflos an, aber sie schien nicht zu wissen, was sie sagen sollte, sondern starrte ihn nur an, immer noch die Zigarette hinterm Ohr.

«Dad, warte mal.» Ich ging auf ihn zu. «Bitte sag es mir. Es stimmt nicht, oder? Diese Frau, die gestern hier aufgetaucht ist, behauptet, sie wäre mein Zwilling. Und dass du nicht mein richtiger Vater wärest?»

Es klang so lächerlich, dass ich sofort bedauerte, es gesagt zu haben, dennoch hielt ich den Atem an, nachdem ich es ausgesprochen hatte, und wartete darauf, dass er alles bestreiten, nach zwölf Monaten endlich wieder das Kommando übernehmen würde. Aber als ich sah, wie er sich aufrichtete, als müsste er sich wappnen, als ich das Zucken in seinen Augen sah, wusste ich es.

«Dann stimmt es also», sagte ich langsam. «Und du *wusstest* das die ganze Zeit?» Ich ging noch näher an ihn heran, bis er mit dem Rücken an dem alten Garderobenständer in der Ecke stand.

«Addie», sagte er eindringlich, die Faust auf die Brust gepresst. «Dein Vater bin ich. Er gehörte nie dazu. Er war ja nicht mal da. Wir haben seit vierzig Jahren nicht von ihm gesprochen. Aber *ich* war da, die ganze Zeit, und jetzt bin ich auch da. Das ändert zwischen uns überhaupt nichts.»

«Wie konntest du das vor mir geheim halten, wie konntest du es mir nicht sagen?»

«Addie, so ist das nicht, es ist nicht –» Er hielt inne, seine Stimme war sehr heiser. «Mum hat dich geliebt, immer. Mehr, als du je geahnt hast. Ich weiß nicht, was die Frau –»

«So sehr kann sie mich wohl nicht geliebt haben, denn besonders nett behandelt hat sie mich nicht!» Meine Stimme war jetzt sehr laut. «Ständig hat sie an mir rumgenörgelt und mich unter Druck gesetzt und mit Venetia allein schöne Dinge gemacht, aber das hat ja keiner gemerkt, weil alle viel zu sehr damit beschäftigt waren, es ihr recht zu machen. Wie konntet ihr nur? Ich habe seit vierzig Jahren einen Zwilling. Das hat sie nie bedacht, oder? Aber so war Mum eben, sie hat nur an sich gedacht, es ging immer nur um sie, darum, was sie wollte –»

Der Kloß in meinem Hals schnürte mir die Kehle zu, ich wusste gar nicht mehr genau, was ich sagte. Es strömte aus mir heraus wie ein Sturzbach, den ich nicht stoppen konnte, selbst wenn ich gewollt hätte. Mrs. Baxter zog von hinten an mir, aber ich schüttelte sie ab.

«Adele!» Ich wusste nicht, wer das geschrien hatte, aber das Gesicht meines Vaters hatte plötzlich eine furchtbare Farbe angenommen, grau und schweißnass, und sein Mund war nur noch eine schmale Linie. Er holte tief Luft, und gerade, als ich wieder etwas sagen wollte, geschah alles Mögliche auf einmal: Er stöhnte und griff sich an die Brust, seine Gesichtszüge wurden schlaff, und er fiel nach hinten. Hinter mir schrie Mrs. Baxter auf, gleichzeitig war ein Schlüssel zu hören, und die Haustür ging auf. Mein Vater war gegen den Garderobenständer gefallen, der unter dem Druck nachgab und zu Boden ging, wobei einzelne Holzstücke durch die Gegend flogen, und Venetias Bauch schob sich durch die Haustür, gefolgt von ihrem erstaunten Gesicht.

«Was hast du getan?», kreischte sie unnötigerweise, denn sie hatte die Situation auf den ersten Blick begriffen. «Was um alles in der Welt *machst* du denn?»

Ich stand mitten in der Halle und antwortete nicht, denn ich konnte den Blick nicht vom wächsernen Gesicht meines Vaters lösen. Wie durch einen Schleier hörte ich Venetia schreien, sah, wie Mrs. Baxter eine Nummer ins Telefon eingab, dann hineinsprach, mir den Arm um die Schultern legte und mir immer wieder ins Ohr murmelte: «Das wird alles wieder, Addie, mach dir keine Sorgen.» Dann das Heulen der Sirene. Mein Gehirn schien nicht mehr richtig zu funktionieren, denn statt zu helfen, stand ich einfach da und sah in einer furchtbaren, endlosen Diavorführung mein Leben vor mir ablaufen. Erinnerungen aus der Zeit, als ich acht, zehn, vierzehn war, die jetzt alle in einem anderen Licht erschienen, überschattet vom Wissen dieser unfassbaren Lüge, die alles veränderte. Seit gestern diese Frau hier aufgetaucht war – das wurde mir jetzt mit schrecklicher Gewissheit klar –, war ich nicht fähig gewesen, meine Mutter von dem

Verdacht freizusprechen, meine Zwillingsschwester im Stich gelassen zu haben, während ich sofort *gewusst* hatte, dass mein Vater dabei keine Rolle gespielt hatte, was sich jetzt auf entsetzlich ironische Weise bestätigt hatte. Was sagte das über meine Mutter, und was sagte es über uns?

Und mein Vater, dem ich immer vertraut hatte, der mir die Welt erklärt hatte und zu dem ich immer hatte gehen können, war die ganze Zeit jemand ganz anderes gewesen. Wenn sein Blick morgens über die Zeitung hinweg zu mir gewandert war, wenn wir verschwörerisch zusammen gelacht hatten, hatte ein Teil von ihm immer gewusst, dass ich nicht seine Tochter war. Manchmal hatten wir über die lustigen Harington-Gene gescherzt, wegen deren wir beide Heißgetränke und Schach liebten und immer gleich dreimal hintereinander niesen mussten, dabei hatten wir in Wirklichkeit überhaupt nichts gemeinsam. Und er wusste das, er wusste, dass wir eigentlich Fremde waren, dass mir jemand fehlte, und er hatte nichts unternommen deswegen, dabei hätte ich es geliebt, jemanden zu haben, der so war wie ich, wäre vielleicht ein vollkommen anderer Mensch geworden mit einer Zwillingsschwester an der Seite.

Ich wollte zu ihm rennen und seine Hand halten und mit dem Sanitäter reden, aber mein Körper machte einfach nicht mit, und als Mrs. Baxter mir die Schulter tätschelte und Jas anrief, damit er ebenfalls ins Krankenhaus fuhr, verschwamm alles vor meinen Augen.

«Addie, du meine Güte, jetzt steig schon ein. Wie kannst du einfach nur dastehen?», schrie Venetia.

«Fahr du», sagte ich heiser. «Ich komme … sobald … Pass … auf ihn auf.» Übelkeit stieg in mir auf, drohte mich zu überwältigen, und ich schlug mir die Hand vor den Mund.

«Du kommst nicht mit?», sagte sie entgeistert. «Du überlässt das alles uns, obwohl es deine Schuld ist? Ich bekomme bald ein Baby und –»

Aber der Sanitäter schob sie in den Wagen, warf die Türen zu und fuhr los, und ich schüttelte heftig den Kopf, weil sich alles so wattig anfühlte und durch das Rauschen in meinen Ohren alles weit weg zu sein schien. Noch ehe sie um die Ecke waren, griff Mrs. Baxter nach meinem Arm und sorgte dafür, dass ich mich auf die unterste Stufe setzte und den Kopf zwischen die Knie hielt. Das Rauschen geisterte durch meinen Schädel und schwoll an und ab, am Gaumen spürte ich Galle, und ich glaubte, mich jeden Moment übergeben zu müssen, als mir etwas Kaltes, nach Lavendel Duftendes in den Nacken gelegt wurde.

«Ich konnte nicht aufhören.» Ich hob den Kopf und bekam die Worte nur mit Mühe über die Lippen. «Ich konnte nicht aufhören zu reden. Oh Gott, es kam einfach alles aus mir raus, alles auf einmal.» Ich atmete hastig, meine Lunge schien geschrumpft zu sein, denn ich hörte mich keuchen. «Ich wollte ihn nicht verletzen. Das wissen Sie doch, oder?»

«Nicht sprechen, Liebes, einfach atmen, immer weiter atmen, ein und aus, ein und aus.»

Mrs. Baxters Stimme klang besorgt. Sie ging vor mir in die Hocke, griff nach meinen Armen und atmete so übertrieben ein und aus, dass ihr Raucheratem meine Haare fliegen ließ. Ich sog die Luft um mich herum ein, während sie meine Arme hielt.

«Geht schon», krächzte ich schließlich, «geht schon wieder.»

Mit knackenden Knien setzte sich Mrs. Baxter neben mich auf die Stufe und strich mir über den Rücken, auf und ab, auf und ab, im Rhythmus meines Atems. Sie strich mir über das Haar, wie sie es getan hatte, als ich zehn war. Das Rauschen verebbte, die Übelkeit war weg, aber meine Zunge fühlte sich nach wie vor pelzig an und irgendwie zu groß für meinen Mund. Ich hob den Kopf.

«Ich schwöre, ich habe nicht gewollt, dass das passiert. Ich wollte nicht, dass er sich was tut.»

«Du hast unter Schock gestanden», sagte Mrs. Baxter ganz ruhig.

Ich zuckte mit den Schultern, aber sie sagte entschieden: «Nenn es, wie du willst, aber du hast heute eine Menge Neues erfahren … gestern auch. Vielleicht musste es sich so äußern. So ist das manchmal.»

«Ich muss ins Krankenhaus fahren, ich muss ihn sehen, schauen, ob es ihm gutgeht.» Ich strich mir die Haare aus dem Gesicht und versuchte aufzustehen, als mich erneut eine Welle der Übelkeit überkam und ich mich schwer atmend wieder auf die Stufe plumpsen ließ. Von ferne hörte ich das Telefon klingeln und dann Mrs. Baxters Stimme.

«Jas? Wie geht es ihm? Ah. Okay. Im Royal Free Hospital? Gut, das ist schön und nicht so weit weg. Und Sie operieren gleich? Ah.» Sie schwieg, und ich sah auf. Als sie sah, dass ich guckte, formte sie mit den Lippen: *Herzinfarkt.* «Ja, kann ich machen, und wohin?» Sie kritzelte etwas auf die Rückseite eines Briefumschlags. «Und ist Venetia noch da? Gut. Und du kannst auch bleiben? Ich komme dann gleich und bringe seine Sachen mit.»

Sie legte auf und wandte sich mit unsicherem Lächeln mir zu. «Es war ein Herzinfarkt, sie werden eine Angioplastie machen, aber der Arzt ist zuversichtlich. Jas ist da, er kennt den Chirurgen gut und wird die ganze Zeit dabei sein. Das wird schon werden.»

«Oh Gott», sagte ich. «Danke.»

«Addie, setz dich wieder hin, Liebes», sagte Mrs. Baxter alarmiert. «Du siehst wirklich furchtbar aus. Bleib mal noch einen Moment sitzen, ich laufe nur hoch und suche ein paar Sachen für ihn zusammen. Ich bring sie ihm dann auf dem Nachhauseweg. Die Operation wird eine Weile dauern, und sie wollen noch ein paar Tests machen. Sie vermuten, dass er schon eine Zeitlang eine Angina hatte, was sein Sodbrennen und das Magengrimmen erklären würde.»

«Ich wusste es», schnarrte ich. «Ich wusste, dass irgendwas nicht stimmte. Er hat zu viel gearbeitet, ist für den blöden Walker eingesprungen und nicht zu seinem Arzttermin gegangen und so. Geben Sie mir die Jacke?»

Mrs. Baxter zögerte. «Addie, ich finde nicht, dass du gehen solltest. Er schwebt ja nicht in unmittelbarer Gefahr, aber wenn er dich sieht … na ja, vielleicht regt ihn das auf, oder er will reden. Er muss sich jetzt ausruhen. Jasper bleibt bei ihm. Venetia wird wohl nach Hause gehen.»

«Aber ich sollte auch dort sein», protestierte ich. «Das alles ist meine Schuld, wenn ich nicht immer weitergeredet hätte, wenn ich nicht laut geworden wäre … das war unverzeihlich.»

«Dann geh morgen.» Sie strich mir über die Schultern. «Addie, du hast im letzten Jahr so viel für ihn getan, und du bist nicht die Einzige, die für ihn verantwortlich ist. Lass die anderen auch mal.»

Ich wollte gerade wieder protestieren, als mir klarwurde, dass ich gar nicht in der Lage war, aufzustehen und zu ihm zu fahren. Ich brauchte Zeit, und wenn es nur ein paar Stunden waren, um mich zu sammeln. Ich griff nach ihrer Hand, schloss die Augen an ihrem trockenen Handteller.

«Rufen Sie mich an und schildern mir die Lage?», fragte ich heiser. «Ich komme dann am späteren Abend.»

«Natürlich. Ich rufe vom Krankenhaus aus an, sobald die Operation vorbei ist. Und wenn auch nur das kleinste Anzeichen dafür besteht, dass du da sein solltest, springst du ins Taxi und bist wenige Minuten später da. Geh jetzt nach oben, ruh dich ein bisschen aus und iss was, im Kühlschrank ist Lasagne. Dann wird alles bald schon ganz anders aussehen.»

Ich blieb noch lange auf der Stufe sitzen, nachdem Mrs. Baxter gegangen war, ließ die Stille sich ausdehnen und die Einsamkeit größer werden. Mein Ausbruch, der Schock und die Panik versickerten nach und nach, und ich blieb so leer zurück, dass ich mir nicht mal vorstellen konnte, die Treppe hochzugehen und mich in mein altes Zimmer zu legen. Langsam schlurfte ich auf die Wand zu, legte meine Wange daran und schloss die Augen. Meine Gedanken wanderten zu Phoebe Roberts, zu ihrem Gesichtsausdruck, einer Mischung aus Not und Mitleid, als ich vor ihr weglief. Meine Schwester. Meine andere Hälfte. Aber auch – eine Fremde. Fremd wie mein Vater. Und meine Mutter.

In der Halle war es immer ruhiger und dunkler geworden, in der Standuhr vertickten die Minuten. Ich musste wach bleiben, bis Mrs. Baxter anrufen würde. Aber es würde wieder gut werden. Jasper war dort. Und …

Ich lehnte mich ganz gegen die Wand, spürte an der Wange die kleinen Kerben der Tapete. Es war erst sieben, aber die Regenwolken hingen tief, und es war viel dunkler, als es um die Zeit sein sollte. Draußen wurde die Stille nur gelegentlich vom Brummen eines Autos auf der nassen Straße unterbrochen. Der Wind wehte einen Schwall Regen gegen die Fenster. Wach bleiben, Addie …

Hartland, 28. Juli 1958

Heute waren wir auf dem Wasser, und es war das Herrlichste, Wunderbarste, was ich je erlebt habe! Es hatte rein gar nichts mit unseren Ferien am Meer zu tun, die immer feucht und verregnet und ungemütlich sind und in denen Dad in Hose und Oberhemd im Strandkorb sitzen bleibt und an seiner Krawatte rumnestelt. Es war herrlich und hat Spaß gemacht und war so mühelos wie so ziemlich alles, was Familie Shaw macht. Ich habe versucht, nicht allzu glücklich zu sein, aber ganz ehrlich (und wo soll ich sonst ehrlich sein, wenn nicht hier?): Ich war vollkommen begeistert. Aber Mum würde es auch bestimmt furchtbar finden, wenn ich da draußen Trübsal blasen würde, wo es doch so schön ist, so sonnig, so unglaublich hell.

Harry bestand darauf, dass wir in dem kleinen See unten beim Obstgarten schwimmen gehen, ehe wir mit dem Boot rausfahren. Der See ist eigentlich eher ein Teich, und auf dem schleimigen Boden wächst eine Menge Grünzeug, das nach den Füßen greift, wenn man durch den flachen Teil watet. Sie wollten auf keinen Fall losfahren, ehe sie sicher waren, dass ich mich irgendwie über der Wasseroberfläche halten kann, und ich habe mich sehr bemüht, den Ausflug nicht zu sehr hinauszuzögern. Am Ende machten sich gar nicht alle auf den Weg, nur Harry und John und ich und Will, ein Freund von Beatrice und John, mit seiner Freundin Felicity. Der schreckliche Bert sollte nicht dabei sein, deshalb haben sie heimlich Kiesel an mein Fenster geworfen, damit ich aufwache. Da standen sie und winkten, damit ich runterkomme. Ich dachte, ich solle aus dem Fenster steigen, und bin an der Glyzinie nach unten geklettert, was bei den anderen hysterische Lachanfälle auslöste, weil ich genauso gut die Treppe hätte nehmen können.

Wir schlichen in die Garage, in der Wills neues Auto stand, und fuhren dann die Auffahrt entlang, über die ich erst vor einer Woche gekommen bin. Die Sonne schien, und ich habe selten etwas so Schönes gesehen wie die sich bis zur Küste erstreckende Landschaft an diesem Morgen. Je näher wir kamen, desto salziger roch die Luft, genau, wie Mum gesagt hatte, man konnte das Meer sogar hören, den Wind und die Möwen und schließlich die Wellen.

Das Boot hatten Harry und John vor ein paar Tagen in Tideford Cross festgemacht, einem süßen kleinen Fischerdorf mit Pub und Eisständen und Läden, in denen man alles für den Strand kaufen kann, und mit einer kleinen Bäckerei, in der wir süße Brötchen für unseren Picknickkorb kauften. Will trug den Korb und wir Mädchen die Decken und Schirme, und dann war uns allen nach einem Eis, für den Start in einen perfekten Tag.

Auf dem Weg zum Boot ging Harry neben mir und erklärte mir alles, zeigte auf die Schiffe im Hafen und die Mole und erzählte, dass es entlang der gesamten Küste Schmuggelpfade gibt, von hier bis Cornwall. Wenn man von der Mole zurückblickte, lag dort das Dorf, eine Ansammlung roter und grauer Dächer, die in der Morgensonne ganz hübsch und heimelig wirkten. Wills Freundin Felicity wollte mit ihrer neuen Kamera ein Foto machen, und wir machten gleich mehrere, einer hielt das tropfende Eis, einer machte das Foto, und die anderen scharten sich fröhlich um das Ende der Mole. Die Sonne stand jetzt hoch am Himmel, und wir waren alle klebrig und verschwitzt und bester Laune, obwohl beinahe die Kamera ins Wasser fiel, genau wie ein Eis, und Beatrice beinahe hinterher, als sie es auffangen wollte.

Und dann waren wir endlich auf dem Wasser und tuckerten die Küste entlang. Ich glaube nicht, dass ich diesen Tag jemals vergessen werde, oben der absolut klare, vollkommen blaue, atemberaubende Himmel, unten das wilde, offene Meer und wir mittendrin in unserem schaukelnden Boot. Es war, als würde mein Herz explodieren angesichts dieser Weite. Wie können Menschen an einem Ort wie Limpsfield leben, in einem Haus wie dem meines Vaters, mit seinen dunklen, schmalen Fluren, der steilen Treppe, der dunklen Küche und den kleinen Zimmern? Wie soll ich den Gedanken ertragen, mich wieder hinter Mrs. Farnham anzustellen und auf Knochen und Hühnerfüße zu warten für die Suppe meiner Mutter, diese dumme Suppe, von der sie doch nicht mehr stark wird – wenn man an der Mole Erdbeereis essen und über das Wasser fliegen kann? Wie kann meine Mutter sterben, solange es noch so etwas zu sehen und zu tun gibt, solange noch ein ganzes wunderbares Leben zu leben ist?

Ich sehnte mich danach, nach Hause zu fahren und ihr davon zu erzählen. Immer wieder bat ich John, schneller übers Wasser zu fliegen, noch schneller, und er lachte über mich, aber er fuhr schneller, bis Harry rief, dass es jetzt reichte. Aber auch dann fuhr er noch schneller, und plötzlich flog mir mein Hut vom Kopf und ins Wasser. Ich muss geschrien haben, ich hatte nicht genug zum Anziehen dabei, aber John fuhr einfach einen großen Bogen, bespritzte uns alle mit Meerwasser, fuhr dorthin, wo mein Hut auf dem Wasser schaukelte, und überließ das Gaspedal Harry. Dann – ich kann es kaum aufschreiben, ohne knallrot zu werden oder blöd zu grinsen – zog er sich sein Hemd aus und sprang ins

Wasser, schwamm zu meinem Hut, schnappte ihn sich und warf ihn ins Boot. Als er wieder hereinkletterte, kreischten alle, weil er alles noch nasser machte, und ich wusste nicht, wo ich hinsehen sollte.

Erst später, als wir in einer kleinen Bucht festgemacht und das Picknick gedeckt hatten, war ich in der Lage, mich zu bedanken. Er lachte nur und sagte, ein hübsches Mädchen bräuchte einen hübschen Hut. Es war ein alberner Satz, und Harry gefiel er nicht, das konnte ich sehen.

Wir saßen alle in Badesachen auf Decken. Ich war gestern Abend ziemlich unsicher gewesen, was ich anziehen sollte und wie ich darin aussehen würde. Janet hat mir einen Badeanzug gegeben, der aber an allen Ecken und Enden viel zu knapp war. Ich stammelte mir was zurecht, weil es so nett von ihr war, aber ich wusste, dass ich ihn auf absolut gar keinen Fall tragen würde. Vater wäre außer sich vor Wut. Nachdem sie noch ein bisschen weitergesucht hatte, kam sie mit einem Badeanzug an, den sie altmodischer fand, dunkelblau und weniger freizügig, mit einem Anstandsschürzchen, das die Oberschenkel ein Stück bedeckte. Aber als wir erst mal am Strand waren und Felicity in einem knalligen Zweiteiler dasaß, wie ich ihn bisher nur in Magazinen gesehen habe, und Beatrice in einem rot gepunkteten Badeanzug und beide so glamourös aussahen mit ihren großen Sonnenbrillen und Hüten und perfektem Make-up, war ich kurz unheimlich neidisch und wünschte nichts mehr, als auch der Typ Mädchen mit Punkten auf dem Badeanzug und mit Sonnenbrille zu sein und nicht der Typ, der sich im Rosengarten versteckt,

Gedichte liest und ein Anstandsschürzchen am Badeanzug hat. Aber ich vergaß das bald, schließlich war da immer noch das Meer.

Nach dem Picknick wollten sie nicht ins Wasser, sondern lieber zivilisiert am Strand herumliegen, ohne sich die Haare nass zu machen oder den Nagellack zu ruinieren. Aber keine Macht der Welt hätte mich von den Wellen fernhalten können, die in der heißen Mittagssonne so kühl und einladend aussahen. Ehe ich noch Angst bekommen konnte, rannte ich aufs Wasser zu und warf mich hinein und hörte nur noch von weitem Harrys warnende Rufe. Das Wasser war schneidend kalt, und ich spürte, wie die Unterströmung an mir zog, aber es gab keinen Unkrautschleim wie im See, nur klares, glitzerndes Wasser und Sand unter meinen Füßen, und ich blieb in der Nähe des Strandes, sprang spritzend in die Wellen und tauchte nach unten, um ganze Hände voller Sand zu greifen und der kleinen Gruppe zuzuwinken. John war mir gefolgt und hatte zu mir aufgeschlossen, und als ich mich vom Boden abstieß und hinter einer Welle wieder emporschoss, lächelte er mich mit einem seltsamen Gesichtsausdruck an. Plötzlich war ich verlegen, denn meine Locken waren nass, das Wasser tropfte mir von Nase und Wimpern, und ich zitterte vor Kälte. Ich wollte meine Haare glattstreichen und mir den Sand abwaschen, aber er schüttelte den Kopf und sagte, sehr schnell und nicht besonders laut, sodass ich näher kommen musste, um ihn bei dem Lärm, den das Wasser machte, verstehen zu können, dass ich perfekt aussähe wie ein schönes Wesen aus dem Meer, eine Meerjungfrau, die aufgetaucht sei, um beeinflussbare junge Männer vom Ufer fortzulocken. Ich musste lachen und ließ zu, dass er mich weiter hinauszog, dorthin, wo die Wellen brachen. Ich spürte den Grund nicht mehr, aber das machte nichts, weil er ich mich bei ihm einhakte und wir uns treiben ließen und endlos lange in den blauen Himmel sahen, und es war einfach nur perfekt.

Die Sonne ging schon unter, als wir das Boot zurückbrachten, nachdem wir geschwommen waren und uns den ganzen Nachmittag lang gesonnt und Ball gespielt hatten, bis ich mich ganz ausgetrocknet und sandig und knackig braungebrannt fühlte. Und als ich nach Hause kam, war ich so voll von allem, was der Tag gebracht hatte, so übervoll, dass ich die erste Gelegenheit ergriff, um in mein Zimmer zu verschwinden, um allein zu sein und einen Tag noch einmal an mir vorbeiziehen zu lassen, wie ihn meine Mutter nie wieder erleben wird.

Hartland, 29. Juli 1958

Es ist merkwürdig und ziemlich aufregend, und ich kann nichts dagegen machen, obwohl ich es versuche, aber es ist beinahe, als hätte der Tag auf dem Wasser in mir etwas verändert, als wäre eine Art Damm gebrochen, denn plötzlich will ich das alles so sehr. Ich möchte alles sehen und machen und hören und riechen, sosehr ich kann und so schnell ich kann. Ich spüre, wie ich gierig nach Hartland greifen, mich bis zum Rand damit vollstopfen will.

Ich habe hier immer noch ein paar Wochen. Ich kann es gar nicht erwarten, zu Mum zurückzukommen, aber ihre Briefe ermuntern mich auch, voll und ganz hier zu sein, alles auszukosten, und ich wage es kaum zu glauben, aber ich finde, sie klingt besser. Sie erzählt nicht viel von sich, sie schreibt viel über alles, was wir immer zusammen gemacht haben, und dann fragt sie nach mir und allem, was in Hartland vor sich geht. Ich habe Felicity gefragt, ob sie mir ein paar von ihren Fotos mitgibt, damit ich sie Mum zeigen kann, wenn ich wieder nach Hause komme, und ich habe es mir zur Aufgabe gemacht, jede kleine Sache aufzuschreiben, die passiert, damit ich ihr davon erzählen kann, denn sie scheint sie mit mir zu erleben, durch mich. Vielleicht wird sie doch leben … die Hoffnung ist wieder da, meine so liebe, flatterhafte Freundin.

Schlaf scheine ich im Moment nicht viel zu brauchen. Ich wache auf, bevor irgendjemand aufgestanden ist, und schleiche nach draußen, um von meinem Lieblingsplatz aus den Sonnenaufgang zu sehen, dort, wo die Wiese zum Teich hin abfällt, und dann gehe ich in die Küche, wo es warm ist und himmlisch duftet. Die Köchin gibt mir ein süßes Brötchen und einen heißen Kakao, und dann besuche ich die Welpen, die immer ganz unruhig sind und durcheinanderwuseln, weil sie nicht ans Tor dürfen.

So beginnt ein neuer Tag, an dem ich lese und schreibe und lache und plaudere und Krocket spiele und mir die Platten von Janet und Beatrice anhöre und mir all die dummen

Mädchenzeitschriften anschaue, die Bea mitgebracht hat, um auf dem Laufenden zu bleiben, und die Vater mich nie lesen lassen würde. Abends drehen wir die Musik auf und spielen Scharade und lachen uns tot. Sogar die Erwachsenen machen manchmal mit. Janet ist so schick und lustig, es ist, als wäre sie eine junge Tante und keine Mutter. Sie haben auch lustige Spitznamen für sie und nennen sie «liebste Mutter» und «Mamaschatz» oder einfach «JJ» für Janet Julia, was für eine Mutter ja wohl nicht ganz passend ist. Ich habe Mum nie anders genannt als einfach Mum. Aber Janet, wie ich sie nenne, möchte eine von uns sein, und sie ist so freundlich mit ihren ganzen schicken Kleidern und ihrer tollen Frisur und ihren Fingernägeln und ihrem Lippenstift im selben leuchtenden Rot wie ein hübscher Schmetterling, der mit allen flirtet und bei dem man fröhlich wird und sich wie etwas Besonderes fühlt.

Merkwürdig ist, dass sie bei weitem nicht so oft in die Kirche gehen wie wir zu Hause, schließlich ist Vater Kirchenvorsteher und so. Wir waren ein einziges Mal in der Kirche, seit ich hier bin, und da war es eher wie ein lustiger Ausflug – alle stürmten wie ein Schwarm Vögel in die Kirche und besetzten plaudernd und lachend eine Reihe. Am Anfang hab ich dabei mitgemacht, aber dann war mir nicht wohl dabei, weil es irgendwie verkehrt ist, so unruhig zu sein, und ich fast erwartete, Vaters ärgerliches Gesicht zu sehen, wenn ich mich umdrehte, oder Mums nachdenkliches Stirnrunzeln, weil sie immer sagt, dass Besinnung etwas Notwendiges ist, denn wir brauchen den Schatten genauso wie das Licht und die Ruhe genauso wie den Lärm. Als es ihr noch gutging, hat sie mich oft mitgenommen, um den Chor zu hören und einfach friedlich dazusitzen und ein bisschen zusammen nachzudenken.

Ich wollte also eigentlich lieber allein gehen und Mum ein paar besondere Gedanken schicken – da ist sie schon wieder, die Hoffnung, einfach nicht kleinzukriegen. Aber ich wusste nicht, wie ich die Shaws fragen sollte, ob sie mich bringen, oder wie ich allein dort hinkommen sollte.

Zu meiner Überraschung traf ich gestern, als ich wieder früh unten war, auf Janet, die gerade zum Morgengebet fahren wollte, allein, mit dem Auto. Sie sagte, natürlich würde sie mich mitnehmen, und ich zog mich wie der Blitz um, was nicht schwierig war, denn den dunkelblauen Rock und die weiße Bluse, die ich bei meiner Ankunft trug, hatte ich seitdem nicht mehr angehabt. Ich nahm an, dass Janet auf dem Weg zur Kirche plaudern und lachen würde, aber sie war ganz still, genau wie die kleine Gemeinde, die sich schon versammelt hatte, als wir ankamen, und wir sagten beide kaum etwas, als wir uns in eine der hinteren Bänke setzten. Wir saßen einfach da, ganz für uns, in der Kühle des frühen Morgens. Ich dachte an Mum und bat um alles Mögliche für sie, schaffte es gerade so, Gott keine heiklen Abmachungen vorzuschlagen, und betete für Frieden für ihren Körper und ihre Seele. Ich stellte sie mir in ihrem Lieblingssessel vor, in dem sie vielleicht genau in jenem Augenblick saß und auf den in der Morgensonne liegenden Garten hinunterblickte.

Plötzlich bebte die Bank, ich sah Janet an und erschrak, weil sie weinte. Sie hielt den Kopf gebeugt, und ihr Haar, das normalerweise in Form gesprüht war und wie lackiert wirkte, war heute Morgen weicher, fiel ihr wellig ins Gesicht und bedeckte die Wangen. Dennoch konnte man die Tränen deutlich sehen, die wie kleine Rinnsale durch ihren Puder zogen. Ich zwang mich, schnell wieder wegzusehen, aber ich saß nah genug, um ihre angespannten Schultern zu spüren, und konnte ihre Tränen praktisch auf das Gesangbuch fallen hören. Sie stand nach dem Gottesdienst nicht gleich auf, blieb einfach sitzen, still wie eine Statue, während alle anderen Reihe für Reihe rausgingen, und ich blieb bei ihr, wir beide mit gesenktem Kopf, jede mit ihrem eigenen Kummer.

Auf einem Hügel hinter Porthallow hielt Janet an und erzählte mir alles. Wie ihr älterer Sohn, Johns Bruder Christopher, in einer der letzten Schlachten des Krieges gestorben war und dass sie sich sehr bemühte, weiterzumachen und nicht daran zu denken, dass sie sich aber jeden Sonntag den Frühgottesdienst erlaubte, um zu «zerfließen», wie sie mit einem wackligen Lachen sagte. Ich fand daran rein gar nichts komisch. «Man sollte immer um Kinder trauern dürfen, die man verloren hat», sagte ich zu ihr, «zu jeder einzelnen Stunde.» Aber sie lachte nur. «So funktioniert das nicht», sagte sie, «denn das Leben geht tatsächlich weiter. Das muss es auch. Das soll es. Aber ich vermisse ihn so sehr, die ganze Zeit.» Sie nahm die Puderdose aus ihrer Handtasche und brachte ihr Gesicht in Ordnung, und als wir in die Auffahrt von Hartland einbogen, war sie wieder die Janet, die ich kannte, frühstückte mit uns und brachte Beatrice, die über ihrer Kaffeetasse gähnte, zum Kichern, indem sie ihr aus einer ihrer Zeitschriften etwas nicht ganz Salonfähiges vorlas.

Aber für mich hing eine Wolke über dem Tag, und in Gedanken war ich bei ihr und John und Abel, die ihr Leben weiterführen mussten, obwohl der Verlust für sie allgegenwärtig war, denn jedes Zimmer und jeder Baum und jedes Lied erinnerten sie an Christopher, der für immer neunzehn Jahre alt bleiben würde. Am Nachmittag fragte mich John, ob ich mit ihm reiten gehen wollte – er gibt mir Stunden und sagt, man muss jeden Tag üben, wenn man besser werden will –, und ich bin mitgekommen, obwohl mir nicht sehr danach war. Ich war noch nie besonders gut darin, aber heute war ich richtig schlecht, weil ich beim Galopp durch den Westen von Hartland nicht genug auf meinen Sattel und meine Zügel achtete und stattdessen immer John ansah, der ein Stück vor mir ritt und mir mit leuchtenden Augen alles zeigte und fröhliche Befehle über den Feldweg rief. Ich fragte mich, wo unter diesem Lächeln er die Gedanken an seinen Bruder verbarg, was er mit seiner ganzen Trauer machte. Er ist immer so voller Leben, steht unbeschwert und selbstbewusst inmitten dieser ganzen Pracht und scheint dabei ganz da zu sein, nicht wie ich, die ich mich immer mal in den Rosengarten verkriechen muss, um traurig zu sein, oder wie seine Mutter, die sonntagmorgens für eine Stunde in die Kirche geht, um zu zerfließen.

Weil sein Pferd irgendwo unterwegs ein Hufeisen verloren hatte, mussten wir umkehren und führten die Pferde in der Abendsonne den Weg entlang. Und weil es so leicht ist, mit ihm zu reden, weil er so fröhlich und klug ist, verlor sich die Erinnerung an den Morgen in der Kirche nach und nach. Er bringt einen zum Lachen und spinnt herum, er tut, als würden wir mit den Pferden Gassi gehen wie mit Hunden, oder hüpft mit seinen langen Beinen über die Wiese und wirbelt dabei Wolken von Pusteblumensamen auf.

Aber als wir wieder zu den Ställen kamen und Abel Shaw trafen, der nach einer trächtigen Stute sah, hörte John sofort mit den Albernheiten auf. Ich glaube, er ist ein bisschen auf der Hut vor seinem Vater, was ich sehr gut verstehe, zumal ich Abel nicht besonders mag mit seinem roten, erhitzten Gesicht, außerdem ist er immer so gereizt und ungeduldig und riecht nach Pferd. Als er uns den Weg entlangkommen sah, guckte er mürrisch, und kaum hatten wir dem Stallburschen die Pferde übergeben, zog er John in eine der Boxen, um ihm irgendwas zu zeigen, und sagte mir, ich solle ein liebes Mädchen sein und spielen gehen. Ich blieb aber noch ein Weilchen, nahm das Zaumzeug ab und fütterte Aristo, das sanfte, freundliche Pferd, das ich reite. Ich hoffte, dass John bald fertig sein würde, dass wir zusammen zum Haus zurückgehen könnten und noch ein paar Minuten zu zweit hätten, ehe die anderen und der Radau uns wieder schluckten. Aber die Minuten zogen sich, und der Stallbursche kam, um sich um Aristo zu kümmern, und ohne ein Pferd und mit leeren Händen kam ich mir in den Boxen komisch vor. Ich wollte gerade zurückgehen, um mich fürs Abendessen umzuziehen, als ich sie aus den Ställen kommen hörte. Ich mag es nicht, wenn Abel mich «liebes Mädchen» nennt, schließlich werde ich bald siebzehn und bin kein kleines Mädchen mehr. Ich drückte mich also rücklings in die Tür zur Sattelkammer und ließ sie vorbeigehen, was gut war, denn Abel schien wegen irgendetwas ärgerlich zu sein. Er redete mit seiner rauen Stimme auf John ein, irgendwas mit «verunsichere sie nicht» und «reiß dich zusammen» und «Ärger», und auch wenn mir nicht klar war, worum es ging, schien John es sehr gut zu verstehen, denn als er ging, wirkte er gleichzeitig trotzig und resigniert. Ich sah ihm nach, wie er zum Haus zurücktrottete, keine Spur mehr von Springen und Rumalbern, und fragte mich, wie Abel das wohl geschafft hatte.

10. Kapitel

Ich wachte vom Telefonklingeln auf. Es war dunkel, und einen Augenblick lang war ich verwirrt, weil es um mich herum gleichzeitig vertraut und seltsam roch. Ich sah mich hektisch um, zuckte zusammen, als es in meinem Nacken knackte, sprang von der untersten Stufe auf und lief zum Telefon.

«Addie?» Mrs. Baxter klang etwas außer Atem. «Ich wollte nur, dass du weißt: Er hat alles gut überstanden. Sie behalten ihn aber noch ein paar Tage im Krankenhaus. Ein paar Tests sind nicht ganz eindeutig, und sie wollen ihn noch überwachen, um sicherzugehen, dass alles in Ordnung ist. Er soll sich nicht anstrengen und nicht aufregen. Ich rauche unten noch kurz eine, und dann gehe ich nach Hause. Addie?»

«Mrs. Baxter», sagte ich benommen, den Hörer dicht am Ohr und wahnsinnig erleichtert. «Das ist gut.»

«Ja.» Sie klang müde. «Hör zu, ich hab vergessen, ihm warme Socken mitzubringen. Dumm von mir. Hier ist es nicht gerade gemütlich. Bringst du welche mit, wenn du morgen kommst? Und vielleicht auch eine Strickjacke, die braune mit den Ellenbogenschonern, die er immer trägt?»

«Ellenbogenschoner», murmelte ich. «Klar.»

«Gut, dann gehe ich jetzt. Venetia habe ich nach Hause geschickt, Jas ist noch hier. Komm morgen, wenn er aufwacht, Liebes, ich hab das mit der Schwester besprochen. Und mach dir keine Sorgen, ja? Es ist alles gut. Okay, dann gehe ich jetzt.»

«Okay. Danke, Mrs. Baxter.»

Ich legte auf und stand verkrampft in der Halle. Ich sah auf die Uhr. Es war kurz vor acht, ich hatte ungefähr eine Stunde geschlafen. Aber als ich mich streckte und meine Schultern rotieren ließ, merkte ich, dass die Übelkeit weg, dass mein Kopf klar war.

Draußen waren die Straßenlaternen angegangen und warfen gelbliche Lichtkreise durch die Scheiben neben der Haustür. Es regnete schon wieder, und die Tropfen verbanden sich zu einem tröstlichen Rauschen. Ab und zu zuckelte ein Auto vorbei, sonst war es ruhig. Ich stand da und lauschte. Ich fühlte mich ausgelaugt und vollkommen leer, jetzt, da alles aus mir herausgebrochen war, was ich immer empfunden hatte über unsere Familienzusammensetzung und das starre Verhältnis zwischen meiner Mutter und mir, obwohl sie und Venetia so problemlos miteinander auskamen, über Jas, der sein ganz eigenes Ding machte, und darüber, dass ich immer bei meinem Vater Zuflucht gesucht hatte. Unser Vater liebte uns alle, aber niemanden mehr als meine Mutter, denn sie kam für ihn immer an erster Stelle, immer. Und jetzt war da Phoebe Roberts und jagte alles in die Luft, alles, was ich immer für selbstverständlich gehalten hatte, was Teil von mir war, was mich ausmachte. Ich fühlte mich lächerlich, musste daran denken, wie emsig ich gestern den ganzen Tag über versucht hatte, mir einzureden, dass meine Mutter und mein Vater genau diejenigen waren, für die ich sie immer gehalten hatte, dass *ich* genau die war, die ich immer gewesen war. Wie dumm ich gewesen war, es nicht sofort zu sehen. Und jetzt …

Draußen bewegten sich die Zweige der Glyzinie im Wind und warfen schwarze Schattententakel auf Boden und Wände des Hauses. Es war beängstigend, so vollkommen losgelöst zu sein von allem Vertrauten. In der unheimlichen Stille hatte ich einen kurzen, lächerlichen Moment lang das Gefühl, als atmete das Haus, als dehnte es sich aus und zöge sich wieder zusammen wie ein fremdes Wesen. Ich zitterte, wich ein Stück zurück und klammerte mich an den Tisch. Irgendwo hier verbarg sich die wahre Geschichte meiner Familie, das Geheimnis meiner Mutter. Und irgendwo hier musste auch meine eigene Geschichte stecken. Und vielleicht die eines weiteren Mannes – meines echten Vaters.

Bei diesem letzten Gedanken atmete ich so scharf ein, dass es in der schattigen Halle deutlich zu hören war. Ich wollte jetzt nicht an ihn denken, nicht, während mein Vater im Krankenhaus lag, nicht, während alles bisher Selbstverständliche in der Schwebe war. Jetzt würde ich erst mal nach oben gehen und meinem Vater Socken holen, und dann würde ich weitersehen.

In der Dunkelheit durchquerte ich die Halle und ging die Treppe hoch. Die Fotos an der Wand, alte Schulfotos, schwarzweiße Babybilder, Familienfotos vom Fotografen, waren alle so vertraut, dass sie beinahe Teil der Tapete geworden waren. Als mein Blick sie diesmal streifte, wirkten sie seltsam flach, und die Menschen, zwischen denen ich hier und da ein kleines Mädchen mit dunkel gelocktem, zu zwei dicken Zöpfen gebundenem Haar sah, wirkten wie Leute, die ich mal gekannt hatte und nun Mühe hatte wiederzuerkennen.

Im ersten Stock gingen zu beiden Seiten des Flurs Schlafzimmertüren ab. Der Wind war stärker geworden, die Fenster waren von Regenstreifen überzogen, und über den Bäumen, die die Rose Hill Road säumten, versuchte der Mond vergebens, die Wolken beiseitezuschieben. Ich öffnete die Tür zum Schlafzimmer meiner Eltern und ging hinein. Am Fußende des Bettes blieb ich stehen. Der Wecker auf der Seite meines Vaters gab ein leises Ticken von sich wie ein winziger Vogel, der über einen Holztisch hüpft. Sonst war es still. Ich knipste die kleine Lampe auf dem Regal neben der Tür an, um mir das grelle Deckenlicht zu ersparen, und öffnete nach kurzem Zögern den Schrank. Die Sachen meines Vaters: Jacketts für die Arbeit und alte Pullover, überwiegend grau und braun, weiche Wollhosen, ausgeblichene Cordhosen. Es war alles ziemlich abgetragen, aber sauber, gebügelt und sorgfältig zusammengelegt von Mrs. Baxter, die immer fürchtete, seine Wirtschaftsprüferkollegen würden denken, er ginge vor die Hunde.

Die rechte Schrankseite, die meiner Mutter, sah noch genau so aus wie immer. Hosen und Blusen hingen auf Bügeln, darunter lagen die Pullover, und in den Schubladen war immer noch ihre Unterwäsche, geordnet nach Farben und der

Häufigkeit, mit der sie sie trug. Unwillkürlich streckte ich den Arm aus, um den Ärmel einer Bluse glatt zu streichen, hielt aber inne, ehe ich den Stoff berührt hatte. Trotzdem, als wäre die Luft in Unruhe versetzt worden, zog ein schwacher Duft herüber, ein Hauch Bergamotte und Vanille. Chanel No. 5. Ein klassischer, zeitloser Duft, widersprüchlich wie sie, mal warm und hell, mal reserviert und rätselhaft. Der Geruch stach durch den Nebel, der mich umgab, ein scharfes, süßes Zischen, das direkt ins Innerste meines Gedächtnisses zielte. Meine Mutter, wie sie Parfüm in die Luft sprühte, die Arme ausbreitete und eine kleine Pirouette drehte, mit schwingenden Locken, die jedes Molekül des Duftes aufnahmen. Ich wich ein Stück zurück, so lebendig war das Bild, dann atmete ich vorsichtig ein, die Nase so nah am Stoff, wie es möglich war, ohne ihn zu berühren, aber die Erinnerung war schon fort, so schnell, wie sie gekommen war, und einmal mehr war ich abgeschnitten, losgelöst, abgesondert von allem Vertrauten, eine Fremde in diesem Haus, eine Fremde in meinem eigenen Leben.

Es knackte. Ich lauschte angestrengt und mit klopfendem Herzen. Nichts. Nur das Haus, das sich zur Ruhe begab. Schnell ging ich die Bügel auf der Schrankseite meines Vaters durch, bis ich die braune Strickjacke fand. Ich nahm ein paar ineinander verknäuelte Socken aus der Schublade, suchte noch ein Hemd aus, das er, soweit ich wusste, mochte, und einen dünnen Schal – bisher sein einziges Zugeständnis ans Kranksein –, legte alles übereinander und rollte es zusammen. Dann sah ich mich im Zimmer nach irgendetwas um, das er noch brauchen könnte. Die Tagesdecke war sorgfältig über das gesamte Bett gebreitet und wölbte sich leicht über dem Kissen meines Vaters zur Rechten und dem speziellen Nackenkissen meiner Mutter zur Linken. Auf ihrem Nachttisch lag eine alte Ausgabe eines Romans von Daphne du Maurier, *Rebecca*, aufgeschlagen an der Stelle, an der sie zuletzt gelesen hatte; wahrscheinlich wischte Mrs. Baxter zweimal pro Woche den Staub weg. Daneben stand in einem Silberrahmen ein Foto meiner Mutter. Es war gemacht worden, kurz nachdem meine Mutter ihre Professorenstelle bekommen hatte, und sie sah darauf fast genau so aus, wie ich sie in Erinnerung hatte, nur ihre Haltung war etwas steif. Ich wollte mich gerade abwenden, als ich noch ein Bild entdeckte, das ich noch nie gesehen hatte – oder ich hatte ihm bloß nie Beachtung geschenkt. Es war halb von der Lampe verdeckt und zeigte in einem alten Holzrahmen ein Mädchen und eine Frau. Man sah nur die Gesichter, dicht beieinander, und die Arme, die sie sich gegenseitig um die Schultern gelegt hatten. Ich schüttelte den Kopf und blinzelte, denn wären da nicht das altmodisch gewellte Haar und die Sepiafärbung am Rand gewesen, hätte dieses junge Mädchen ich sein können.

Ähnliche Züge, leicht verändert, eine höhere Stirn, höhere Wangenknochen, und doch unverkennbar meine Mutter. Meine unfassbar junge Mutter. Und neben ihrem Gesicht – dunkle, aber glatte Haare, ein Grübchen im Kinn wie bei mir und dieselben grauen, leicht schräg stehenden Augen, die mich direkt ansahen: ihre eigene Mutter, meine Großmutter. Sie lächelten nicht, aber wie schlechte Laune wirkte es auch nicht, eher so, als hätten sie sich gezwungen, für das Foto eine Zeitlang still zu stehen, obwohl sie dringend zusammen irgendwo hinwollten.

Der Name meiner Großmutter war Constance gewesen, Constance Holloway. So viel wusste ich und dass sie und mein Großvater starben, als meine Mutter gerade siebzehn geworden war. Die Familie meines Vaters war in unserem Leben immer so präsent gewesen, dass wir ein weiteres Paar Großeltern, noch mehr Tanten, Onkel, Cousins und Cousinen kaum vermisst hatten, und dass meine Mutter mit Informationen so zurückhaltend war, hatte ich nie hinterfragt. Aber warum hatte ich mit meiner Mutter nicht häufiger über ihre eigene Mutter gesprochen, warum hatte ich nicht mehr Fragen gestellt? Hatte ich sie für distanziert und zurückhaltend gehalten, obwohl ich nur selbst mehr Interesse hätte zeigen müssen? Hätte sie dann mit mir über das geredet, was ihr wirklich wichtig war? Die beiden Gesichter verschwammen zu einem, als ich darüber nachdachte, was dieses junge, sepiafarbene Mädchen tun würde. Ihr Baby fort. Ein ganzes Leben, um das zu verschleiern. Wie muss es für sie gewesen sein, jeden Tag zu wissen, dass irgendwo da draußen ein kleines Mädchen aufwuchs, ein Baby krabbeln und dann laufen lernte, ein Mädchen an seinem ersten Schultag nervös war, an seinem ersten Tag an der Uni, an seinem ersten Arbeitstag? Ein Mensch, der auf den Fotos entlang der Treppe fehlte, der auf jedem einzelnen Foto neben mir hätte sein sollen.

Ich berührte durch das Glas das Gesicht meiner Mutter und dann das von Constance, die Linie ihres Mundes, die

Augen, die Fingerspitzen, die am Hals ihrer Tochter zu sehen waren. Ich versuchte, mich ihr verbunden zu fühlen, denn ich war Teil von Constance Holloway, sie lebte durch meine Mutter in mir fort, wir bildeten eine Kette. Unsere Vergangenheit und unsere Gegenwart waren hier auf diesem Foto, und ich wollte mich zugehörig fühlen, verwandt. Aber je genauer ich hinsah, desto mehr schienen die zwei Frauen mir zu entgleiten und sich in ihre weichkonturierte, sepiafarbene Welt zurückzuziehen.

11. Kapitel

Ich war so in Gedanken, dass ich zusammenschrak, als es an der Tür klingelte und beim Zurückstellen des Fotos das Glas des Bilderrahmens zerbrach. Zu spät versuchte ich, ihn aufzufangen. Ich fluchte, als es erneut klingelte, dann griff ich nach dem Bündel mit den Sachen meines Vaters und nach dem Bilderrahmen und ging zur Treppe. Im gelben Licht, das durch die Seitenfenster der Haustür fiel, sah ich eine große Gestalt, und plötzlich hatte ich ein Déjà-vu. War sie mir gefolgt? Nein, sie war schmaler und, wenn ich mich richtig erinnerte, auch nicht ganz so groß. Ich sah, wie die Gestalt noch einen Schritt näher kam, bestimmt, um sich vor dem Regen zu schützen, sodass hinter dem matten Glas ein Gesicht und sandblondes Haar zu erahnen waren. Dann klingelte es zum dritten Mal.

«Ich komm ja schon.» Ich lief die Treppe hinunter und öffnete die Tür.

«Hi.» Andrew schüttelte seinen Schirm aus und wischte sich am Türvorleger die Füße ab. «Ich hab versucht, dich anzurufen, aber du warst nicht zu Hause, da dachte ich, du bist bestimmt hier und siehst nach deinem Vater. Du schienst heute Vormittag etwas fertig, da dachte ich, ich bring dir was zu essen und –»

Er hielt inne, betrachtete das Bündel aus Kleidung und Socken, den zerbrochenen Bilderrahmen und dann mein Haar, das wegen der Feuchtigkeit noch krauser war als sonst. Langsam zog er die Augenbrauen hoch, dann spähte er an mir vorbei in das dunkle, stille Haus.

«Was *genau* machst du hier, Ads? Wo ist dein Dad?»

Ich schluckte und schüttelte stumm den Kopf, und Andrew streichelte mir mit der Hand übers Haar. Dann hielt er mir die Tüte, die er in der Hand hatte, unter die Nase.

«Fish and chips», erklärte er, schob mich beiseite und schloss hinter sich die Tür.

«Wie wär's, wenn du *ab und zu* mal ans Telefon gingest, hm? Und warum machst du kein Licht an?» Mit geübten Bewegungen schaltete er das Licht ein, pfefferte seinen Schirm in den schmiedeeisernen Ständer und wollte seinen Mantel aufhängen.

«Wo ist denn der Garderobenständer hin?», fragte er ungläubig.

«Kaputtgegangen.» Mit dem Kinn deutete ich auf den Haufen aus Holz und Nägeln in der Ecke.

«Aber den habe ich geliebt», sagte Andrew traurig, seinen Mantel in der Hand, als wäre es unzumutbar, ihn woanders hinzuhängen. «Deine Mum hat ihn auf dem Trödel gekauft, weißt du noch? Als sie uns bis nach Barnet geschleppt hat? Danach waren wir auf dem Bauernhof und haben das Schweinerennen gesehen. Der Ständer war praktisch eine Antiquität.»

«Deshalb ist er wahrscheinlich auch kaputtgegangen.» Ich

ging zur Treppe und setzte mich auf meinen Lieblingsplatz, die unterste Stufe.

Andrew setzte sich neben mich. «Was ist los, Ads?» Er schlug seine langen Beine übereinander, sodass seine Knie an meinen lehnten. Seine Jeans waren hellblau verwaschen, und sein Pullover kratzte an meinem nackten Arm.

«Wie lange hast du Zeit?», fragte ich und legte das Bündel und die Fotos zwischen uns.

«Meine Schicht beginnt morgen früh um neun.»

«Es ist kompliziert.»

«Damit kenne ich mich aus.»

Andrew hörte schweigend zu, schüttelte nur ab und zu leicht den Kopf, und als ich fertig war, nahm er den glaslosen Rahmen und hielt ihn ins Licht. «Ein Zwilling», sagte er. «Wenn das stimmt, das wäre unglaublich toll, Addie. Absolut toll.»

Ich sah überrascht auf, und plötzlich wurde mir klar, dass in den letzten vierundzwanzig Stunden noch niemand, am wenigsten ich selbst, irgendetwas Positives über das Ganze gesagt hatte. Es war immer nur um Lügen gegangen und um meinen Vater und die Geheimnisse, die meine Mutter gehütet hatte und vielleicht immer noch hütete, und wie sehr sich dadurch alles veränderte.

«Das ist deine Großmutter? Was für eine Schönheit! Sie sieht aus wie du.» Andrew musterte mich schnell. «Das machen die Augen und dein Kinn.»

Er betrachtete wieder das Bild und brach vorsichtig eine spitze Scherbe vom Rand ab. Andrews Pulli drückte sich an meinen Arm, es roch nach Fish and Chips und nach der leicht bitter duftenden Seife, mit der er den Küchengeruch aus seinen Klamotten zu bekommen versuchte, und für einen kurzen Augenblick verblasste das Gefühl, von allem losgelöst zu sein und nirgendwo hinzugehören.

Ohne sich meiner unerwarteten Gefühle für seinen kratzigen Pullover bewusst zu sein, legte Andrew den Rahmen wieder hin und breitete den Inhalt seiner Tüte aus, verteilte etwas Essig auf einem Stück Fisch, drapierte zwei in Ketchup getunkte Pommes darauf und reichte mir das Ganze.

«Aber deinem Dad geht es gut, ja?»

«Ja. Mrs. Baxter hat vorhin angerufen.» Ich schauderte. «Venetia war unglaublich, hat immer weiter darauf bestanden, dass ich mit ihr in den Krankenwagen steige.»

«So kennen wir sie.» Andrew zog eine Grimasse. «Deine Schwester kommt mit allem durch. Dann bist du also nicht mit ihnen ins Krankenhaus gefahren?»

«Ich wollte, aber ich konnte nicht», sagte ich. «Ich glaube, ich stand irgendwie unter Schock. Ich konnte mich einfach nicht bewegen.» Ich kaute und konzentrierte mich auf die würzige Süße des Essigs zusammen mit den salzigen Pommes, dann blickte ich Andrew an, weil ich sehen wollte, ob das so kraftlos geklungen hatte, wie es sich angefühlt hatte.

«Es wird Venetia mal ganz guttun, die Verantwortung zu haben», sagte er entschieden. «Sonst bist ja immer du diejenige, die gleich losrennt und für deinen Dad alles erledigt. Und so, wie er letztes Mal wirkte, als ich ihn gesehen habe, bin ich ziemlich sicher, dass das ohnehin passiert wäre. Hier.»

Er hielt mir noch zwei Fischstücke hin, und ich inhalierte sie praktisch. Seit dem Toast am Morgen hatte ich kaum etwas gegessen.

Als alles aufgegessen war, sagte ich: «Gott, das war gut. Aber du hast ja gar nichts gegessen.»

«Ich hab mir vorhin was gemacht.» Er gab mir eine Serviette. «Ferien zu haben ist ganz schön toll, muss ich sagen. Ich glaube, ich habe in meinem Leben bei weitem nicht genug freigenommen. Was man alles machen kann, wenn man früh aufsteht – dich bei der Arbeit nerven, zum Beispiel.» Er grinste. «Allerdings hat mein Chef heute Morgen angerufen und wollte, dass ich wiederkomme, aber ich habe ihn abgewimmelt. Er war ganz schön wütend, und du weißt ja, wie er ist, wenn er wütend wird.»

Das wusste ich allerdings. Ich hatte Andrews launischen, vulgären Küchenchef einmal gesehen, als ich Andrew nach seiner Schicht abholte, und ich hatte geschworen, mich seinem Restaurant nie wieder auch nur zu nähern. Große Restaurantküchen hasste ich sowieso, seit ich mal kurz in einer gearbeitet hatte. Fensterlose, weiß gekachelte Welten, in denen per Kraftausdruck kommuniziert wird und die Temperatur während des Tages kontinuierlich steigt, bis es so heiß ist wie in einem Brennofen, und in denen Leute sich versammeln, um zuzusehen, wie Hummer im Topf sterben. Und der Geruch nach angebranntem Knoblauch und Fisch bleibt selbst dann noch in den Klamotten hängen, wenn man in Bleichmittel badet.

«Er wird immer schlimmer. Ich wünsche mir so sehr eine

Veränderung. Ich finde, wir sollten wirklich ernsthaft über *Le Grand Bleu* nachdenken und … na ja … natürlich nicht gerade jetzt, entschuldige bitte. Also, was machen wir jetzt?»

Er sah mich erwartungsvoll an. Ich leckte nachdenklich das Salz von meinen Fingerspitzen und sah mich nach dem Arbeitszimmer meines Vaters um, dann wischte ich mir die Hände an der Serviette ab. «Ich glaub, ich werde mich hier mal ein bisschen umsehen», sagte ich. «Wer weiß, wann ich wieder Gelegenheit dazu habe, allein und ungestört, meine ich. Oder findest du, das ist –»

«Eine großartige Idee», sagte er zustimmend.

«Du musst natürlich nicht bleiben, du hast ja frei und viel zu tun und –»

«Natürlich bleibe ich. Das ist das Aufregendste, was seit Jahren in meinem Leben passiert. Fangen wir an.»

Das Dämmerlicht im Arbeitszimmer meines Vaters wirkte etwas unheimlich mit den gelben Kreisen, die die Straßenlaternen auf die Bücherregale und den Schreibtisch warfen. Auf der anderen Straßenseite leuchtete das Fenster von Mr. Field von seinem Fernseher blau, sonst lag die Straße im Dunkeln. Dann und wann schüttelte ein Windstoß die Glyzinie vor der Haustür und schmetterte einen Schwung Regentropfen gegen die Fensterscheibe.

Alles im Arbeitszimmer meines Vaters war schwer und solide: die dicken Eichenbretter, der gigantische Schreibtisch, das mit einem Karostoff bezogene Sofa im Erker. Nur der Aktenschrank streng funktional: ein schlichter Metallquader mit vier großen Schubladen, in denen reihenweise Aktenhefter hingen. Kleine, in der sparsamen, kaum leserlichen Schrift meines Vaters beschriftete Etiketten gaben Auskunft über ihren Inhalt.

«Finanzen. Hypothek. Rente», murmelte Andrew. «Eigentlich müsste es doch auch einen Hefter mit wichtigen Dokumenten geben.» Er zog eine Schublade nach der anderen auf und fuhr mit dem Finger an den Etiketten entlang. Versicherungen. Elektrizität.

«Vielleicht hier unten?» Ich zog an der untersten Schublade und fühlte mich jetzt nicht mehr nur wie eine Fremde im eigenen Haus, sondern wie eine Diebin. Ich war fast erleichtert, als die Schublade nicht aufging. Andrew schob mich beiseite, fasste den Griff und zog kräftig. Es war ein lautes metallisches Bersten zu hören, dann sprang sie auf.

«Andrew!», rief ich entsetzt.

«Ups. Dann war sie wohl echt abgeschlossen», sagte er. «Na ja, ist ja nicht so, als wäre der Schrank neu. Wir können es immer noch Venetia in die Schuhe schieben. Okay, also – aha! Wie ich gesagt hab: *Wichtige Dokumente.* Gucken wir doch mal rein. Hier sind Geburtsurkunden, und hier … yep!»

«Was?», fragte ich und kniete mich neben ihn.

«Ihr Trauschein», sagte Andrew. «1960 haben sie geheiratet. Drei Monate nach deiner Geburt, im Mai. Mai stimmte also immerhin, nur das Jahr passt nicht.»

Er hielt die körnige Fotokopie eines Trauscheins hoch, auf dem stand, dass Elizabeth Sophie Holloway und Graham

Alexander Harington am 9. Mai 1960 im Standesamt von Southwark geheiratet haben.

Ich musste an die Rede denken, die Onkel Fred bei der Rubinhochzeit gehalten hatte. Ihm war alles Mögliche zur Zahl Vierzig eingefallen, zu Rubinen und zu den vier langen Jahrzehnten, die seit der Hochzeit vergangen waren. Meine Eltern hatten genickt und gelächelt, als alle anderen klatschten und sie bewunderten und ihnen ihre vier Jahrzehnte wahrer Liebe neideten. Dabei waren neununddreißig Jahre Ehe nicht weniger bewundernswert als vierzig. Abgesehen von den Lügen. Und all dem anderen.

«Hier ist eine Kopie deiner Geburtsurkunde, sieht sehr seriös aus, und – warte mal, was ist denn das?», sagte Andrew.

Ich rutschte noch näher an ihn heran, und er deutete auf den Hefter mit den Kopien. «Da ist noch was.» Er zeigte auf ein dünnes Blatt Papier, das sorgfältig beschnitten worden war, sodass es genau die Größe des Hefters hatte. Es war sorgfältig eingeklebt worden. Man konnte es nur sehen, wenn man den ganzen Hefter auseinandergenommen hatte. Andrew und ich blickten uns an. Ich griff nach der Schere auf dem Schreibtisch meines Vaters, aber meine Hände zitterten so sehr, dass Andrew sie mir abnahm, die Ecken am Rand leicht einschnitt und darunter schließlich ein weiteres Blatt Papier hervorzog.

Eine Geburtsurkunde. Sie war drei Tage nach meiner Geburt ausgestellt worden, viele Felder waren leer. Zum Beispiel fehlte der Name. In dem Feld stand einfach nur: *Mädchen.* Mutter: *Elizabeth Sophie Holloway.* Vater: leer.

Ich griff nach den zwei unterschiedlichen Geburtsurkunden und der Kopie des Trauscheins. Das war ich also gewesen. Nicht Adele, überhaupt niemand, einfach *Mädchen.* Und mein Vater war nichts als ein leeres Rechteck, abwesend. Wieder hatte ich das Gefühl, von allem losgelöst frei im Raum zu schweben. Gestern hatte ich noch genau gewusst, wer ich war und was ich zu tun hatte: ein Babybuch für Venetia kaufen, meinen Vater daran erinnern, zum Arzt zu gehen, versuchen zu weinen, um das Andenken meiner Mutter zu ehren. Und jetzt saß ich hier, mitten in der Nacht, an dem Ort, an dem er mir Schachspielen beigebracht hatte, und meine einzigen Fixpunkte waren *Elizabeth Sophie Holloway* und ein leeres Rechteck, zwei Menschen, die nicht mal real wirkten.

«Ich wünschte, ich könnte mit meinem Dad reden», sagte ich. «Ich wünschte so sehr, ich könnte mit ihm reden.»

«Das wird er auch wollen», sagte Andrew, legte mir einen Arm um die Schultern und tätschelte sie unbeholfen. «Aber jetzt ist vielleicht nicht ganz der richtige Moment.»

«Ja», sagte ich seufzend. Vielleicht aber war es der richtige Moment, um sich von der Vorstellung zu verabschieden, dass es immer mein Vater sein musste, der der Welt einen Sinn gab. Vielleicht musste ich das ab jetzt übernehmen. Ich stützte mich beim Aufstehen auf Andrew und hielt mich dabei etwas länger als notwendig am Ärmel seines Pullovers fest, um mich zu stabilisieren. Dann legte ich die restlichen Papiere wieder in den Hefter und hängte ihn in den Aktenschrank. Hätte mich in dem Moment jemand gefragt, hätte ich es nicht in Worte fassen können, aber aus irgendeinem Grund war ich vollkommen unfähig, für diesen Fremden, der für die leere Stelle in der Geburtsurkunde stand, in meinem neuen, frei schwebenden Leben Platz zu schaffen.

«Ich werde doch noch mal weitergucken», sagte ich entschlossen und öffnete die oberste Schublade.

Andrew sprang auf und rieb sich erwartungsvoll die Hände. «Okay! Wonach genau suchen wir?»

«Nach allem, was mit Phoebes Adoption zu tun hat oder mit dem Leben meiner Eltern vor meiner Geburt. Alles über meine Mutter vor meiner Geburt. Und dann», ich atmete einmal durch, um mich selbst zu bestärken, «dann gehen wir in ihr Arbeitszimmer. Da muss einfach etwas sein, das mir hilft, all das zu verstehen. Und wenn ich irgendwas gefunden habe, das dem Ganzen einen Sinn verleiht, dann rufe ich Phoebe Roberts an.»

12. Kapitel

Hätte mir vor einer Woche jemand gesagt, das ich zwei Tage nach dem Todestag meiner Mutter in ihrem Arbeitszimmer vor ihren Regalen auf einem Stuhl stehen und Andrew Ordner herunterreichen würde, dass ich um zehn Uhr abends jedes einzelne ihrer Bücher zur Hand nehmen und durchblättern würde, dass ich ihre Briefe, ihre Listen und Notizen lesen und ihr Arbeitszimmer systematisch auseinandernehmen würde, nachdem ich vorher jahrelang kaum darin gewesen war – ich hätte ihn für verrückt erklärt. Ich hätte gelacht.

Nachdem wir im Aktenschrank meines Vaters nichts weiter gefunden hatten, waren wir ins Arbeitszimmer meiner Mutter gegangen. Meine Mutter hatte ihre Unterlagen, unsentimental und praktisch, wie sie war, in bester Ordnung gehalten. Ich fand die alte Mappe, in der die Geburtstagskarten nach Monaten geordnet waren, und mein Herz setzte einen Schlag aus, als ich sah, dass die Karten für die Geburtstagskinder von Juni bis Dezember noch alle da waren, weil die Frau, die sie hatte verschicken wollen, inzwischen gestorben war. In einer Schublade fand ich einen Umschlag, auf dem in der kurvigen Handschrift meiner Mutter *Duplikate* stand. Die Originale der Fotos waren sicher in den Familienalben im Wohnzimmer. Ich steckte die Duplikate ein, wissend, dass Venetia irgendwann die Alben würde haben wollen. Ganz hinten im Schreibtisch fand ich die kleine Schachtel, die zu dem Nokia gehörte. Offenbar hatte sie es in einem Laden in der Tottenham Court Road gekauft. Kurz darauf fand ich auch das Ladegerät. Andrew hatte angefangen, auf dem Fußboden die Papiere und Ordner durchzusehen, und ich durchsuchte weiter die Fächer ihres großen Schreibtischs, tastete unter den Einlegeböden nach Blättern und griff hinter Schubladen.

Es war hart. Hier, in diesem Zimmer – in dem sie vollkommen präsent hätte sein sollen, das mich an alles hätte erinnern sollen, was sie ausgemacht hatte –, war sie vollkommen abwesend. Je mehr ich sie jagte, desto weiter entfernte sie sich, bis ich gegen Mitternacht vor ihrer Pinnwand stand und nicht genau wusste, was ich als Nächstes tun sollte. An der Pinnwand hing nicht viel, nur die abgerissene Eintrittskarte zu einer Münchner Ausstellung, die sie im Februar letzten Jahres besucht hatte, ein Terminzettel vom Zahnarzt für den Tag vor ihrem Tod und eine Einkaufsliste (geordnet nach den Supermarktfluren und der Temperatur der Lebensmittel). Da war eine Liste mit Telefonnummern für den Notfall, darunter, wie ich erfreut feststellte, auch meine eigene. Eine Postkarte, auf der die St. Paul's Cathedral im Nebel zu sehen war. Ich fuhr mit dem Finger über die perfekte Rundung der Kuppel. Was hatte ihr das bedeutet? Meine Mutter war unvorstellbar ordentlich und hätte nichts rumliegen lassen, das keinem Zweck diente. Es war fast, als müsste ihr ganzes Leben in ihre Handtasche passen, als wollte sie irgendwann einfach verschwinden, ohne eine Spur zu hinterlassen. Keine alten Zeitschriften, keine alten Geburtsanzeigen oder Zeitungsausschnitte, keine Briefe, kein «Ablage»-Stapel, keine Schachteln mit dem Etikett «Verschiedenes». Ich hatte ihr mal einen Briefbeschwerer gemacht, einen großen Stein, den ich mit rotem Nagellack bemalt hatte. Venetia war stinksauer, als sie entdeckte, dass ihr kirschroter Rimmel-Lack fast verbraucht war. Der Stein lag immer noch auf dem Schreibtisch, ein greller roter Trumm, der nichts zu beschweren hatte. Warum also hatte sie diese Postkarte von St. Paul's im Nebel behalten, die schon vergilbte und sich an den Rändern leicht wellte? Und warum wusste ich das nicht? Wie konnte ich etwas so Simples über meine Mutter nicht wissen? Ich wandte mich von der Pinnwand ab und seufzte erschöpft, gerade als Andrew mit einem weißen Aktenordner in der Hand zu mir kam.

«Ich hab hier was – hey, alles okay?»

«Ich kann mich gar nicht mehr an sie erinnern», sagte ich und stieß den Finger in die St. Paul's Cathedral, als würde das was beweisen. «Es ist, als wäre sie gar nicht mehr hier.»

Er löste die Postkarte von der Pinnwand und drehte sie um. Sie war leer.

«Sie ist auch nicht mehr hier», sagte er ruhig, «und es ergibt alles keinen Sinn, weil nichts mehr ist, wie es war. Aber es wird Sinn ergeben. Vertrau mir. Das ist alles ganz schön schwer, Ads, und du machst das wirklich gut.» Er wedelte mit der Postkarte. «Irgendwann kommt die Erinnerung zurück, das verspreche ich dir. Du wirst rausfinden, was ihr passiert ist und dir und Phoebe Roberts. Es wird alles Sinn ergeben. Du wirst sehen.»

«Aber ich habe einfach nicht das Gefühl, dass es so kommt. Es fühlt sich so leer an.» Ich hörte meine eigene Stimme, die wacklig und dünn klang, und automatisch straffte ich die Schultern und blinzelte, um nichtexistente Tränen zurückzuhalten. *Kopf hoch, Schätzchen.* Ich nahm ihm die Postkarte aus der Hand und legte sie auf *Rebecca.*

«Leere ist dazu da, gefüllt zu werden», sagte Andrew. «Und vielleicht», er hielt den weißen Aktenordner in die Höhe und lächelte ermutigend, «hilft dabei ja das hier.»

In dem Aktenordner lagen die Rechnungen von James Merck, sechs Stück, die mit einer Büroklammer an der Innenseite befestigt waren. Die erste war vom November 1997. Außerdem befand sich darin ein Stoß Papiere – Briefe, mindestens hundert. Von Institutionen wie der Schwesternschule Sussex, von der Ausbildungsabteilung des Allgemeinen Krankenhauses in Brighton, vom Altenheim in Gloucester und dem Zentralrat Großbritanniens für Geburtshilfe und Krankenpflege. Und von Menschen: von Hugh Frameton, Lucy Jones. Patricia Hayworth. June Galloway. Und alle reagierten auf ihre Anfrage bezüglich des 14. Februar 1960.

«Sie hat also wirklich nach ihr gesucht», sagte ich. «Sieh dir nur alle diese Briefe an, wie viel Zeit sie darauf verwendet hat, Phoebe Roberts zu suchen. Und dann taucht sie hier vor ihrer Haustür auf, ein Jahr nach ihrem Tod. Ich mag mir das gar nicht ausmalen, das ist ja zum Verzweifeln.»

Andrew kam ein Stück näher und legte den Arm um mich, und ich lehnte mich an ihn. Gemeinsam sahen wir uns den gelben Notizblock an, der ganz zuunterst in dem Hefter lag und der über und über mit Nummern, Fragezeichen und Notizen bedeckt war, zum größten Teil durchgestrichen. Im Zentrum ihrer Nachforschungen schien ein Dr. Miller gestanden zu haben, der immer wieder auftauchte. Der Stapel Briefe, in denen es um ihn ging, war der dickste, gefolgt von dem über eine Frau namens Sarah Mason. Die ersten paar Briefe waren direkt an meine Mutter adressiert, aber irgendwann waren sie dann an die Detektei James Merck, 35, Causeway, Shoreditch, gegangen, als hätte sie gemerkt, dass sie allein nicht weiterkam und Hilfe benötigte.

«Sie scheint aber nicht viel Glück gehabt zu haben», bemerkte Andrew und deutete auf einen Brief von Molly Hayes, die eine gewisse Laura Remington «seit Ewigkeiten» nicht gesehen hatte. «Diese Leute sind alle entweder tot oder geisteskrank oder sonst wie nicht mehr da.»

Ich blätterte noch mal den Notizblock durch. Ihre Handschrift war ungleichmäßig, begann oben auf jeder Seite klein und wurde dann zur Mitte hin größer und ungeduldiger, bis der Versuch, Ordnung zu halten, unten schließlich ganz aufgegeben wurde und Nummern, Fragezeichen, Pfeile und Halbsätze kreuz und quer schossen. *Schwesternschule Dorset. Nach Sarah Mason fragen. Stadtradt Sussex? Hebammenvereinigung Großbritanniens. Paula Warren. Verstorben? Noch mal Hetty W. anrufen. Sarah Masons Schwester?* Ich strich über eine Rille, die ihr Stift hinterlassen hatte, und stellte mir vor, wie sie dasaß und unruhig mit den Fingern auf den Schreibtisch trommelte, wie sie wartete, dass jemand abnahm, wie sie die Auskunft anrief, um Sarah Mason in Sussex zu finden, den Blick auf die vergilbende Postkarte von St. Paul's gerichtet.

«Angefangen hat sie im März 1997», sagte ich. «Warum? Warum sucht sie sechsunddreißig Jahre später nach ihr? Nicht mehr nach einem Baby, sondern nach einer Erwachsenen, die möglicherweise selbst Familie hat. Kein Wunder, dass die Leute nach so langer Zeit schwer zu finden sind.»

«Hat Jas um den Dreh nicht die Zwillinge bekommen?» Andrew blätterte durch den Hefter. «Vielleicht hat die Tatsache, dass sie Großmutter wurde, sie daran erinnert, wie sie das Baby weggegeben hat. Das alles sieht jedenfalls nach einem Wahnsinnshaufen Arbeit aus. Merck muss noch organisierter sein als deine Mutter, was wirklich etwas heißen will. Da haben sich zwei gefunden. Hier, das ist rausgefallen.»

Er gab mir ein paar Zeitungsausschnitte. *Brightons beliebtes Allgemeines Krankenhaus macht Platz für Supermarktkette* und *Die Wohltätigen Schwestern – Eine schwierige Zeit*. Auf einem weißen Kärtchen von James Merck stand: *Wie versprochen ein paar Informationen.*

«Was ich nicht verstehe» – Andrew runzelte die Stirn –, «wie ist sie überhaupt in diesem Heim für unverheiratete Mütter gelandet? Die müssen ziemlich furchtbar gewesen sein. Meine Mum hat mal eine Dokumentation über solche Einrichtungen in Irland gesehen, das war schrecklich. Die mussten arbeiten wie Sklaven, und dann wurde ihnen einfach ihr Baby entr–» Er hustete, als er meinen Gesichtsausdruck sah, und fügte dann schnell hinzu: «Na ja, so wird es sicher nicht überall gewesen sein … und dies war ja auch in England und wahrscheinlich viel schöner.»

Ich las den Artikel über die Wohltätigen Schwestern. Es ging um ein Heim für unverheiratete Mütter am Rande von Brighton. Ein paar der Insassinnen waren Frauen, andere erst sechzehn oder siebzehn Jahre alt. Ein vierzehnjähriges Mädchen war von Dorfjungen vergewaltigt worden. Ihre Eltern ertrugen die Schande nicht und schickten sie für die Dauer ihrer Schwangerschaft ins Heim. Die Mütter kamen ein paar Monate oder Wochen vor der Geburt ihres Babys und blieben danach noch sechs Wochen, um sicherzugehen, dass die Babys gesund waren, ehe sie den Adoptivfamilien übergeben wurden. Es ging um den Alltag im Heim, um die Pflichten, die die Frauen zu erfüllen hatten, um das furchtbare Essen. Eine Vorbereitung auf die Geburt fand in keiner Weise statt, und die geplagten Sozialarbeiter hatten kaum Zeit, sich der Frauen während des Adoptionsprozesses anzunehmen. Das Heim der Wohltätigen Schwestern schien in moralischer Hinsicht weniger repressiv gewesen zu sein als andere, die zum Teil Zuchthäusern glichen, in denen die Frauen haarsträubend behandelt und die Babys gegen eine Spende abgegeben wurden. Hier durften die alleinstehenden Mütter immerhin in kleinen Gruppen in die Stadt gehen oder zum Hafen oder ins Kino. Es wurde darauf hingewiesen, dass die Mütter ermuntert wurden, für ihre Babys ein kleines Bündel mit Kleidung zu schnüren, eine Art Erstausstattung, und ich dachte an den kleinen Strampelanzug und die Bommelmütze, die meine Mutter für ein Ungeborenes gestrickt hatte, obwohl sie Handarbeit jedweder Art immer gehasst hatte.

Ich starrte lange die Fotos an, schwarz gefleckte Abzüge einer stattlichen Villa, eine Reihe Betten in einem Schlafsaal, zwei Frauen, die durch eine Art Park gingen.

«Wo waren denn deine Großeltern, ich meine, die Eltern deiner Mum?», fragte Andrew und zeigte auf die Zeile, in der es um die Eltern des Vergewaltigungsopfers ging.

«Die sind gestorben, als sie noch ganz jung war», sagte ich und betrachtete eine der Frauen. Sie hatte den Rücken leicht nach hinten gebeugt, um das Gewicht ihres Bauches zu halten, trug einen altmodischen Fünfziger-Jahre-Arbeitskittel und ein Tuch um den Kopf. «Vielleicht war sie allein und ist auf eigene Faust in das Heim gegangen, um einen sicheren Ort zu finden, an dem sie ihr Baby zur Welt bringen konnte.»

«Hmm», machte Andrew nachdenklich. «Möglich. Oder es war …» Er hielt inne, und ich sagte: «Du meinst, er hat sie dort hingebracht? Der Vater?»

«Oder *seine* Eltern. Vielleicht haben die sie gezwungen, Phoebe wegzugeben?»

Ich versuchte mir vorzustellen, wie meine starke Mutter zu etwas gezwungen wurde, was sie nicht wollte, wie sie in diesem Haus festgehalten wurde und stündlich gesagt bekam, was sie zu tun hatte, Hausarbeit, Handarbeit, was sie beides nicht konnte, in den kalten Monaten Dezember und Januar, die sie verabscheute. Und dann musste sie Babys zur Welt bringen und wurde gezwungen, sie wegzugeben. Bei dem Gedanken, dass es nicht ihre Entscheidung gewesen war, dass sie gezwungen worden war, zog sich mein Herz vor Erleichterung fest zusammen, so schlimm das für sie auch gewesen sein musste. Es bedeutete, dass sie nicht freiwillig getan hatte, was sie vermutlich getan hatte, dass sie nicht mit dem Finger auf eins der Bündel gezeigt und uns getrennt hatte. Dass sie uns gewollt hatte. Uns liebte. Aber schneller, als mir lieb war, rückte sich die Realität wieder zurecht, und ich schüttelte widerstrebend den Kopf. «Ich weiß nicht. Du kanntest ja meine Mutter. Kam sie dir vor wie jemand, der nicht für sich einstehen kann?»

Wir gaben beide ein schnaubendes Lachen von uns, das wir schnell erstickten, denn das hier war nicht mal ansatzweise komisch.

«Aber eine von uns *hat* sie ja behalten. Wenn man sie wirklich gezwungen hätte, wären wir wahrscheinlich beide weggegeben worden, glaubst du nicht?»

Wir schwiegen.

«Ja», sagte Andrew schließlich. «Das ist das große Rätsel.» Er betrachtete die Briefe, den gelben Notizblock und die Zeitungsausschnitte. «Warum eine von euch weggegeben wurde und eine bleiben durfte.»

«Und warum sie Phoebe nicht zurückgeholt hat, als sie es konnte.»

Er schüttelte ratlos den Kopf. «Ich weiß es auch nicht. Ich meine, sie war erst achtzehn. Das ist sehr jung. Immer noch ein Teenager. Sie wird ganz anders gewesen sein, als wir sie kannten.»

«Ja.» Ich strich mit dem Finger über die Frau mit dem Kopftuch auf dem Bild und wünschte mir nichts mehr, als weinen zu können.

13. Kapitel

Ich wollte jetzt nur noch raus hier, das Arbeitszimmer wieder in Ordnung bringen und fliehen. Hastig stellte ich die letzten Ordner wieder aufs oberste Brett, und beinahe hätte ich es übersehen. Ich sah es nur, weil ich auf dem Stuhl stand, um ein paar Papiere zurückzuschieben, die hervorgerutscht waren: ein Buch, schmal, etwas kleiner als ein Taschenbuch, der Umschlag war unten eingerissen. Ich griff danach, drehte es um, blies vorsichtig den Staub weg. *Ausgewählte Gedichte* von Christina Rossetti.

Rossetti war eine der Lieblingsdichterinnen meiner Mutter gewesen, zusammen mit Edna St. Vincent Millay und Louis MacNeice, und im Wohnzimmer stand eine hübsche Erstausgabe, ein Geschenk meines Vaters. Dieses abgegriffene kleine Buch hatte ich noch nie gesehen. Es schien Teil einer mehrteiligen Ausgabe zu sein, denn auf dem Rücken stand in zerkratzter Goldschrift die Zahl Drei. Ich ging auf die Zehenspitzen, um noch mal auf das Regal sehen zu können, aber außer Staub war dort nichts zu entdecken.

«Andrew!» Ich sprang vom Stuhl und setzte mich darauf, das Buch im Schoß. Die Seiten waren dünn wie die Seiten einer Bibel, und zwischen den allerersten lag, so gut wie vollkommen plattgedrückt, ein winziger Rosenzweig. Zwei vollständig aufgeblühte Blüten bildeten einen flachen Fächer, darüber befanden sich ein paar Knospen. Der Zweig wirkte braun und leblos, aber als ich ihn näher ans Licht hielt, sah ich, dass er dennoch vollkommen war.

Andrew war zu mir getreten, und ich hielt ihm die Rose in dem aufgeschlagenen Buch hin wie ein Geschenk. Er lächelte und deutete dann auf den Namen auf dem Vorsatzblatt. *Constance Adele Holloway, 1949.* Ich betrachtete die altmodische, akkurate Schrift und das Jahr. Gerade erst war ich enttäuscht gewesen, weil mein Name, anders als Venetias, nicht Teil der Liste mit Babynamen im Schwangerschaftstagebuch meiner Mutter war, aber *hier* war er jetzt und band mich enger an meine Großmutter, als mir klar gewesen war, verankerte mich in meiner ganz eigenen Geschichte. Ich dachte an die Frau auf dem Foto, die für mich eine Fremde war, eine Fremde mit den Augen meiner Mutter und meinen Grübchen, ich dachte an diese kleine Rose, die damals lebendig gewesen war und auf ihre Weise in der Liebe meiner Mutter zu den Rosen in ihrem Garten weiterlebte. Als ich langsam das Buch durchblätterte und die Gedichte an mir vorbeizogen, wünschte ich, ich hätte meine Mutter gefragt, woher mein Name kam. *Ein Sommerwunsch, Wieder Frühling, Wenn ich tot bin, meine Liebste.* Und dann stieß ich, genau zwischen *Tod der Hoffnung* und *Evas Tochter*, auf mehrere kleine Karten. Als Andrew sie sah, wurde er ganz unruhig, und mir zitterten die Finger. Auf der ersten standen nur wenige Sätze, die die Karte zu kaum zwei Dritteln bedeckten.

Hartland, 20. April 1960

Es gibt so vieles, über das ich sprechen möchte, und ich hoffe sehr, dass Du mich beruhigen kannst. Ich warte auf Deinen Brief.
Alles Liebe,
H.

«Alles Liebe, H.» Das klang vertraut, kurz angebunden, als wären die Schreibenden vertraut genug, um auf Formalitäten verzichten zu können, als nähmen sie ein abgebrochenes Gespräch wieder auf, etwas, das begonnen, aber nicht beendet worden war. Die zweite Karte war anders – die Schrift war die gleiche sperrige wie auf der ersten, aber hier wirkte sie eilig hingeschrieben.

Hartland, 28. Februar 1960

Liz,
ich weiß, dass es im Moment für Dich schwer sein muss, aber wenn Du es ertragen kannst, lass uns uns bitte treffen und miteinander reden. Ich bin jetzt und immer wieder in London, also schick mir doch bitte ein Datum und eine Zeit, dann komme ich. Bitte melde dich bald.
Harry

Ich sah auf das Datum. Die Karte war zwei Wochen nach meiner Geburt geschrieben worden, und die erste war *nach* dieser gekommen, im April. Die Karten zitterten in meinen

Händen, und ich stand auf, um sie auf den Tisch zu legen. Dann:

Hartland, 15. Juli 1960

Liebe Liz,
Du hast nicht auf meine Briefe geantwortet, aber ich muss dringend mit Dir reden und komme am Donnerstag nach London. Können wir uns dann sehen? Ich wohne im Langham und warte um sieben in der Bar auf Dich. Wenn Du nicht kommst, dann weiß ich, dass Du mich nicht sehen willst, und lasse Dich in Ruhe, aber ich hoffe, Du kommst. So oder so sollst Du wissen, dass mir sehr leidtut, was an jenem Abend geschah. Ich wollte nicht, dass so etwas passiert, und kann es nicht vergessen, ich hoffe also, wir können reden.
Harry

«H.» war «Harry». War er womöglich …

«Meinst du, Harry ist vielleicht – ich meine, glaubst du, *er* könnte … es sein?», fragte ich Andrew und deutete mit dem Kinn auf meine Geburtsurkunde.

Andrew sah die Karten noch einmal durch. Dann verzog er den Mund und gab sie mir zurück. «Es könnte jeder sein. Aber die Daten … und dann das *Mir tut sehr leid, was an jenem Abend geschehen ist*? Es war in jedem Fall jemand, der wusste, was passiert ist.»

«Harry wollte sie treffen», sagte ich langsam, denn mein Atem kam nicht an dem Kloß in meinem Hals vorbei. «Aber sie hat ihm weder im Februar noch im April geantwortet, und im Mai hat sie meinen Dad geheiratet.»

Unter den Karten war eins der Rossetti-Gedichte zu sehen.

Mein Gartenbeet ist ungemacht;
Verblüht und ganz verlassen,
ich weine, wie ich nie geweint.

Wie traurig. Offenbar war sie schwanger gewesen von Harry, der sich – wer auch immer er war – nicht um sie gekümmert und nicht zu ihr gestanden hatte. Ich betrachtete mit zusammengekniffenen Augen die Unterschrift auf der letzten Karte, und wie eine Welle überkam mich überwältigende Liebe für meinen Vater, der schließlich zu ihr gestanden *hatte*, samt Baby und allem.

Aber das andere Baby, *das andere* –

«Ich muss mit Phoebe reden», sagte ich plötzlich. Ich sah auf die Uhr, die auf dem Schreibtisch stand. 23.40 Uhr.

«Es ist noch nicht Mitternacht. Vielleicht schläft sie noch gar nicht», sagte Andrew. «So, wie sie klang, wird sie wollen, dass du dich meldest.»

«Aber ich habe ihre Nummer gar nicht», sagte ich panisch. Was, wenn ich sie gar nicht wiederfand? Was, wenn ich sie so schrecklich behandelt hatte, dass sie jetzt weg war, richtig weg, zum zweiten Mal, aber diesmal für immer?

«Ich rufe die Auskunft an», sagte Andrew. «Hallo? Ich suche eine Nummer in …» Er sah mich fragend an.

«Birmingham, glaube ich», sagte ich und hielt den Atem an.

«Ja, Phoebe Roberts in Birmingham. Richtig. Ja. Solihull? Okay. Danke.»

Er kritzelte sich eine Nummer auf den Handrücken und beendete das Gespräch. «Das war ja leicht», sagte er.

Ich brauchte mit der ungewohnten Drehscheibe ein paar Versuche, aber schließlich klingelte es am anderen Ende. Nach dem zweiten Mal meldete sich jemand, und das atemlose «Hallo» klang nicht, als hätte sie schon geschlafen. Andrew legte mir die Hand auf die Schulter und drückte sie ermutigend.

«Phoebe? Ähm, hier ist …» Ich versuchte, den Kloß in meinem Hals herunterzuschlucken und nicht schwach zu klingen. Es war mir seltsam wichtig, einen guten Eindruck zu machen.

Ihr Ausatmen war deutlich zu hören, dann sagte sie schnell: «Ich bin so froh, dass du anrufst. So froh. Ich –»

«Es tut mir so leid, dass ich dich angeschrien habe, das war unverzeihlich. Ich weiß jetzt, dass das alles stimmt, und ich hätte nie –»

Sie unterbrach mich: «Nein, ich bin die, die sich entschuldigen muss. Ich habe dich total überfahren, und das tut mir wirklich leid. Natürlich brauchtest du Zeit, um dich an den Gedanken zu gewöhnen. Es ist nur … ich habe niemanden, mit dem ich über all das reden könnte. Und als du weg warst, hatte ich Sorge, dass ich jetzt –»

«Ich auch», sagte ich und spürte, wie sich ein Lächeln auf

meinem Gesicht ausbreitete. Phoebes Stimme drang laut und deutlich durch den dichten Nebel aus Fragen und Zweifeln, die meinen Platz auf dieser Welt betrafen, und obwohl wir zwei vollkommen Fremde waren, war es wahnsinnig tröstlich zu wissen, dass wir nicht allein waren.

14. Kapitel

Am nächsten Morgen wurde ich von einem Geräusch geweckt und schoss hoch. Mir wurde schwarz vor Augen, und ich sah mich verwirrt um. Hinter der Lehne des alten Sessels lugte Andrews Kopf hervor.

Ich war in der Rose Hill Road. Mein Vater war im Krankenhaus. Das hier war das Arbeitszimmer meiner Mutter. *Ich bin so froh, dass du anrufst.* Andrew und ich hatten nach dem Gespräch mit Phoebe noch etwas gegessen – eigentlich ein Frühstück, denn es war mittlerweile drei Uhr morgens gewesen. Irgendwann waren wir dann eingeschlafen, ich zusammengerollt auf dem Sofa, zugedeckt mit Andrews Jacke, und er im Sessel.

Ich drehte den Kopf von einer Seite zur anderen, um meinen steifen Nacken zu lockern, und wollte gerade der Versuchung nachgeben, mich noch mal für ein paar Minuten aufs Sofa zu legen, als ich wieder das Geräusch hörte. Und dann Schritte. Oben.

Schnell beugte ich mich über Andrew und schüttelte ihn. «Wach auf.»

Andrew griff nach meinen Armen und wollte mich zu sich in den Sessel ziehen, aber ich zerrte so lange, bis er schließlich schwankend aufrecht stand. Über uns knarrten die Dielen, jemand ging hin und her. Die Klospülung war zu hören, und kurz darauf vernahm man Schritte auf der Treppe, und mit lautem Quietschen ging die Haustür auf.

«Morgen, Mr. Thomson.» Venetias frische Stimme. «Sie sind heute aber früh unterwegs.»

Andrew zog die Augenbrauen hoch.

«Der Postbote», flüsterte ich.

«Ja, es ist schrecklich. Er musste ins Krankenhaus. Ich bin nur kurz hier, um ihm ein paar Sachen zu holen.»

Ich stellte mir vor, wie ich die Treppe hochkäme, um Venetia zu begrüßen, in der Hand die Hermès-Tasche meiner Mutter, die vor lauter Dingen aus dem Haus praktisch aus allen Nähten platzte, hinter mir ein vom Schlaf verwuschelter Andrew, und mir wurde klar, dass ich dieser Begegnung nach der letzten Nacht und allem, was ich herausgefunden hatte, schlicht nicht gewachsen war.

«Schnell.»

Ich war schon auf der anderen Seite des Zimmers, um mir die Hermès-Tasche und meine diversen Plastiktüten zu schnappen, bevor Andrew sich auch nur grummelnd vorgebeugt hatte, um sich die Schuhe anzuziehen. Ich warf ihm seine Jacke zu und boxte die Sofakissen in Form, dann zerrte ich ihn in den Garten und schloss mit einer letzten fließenden Bewegung hinter mir die Fenstertür. Sie war nicht richtig zu, aber später würde ja Mrs. Baxter kommen. Schnell schlichen wir um die Rhododendren herum, denn dort war, zugewuchert und kaum zu sehen, das Loch in der Hecke, die unseren Garten von dem seiner Eltern trennte. Andrew legte jetzt einen Zahn zu, offensichtlich hatte er keine große Lust, seiner Mum in die Arme zu laufen, die bei unserem Anblick sonst aufgeregte Fragen gestellt hätte.

Erst vor der U-Bahn-Haltestelle blieben wir stehen. Andrew inspizierte missbilligend seine schmutzigen Schuhe und den nassen Pullover.

«Dein Ernst? Hätten wir das Haus nicht auf normalem Weg verlassen können, also durch die Haustür? Addie, du *musst* Venetia irgendwann mal die Stirn bieten.»

Er sagte es streng, aber sein Gesichtsausdruck wurde sanfter, als er sah, dass ich bedrückt nickte. Meine Entschlossenheit von gestern Abend war im trüben Grau des neuen Morgens verflogen, und statt mir in diesem schwebenden Universum einen neuen Platz zu suchen, tat ich wieder, was ich immer tat, mied die Konfrontation und versuchte den Leuten zu gefallen. Die Tatsache, dass ich nicht am Bett meines Vaters gewacht hatte, war bei Licht besehen einfach nur herzlos.

Plötzlich spürte ich kühle, raue Finger unter meinem Kinn. Andrew hob meinen Kopf an und suchte nach einem Taschentuch. «Du siehst aus, als hätte man dich rückwärts durch eine Hecke gezerrt. Wenn du jetzt zu deinem Vater fährst, behält dich das Krankenhaus bestimmt gleich da.»

«Man *hat* mich ja auch rückwärts durch eine Hecke gezerrt.» Ich versuchte mich aus seinem Griff zu lösen, aber er beachtete mich gar nicht, strich mir etwas Grünzeug von der Schulter, zog meine Jacke glatt und krempelte einen Ärmel um, damit man nicht sah, wie nass er war. Über den Dächern und zwischen den Bäumen vor der U-Bahn-Station hing weiß der Sprühregen, und um uns herum trotteten schemenhafte Gestalten zur Arbeit. Wie eine Bettdecke dämpfte die feuchte Luft alle Geräusche um uns herum, nur unser eigenes Atmen war zu hören. Wir standen so nah beieinander, dass ich die dunklen Schatten unter Andrews Augen und den schönen Schwung seines Mundes sehen konnte, der entspannt lächelte. Er strich mir mit beiden Händen die Haare zurück, und unwillkürlich lehnte ich mich an ihn, näherte mich seinem Lächeln, spürte an der Wange die raue Wolle seines Ärmels und auf den halbgeschlossenen Augen die Wärme seines Atems. Er legte den Arm um mich, und ich wollte gerade seine Schultern umfassen, mein Gesicht ganz nah an seinem, als ich wieder zu mir kam und mich ihm entzog. Andrew war mein guter Freund, mein Sparringspartner und Kollege. Das hier – waren wir nicht. Was auch immer das hier war. *Das* hier *konnten* wir gar nicht sein, nicht, nachdem wir uns dreißig Jahre lang gezankt und versucht hatten, alles besser zu wissen, nicht, nachdem wir uns in- und auswendig kannten, samt Warzen und allem. Es würde niemals funktionieren.

Ich wurde knallrot und versuchte mich unter dem Arm herauszuwinden, der immer noch um meine Schultern lag, aber Andrew ließ nicht los, erst, als ich mich unter seinem Ellenbogen hindurchbückte, gab er mich seufzend frei.

«Wie du willst», sagte er, und ich kramte nach meinem Fahrschein und ging eilig auf den Eingang der U-Bahn-Station zu. Auf dem Bahnsteig holte er mich ein, und ich trat ein Stück zur Seite, um etwas auf Distanz zu dem Wollpullover zu gehen, denn irgendwie konnte ich mich nicht mehr konzentrieren, sobald ich ihm zu nahe kam. Zum Glück kommentierte Andrew aber nicht, was da gerade – *nicht* – passiert war.

«Ich frage mich, wo dein Vater wohl ist. Ob er noch lebt», sagte er nachdenklich und unterdrückte ein Gähnen. «Harry, meine ich, *falls* es wirklich Harry *ist.* Wenn er so alt war wie deine Mutter, lebt er sicher noch. Das könntest du bestimmt herausfinden, meinst du nicht?»

«Hmm», sagte ich und steckte mein Portemonnaie wieder in die Seitentasche meiner Handtasche.

«Willst du das denn gar nicht?»

«Er scheint keine besonders positive Rolle gespielt zu haben, wenn man bedenkt, was passiert ist.»

«Du weißt ja gar nicht, was genau passiert ist», sagte Andrew.

«Ich weiß, dass er nicht zu ihr gestanden hat. Und das mag ich nicht. Also mag ich folgerichtig ihn nicht.»

«So, wie du sie beschrieben hast, wird Phoebe aber nach ihm suchen wollen.» Andrew blieb am Ende des Bahnsteigs stehen, wo wir ganz für uns waren.

«Ich weiß.» Ich zog die Jeansjacke enger um mich, zum Schutz gegen die feuchte Mailuft und Andrews Arm, der immer noch viel zu nah an meinem war. «Die Vorstellung, dass wir Zwillinge sind, ist so seltsam. Wir ähneln uns gar nicht besonders. Irgendwie kapiere ich das nicht.»

«Wenn ihr zweieiige Zwillinge seid, könnt ihr vollkommen unterschiedlich aussehen.» Andrew trat von einem Fuß auf den anderen. «Gott, ich hasse das englische Wetter. Vielleicht sollte ich mir das mit Marseille doch noch mal überlegen.»

«Claudette würde dich sicher sofort wieder zurücknehmen», sagte ich mit einem gezwungenen Lachen.

Er sah mich mit blauen Augen prüfend an. Dann schüttelte er den Kopf. «Ja, also, nein, darüber bin ich hinweg. Es gibt viel Neues zu bedenken, und wenn das mit *Le Grand Bleu* in Gang kommt …»

Er verweilte etwas länger als nötig auf den Worten *Neues* und *bedenken*; ich merkte, dass ich schon wieder rot wurde, und sah schnell weg. Was auch immer *das hier* war, ich wollte, dass es aufhörte, weil ich wirklich, wirklich nicht damit zurechtkommen würde, wenn sich in meinem Leben noch so eine große Sache entwickelte.

«Ich glaube ja sowieso», sagte er und klang beruhigenderweise wieder mehr wie sonst, «dass die Leute dieses Zwillingsding viel zu hoch hängen. Eigentlich gibt es gar keinen Grund, es zu romantisieren. Ihr seid zwei vollkommen verschiedene Babys, einfach Geschwister, die zufällig dieselben neun Monate in der Gebärmutter waren, statt nacheinander geboren zu werden. Du musst sie einfach kennenlernen wie jeden anderen Menschen. Und du solltest auf jeden Fall diesen Typen treffen, Merck, sobald er wieder in der Stadt ist.»

«Ja», sagte ich widerstrebend. «Ich muss aufhören, ihm gegenüber so zu tun, als wäre ich Mum.»

Andrew gab ein bellendes Lachen von sich. «Ich würde einiges dafür geben, bei dem Gespräch Mäuschen zu spielen.

Warum sagst du nicht einfach: ‹Sie ist tot. Kann ich Ihnen helfen?› Du könntest wirklich etwas mehr Mumm vertragen, Addie. So, wie du dich von Venetia und Grace rumschubsen lässt. Sag den Leuten einfach, was du willst. Sie werden dich trotzdem noch lieben, weißt du.»

Fangen wir doch mit *Le Grand Bleu* an, dachte ich. Ich ging einen Schritt zur Seite, wobei ich tat, als wollte ich schauen, ob die Bahn schon zu sehen wäre. Phoebe war möglicherweise vollkommen anders als ich. Sie war eine unbekannte Größe, mir so unbekannt wie ich ihr, im Gegensatz zu allen anderen um mich herum war ich für sie ein unbeschriebenes Blatt Papier. Irgendwie war das ein erhebender Gedanke, die Vorstellung, dass ich jemand Neues sein könnte, dass ich *jeder* sein könnte, frei von allem, was ich bisher gewesen war, ohne Erwartungsdruck.

«Genau das werde ich tun.» In der Ferne sah ich die Lichter der U-Bahn.

«Was?» Andrew gähnte herzhaft.

«Sie einfach kennenlernen. Ohne Druck. Das ist ein guter Rat.»

Als die Bahn an uns vorbeifuhr und dann quietschend zum Stehen kam, wurde er wieder munter. «Ich freu mich, dass ich helfen konnte. Wenn du willst, komme ich mit ins Krankenhaus. Für dich lasse ich sogar meine Dusche im Stich, um der alten Freundschaft willen und so.»

Er sah mir in die Augen und lächelte, ein müdes, freundliches Lächeln, sodass ich mich fragte, ob ich mir eingebildet hatte, was vorher passiert war.

«Das ist nett, aber lass mal», sagte ich, als sich direkt vor uns die Türen öffneten. «Ich komme schon klar, und Venetia wird ja auch da sein. Hat sie nicht gesagt, sie würde Sachen für ihn holen?»

«Aber ruf mich später an, ja? Und lass dir von Venetia nichts erzählen. Denk immer daran, sie ist auch nur ein Mensch», sagte er. «Obwohl …» Er nahm mir die Tüten aus der Hand, schob mich in den Waggon und auf zwei freie Sitze zu. «Das ist natürlich noch nicht abschließend geklärt.»

15. Kapitel

In der U-Bahn schlief Andrew sofort ein. Sein Kopf sackte schwer auf meine Schulter. Der Waggon füllte sich, und meine Tüten mussten Menschen Platz machen, die aus unerfindlichen Gründen ebenfalls lieber sitzen wollten. Als wir an einem roten Signal stehen blieben, klemmte ich zwischen meinen Tüten, der Hermès-Tasche, Andrews Sachen und seinem Kopf. Ich schaute auf die Uhr an seinem auf mir liegenden Arm und sah dabei *Rebecca* aus einer Tüte ragen. Die Durchsage kam, dass sich die Weiterfahrt einen Moment verzögern würde, also griff ich nach dem Buch und fing an, darin zu blättern.

Meine Mutter schrieb immer Notizen an den Rand, ob sie nun zum Vergnügen las oder für die Arbeit. Sie stellte Fragen und versuchte Zusammenhänge herzustellen. *Rebecca* war eins ihrer Lieblingsbücher gewesen. Immer wenn sie nicht schlafen konnte, hatte sie Absätze und ganze Kapitel wieder und wieder gelesen. Ich las einen Satz hier und einen dort, eigentlich waren mir die Lider zu schwer, um mich auf die Nöte der zweiten Mrs. de Winter zu konzentrieren. *Warum??*, stand da, oder: *Als Lebensmaxime frustrierend!* Ganz am Ende stießen meine Finger plötzlich auf einen kleinen Zettel, der tief zwischen den Seiten steckte. Ich drehte ihn um:

- Wohnzimmer putzen
- Öffnungszeiten Oxfam?
- Rede für die Verleihung des Dekanspreises
- Letzten Absatz fertigstellen
- Freds OP
- Addies Geburtstag: Kuchen, Luftballons, Konfetti, Geschenke, Zelt

Ich schnappte hörbar nach Luft, und die Frau, die mir gegenübersaß, sah argwöhnisch auf. Sie musterte meine zerzauste Erscheinung, meine schrecklichen Haare, meine zahlreichen Tüten und Andrew, der im Schlaf schnaufte, dann zog sie ihre Marks-&-Spencer-Tüte näher zu sich heran. Ich nahm sie nur aus dem Augenwinkel wahr, starrte lieber in den Tunnel und dachte an meinen zehnten Geburtstag.

Meine Mutter hatte den Winter gehasst und war im Januar immer extrem beschäftigt gewesen oder hatte still vor sich hin gezittert, uns angeblafft und war immer, wenn sie irgend konnte, in ihrem Arbeitszimmer verschwunden. Wir machten früher normalerweise keine großen Partys, wenn ich Geburtstag hatte. Es kamen einfach ein paar Mädchen zum Spielen. Aber mein zehnter Geburtstag fiel auf einen Samstag, und meine Mutter hatte gesagt, ich solle zehn Mädchen einladen, um zu feiern, dass ich jetzt im zweistelligen Bereich war. Ich war wahnsinnig aufgeregt, weil das so unerwartet kam, und fragte schon Wochen vorher herum, was man auf einer Party zu einem zweistelligen Geburtstag so machte. Aber Mum schien ihr voreiliges Versprechen zu bereuen, denn als die Woche meines zehnten Geburtstags schließlich kam, war sie auf einem Seminar – oder vielleicht auch bei der Preisverleihung, von der auf der Liste die Rede war. Weit und breit kein Plan für Samstag in Sicht, von Partyvorbereitungen ganz zu schweigen. Bis Freitag hatte ich mich auf diverse Händel mit karmischen Mächten eingelassen, damit die zehn Mädchen, die am Samstag um drei in Erwartung von Kuchen und Spielen auftauchen sollten, überhaupt eine Feier erlebten.

In der Nacht auf Samstag fiel ich erst in den frühen Morgenstunden in einen bleiernen Schlaf. Als ich aufwachte, war das Haus ganz still. Ich öffnete die Zimmertür und steckte den Kopf durch den Spalt, sah in beide Richtungen des leeren Flurs und lauschte angestrengt. Nichts. Nur das Ticken der Uhr unten. Mein Herz zog sich panisch zusammen, und ich sah noch einmal auf den Wecker: 11.30 Uhr. Wo waren denn alle?

«Mum?», rief ich. «Vee?»

Aber meine Stimme war so schwach und schnarrend, dass mir die Stille nur noch tiefer vorkam. Ich schloss mit klopfendem Herzen den Mund. Langsam wagte ich mich in den Flur, sah in das Zimmer von Jas und in das von Venetia, schließlich ins Schlafzimmer meiner Eltern. Überall Stille. Ich ging auf Zehenspitzen die Treppe hinunter, plötzlich so voller Angst, wie es nur eine Zehnjährige sein kann, die nach einer sorgenvollen, schlaflosen Nacht in einem leeren Haus aufwacht. Waren denn alle weg, waren alle verschwunden? Ausgezogen? Entführt? *Umgebracht?*

Die Halle war leer und dunkel, die Wohnzimmertür abgeschlossen. Ich drückte behutsam die Klinke hinunter, aber sie machte trotzdem ein lautes Geräusch, das mir in dem leeren Haus nur noch mehr Angst machte, deshalb ließ ich es bleiben. Ob alle unten waren? Vielleicht warteten in der hellen Küche alle darauf, mich zu überraschen. Mrs. Baxter hatte vielleicht Kokos-Sahne-Kuchen gebacken, meinen Lieblingskuchen, mit drei Etagen und zehn Kerzen; sie würden Luftballons und eine Wimpelkette aufhängen, es wäre Musik an und wäre gedrängt voll und laut. Ich war jetzt sicher, dass es so war, sie warteten alle auf mich, es musste so sein. Ich holte tief Luft, machte das Licht an, ging nach unten und bereitete mich darauf vor, dass sie gleich: *Überraschung!*, rufen würden und: *Herzlichen Glückwunsch!*

Ich öffnete die Tür, erst nur einen Spaltbreit, dann ganz, und die Enttäuschung und Angst stürzten auf mich ein wie eine Tonne Ziegelsteine. Die Küche war dunkel und unaufgeräumt, es stapelte sich das Frühstücksgeschirr, und in der Luft hing der Geruch nach gebratenem Speck. Ich fing an zu weinen und schrie dann, stoßweise und panisch die Treppe rauf. *Hallo? Jemand zu Hause?*

Plötzlich entdeckte ich auf dem Tisch einen Zettel. Darauf stand etwas in der Schrift meines Vaters, und ich brauchte einen Moment, um sie zu entziffern. *Tut mir so leid, mein Schatz, bin bald zurück, herzlichen Glückwunsch!!* Auf dem Zettel waren rote Flecken, wahrscheinlich Marmelade. Es dauerte noch ein Weilchen, bis ich aufhörte zu weinen. Immerhin wussten sie, dass es mein Geburtstag war. Aber warum hatten sie mich nicht geweckt? Und wo waren sie hin an diesem besonderen Tag, an dem ich zweistellig wurde?

Ich zog mich an und blieb noch eine Weile in der Küche, räumte auf und versuchte herauszukriegen, ob ich es in den nächsten Stunden noch schaffen konnte, einen Kuchen zu backen, und wo meine Mutter die Kiste mit den Partysachen hatte, damit ich die Küche schmücken konnte. Sollte ich ein paar Spiele vorbereiten? Mrs. Baxter anrufen, damit sie kam und uns Abendbrot machte? Ich versuchte, klar zu denken, aber ich sah nur immer das Gesicht von Dawn McCarthy vor mir, die schon elf war und mir weit überlegen mit ihren Keramikmalerei-Geburtstagsfeiern und ihren rosa Geschenktütchen und die in nicht mal drei Stunden mit neun weiteren Mädchen hier aufkreuzen würde.

Neben dem Herd stand die Uhr, die Mrs. Baxter zum Kochen brauchte, und ich saß mit dem Zettel in der Hand am Küchentisch und sah, wie die Sekunden und Minuten vergingen. 12.15. 12.20. 12.30.

Schließlich hielt ich es nicht mehr aus. Ich drehte den Zettel um, schrieb in großen, wütenden Buchstaben darauf «Bin in den Park gegangen» und verließ das Haus. Es war dunkel und kalt, ein Februar, so grau und trostlos, wie nur ein englischer Februar sein kann, Bäume und Büsche und Gärten tropften vor Feuchtigkeit, die Straßen waren schmutzig graubraun, die Eibenhecken von einem dumpfen Dunkelgrün. Andrew war auch nicht zu Hause, also ging ich allein in den Park, zog ein bisschen durch die Straßen und ging dann zum Spielplatz, auf dem ein paar unerschrockene Eltern mit ihrem gutverpackten Nachwuchs spielten. Ich setzte mich, solange ich konnte, auf die Schaukel, in der Hoffnung, dass mich jemand suchen kommen würde. Aber irgendwann wurde es mir zu feucht, und so trottete ich nach Hause und bereitete mich innerlich auf das unvermeidliche *Hallo, Dawn, komm rein* vor. Ich ging immer langsamer, bis ich praktisch kroch, und wagte kaum aufzusehen, als ich mich der Rose Hill Road 42 näherte.

Als ich es schließlich tat, erkannte ich das Haus kaum wieder. Während die anderen Häuser grau und braun in ihren Gärten kauerten, tobten vor Nummer 42 die Farben. An der Haustür hingen Ballons, um das Geländer rankten sich Luftschlangen. Es gab ein riesiges Schild und große Papierblumen. Alles leuchtete so, dass mir nach dem kalten, grauen Park fast die Augen schmerzten. Schnell lief ich die Stufen hoch. Durchs Küchenfenster hörte ich Gesprächsfetzen und Gelächter und Mrs. Baxters Radio, das neben dem Ofen stand. Die Haustür war offen, und ich ging zögernd rein. Drinnen gab es noch mehr Luftschlangen. Niemand war zu sehen, und so folgte ich der Konfettispur nach unten in die Küche.

Als ich die Tür öffnete, schlugen mir so viel Lärm und so viele Farben entgegen, dass ich fast zurückgewichen wäre. Es waren mindestens zwanzig Leute in der Küche, die sich unter Ballons und Luftschlangen drängten. In der Ecke hatten sich die Kinder versammelt. Mrs. Baxter bot ihnen Milch an. Der geduldige Mr. Baxter aß einen Scone. Dawn klimperte vor Andrew mit den Wimpern, der gerade damit beschäftigt war, einen Kuchen mit Liebesperlen zu verzieren, und sie deshalb ignorierte. Mein Dad und meine Tante Clara trugen Platten zum Tisch.

Ich stand ein paar Sekunden lang stumm da. Wellen der Erleichterung und Heiterkeit überfluteten mich. Dann entdeckte ich mitten im Getümmel meine Mutter, die lebhaft plauderte und lachte, als hätte sie nicht mal bemerkt, dass ich gar nicht da war. Kurz überlegte ich, ob sie vielleicht wütend war, weil ich nicht bei den Vorbereitungen für meine eigene Party geholfen hatte. Unsicher ging ich auf sie zu und tippte sie an. Auf ihrem Gesicht breitete sich ein Lächeln aus.

«Schätzchen, herzlichen Glückwunsch zum Geburtstag! Wo warst du denn? Du verpasst ja deine eigene Party!»

«Ich dachte, es *gäbe* gar keine Party», murmelte ich und spürte, wie in mir wieder das morgendliche Elend aufstieg und meine Augen feucht wurden. Ich wischte mir die Hände an den schmutzigen Hosen ab und wünschte mir so sehr, ich hätte Gelegenheit gehabt, mein Partykleid anzuziehen, das schon seit zwei Wochen an der Tür meines Schrankes hing. «Ich wusste nicht, wo ihr seid.»

«Aber Dad hat dir doch eine Nachricht hinterlassen», sagte sie mit einem ungeduldigen Unterton. Als sie meine Tränen sah, nahm sie mich bei den Händen und führte mich ein Stück beiseite, bis wir vor der Tür der Speisekammer standen. «Addie, du musst wirklich aufhören, dir so viele Sorgen zu machen. Es sollte doch eine Überraschung sein. Hör auf zu weinen. Die arme Venetia hat sich verletzt, sie hat geblutet, und wir mussten mit ihr ins Krankenhaus. Du hast noch geschlafen, und wir wollten dich nicht auf diese Weise wecken. Dann mussten wir im Krankenhaus Ewigkeiten warten. Zum Glück haben wir Mrs. Baxter. Sie hat das hier alles auf die Beine gestellt. Sie ist in so was ohnehin viel besser.»

Sie redete noch weiter, als mein Dad dazukam und sich erkundigte, wo ich gewesen war und ob alles okay sei, es täte ihm so wahnsinnig leid. Und dann bemerkten mich die anderen und umarmten mich und gratulierten mir, und die Mädchen aus meiner Schule übergaben pflichtgemäß eine nach der anderen ihre Geschenke. Und dann kam Venetia auf uns zu, die ihre bandagierte Hand wie eine Trophäe hochhielt.

«Addie», rief sie. «Ich bin auf eine Schere gefallen! Das bleibt jetzt zwei Wochen lang dran!»

Ich sah zu meiner Mutter, die nickte. «Sie dachte, sie hätte sich den Finger abgeschnitten, und hat hysterisch überall danach gesucht, bis sie merkte, dass er noch dran war.»

Da musste ich dann doch lachen, was gut war, weil es die gefürchteten Tränen in Schach hielt. Meine Mutter war fröhlich, und ich war zehn, und alle waren da, und Andrew hatte einen Kuchen gebacken und grinste mir von weitem zu. Alles war gut.

16. Kapitel

Langsam schloss ich *Rebecca* und sah aus dem Fenster der U-Bahn. Immer wieder hatte ich später daran denken müssen, welche Angst und Sorgen ich an meinem zehnten Geburtstag ausgestanden hatte. Ich hatte mir geschworen, wenn ich je Kinder haben sollte, nie einfach so zu verschwinden, sondern mit ihnen zu reden, sie in alles einzubeziehen und Überraschungspartys komplett zu meiden.

Aus den Lautsprechern kam ein scharfes «Ping», und Andrew fuhr auf.

«Was ist passiert?» Er blickte sich um und wirkte dabei wie betrunken. Im selben Moment informierte uns der Fahrer darüber, dass wir jeden Moment weiterfahren würden. «Ist es schon Morgen?» Andrew streckte seine langen Beine aus und trat dabei der Frau vor uns gegen das Schienbein. Sie zog ihre Beine beleidigt zurück.

«Tut mir leid», sagte ich zu ihr. «He, Andrew, nicht wieder einschlafen!»

Er hatte den Kopf erneut gegen meine Schulter gelehnt und die Augen geschlossen. «Ich bin so müde, Addie. Ich glaube, meine Augenlider sind zusammengewachsen. Kann das sein?»

Die Frau mir gegenüber wirkte angewidert.

«Erinnerst du dich noch an meinen zehnten Geburtstag?», fragte ich ihn und lächelte der Frau noch einmal entschuldigend zu.

«Vierzehnter Februar», murmelte er.

«Ja, aber ich meine meinen *zehnten* Geburtstag. Die Party hat in der Küche stattgefunden.»

Er sagte so lange nichts, dass ich dachte, er wäre wieder eingeschlafen. «Dreistöckige Schokoladentorte. Kokos-Zuckerguss. Streusel. Rote und gelbe Smarties.»

«Ich habe gefragt, ob du dich an die *Party* erinnerst, nicht an den Kuchen.»

Er gähnte, dann sagte er: «Du meinst den Geburtstag, an dem du das Zelt bekommen hast? Wir haben im Garten gezeltet und Dorsch in Salzkruste gemacht. Mit Kartoffeln. Du hast fast den Aprikosenbaum in Brand gesetzt.» Er kuschelte sich in den U-Bahn-Sitz. «Nur noch fünf Minuten, Ads, bitte.»

Und schon schlief er wieder und schnarchte leise vor sich hin. Ich sah auf den Zettel in meiner Hand. *Kuchen. Luftballons. Konfetti. Geschenke. Zelt.*

Das Zelt. Natürlich. Wie hatte ich das Zelt vergessen können? Ich hatte mir damals alles Mögliche gewünscht, ohne besondere Prioritäten zu haben: einen Welpen, einen Beo, einen Mickymaus-Toaster, einen Kaugummiautomaten. Aber zu meinem zehnten Geburtstag hatte mir meine Mutter aus Gründen, die meinem zehnjährigen Ich unbekannt waren, ein Zelt geschenkt, obwohl wir nicht gerade eine naturverbundene Familie waren und zum Zelten eigentlich nur der Garten in Frage kam. Vielleicht hatte ihr das Abenteuerliche daran gefallen, das Gefühl, frei und ständig unterwegs zu sein, oder die Vorstellung, das ganze Leben einfach auf dem Rücken tragen zu können; vielleicht hatte sie sich bei der Suche nach einem Geschenk von den Gutenachtgeschichten inspirieren lassen, die Dad Venetia und mir abends vorlas. Wie auch immer – als alle Spiele gespielt, alle Preise gewonnen und alle mit ihrem Kuchen beschäftigt waren, war Mum an meiner Seite aufgetaucht.

«Komm mal mit hoch», flüsterte sie. «Ich will dir was zeigen.»

Sie zog mich aus der Küche, die Stufen hoch, schloss das Wohnzimmer auf und trat zur Seite.

«Guck!», sagte sie stolz.

Und dort stand, zwischen zwei Sesseln, beschwert an allen vier Ecken, mein Geburtstagsgeschenk. Ein kleines Zelt aus Segeltuch, gerade groß genug für zwei. Seine eigentliche Farbe war Armeegrün, aber jemand hatte Hunderte Blumen und Sterne daran befestigt, in verschiedenen Farben, sodass das dunkle Graugrün darunter fast verschwand. Als ich es mir genauer ansah und eine große rosa Blume berührte, erkannte ich, dass sie von meinem alten Regenmantel stammte. Ich erkannte einen Schmetterling wieder, der am Ärmel befestigt gewesen war. Ein Stern gehörte zu einer alten Mütze, die Jas getragen hatte, als er klein war, und rundherum fand ich Ausschnitte aus kaputten Regenschirmen und Plastiktischdecken in allen möglichen Formen. Auf einer Seite leuchteten auf einem Stück Stoff ein paar rote Flecken.

«Venetias Blut», sagte meine Mutter und rollte mit den

Augen. «Wir waren mit allem etwas in Verzug, ich hatte diese Woche einfach nicht genug Zeit, da ist es passiert. Es wird mir eine Lehre sein, einer Sechsjährigen keine Schere in die Hand zu geben.»

«Es tut mir so leid, dass ich nicht hier war, um bei den Vorbereitungen für die Party zu helfen», sagte ich.

«Guck mal rein.» Sie zog an meiner Hand, hielt mir den Eingang auf und kroch hinter mir ins Zelt.

«Es war meine Idee, und dann haben alle mitgemacht und mit den Blumen und so geholfen. Schau, hier ist ein Fach für eine Tasche, und dein Buch kannst du hier reintun.» Sie strich mit der Hand über eine Reihe von Taschen, die innen an die Zeltwand genäht worden waren. «Hier hat Dad dir eine Taschenlampe reingesteckt, und hier ist ein Paar dicke Socken von Venetia, falls es nachts kalt wird. Und wenn du draußen kochen willst, müsste dieser Topf groß genug, aber auch leicht genug für diese Tasche hier sein, hat Mrs. Baxter gesagt.» Sie zog an einem Griff einen kleinen Topf aus einer Tasche. «Und hier ist eine Pfanne. Perfekt für Bratkartoffeln. Und wenn du das Zelt zusammenpackst, nimmst du einfach alles heraus und tust es in diesen Segeltuchbeutel. Den habe *ich* für dich gemacht. Ist nicht besonders gut geworden, wie man sieht, aber immerhin habe ich deine Initialen aufgestickt.»

Als ich sah, wie viel Mühe sich alle gegeben hatten, als ich mir vorstellte, wie sie zusammen geplant hatten, nur für mich, stiegen mir schon wieder dumme Tränen in die Augen.

«Das ist wunderschön, Mum, ich kann's gar nicht glauben. Danke, vielen Dank. Ich dachte … ich meine, ich war so dumm … ich dachte, ihr hättet meinen Geburtstag vergessen.»

Unten hörte ich Stimmengewirr, aber im Zelt war es ruhig, das Licht war grün gedämpft, und über uns sahen wir die Umrisse der Blumen. Es war, als säßen wir unter Wasser, in einem kühlen, moosig grünen Teich. Meine Mum sah mich mit einem komischen Lächeln an, ihre Augen wirkten zugleich sanft und, wie mir in diesem Moment klar wurde, ein bisschen traurig. Sie rückte näher an mich heran, ich lehnte den Kopf an ihre Schulter und spürte dann, wie sie ganz nah an meinem Ohr flüsterte: «Ich würde deinen Geburtstag nie vergessen, Addie. Niemals.»

Ich starrte auf einen grauen Fleck vor meinem Fenster, ohne etwas zu sehen, einen Schmutzfleck, der langsam verschwamm, als die U-Bahn sich wieder in Bewegung setzte und erst langsam, dann immer schneller auf das Licht und meinen Arbeitstag zufuhr. An diesen letzten Teil der Geburtstagsparty hatte ich nie mehr gedacht, weil die Erinnerung an diesen Tag so verdorben war durch die Angst, die ich vorher empfunden hatte. Ich wusste nicht mal, was aus dem Zelt geworden war. Ich hatte es ein paarmal im Garten aufgebaut, bis Andrew und ich beinahe den Aprikosenbaum in Brand gesetzt hätten und nie wieder unter freiem Himmel kochen durften. Und jetzt, nachdem ich eine Nacht lang mit dem Geist meiner Mutter gerungen hatte, stieß mein Unbewusstes auf diesen letzten Teil des Geburtstags. Erleichterung und

Nähe. Liebe. Nur wir zwei im Unterwassergrün eines Zeltes, das meine Mutter extra für mich gemacht hatte.

Nur dass es gar nicht nur wir zwei gewesen waren, denn auch der Geist von Phoebe Roberts war immer bei uns gewesen, ganz besonders am 14. Februar jedes Jahres.

Ich würde deinen Geburtstag nie vergessen.

Hartland, 13. August 1958

Heute habe ich Geburtstag, ich werde siebzehn! Ich schreibe dies, meinen offiziellen Geburtstagseintrag, um fünf Uhr morgens. Ich habe gestern Abend die Vorhänge nicht zugezogen, weil ich von den ersten Sonnenstrahlen und vom Tschilpen und Gurren der Vögel auf den Dachschindeln des Mansardenfensters direkt über meinem Kopf geweckt werden wollte. Ich habe niemandem gesagt, dass ich Geburtstag habe, weil ich nicht wollte, dass sie denken, sie müssten irgendwas Besonderes machen, trotzdem frage ich mich, ob sie es überhaupt wissen. So oder so, mir ist es recht. Geburtstage sind gar nicht so wichtig, außerdem ist es schon ein Geschenk, überhaupt hier sein zu dürfen. Siebzehn. Das ist ganz schön alt, ich bin fast eine erwachsene Frau, und erwachsene Frauen laufen nicht durch die Gegend oder gehen spielen wie liebe Mädchen. Vielleicht wusste Abel nicht, dass ich fast siebzehn bin.

Später

Sie wussten es doch! Als ich herunterkam, stand an meinem Platz ein Kuchen mit Kerzen und allem, ein ganzer Kuchen nur für mich. Außerdem hatte ich noch einen dicken Brief von Mum, den ich schnell beiseitelegte, um ihn später zu lesen. Janet hat mir den wunderschönsten Schal überhaupt geschenkt, einen ganz breiten, den ich um den Kopf und die Schultern legen kann. So einen Schal trägt man, wenn man Cabrio fährt, hat sie gesagt, obwohl ich im Leben noch nie Cabrio gefahren bin. Und Harry und Beatrice und Felicity kamen alle, um mir zu gratulieren, und Bert hat versucht, mich zu umarmen, aber Harry hat ihn weggezogen, weil Bert sich immer so an einen drückt und mit seinen schwitzigen Händen betastet. Später sind wir alle zusammen nach Porthallow gefahren, um dort in einem Gartencafé etwas zu essen. Ich fuhr mit Harry und John und drapierte den Schal um meinen Kopf. Mir blies der salzige Wind ins Gesicht, die Schwalben flogen hoch über mir, und ich fühlte mich wie eine Königin.

Aber die allerschönste Überraschung war ein Anruf von Mum! Schon als wir nach Hause kamen, hat Janet ganz geheimnisvoll getan, und als ich zum Abendessen herunterkam, hat sie mich ins Arbeitszimmer gezogen und auf das Telefon auf Abels Mahagonischreibtisch gezeigt. «Ich hab es mit deiner Mum so verabredet», sagte sie. «Sie kann es gar nicht erwarten, mit dir zu sprechen. Setz dich einfach hierhin, sie wird gleich anrufen.»

Ich saß also im Arbeitszimmer, betrachtete Abels Pferdefotos und die Reittrophäen und Gewehre, die an der Wand hingen, bis endlich das Telefon klingelte. Ich nahm ab und konnte kaum sprechen, weil es so schön war, ihre Stimme zu hören, und ich mich so schrecklich fühlte, denn ich hatte ja geschworen, all das hier nicht zu genießen, nicht so glücklich zu sein. Aber sie klang gut, vielleicht sogar besser als beim letzten Mal. Und sie hat mich so aufgeregt über alles ausgefragt, was ich mache, über unsere Ausflüge und Abenteuer und ob Harry noch so nett ist, wie sie ihn in Erinnerung hat, dass ich nichts für mich behalten habe. Ich habe ihr vom Geruch des Meeres erzählt und von dem schönen Rosengarten und dass Harry mir Schwimmen beigebracht hat und sogar ein bisschen von John und unseren Ausritten, denn über ihn habe ich irgendwie nie so viel geschrieben.

Und dann hörte ich komischerweise Leute im Hintergrund, die sich unterhielten, was gar nicht zu unserem stillen Zuhause passt, und als ich Mum danach fragte, sagte sie, das sei nur Schwester Hammon. So früh, habe ich gefragt, warum das denn? Hast du Schmerzen, Mum? Bitte sag es mir.

Ihr ginge es gut, hat sie gesagt, vollkommen gut, ich solle nur immer weiterschreiben, weil sie unbedingt wissen will, was ich alles mache. Und dass ich mir auf keinen Fall Sorgen um sie machen dürfe, das sei absolut verboten. Und wenn ich zurückkomme, könnten wir zwei vielleicht als Geburtstagsgeschenk nach London fahren. «Wir könnten in den Zirkus gehen, Lizzie. Oder uns die St. Paul's Cathedral ansehen, wenn sie geöffnet ist. Oder irgendwo am Fluss Tee trinken», sagte sie. «Vielleicht kaufen wir dir was Hübsches und machen uns einen schönen Tag.»

Ich pflichtete ihr bei und gestattete mir zu glauben, dass wir in den Zirkus gehen und nach London fahren würden wie in alten Zeiten – da ist sie wieder, die dumme Hoffnung –, und dann fing ich an zu weinen. Ich weiß nicht genau, warum, ich wollte so dringend nicht weinen, weil es so schön war, mit ihr zu sprechen, und ich sie so vermisse, aber ich konnte nicht anders. Und so habe ich gar nicht richtig aufgepasst, als sie sich verabschiedet hat, und erst als ich aufgelegt hatte, wurde mir klar, was sie gesagt hatte. Dass sie mich immer vermissen wird. Und jetzt sitze ich hier in meiner kleinen Dachkammer und kaue an den Fingernägeln, die Bea zur Feier meines Geburtstags zum ersten Mal in meinem Leben manikürt hat, und schreibe jeden einzelnen Satz des Gesprächs auf, um zu sehen, ob ich irgendwas übersehen habe. Denn warum sollte sie mich vermissen? Und warum immer? Ich verstehe es nicht, aber es klingt bedrohlich. Aber jetzt klingeln sie zum Essen, und ich bin noch nicht umgezogen, also beeile ich mich lieber und gehe nach unten. Nach dem Essen findet auf der Terrasse eine Party statt, für mich, mit Tanzen. Ich wollte ihnen nicht sagen, dass ich auch nicht richtig tanzen kann. Ich werde einfach mitmachen.

Mitternacht (!!)

Ich schreibe dies mitten in der Nacht, weil ich gerade erst von meiner eigenen Geburtstagsparty zurückkomme!

Beatrice hat sie einen «absoluten Knüller» genannt, und ich weiß zwar eigentlich nicht genug über Partys, um das beurteilen zu können, aber ich fand es auch einen Knüller und einfach unheimlich schön. Wir sind nach dem Essen auf die Terrasse gegangen, haben Musik gehört und getanzt. In meinem Fall hieß das, von einem Fuß auf den anderen zu treten und zu versuchen, dabei auszusehen, als wüsste ich, was ich tue, was immer anstrengender wurde, weil zur Feier meines Geburtstages jeder mit mir tanzen wollte. Und ich habe Champagner getrunken, nicht ein Glas, sondern zwei, und ich glaube nicht, dass ich in meinem Leben noch etwas Köstlicheres kosten werde als dieses erste Glas Champagner meines Lebens. Harry und ich haben es auf der Terrasse getrunken, während John die verrückte Beatrice zu Elvis herumgewirbelt hat und sich langsam eine samtige Dämmerung über den Garten senkte, so quälend langsam, als könnte der Tag es selbst kaum ertragen, zu Ende zu gehen und dem Vollmond das Feld zu überlassen, der über den Bäumen hing.

Aber das Beste kam erst, als es vollkommen dunkel war und alle in der warmen Luft redeten, sangen und kicherten und albern waren. Und dann – ich will versuchen, es ordentlich aufzuschreiben, obwohl ich nicht mal sicher bin, ob ich es für Mum mache, ob ich ihr bis zum Letzten alles erzählen kann. Dieses Letzte war so wunderbar, dass ich es vielleicht lieber für mich behalten will, all die kleinen Einzelheiten. Solange ich lebe, will ich nicht mehr vergessen, dass es keinen romantischeren, geheimnisvolleren, lebendigeren Ort gibt als den kleinen Obstgarten von Hartland. Durch die Bäume kann man die Lichterketten auf der Terrasse sehen, man hört von ferne «All I Do is Dream of You», man hört Menschen lachen, und überall um einen herum raschelt es. Die Luft ist hier kühler und streicht über das Haar und gerötete Wangen, aber man ist verborgen, wie man es sein möchte, wenn man gleich seinen ersten Kuss bekommt. Ein Kuss ist eigentlich kein Geburtstagsgeschenk, aber für mich hat er sich wie eins angefühlt, wie der wunderbarste, aufregendste Abschluss dieses Tages. Ich habe über die Liebe gelesen, zwischen Jane Eyre und Mr. Rochester und Prinz Andrej und Natasha, aber Mum und ich haben nie viel darüber geredet, und obwohl Judy mir manchmal vom Gefummel in der letzten Kinoreihe erzählen wollte, wusste ich nie so recht, was genau mich erwartet.

Aber am Ende war ganz egal, was ich wusste, denn nichts auf der Welt hätte mich auf das vorbereiten können, was heute Abend passiert ist, auf diesen Rausch, der einen überkommt und davonspült, diese unaufhaltsame Macht, von der einem ganz schwindelig und leicht und strahlend zumute wird und die einen alles vergessen lässt, was man je über Anstand und Vernunft gelernt hat, die einen emporhebt und dafür sorgt, dass man auf die Zehenspitzen geht, jemandem die Arme um den Hals legt und das Kinn hebt.

17. Kapitel

Als ich die U-Bahn wenig später verließ, schüttete es richtig. Ich lief die Stufen hoch und blieb nur kurz am Kiosk stehen, um meinem Vater *The Week* zu kaufen und einen dieser Schokoriegel, die er so gerne mochte. Im Krankenhaus dauerte es ein bisschen, bis ich in dem endlosen Labyrinth aus Fluren und weiß gekleideten Menschen die richtige Station gefunden hatte. Eine Schwester teilte mir mit, dass mein Vater schliefe. Ich dürfe gern im Zimmer warten, ihn aber unter gar keinen Umständen stören oder aufregen. Ich nickte, schob die Hermès-Tasche hinter meinen Rücken, damit man sie nicht sah, und öffnete die Tür.

In einem schmalen Bett lag eine schmale Gestalt. Sonst war hier gerade noch Platz für einen Stuhl und diverse Apparate, die blinkend um das Kopfende herumstanden und ab und zu leise piepten. Dad hielt im Schlaf mit beiden Händen die dünne Decke umklammert. Ich zwang mich, ihn anzusehen, ihn genau zu betrachten, die tiefen Falten in seinem graugrünen Gesicht, sein Haar, seine Schultern, die für das Bett fast zu breit waren, seine langen Beine.

Ich dachte an den Mann, dessen Karten ich in dem versteckten Rossetti-Gedichtband entdeckt hatte. Er hatte meine Mutter am 21. Juli in Langham treffen wollen. Wie war es für meinen Vater gewesen, die Tochter eines anderen aufzuziehen? War es, wie das abgelegte Kleidungsstück eines anderen übernehmen zu müssen? Fühlte er sich nur als zweite Wahl? War er so liebevoll zu mir gewesen, hatte er mich immer so unterstützt, weil er irgendwie wettmachen wollte, dass er nicht mein richtiger Vater war?

Schöne Momente in meiner Erinnerung wirkten nun falsch. Wir zwei in unserem Volvo, kurz nachdem ich meinen Führerschein gemacht hatte, zum Üben unterwegs auf Londons Straßen. *Das Fahrrad hast du gesehen, oder? Und den kleinen Jungen dort an der Ampel? Dann ist gut.* Seine spürbare Unruhe, wenn meine Mutter nicht da war und ich versuchte, ihm zu helfen, beim Kochen, mit den Hausaufgaben von Vee und Jasper und beim Zubettbringen, bis nur noch wir beide in der Küche saßen und vorm Schlafengehen eine Tasse heiße Milch tranken. *Ohne dich hätte ich das nicht geschafft, Addie.*

Jede Erinnerung war ein kleiner Stich, aber ich ließ sie alle zu, weil es mir wichtig schien, dass ich das jetzt und hier klärte, ein für alle Mal. Würde ich zulassen, dass er zu einem Fremden wurde und meine Vergangenheit zur Farce? Oder würde ich ihn mir zurückholen können und mein Leben als Adele Harington, Tochter meines Vaters, weiterführen? Ich saß lange neben seinem Bett, betrachtete sein schlafendes Gesicht, auf dem Schoß die Hermès-Tasche meiner Mutter, und rupfte *The Week* in Fetzen.

Plötzlich waren draußen Geräusche zu hören, dann ging die Tür auf, und Venetia platzte herein, sichtlich durchnässt und ungewöhnlich zerzaust, beladen mit Tüten und Taschen, zwischen den Zähnen eine zusammengefaltete *Times*. Als sie mich registrierte, riss sie über der Zeitung die Augen auf.

«Gnhggng», grummelte sie und stieß mir ihr Kinn entgegen, aber ich war offenbar zu langsam, denn sie spie die Zeitung aufs Fußende des Bettes, schaffte es dabei irgendwie, die Beine meines Vaters nicht zu treffen, und begann dann schweigend, eine Tasche auszupacken. Sie arrangierte ein Bund Weintrauben auf dem Nachttisch und drapierte den *Telegraph*, die *Times* und ein paar Taschenbücher, eine Zeitschrift und frische Schlafanzüge fächerartig am Rand des Bettes. Ich schob die Hermès-Tasche unter einen Zipfel der Decke, zog meine mitgenommene Ausgabe von *The Week* wieder hervor, die unter Venetias diversen Geschenken verschwunden war, und legte sie obenauf. Venetia warf mit hochgezogenen Augenbrauen einen Blick auf das zerfledderte Cover und schob sie wieder weg. Ich legte sie wieder obenauf. Sehr schön, Adele. Sehr reif. Aber *The Week* blieb, wo sie war.

«Es geht ihm einigermaßen gut, oder?», flüsterte ich.

«Im Ernst?», flüsterte Venetia ungläubig zurück und deutete ruckartig auf die marmorhafte Gestalt meines Vaters auf dem Bett und die blinkenden Apparate, die genau diesen Augenblick wählten, um ein Zischen und ein leises Seufzen von sich zu geben. Einer der Apparate begann zu pumpen, und die Decke bewegte sich. Besorgt sah ich Venetia an, die blaffte: «Sie überwachen sein Herz. Jas hat gesagt, es gäbe Probleme mit dem Rhythmus. Jetzt reiß dich um Himmels willen zusammen.»

Ich? Ich betrachtete ihr verärgertes Gesicht, den bebenden Bauch und all die Sachen, die sie um seine Beine verteilt hatte, und unterdrückte den plötzlichen Drang zu kichern.

«Er braucht Ruhe und Frieden», zischte sie, riss sich aber so weit zusammen, dass sie immerhin leise sprach. «Ich kann nicht fassen, dass du gestern nicht hier warst.»

Sie griff nach einem Schlauch, der direkt über dem Gesicht unseres Vaters hing, und glättete ihn, und da kapierte ich, dass Venetia, so schlecht gelaunt und boshaft sie wirkte, in Wirklichkeit Angst hatte. Das ganze Jahr hatte sie zwischen zwei Extremen verbracht – Mums Tod auf der einen Seite und dem Baby, das unterwegs war, auf der anderen. Und jetzt hatte Dads Zusammenbruch sie erneut kalt erwischt. Als sie sich hinsetzen wollte, rutschte sie aus, und ich beeilte mich, sie zu stützen.

«Venetia», sagte ich leise und prüfte mit einem Seitenblick, ob Dad noch schlief. «Ich fühle mich schrecklich, weil ich ihn so aufgeregt habe. Das weißt du. Ich habe mich das ganze letzte Jahr über um ihn gekümmert, jede Woche, beinah jeden Tag. Ich habe ihn genau so lieb wie du. Aber ich stand gestern unter Schock. Ich konnte einfach nicht ins Krankenhaus kommen. Hätte ich es gekonnt, wäre ich da gewesen. Aber es ging nicht. Das musst du akzeptieren.»

«Es war so knapp, Addie.» Venetia beugte sich über ihren Bauch, um an ihre Tasche zu kommen, nahm ein weiteres Buch heraus und legte es auf den Nachttisch. «Sein Herz war offenbar die ganze Zeit krank, und keiner von uns hat es mitbekommen.»

«Ich habe es mitbekommen», sagte ich ruhig. «Ich war mit ihm beim Arzt. Ich habe für ihn einen Termin beim Spezialisten gemacht, ich habe es in seinen Kalender geschrieben, ich habe ihn dreimal angerufen, um ihn daran zu erinnern. Ich kann ihn nicht hierherzerren. Er ist immer noch ein selbständiger Mensch. Vielleicht war das ein Weckruf für uns alle.»

«Ein Weckruf? Weil eine Frau behauptet, dein Zwilling zu sein, und du ihn mit alldem belasten musstest, obwohl wir gesagt haben, das machen wir nicht?» Ihr Gesicht war rot gefleckt.

«Vee, es ist alles wahr. Das weiß ich jetzt. Ich habe einen Zwilling. Und du hast eine Schwester. Eine Halbschwester. Hast du … ich meine, interessiert dich das gar nicht?»

«Ich glaube einfach nicht, dass Mum so was getan hätte, Addie.» Venetia presste die Lippen zusammen. «Sie ist tot, ich bekomme in zwei Wochen ein Baby, und unser Vater ist krank. Darauf konzentriere ich mich jetzt. Und du solltest mir etwas abnehmen, man kann von mir nicht erwarten, dass ich ständig hier sitze, schließlich bekomme ich ein –»

«Ein Baby, ja, das erwähntest du bereits», zischte ich. «Aber keine Sorge, du wirst unserem Vater nicht das kleinste bisschen helfen müssen.»

«Wenn du ihn in Ruhe gelassen hättest, bräuchte er gar keine Hilfe», zischte sie zurück. «Ich hab dir gesagt –»

Sie hielt inne und starrte mit aufgerissenen Augen auf etwas am Fuß des Bettes. Bestürzt stellte ich fest, dass die Hermès-Tasche aus ihrem Versteck hervorgekommen war.

Das musste passiert sein, als Dad die Füße bewegt hatte. Sie lag jetzt auf dem Laken, für jedermann sichtbar, auch für die Adleraugen meiner Schwester.

«Ist das – das ist aber nicht Mums Tasche, oder?»

Sie wollte danach greifen, aber ich war schneller und hielt die Henkel vor ihr in Händen.

«Du hast Mums Tasche genommen, Addie?» Ihr Gesicht war ganz weiß. «Du hast sie mit aus dem Haus genommen? Wann?»

«Venetia, ich wollte es dir sagen», sagte ich und versuchte, betont leise zu sprechen. Sie schnappte sich die Tasche überraschend schnell, sodass die Hermès-Tasche aufsprang und das rötlich braune Cover von *Rebecca* und der kaputte Bilderrahmen zu sehen waren, der Gedichtband und die Postkarte der St. Paul's Cathedral sowie der Umschlag, auf dem in der Handschrift meiner Mutter *Duplikate* stand.

Venetia starrte die Sachen an. «Das ist das Foto aus Mums Schlafzimmer, es steht dort seit Jahren. Du kannst so was nicht einfach mitnehmen, nicht, ohne uns zu fragen. Das gehört ihr, Addie, niemand sollte es anfassen. Was, wenn ich und Jas die Sachen haben wollen? Oder Jas' Kinder? Oder das Baby? Wann hast du das überhaupt alles gemacht, gestern? Nachdem du dafür gesorgt hast, dass unser Vater einen Herzinfarkt hat, und mich und Mrs. Baxter damit allein gelassen hast? Hast du danach erst mal Mums Sachen durchwühlt?» Sie schob ihren Bauch in die Luft und kam auf mich zu. «Ich will genau wissen, was du genommen hast. Und ich will die Tasche.»

Ich rührte mich nicht, als sie ungeduldig die Hand ausstreckte, offenbar in der Annahme, ich würde daraufhin einknicken.

«Na?»

Ich schob die Henkel auf meine Schulter. «Venetia, das Haus ist vollgestopft mit Dingen, die dich an Erlebnisse mit Mum erinnern. Aber ich war diejenige, die die Hermès-Tasche mit ihr gekauft hat; das ist eines der wenigen Dinge, die rein gar nichts mit dir zu tun haben. Ich werde sie behalten. Und weißt du was? *Ich* finde, es war falsch, das Haus so zu lassen, wie es war. Wir hätten uns jeder ein paar Dinge nehmen sollen, die uns an sie erinnern, und ihr Arbeitszimmer dann leerräumen sollen.» Mir tat langsam der Hals weh, weil ich die ganze Zeit so leise und angestrengt sprach, aber ich war noch nicht fertig. «Es hätte Dad geholfen, darüber hinwegzukommen, und uns auch. Vielleicht wäre es nie so schlimm geworden, wie es jetzt ist, wenn er die Möglichkeit gehabt hätte, neu anzufangen. Wenn er nach Hause kommt, werde ich mit ihm darüber reden. Mal sehen, was *er* sagt. Mir ist nämlich egal, was dein großartiger Hamish McGree sagt.»

Ich konnte förmlich hören, wie sie nach einer scharfen Erwiderung suchte. Die wenigen Male, die ich ihr die Stirn geboten hatte, waren immer gleich zur Familienlegende geworden, und ich wünschte mir sehnlich, dass Andrew da wäre, um meinen Mumm zu bewundern. Aber so schloss ich einfach die Tasche und stellte die Plastiktüte mit der Jacke und den Socken meines Vaters auf den Nachttisch. Auf der Suche nach dem Brief, den James Merck hatte schicken wollen – dem Brief, mit dem alles begann –, sah ich den Stapel Post durch, den Venetia zu ihrem Arrangement gelegt hatte.

«Und was wird das?», zischte Venetia.

«Nichts», sagte ich ruhig, und irgendwie stimmte das sogar, denn der Brief war noch nicht dabei. «Ich warte draußen, bis du so weit bist.»

«Du kannst jetzt nicht gehen.» Venetia klang panisch. «Du –»

Dad bewegte sich etwas und stöhnte leise, dann schlug er die Augen auf. Er sah sich verständnislos um, nahm Venetia wahr und alles, was sie auf dem Bett ausgebreitet hatte, dann bemerkte er mich.

«Addie», krächzte er. «Da bist du ja.»

Seine Stimme war so heiser, dass ich sie kaum wiedererkannte, aber sein Blick war unmissverständlich: froh und erleichtert und warmherzig und glücklich. Und im selben Augenblick war es alles nicht mehr wichtig – die Erinnerungen, die Geheimnisse und der dumme Kampf um die Handtasche meiner Mutter. Wichtig war nur, dass mein Vater wach war und wollte, dass ich näher an ihn heranrückte, und dass er sich riesig freute, mich zu sehen. Ich setzte mich vorsichtig neben ihn und betrachtete ihn besorgt. Er war ein bisschen in sich zusammengesunken, und sein Gesicht zuckte leicht. «Es tut mir so leid», krächzte er schließlich. «All das tut mir so leid, Addie.»

Er griff sich an die Brust, und als ich sah, dass seine Hände zitterten, bekam ich es mit der Angst zu tun. Venetia hatte schon den Finger auf dem Knopf neben dem Bett.

«Addie, ich glaube, du solltest gehen. Du regst ihn nur auf.»

Mein Vater sah sie an und schüttelte den Kopf. Er machte den Mund auf, heraus kam aber nur ein mühsamer Atemzug, und als er die Augen schloss, begann Venetia, den Alarmknopf zu malträtieren.

«Dad, bitte hör mir zu», sagte ich eindringlich, «es gibt rein gar nichts, das dir leidtun müsste. Bitte sag jetzt nichts; wir haben alle Zeit der Welt, weil nämlich alles gut werden wird. Du bist bald wieder zu Hause.» Ich schwieg einen Moment, bevor ich fortfuhr: «Wir können über alles reden, wenn es dir bessergeht, es hat keine Eile, Hauptsache, es geht dir bald besser, okay? Wenn du wieder draußen bist, mache ich dir Blaubeer-Scones. Mit Sahne. Also beeil dich, ja? Es hat sich nichts geändert, es ist alles noch, wie es war.»

Er öffnete die Augen nicht wieder, aber er schien mich gehört zu haben, denn seine Hand tastete nach meinen Fingern und drückte sie. «Ich wollte dir nie weh tun», krächzte er mit vor Schweiß glänzendem Gesicht.

«Ich weiß, das *weiß* ich doch, Dad», sagte ich. «Bitte mach dir keine Sorgen. Mir tut so leid, was ich gesagt habe, ich habe das alles nicht so gemeint. Ich möchte nur, dass es dir bessergeht und du nach Hause kommst.»

«Addie, jetzt lass ihn endlich in Ruhe», sagte Venetia laut, als eine Schwester erschien und die Monitore überprüfte.

«Ich hole einen Arzt», sagte sie.

Die Tür ging auf und wieder zu, es waren Stimmen zu hören, und plötzlich machte mein Dad die Augen auf.

«Ich habe nicht gelogen», krächzte er. «Er war vielleicht dein Vater, aber du warst immer meine Tochter, du hast nie zu ihm gehört. Du warst von Anfang an meine Tochter und das wunderbarste, größte Glück der Welt.»

Mir stockte der Atem, und ich wollte eigentlich noch etwas sagen, aber dann war schon der Arzt da, und die Schwester schob mich beiseite, und eine weitere Schwester machte mir die Tür auf und drängte mich und Venetia nach draußen, aber ich wandte den Blick nicht vom Gesicht meines Vaters, bis die Tür sich hinter uns schloss.

18. Kapitel

Sie schoben ihn den Flur hinunter und in einen anderen Raum, um noch mehr Tests zu machen, und ließen uns vor der Tür allein, bis der Arzt kam, um mit uns zu reden. Er bekam offenbar Mitleid, als er uns so verängstigt antraf, und schlug einen sachlichen Ton an. Unter Verwendung zahlreicher medizinischer Fachausdrücke wie *Perikarditis*, *auf pulmonales Ödem testen* und *Angina* hielt er uns einen Vortrag, dessen Feinheiten an uns komplett verschwendet waren. Erst am Schluss sagte er etwas, das wir verstehen konnten.

«Er wird wieder. Körperlich ist er so stabil, wie man es nach einem Herzinfarkt nur sein kann. Aber er ist schwach und sehr müde und braucht Ruhe.»

Venetia funkelte mich an, aber ich ignorierte sie.

«Können wir bleiben?», fragte ich besorgt. «Hier draußen, meine ich? Ich gehe auch nicht wieder rein und rege ihn auf, ich verspreche es.»

«Ja, natürlich, allerdings wird er immer wieder zu Tests abgeholt werden, und er muss sich noch ein paar Tage ausruhen, ehe er nach Hause kann. Die braucht sein Herz, um zu heilen.»

Ich rief also Claire an, um ihr zu sagen, dass ich nicht kommen würde, verabschiedete mich von einer zutiefst erschütterten Venetia, weil sie zu einer Vorsorgeuntersuchung musste, die sie nicht verpassen durfte, und hielt ein paar Stunden lang Wache vor dem Zimmer meines Vaters, bis Jas kam. Ich wollte auch Phoebe absagen, aber mir war klar, dass ich das nicht machen konnte, nachdem sie extra aus Birmingham gekommen war. Wahrscheinlich wäre ich trotzdem nicht gegangen, aber dann kam plötzlich Onkel Fred um die Ecke, beladen mit Trauben und Zeitschriften, und verkündete, er würde ein paar Tage hier campieren, er ließe doch einen alten Kumpel nicht im Stich und werde schon dafür sorgen, dass alles seinen Gang ging.

Phoebe stand mit dem Rücken zu mir, als ich auf dem Friedhof ankam, und betrachtete durch die Stäbe des schmiedeeisernen Tores hindurch das kleine Torhaus mit dem schiefergrauen, bemoosten Dach. Sie trug denselben sandfarbenen Trenchcoat, eine cremefarbene Hose und Schuhe mit Absätzen. Die Haare hingen lang und vollkommen glatt ihren Rücken herunter wie ein glänzender Schal.

«Hallo», sagte ich atemlos. Sie fuhr herum, wirkte dann aber erleichtert.

«Hallo.»

Sie kam auf mich zu, und ich überlegte panisch, welche Begrüßung angemessen wäre. Sollten wir uns die Hand geben, sollte ich ihr einfach den Oberarm tätscheln, wie man es bei entfernten Verwandten machte, oder sollten wir uns umarmen? Ich hob beide Hände, als hätte ich einen Krampf, und flüchtete mich in eine königinnenhafte Winkbewegung.

«Ich wollte noch nicht reingehen», sagte sie, als hätte sie

meinen seltsamen Tanz gar nicht bemerkt. «Ich wollte dich nicht verfehlen.» Sie lächelte zaghaft. Ihre Stimme klang wieder so melodisch und sanft. Die Kurve ihrer Lippen brach die Symmetrie ihres Gesichts, wodurch ihr Ausdruck etwas Verschmitztes hatte. Wir standen jetzt nah beieinander, und der Boden war etwas abschüssig, sodass ich fast genau so groß war wie sie und ihr direkt in die Augen sehen konnte, leuchtend grau, relativ weit auseinander und – ich verspürte einen Stich – leicht schrägstehend. Diese Augen waren eindeutig die einer Holloway. Die meiner Mutter. Meiner Großmutter. Meine.

Überwältigt trat ich einen Schritt zurück und zeigte hinter das Tor. «Ziemlich klein.»

Einen verlegenen Moment lang betrachteten wir beide die mit Kies bedeckte Rotunde und die schmalen Wege, die zu allen Seiten abgingen, dann erschien von links ein stämmiger Mann mit Glatze, der eine Schubkarre mit Holzstücken vor sich herschob.

«Hallo», grummelte er, als er uns sah. «Rein oder raus?»

«Wie bitte?», fragte Phoebe höflich.

«Möchten Sie rein? Oder nicht?», fragte der Mann ungeduldig und deutete auf ein Schild: *Friedhof schließt bei Dämmerung.* «Wir machen gleich zu.»

«Wir möchten rein», sagte Phoebe ruhig. «Wenn das in Ordnung ist?»

«Bitte», sagte er düster mit einer ausholenden Geste, die Gräber und Eibenhecken einschloss. «Hier schert sich keiner drum.»

Ich sah zu Phoebe, die den Friedhofsgärtner ungläubig anblickte, und musste grinsen. Ich hängte mir meine Taschen über die Schulter und schob sie durchs Tor. «Komm. Es geht hier lang.»

«*Bald* schließen wir», rief der Gärtner hinter uns her, dann schob er weiter.

«O-*kay*», rief Phoebe über die Schulter.

Wir gingen den Kiesweg entlang, in der Nase den feuchten Duft von frischgemähtem Gras und nasser Erde.

«Liegen hier noch andere Familienmitglieder?», fragte Phoebe.

Ich machte einen Bogen um eine Pfütze. «Meine Mutter hatte kaum Familie. Sie war Einzelkind. Meine Großeltern sind in Limpsfield begraben. Mein Vater –» Ich hielt inne, weil all die «Meins» plötzlich falsch klangen in meinen Ohren, aber Phoebe sah sich interessiert um und schien es mir nicht krummzunehmen.

«Sie liegt hier allein. Bis mein Vater – na ja. Du weißt schon.»

Wir gingen im Zickzack zwischen Grabsteinen und schmalen Grasstreifen hindurch, zum Glück hatte es wenigstens aufgehört zu regnen.

«Sie mochte Friedhöfe», fügte ich schnell hinzu. «Sie hat immer gelesen, was auf den Gräbern steht, und ausgerechnet, wie alt die Menschen waren, als sie gestorben sind. Egal, wo wir waren, sie wollte immer zum Friedhof. Ein ziemlich gruseliger Spleen, aber ich habe mal irgendwo gelesen, dass das viele Menschen tun. Da vorne geht es hindurch. Ich glaube, in Amerika gibt es sogar einen Namen dafür: Irgendwasphilie.»

Phoebe nickte, und ich beschloss, jetzt mal den Mund zu halten.

«So, hier sind wir.» Ich deutete verlegen auf das Rechteck vor uns und streichelte diskret den Grabstein, um ihn wissen zu lassen, dass wir da waren.

Wir hatten kleine Buchsbäumchen gepflanzt, die während des vergangenen Jahres zu einer kleinen Hecke zusammengewachsen waren. In ihrem Inneren wuchsen Blumen und Wildgräser, eine winzige Wiese. Nur der Platz direkt vor dem Stein war frei, allerdings hatte jemand – vermutlich Venetia – einen großen Terrakottatopf mit einer Rose so davorgestellt, dass die Schrift auf dem Grabstein verdeckt wurde.

ELIZABETH SOPHIE
HARINGTON
13. August 1941–15. Mai 1999

Ich schenk es ihm, der mich erlöst auf ewig,
Der sich mir schenkt und Singen mir gebot
Ein süßes neues Lied

Ich sah, dass Phoebes Gesicht zuckte und Tränen in ihren Augen glänzten. Sie bemerkte meinen Blick, und ich schaute schnell weg, beschämt und auch ein bisschen neidisch, dann deutete ich eine Bewegung an, mit der ich ihre Hand nehmen oder meinen Arm um sie legen wollte, irgendwas, das

Menschen tun, um sich zu trösten. Aber sie schüttelte den Kopf.

«Das sind schöne Worte», sagte sie.

«Ja, von Christina Rossetti. Sie war die Lieblingsdichterin meiner Mutter …»

Plötzlich sah ich deutlich vor mir, wie meine Großmutter 1949 Christina Rossettis Gedichte las, wie sie sie später mit ihrer Tochter las und so ihre Liebe zu Worten an sie übertrug, die meine Mutter bewahrt und an uns weitergegeben hatte. Wir waren alle leidenschaftliche Leser. *Ein süßes neues Lied.* Mir war Christina Rossetti immer ein bisschen zu düster gewesen, aber in den Worten, die mein Vater ausgesucht hatte, schwang etwas Helles mit, darin ging es um Hoffnung und Neubeginn.

Neben mir atmete Phoebe gleichmäßig. Schließlich zog sie aus der Tasche, die sie bei sich hatte, einen eingeknickten kleinen Plastikblumentopf.

«Der hat leider schon etwas gelitten», sagte sie entschuldigend. «Ich habe heute Morgen diese Schlüsselblume aus meinem Garten ausgegraben.»

«Darum, dass sie nicht genug Wasser bekommt, müssen wir uns jedenfalls keine Sorgen machen», sagte ich und deutete auf den grauen Himmel. «Arbeitest du gern im Garten?»

«Na ja, ehrlich gesagt, ist mein grüner Daumen noch entwicklungsfähig. Ich bin auch zu viel unterwegs. Aber ich mag es.»

Sie hatte eine Plastiktüte mit Gartenhandschuhen und einer kleinen Kelle hervorgeholt, schaufelte ein kleines Loch in den matschigen Boden, direkt an der Ecke des Grabsteins, setzte die Schlüsselblume hinein und stopfte die Erde fest. Als sie aufstand, strich auch sie kurz über den Grabstein. Ich wollte diese Geste schon kommentieren, aber sie stand mit gesenktem Kopf da, eine ernsthafte, anmutige Haltung, und so ließ ich es bleiben.

«Dort bei den Bäumen ist eine Bank, da setze ich mich hin. Lass dir ruhig Zeit.»

Sie lächelte dankbar. «Ich komme gleich nach.»

19. Kapitel

Unter den Ulmen war es seltsam friedlich, es duftete nach dem, was um mich herum wuchs, nach Mai und nach Feuchtigkeit, obwohl es heute gar nicht so kalt und klamm war wie in den letzten Tagen. Nichts störte die Sinne. Das Krankenhaus und meine Familie traten langsam in den Hintergrund. Nur das schwebende Gefühl der letzten Nacht blieb, das hier kaum noch etwas Beängstigendes hatte. Vielleicht musste ich mich einmal ganz von allem lösen, um meinen Vater neu erschaffen zu können, genau wie ich auch eine Möglichkeit finden musste, mir meine Mutter neu zu erschaffen. Vielleicht musste ich beginnen mit *Ich würde deinen Geburtstag nie vergessen*, und *Du warst immer meine Tochter.*

Ich atmete noch einmal den Duft der Ulmen und die kühle Feuchte ein, als zwischen den Büschen Phoebe auftauchte.

«Puh», sagte sie. Ihre Augen waren leicht gerötet, und in der Hand hielt sie ein zusammengeknülltes Taschentuch, aber ihr Gesicht wirkte gefasst. «Es ist noch alles so … so …»

«Verrückt?», sagte ich.

«Seltsam.» Sie räusperte sich und sah sich zum Grab um.

«Schwierig», schlug ich vor.

«Traurig.»

«Ja», stimmte ich ihr zu, und sie seufzte und betupfte sich

vorsichtig die Augen mit dem Taschentuch, um ihr Make-up nicht zu verschmieren. Ich lächelte sie an. «Wegen neulich … es tut mir wirklich leid», sagte ich, aber sie hob die Hand.

«Ehrlich, Adele, mir ist es ganz peinlich, wie ich euch überfallen habe. Können wir einfach noch mal neu anfangen? Bitte? An der Stelle, wo ich dich noch nicht bedrängt und verfolgt hatte, ehe du mich angeschrien hast und weggerannt bist?»

Ich nickte energisch und sagte: «Tabula rasa.»

Ich war es nicht gewohnt, dass man sich bei mir entschuldigte oder Entschuldigungen freundlich annahm. Meine Mutter war die Königin der zusammengepressten Lippen und hochgezogenen Augenbrauen gewesen, und Venetias Schmollen dauerte immer Tage und wurde nur dann zögerlich eingestellt, wenn ich praktisch auf Knien angerutscht kam.

Phoebe nahm eine Zeitung aus ihrer Tasche, faltete sie auseinander und legte die eine Hälfte auf die Bank, dann breitete sie eine Plastiktüte darüber und legte die andere Hälfte daneben, stellte ihre Tasche darauf und setzte sich auf die Plastiktüte. Als sie sah, dass ich sie beobachtete, zuckte sie mit den Schultern.

«Ich hasse es, wenn meine Sachen dreckig werden.»

«Aber warum Zeitung *und* Tüte?»

«Ich will keine Druckerschwärze an der Hose haben. Und nur für die Tüte ist die Bank zu moosig», sagte sie.

Sofort spürte ich, wie meine Hose am Hintern feucht wurde, außerdem hatten beide Knie nasse Kreise, weil ich am Grab gekniet hatte. Ich warf einen Blick auf ihre cremefarbene Hose, die vor dem braunen Hintergrund der Bank praktisch leuchtete, obwohl Phoebe eben eine Blume gepflanzt hatte.

«Du hast keine Kinder, oder?», fragte ich.

«Nein», sagte sie. «Ich bin allein.»

Wir schwiegen, und ich hatte absolut keine Ahnung, was ich als Nächstes sagen sollte. Wie redet man mit einer Fremden, die in Wirklichkeit die eigene Zwillingsschwester ist? Oder mit einer Zwillingsschwester, die aber eine komplett Fremde ist? Wie soll man aus dem Nichts heraus ein schwesterliches Band knüpfen? Neben mir saß Phoebe, fummelte an der Zeitung unter der Plastiktüte herum und sagte dann: «Ich habe mir alles ganz anders vorgestellt. Vielleicht sollten wir nicht zu viel nachdenken und einfach anfangen, über das zu reden, was wir wissen. Vielleicht bringt uns das irgendwohin. Vielleicht bringt uns das zusammen.»

«Ja. Fang an», sagte ich.

Sie lächelte kurz. «Meine Mutter, also meine Adoptivmutter, sie heißt Madeleine Roberts, war im achten Monat schwanger, als sie ziemlich schlimme Blutungen bekam. Mein Dad fuhr sie ins Krankenhaus. Sie lebt in Brimley, zwischen Horsham und Haywards Heath, war aber davor schon im All Saints Hospital in Brighton gewesen, weil sie dort spezielle Geräte hatten. Irgendwas stimmte mit der Gebärmutterwand nicht, und sie hatte schon mehrere Fehlgeburten gehabt. Das war ihre längste Schwangerschaft, aber sie verlor das Baby trotzdem. Sie war inzwischen achtunddreißig, und sie wollten unbedingt Kinder, aber nach diesem Eingriff war es sehr unwahrscheinlich, dass sie noch mal schwanger werden würde.»

Ich nickte mitfühlend.

«Na ja, 1960 konnte man da nicht viel machen, egal, wie viele Spezialgeräte man hatte. In der Nacht war dort schon ein Baby geboren worden, und die Mutter wollte, dass es in eine gute Familie kommt.» Sie machte eine Pause, damit wir beide verdauen konnten, dass es sich bei «die Mutter» tatsächlich um «unsere Mutter» handelte und das Baby sie selbst war.

«Meine Eltern hatten schon mal überlegt zu adoptieren. Aber viele Menschen wollen Babys, und in ihrem Alter wurde das immer schwieriger. Außerdem ist Brimley die Art Kleinstadt, in der die Leute ständig tratschen und ihre Nase in fremde Angelegenheiten stecken. Man kauft in der Drogerie eine Packung Tampons, und schon reicht einem ein Nachbar eine heiße Wärmflasche über den Zaun. Wahrscheinlich wären die Leute vor Schock umgefallen, wenn meine Eltern mit einem adoptierten Baby angekommen wären. Aber das hier war anders, eine private Adoption, ganz diskret. Niemand musste es erfahren, außerdem halfen sie einer anderen Mutter, es war eine gute Sache. Das sind ihre Worte.»

«Und was passierte, als sie wieder nach Brimley kamen?», fragte ich.

«Sie haben es niemandem gesagt.» Phoebe zog eine Grimasse. «Solltest du jemals nach Brimley kommen, wirst du verstehen, warum. Und es war leicht, weil ihre Schwangerschaft ja weit fortgeschritten gewesen war. Nach allem, was sie schon hinter sich hatte, tat sie einfach, als wäre ich ihr Baby, das eben ein paar Wochen zu früh gekommen ist, und ich glaube, mit der Zeit glaubte sie selbst daran.»

«Okay», sagte ich langsam. Es war eine seltsame Vorstellung, dass dieses Baby in Brimley mein Leben geführt hätte, wenn meine Mutter statt auf Phoebe auf mich gezeigt hätte. Ich fragte mich, ob meine Mutter auf diese Weise an Phoebe gedacht hatte, als unbekannte Größe, die sie sich ganz anders denken konnte als die Tochter, die sie behalten hatte, die immer besorgt war und gefallen wollte. Und ich, wäre ich in Brimley glücklicher gewesen als in der Rose Hill Road?

«Ich vermute, sie haben es für mich getan. Sie wollte, dass ich genauso aufwachse wie jedes andere Kind. Heute wäre es vielleicht anders, obwohl sich unser Städtchen seit den Fünfzigern kein bisschen verändert hat. Sobald man seinen Fuß in den Ort setzt, bekommt man eine Schürze umgebunden und wird an den Herd geschickt.»

«Dann lebst du nicht mehr dort?»

«Um Gottes willen, nein», sagte sie entsetzt. «Ich bin weggegangen, sobald ich konnte. Bin auf die andere Seite Londons gezogen, in den Norden. Ich lebe in Solihull; dort ist es schön, und der Flughafen ist nah.»

«Warum Flughafen?», fragte ich. «Bist du Stewardess?» Das würde ihre gepflegte, freundliche Erscheinung erklären.

«Nein, Pilotin», antwortete sie.

«Pilotin?», wiederholte ich ungläubig. Was auch immer ich erwartet hatte, das jedenfalls nicht.

«Ja.» Sie grinste.

«Dann bist du gerne unterwegs?»

«Ich liebe es. In der Luft zu sein ist das beste Gefühl der Welt, und die Aussicht ändert sich ständig.» Sie grinste. «Ich war schon überall. Was genau machst du in der Konditorei?»

«Ach, na ja, also, jedenfalls nichts so Aufregendes», sagte ich und dachte, wie sehr Mum es geliebt hätte, hoch in der Luft zu sein, schon an so vielen Orten gewesen zu sein und immer wieder Neues vor sich zu haben. «Ich habe eine Ausbildung zur Bäckerin gemacht», fügte ich hinzu, weil ich das Gefühl hatte, dass sie noch mehr erwartete.

Ihre Augen leuchteten auf. «Das klingt toll», sagte sie. «Ich liebe Kuchen. Und die Patisserie, in der du arbeitest, ist todschick.»

«Ich arbeite schon ewig dort. Es ist schön da, nette Leute.»

Meine Stimme hörte sich in meinen eigenen Ohren monoton an, sogar entschuldigend, und beinahe trotzig fügte ich hinzu: «Ich liebe meine Arbeit, weißt du. Torten backen ist eine Wissenschaft. Nicht leicht, es richtig zu machen. Ich liebe es.»

«Ich liebe Gebäck auch», sagte sie begeistert, «obwohl ich ums Verrecken nicht backen kann. Dabei ist es ja eigentlich eine grundlegende Fähigkeit. Ich meine, wenn die Supermärkte nicht so früh aufmachen würden, wäre ich längst verhungert.»

«Deine Eltern müssen unglaublich stolz auf dich sein», sagte ich. «Pilotin, das ist echt cool.»

Sie bewegte ruckartig den Kopf. «Waren sie auch. Für Brimley nicht unbedingt eine typische Berufswahl, aber stolz waren sie schon. Ich brauchte massenweise Stipendien, um das alles zu bezahlen.»

«War es denn okay für dich? Bei deinen Eltern aufzuwachsen, meine ich?», fragte ich zögernd, denn bis hierher hatten wir uns auf sicherem Grund bewegt – Geschichte, Jobs, Essen.

Aber sie schien meine Frage nicht seltsam zu finden, dachte einfach darüber nach und sagte dann: «Weißt du, darüber habe ich viel nachgedacht, und die Wahrheit ist: Es war gut. War es wirklich. Wir sind gut miteinander ausgekommen, und ich stehe meiner Mum immer noch nah. Aber sie waren schon etwas älter und daher ziemlich festgefahren in ihren Gewohnheiten. Als ich mit der Schule fertig war, war mein Dad fast sechzig, und er war sowieso nie der Typ gewesen, der im Herzen jung ist. In Brimley aufzuwachsen … die Leute dort machen einfach immer so weiter wie bisher, als würde und könnte sich nichts jemals ändern. Es gibt dort keine Möglichkeiten, alle machen immer nur, was sie schon kennen. Vermutlich wollte ich immer zu viel. Und ich war zu groß.» Sie kicherte halbherzig. «Ich bin aufgefallen wie ein bunter Hund. Also, es war schon schön bei ihnen, aber ich war auch ein bisschen einsam als schlaksiges Kind, das nach den Sternen greift.»

«Hast du noch mehr Verwandte?»

«Ein paar Cousins und Cousinen. Eine ist jünger als ich, Chloe. Sie ist Friseurin in Brimley. Sie ist ganz nett, hat drei

Kinder. Die anderen sind alle älter, und Geschwister hatte ich natürlich nicht.» Sie schwieg und fügte dann errötend hinzu: «Als ich in der Grundschule war, haben die anderen Kinder mich Storch und Streber genannt, und ich habe mir immer vorgestellt, ich hätte einen Bruder, der mich verteidigt.» Sie lachte schnaubend und zwinkerte. «Er hieß Charlie, war größer als ich und wollte Boxer werden. Ich wusste sogar, welche Farben seine Boxsachen hatten: Schwarz und Gelb. Zur Abschreckung, dachte ich, wie eine Wespe.»

Sie gab mir einen Knuff, und ich musste auch lachen. Sie war so gut darin, nicht verlegen zu sein, dass es ansteckend war.

«Als ich aus Brimley weg war und zur Flugakademie ging, wurde es besser. Der Tag, an dem ich mir ein eigenes Haus gekauft habe, war ziemlich aufregend. Es ist ein Reihenendhaus in Solihull mit einem kleinen Garten. Ich habe jeden Penny reingesteckt, den ich besitze. Ich habe den Dachboden ausgebaut und die Küche umgebaut. Ich liebe es fast so wie das Fliegen. Manchmal ist es ein bisschen einsam, aber man kann machen, was man will, wo man will, und niemand kommentiert es.»

«Gott, das Gefühl kenne ich», sagte ich eifrig, denn das war endlich etwas, das bei mir ganz genau so war. «Ich habe die ersten Wochen in meiner Küche verbracht und bis ein Uhr morgens gebacken. Niemand, der sich beschwert hätte, warum ich fünfzehn Schüsseln brauche, die im Schrank Platz wegnehmen, niemand, der den Sauerteig wegschmeißt, weil er aussieht wie ein verschimmeltes Geschirrtuch.»

«Ja!», rief sie aus, obwohl ich mir nicht vorstellen konnte, dass sie im Leben schon mal ein verschimmeltes Geschirrtuch gesehen hatte. «Und niemand, der einem die Fernbedienung wegnimmt.»

«Und niemand, der einem die Ordnung im Kühlschrank mit lauter Bierflaschen durcheinanderbringt.»

«Niemand, der sieht, wenn man Bohnen direkt aus der Dose isst, die Dose dann in den Kühlschrank stellt und am nächsten Tag weiterisst.»

«Niemand, der grillt. Ich hasse Grillen.»

«Ich auch. Vor allem, wenn es bedeutet, dass Leute durch meinen Garten trampeln und alles kaputt machen.»

Wir mussten beide lachen, und wieder gab sie mir einen Knuff, mit leuchtenden Augen und einem so offenen Gesichtsausdruck, dass man hätte meinen können, wir wären Freundinnen, die sich im Park getroffen haben – wären da nicht die Grabsteine gewesen.

«Es wäre natürlich anders, wenn man eine Familie hätte», sagte sie jetzt ernst. «Wenn ich zwei Kinder hätte, die auf dem Rasen Fußball spielen oder mit mir zusammen einen Film schauen, hätte ich nichts dagegen, dass mir jemand die Fernbedienung wegnimmt. Ein Junge und ein Mädchen, das hätte ich toll gefunden.»

«Hast du jemanden? Ich meine, jemanden, mit dem du sie bekommen könntest?», fragte ich vorsichtig.

«Also, ich habe einen Freund, aber der ist auch Pilot und nicht viel da. Ich habe das alles falsch angefangen», sagte sie, und ich glaubte, einen bitteren Unterton in ihrer Stimme zu hören. «Ich hätte mir einen anderen Beruf suchen sollen und eher anfangen, nach einem zuverlässigen Partner zu suchen. Fliegen ist ein Mikrokosmos, und, wenn man ehrlich ist, kann man auch keine Familie gründen, weil man immer auf dem Sprung in irgendwelche weitentfernten Städte ist.»

Ich dachte darüber nach. «Aber du könntest doch wahrscheinlich Flugunterricht geben oder so?»

«Ja, vielleicht. Aber ich weiß nicht, ob Craig – so heißt er – wirklich derjenige ist, bei dem Charlotte und Henry aufwachsen sollten.»

«Charlotte und Henry?» Ich zog die Augenbrauen hoch.

«So würde ich sie nennen», sagte sie beinahe trotzig. «Ich dachte, den Jungen Charlie zu nennen wäre vielleicht ein bisschen komisch, aber … Wie auch immer, was ist denn mit dir?»

«Du meinst, ob ich Kinder habe?»

«Na ja, wir sind *vierzig*. Völlig unangebracht wäre es nicht.»

«Ich habe niemanden gefunden, mit dem ich welche hätte bekommen können. Andrew sagt immer – ein Freund», erklärte ich, als sie mich fragend ansah. «Er ist Koch in einem französischen Restaurant. Er sagt immer, dass Köche keine Beziehung haben können. Ist vielleicht auch eine Art Mikrokosmos. Man denkt immer nur ans Kochen, riecht immer nach Zwiebeln und Fett. Bei uns Konditoren ist es ähnlich. Die meisten Freunde, die ich hatte, haben es nicht ausgehalten, dass ich immer um halb fünf aufgestanden bin, um in die Bäckerei zu fahren. Und wenn ich nach Hause kam, war ich den ganzen Tag auf den Beinen gewesen und komplett erledigt. Am Ende haben sie mich immer verlassen.»

«Aber *willst* du keine Kinder?» Sie klang so ungläubig, dass es mir fast peinlich war, nicht genauso enthusiastisch zu sein wie sie.

«Nicht unbedingt, nein», sagte ich vorsichtig. «Ich habe zwar immer angenommen, dass ich mal welche haben würde, aber es hat sich einfach nicht ergeben. Bis jetzt habe ich es immer vorgezogen, allein zu bleiben. Mir gefällt das wirklich, mein schimmelig aussehender Sauerteig und die Ordnung in meinem Kühlschrank», fügte ich hinzu, um die Stimmung etwas zu heben, und sie lächelte.

«Dann musst du auch so leben. Ich glaube daran, dass man tun sollte, was man will. Und du kannst ja immer noch die coole Tante Adele für Henry und Charlotte sein.»

Ich lachte. «Tante Addie, die völlig unpassende Geschenke macht und die Kinder in der Stadt mit Kuchen abfüllt. Na, dann fang mal langsam an.»

«Vierzig ist das neue Dreißig», sagte sie weise. «Ich habe noch Zeit.»

Aber sie klang ein bisschen traurig, und ich strich ihr über den Arm. «Wie bist du denn auf die Idee gekommen, uns zu suchen?»

«Ich habe das Bündel gefunden und das Tagebuch, und alles ist ein bisschen aus dem Ruder gelaufen. Meine Mum hat viel geweint, und ich war … irgendwie einfach wütend. Dumm, ich weiß, aber ich konnte immer nur daran denken, wie ich als Kind von der Grundschule nach Hause getrottet bin, mich mit meinem imaginären Freund Charlie unterhalten und Brimley gehasst habe. Ich hatte das Gefühl, ich gehöre dort nicht hin. In der Klasse haben sie mich immer gehänselt. Und plötzlich ergab so vieles Sinn, wenn auch auf etwas fürchterliche Weise. Aber dann … je mehr ich darüber nachdachte, desto weniger schien alles zusammenzupassen, und meine Mum konnte sich an nichts richtig erinnern. Sie wusste nichts von einem anderen Baby, also von dir, obwohl es ja in dem Heftchen stand, und an den Adoptionsvorgang konnte sie sich auch nicht richtig erinnern. Sie ist mit Papierkram aber auch hoffnungslos. Sie hat mich festgehalten und mich angefleht, nicht wegzugehen. Es war ziemlich schlimm. Ich weiß nicht – ging es dir ähnlich, ich meine, nachdem ich bei euch gewesen war?»

«Ich, ähm, ja.» Ich mied ihren Blick, etwas beschämt, dass ich während meiner eigenen emotionalen Achterbahnfahrt nicht bedacht hatte, was all das für sie bedeuten musste. Zum Glück warf der Gärtner in diesem Moment eine Holzschleifmaschine an und erfüllte die Luft mit ohrenbetäubendem Lärm, und als der aufhörte, war vorne eine Glocke zu hören, und es wurde etwas gerufen. Ein besonders friedlicher Ort für die letzte Ruhe war das hier offenbar nicht.

«Ich wollte dem All Saints Hospital einen Besuch abstatten», sagte Phoebe, als es endlich wieder still war. «Aber das gibt es nicht mehr. Das Frauenhaus auch nicht. Ich dachte, vielleicht bekomme ich einen Namen, vielleicht erinnert sich jemand an sie.»

Ich hielt meine Tasche hoch. «Wie die Mutter, so die

Tochter. Sie hat Hunderte von Briefen geschrieben, um *dich* zu finden.»

Ich wurde langsam unruhig, so lange brauchte sie, um Mums Briefe zu lesen. Dann erzählte ich ihr von meiner Suche in Mums Arbeitszimmer und gab ihr Harrys Karten, und als sie schließlich aufblickte, sah ich, dass sie wieder Tränen in den Augen hatte. Sie hielt sich einen Finger an die Wimpern, um die Tränen daran zu hindern, hinunterzufallen. Ich kramte nach einem Taschentuch, fand aber nur ein paar Papierhandtücher voller Krümel, die ich irgendwann aus dem *Grace* mitgenommen hatte.

«Entschuldige», sagte sie mit zitternder Stimme. «Aber meinst du, das könnte *er* sein?» Sie blätterte durch den Aktenordner und glättete ein paar Ränder. «Wir könnten mit Hartland anfangen und sehen, wie weit wir kommen.»

«Bist du denn … ich meine, bist du sicher, dass du alles wissen willst? Über ihn und – alles?», fragte ich zögernd.

«Wieso denn nicht?» Sie wirkte überrascht. «Da draußen ist irgendwo unser Vater, wir sollten alle zusammen sein. Willst du nicht wissen, was passiert ist? Willst du ihn nicht kennenlernen?»

Plötzlich fühlte ich mich ganz gelähmt von so viel Entschlossenheit und Erwartung. Wie automatisch machte ich den Mund auf, um sie zu beruhigen und ihren Bedürfnissen zu entsprechen, wie ich es an jedem anderen Tag gemacht hätte. Aber dann schloss ich ihn wieder, denn ich wusste: Diesmal musste ich zuerst herausfinden, was *ich* wirklich wollte.

«Vielleicht nicht», sagte ich schließlich. «Aber mal sehen. Eins nach dem anderen.»

Das akzeptierte sie. «Es ist immer noch ziemlich absurd, nicht? Wir beide so zusammen? Aufregend.»

Ihre Augen waren gerötet und ein bisschen geschwollen, ansonsten hatte ihr Gesicht wieder seinen gleichmäßigen hellen Teint angenommen, und als sie meine Hand berührte, lächelte sie. Ganz anders als ich oder meine Familie suchte sie den Körperkontakt, aber dieses Mal fühlte es sich schon nicht mehr ganz so seltsam an. Ich konnte nicht anders und lächelte, und mich überlief ein freudiger Schauder, weil es da jetzt dieses *Wir* gab.

«Ja. Sehr», sagte ich nachdrücklich.

«Da sind Sie ja!» Neben uns brach mit einer Explosion aus Regentropfen der Gärtner durch die Büsche, mit wutverzerrtem Gesicht. Phoebe schrie auf und hielt den Ordner wie einen Schild vor sich.

«Haben Sie die Glocke nicht gehört?», fragte er. «Wir schließen.»

«Wir wussten nicht, was sie bedeutet», entschuldigte sich Phoebe hinter ihrem Ordner.

«Tut uns leid», fügte ich hinzu.

Der Gärtner funkelte uns an, hob seine Harke, und wir gingen in Deckung, aber er deutete damit nur auf den kleinen Weg, wartete, dass wir aufstanden und unsere Sachen packten, und ging dann so dicht hinter uns her, dass wir sein drohendes Murmeln hören und seinen mulchigen Geruch wahrnehmen konnten. Dann schob er uns durch das Tor und schloss geräuschvoll hinter uns ab.

«Und da fängt es auch schon wieder an zu regnen», sagte ich, spannte meinen Regenschirm auf und hielt ihn über uns beide.

«London ist ein komischer Ort», sagte Phoebe. «Kann ich die Karten und die ganzen Briefe mitnehmen? Ich werde in der Bibliothek noch ein bisschen recherchieren. Vielleicht finde ich ja etwas, was der werte Mr. Merck übersehen hat.»

Ich traute es ihr durchaus zu. Ich hatte zwar noch nicht mehr als ein paar Stunden mit ihr verbracht, aber schon jetzt war vollkommen klar, dass Phoebe nichts davon hielt, lange zu zögern, wenn man stattdessen gleichzeitig Dinge erledigen und nebenbei Babyrobben retten und den Hunger in der Welt bekämpfen konnte. Ich lächelte, weil ich an die eine andere Frau denken musste, die Lösungen Problemen vorzog und die Bibliothek für den einzigen Ort hielt, an dem man dem Leben einen Sinn abtrotzen konnte.

«Darf ich dann das Schwangerschaftstagebuch mitnehmen und es mir ansehen?»

Sie holte es aus ihrer Tasche. Es lag in einer durchsichtigen Plastiktüte mit verstärktem Rand. «Nicht verlieren, ja?»

«Auf keinen Fall.»

Ich steckte es vorsichtig ein und jonglierte etwas länger als nötig mit dem Schirm und der Hermès-Tasche, weil ich nicht so genau wusste, wie ich mich verabschieden sollte.

Plötzlich nahm sie mich ohne Vorwarnung in den Arm, samt Schirm und allem, und drückte mich. Mein Körper wehrte sich instinktiv gegen diesen unerbetenen Ansturm, aber dann zwang ich mich, locker zu lassen, und ließ meinen Kopf für einen Augenblick an ihrer Wange ruhen. «Es war schön, dich zu sehen», sagte ich unbeholfen.

«Ja», sagte sie. Als ich ihr in die Augen sah, merkte ich, dass sie rot geworden war. «Willst du, ich meine, wollen wir uns vielleicht bald wieder treffen? Ich habe die ganze Woche frei, bis Dienstag, da fliege ich auf die Jungferninseln. Wollen wir vielleicht irgendwann zusammen abendessen? Noch ein bisschen reden?»

«Du könntest ja zu mir kommen», sagte ich zu meiner eigenen Überraschung, aber noch bevor ich es ganz ausgesprochen hatte, fühlte es sich verfrüht an, und ich versuchte zurückzurudern. «Oder wir gehen irgendwohin. Was dir lieber ist …»

«Vielleicht ist ein neutraler Ort besser.» Sie lächelte. «Meinst du, du kannst bald mit deinem Vater reden? Ich meine, kann man schon sagen, wann es ihm bessergehen wird?»

«Ein paar Tage wird das noch dauern. Er ist noch sehr mitgenommen.»

«Könnte ich vielleicht mal mitkommen und ihn kennenlernen? Also, nicht jetzt, natürlich. Aber wenn es ihm wieder gutgeht? Entschuldige, ist das zu voreilig? Für mich ist alles okay, wirklich.»

«Mal sehen, wie schnell er sich erholt …» Ich überlegte,

was ich ihr anbieten konnte, um sie von meinem Vater abzulenken, als sie plötzlich fragte: «Hättest du Lust, mit mir meine Mutter zu besuchen?»

Ich starrte sie an. Es gab zwar ziemlich viel, worüber ich mir nicht ganz im Klaren war, aber dass ich bestimmt *nicht* Mrs. Roberts treffen wollte, wusste ich ganz genau. Ich hatte nicht das geringste Bedürfnis nach einer weiteren Person in all dem Durcheinander.

«Aber warum denn?»

«Vielleicht fällt es ihr dann leichter, über die Nacht unserer Geburt zu sprechen», sagte Phoebe eifrig. «Dann ist sie vielleicht nicht ganz so emotional. Und ich finde es wichtig, dass wir alle offen miteinander sind, dass sich jeder an die Vorstellung gewöhnt. Also könnten wir doch, während wir darauf warten, dass es deinem Vater bessergeht –»

«Phoebe, ich ... ich glaube nicht ... das wäre bestimmt ...»

Peinlich. Komisch. Andererseits war Mrs. Roberts die einzige Zeugin, die vielleicht Dr. Miller und diese Sarah Mason getroffen hatte, die aus erster Hand berichten und Zusammenhänge herstellen konnte. Die im Krankenhaus möglicherweise meine Mutter gesehen hatte und mich. Unentschlossen schüttelte ich Regen vom Schirm.

«Okay, na gut. Sag mir einfach Bescheid, wenn es in den nächsten Wochen irgendwann passt, und –»

«Wie wäre es mit morgen? Da besuche ich sie sowieso. Ich könnte sie aber auch bitten, nach London zu kommen.»

Morgen??

«Ich habe aber erst um fünf Uhr frei. Das ist bestimmt zu spät, oder? Dann –»

«Fünf ist super», sagte sie begeistert. «Ach, ich bin so froh. Danke, dass du das machst. Sie wird dich bestimmt mögen.»

20. Kapitel

Nichts beschäftigte mich so wie die Frage: *Was wäre gewesen, wenn …?* Ich stellte sie mir in allen möglichen Varianten, aber die größte und entscheidendste und mit Blick auf meine Entwicklung und mein Karma bedeutendste von allen war: Was wäre gewesen, wenn nicht Phoebe bei Mrs. Roberts gelandet wäre, sondern ich?

Obwohl ich völlig erschöpft war, lag ich in dieser Nacht lange wach und versuchte mir das Leben vorzustellen, das ich in Brimley geführt hätte. Wäre ich verheiratet, hätte ich Kinder, würde ich in einem Reihenhaus wohnen und in der Bäckerei am Ende der Straße arbeiten? Hätte die Überschaubarkeit eines solchen Lebens dazu geführt, dass ich mich sicher fühlte, oder hätte ich mich eingeengt gefühlt von den klaustrophobischen Kleinstadtsitten, von denen Phoebe erzählt hatte? Hätte ich rebelliert und mir Großes vorgenommen wie sie?

Trotz der kurzen Nacht stand ich früh auf, um bei *Grace* Brot und Gebäck zu sortieren, dann fuhr ich ins Krankenhaus und saß eine Weile am Bett meines Vaters, der ziemlich müde und erledigt wirkte. Wieder bei *Grace*, verbrachte ich den Großteil des Tages mit dem Versuch, einen Elektriker ans Telefon zu bekommen, weil eine Steckdose in der Küche nicht funktionierte, sowie damit, eins der Ladenmädchen zu beaufsichtigen, das darauf bestanden hatte, mit verletztem Arm in der Schlinge zur Arbeit zu kommen, weil sie sich den Verdienstausfall nicht leisten konnte. Während ich zusah, wie sie sehr langsam und ungeschickt die Glasvitrine auffüllte, hörte ich meine Nachrichten ab.

Andrew hatte angerufen, um über alles Mögliche zu sprechen, über Dads Gesundheit und Phoebe Roberts, über Makler und potenzielle Ladenlokale. Diese *Grand-Bleu*-Sache hatte ein Eigenleben bekommen. Andrew war geradezu krankhaft stur, wenn er sich etwas in den Kopf gesetzt hatte, das wusste ich, aber er würde sicher bald Vernunft annehmen, spätestens, wenn es darum ging, einen Wahnsinnskredit aufzunehmen, den wir beide nicht schultern konnten. Und wer sollte die Renovierungsarbeiten beaufsichtigen, wer sollte die Mitarbeiter aussuchen und Tag für Tag die notwendigen Entscheidungen treffen? Außerdem würde ich dann mit Andrew zusammenarbeiten müssen, eine Aussicht, die gemischte Gefühle bei mir auslöste. Andrew beendete seine Nachricht mit der Frage, ob wir uns abends auf einen Drink treffen wollten. Seine Stimme klang dabei ganz unsicher, untypisch für ihn, und ich erschauderte bei der Erinnerung an das, was beinahe vor der U-Bahn-Station passiert wäre.

Ich war erleichtert, dass er nicht ans Telefon ging. Ich hinterließ ihm eine weitschweifige Nachricht und sprach dann kurz mit Mrs. Baxter, die mir sagte, die Hintertür hätte offen gestanden, ob sie deshalb die Polizei anrufen sollte?

Venetia war seit dem gestrigen Vorfall im Krankenhaus geradezu ohrenbetäubend still, was im Grunde gar nicht schlecht war, denn ich hatte im Moment wirklich genug auf dem Zettel, und das Dringendste von allem war das Treffen mit Mrs. Roberts im Stanhope-Café.

Ich war so beschäftigt gewesen mit meinem Was-wäre-wenn-Szenario, dass ich ziemlich überrascht war, als ich auf «unseren» Resopaltisch zuging und beinahe sofort begriff, dass Mrs. Roberts keineswegs hier war, um mich «bestimmt zu mögen», sondern einzig und allein, um ihrer Tochter einen Gefallen zu tun. Phoebe sprang auf, um uns einander vorzustellen, ich atmete tief durch und streckte die Hand aus, aber Mrs. Roberts' braune Knopfaugen musterten mich nur für einen Moment, dann zog sie ihre Hand auch schon wieder zurück, ehe ich sie noch schütteln konnte. Sie setzte sich wieder hin und lächelte ihrer Tochter kurz zu.

«Addie ist Konditorin im Café am Ende der Straße, Mum, ist das nicht toll? Hattest du einen langen Tag, Addie? Wir bestellen erst mal Tee», sprudelte es aus Phoebe heraus.

Wie aufs Stichwort kam die kleine Kellnerin angelaufen und begrüßte mich sichtlich erfreut wie eine alte Bekannte. Mrs. Roberts bedeutete ihr, erst Phoebe einzuschenken, dann ihr, dann mir, und während Stühle gerückt und Milch und Zucker ausgetauscht wurden, betrachtete ich Phoebes Adoptivmutter verstohlen. Sie war ganz anders, als ich sie mir vorgestellt hatte. Ich hatte gedacht, sie wäre flott und vernünftig, jemand, der souverän mit all den neuen Entwicklungen klarkam, stattdessen wirkte sie nervös, fast spröde. Sie war für ihre vogelartige Gestalt viel zu unförmig gekleidet.

Es war Phoebe, die uns sicher durch die ersten schwierigen Momente führte, bis Mrs. Roberts schließlich, von ihrer Tochter ermuntert, anfing zu erzählen.

Einiges hatte ich schon von Phoebe gehört, was auch gut war, denn Mrs. Roberts verlor immer wieder den roten Faden, wiederholte sich, konnte sich nicht genau erinnern und sah ihre Tochter fragend an. Es ging viel um ihre Fehlgeburt und das Entsetzen darüber, ein totes Baby zur Welt zu bringen, und schließlich erzählte sie, wie noch in derselben Nacht der Arzt mit einem neugeborenen Mädchen kam, wie groß ihre Erleichterung war, als sie es auf den Arm nahm, welch wunderbare Wendung des Schicksals das war, welcher Segen. *Vierzehnter Februar, ein Valentinsbaby*, wiederholte sie immer wieder. Phoebe war dringend gewollt gewesen und wurde mit offenen Armen aufgenommen, so viel war klar. Ich allerdings wäre wohl besser geblieben, wo der Pfeffer wächst, wenn es nach ihr gegangen wäre, denn ich schien ihrer Tochter ja nur Ärger zu machen. Das sagten ihre braunen Knopfaugen, die mich gelegentlich streiften, ganz deutlich.

Ich dagegen war unfähig, den Blick von dieser Frau zu wenden, die genauso gut *meine* Mutter hätte sein können. Ich versuchte den Kloß in meiner Kehle herunterzuwürgen und stellte mir vor, wie es gewesen wäre, wenn mir Mrs. Roberts an meinem ersten Schultag zugewinkt hätte – statt meiner Mum, die versucht hatte, einen Fleck aus meiner Schuluniform zu reiben; wenn mir Mrs. Roberts zum Abendessen ein Sandwich mit abgeschnittener Rinde gemacht hätte – statt Mrs. Baxter, die zum Abendessen oft Spaghetti bolognese gekocht hatte; ich stellte mir vor, wie es gewesen wäre, wenn sie jeden Tag auf mich gewartet und sich nach meinen Hausaufgaben erkundigt hätte und danach, ob ich auch genug zu Mittag gegessen hatte; ich stellte mir vor, wie sie rot geworden wäre, weil sie mir Sex und Periode und Achselhaare erklären musste.

Als hätte sie meine Gedanken gelesen, lachte Mrs. Roberts in diesem Moment verlegen über irgendetwas, das Phoebe gesagt hatte, und die flaumigen Löckchen über ihren Ohren wippten auf und ab. Plötzlich empfand ich eine schreckliche Erleichterung darüber, dass das Schicksal mich in Richtung Rose Hill Road geschubst hatte samt den grenzenlosen Möglichkeiten, die ich nicht genutzt hatte. Ich war erleichtert, dass meine Mutter nie in ihrem Leben ein Sandwich gemacht und die Erklärung von Achselhaar und Periode Mrs. Baxter überlassen hatte. Und ich war erleichtert, dass sie weder verlegen noch flaumig gewesen war, sondern jemand, dem man nacheiferte, wie anstrengend das auch sein mochte.

Es dauerte eine Weile, bis ich merkte, dass Phoebe und Mrs. Roberts aufgehört hatten zu reden und mich mit seltsamem Blick ansahen.

«Und dann, ähm, kamen Sie mit dem Baby nach Hause?», kiekste ich.

Mrs. Roberts sah mich etwas ungläubig an, blickte dann zu Phoebe und zog die Augenbrauen hoch, als frage sie sich, wie man sich für eine derart begriffsstutzige neue Verwandte derart begeistern konnte.

«Ja», antwortete sie dann übertrieben langsam. «Ich kam mit ihr nach *Hause.* Ich war zwar noch ziemlich schwach, aber ich dachte, in einem familiären Umfeld ginge es uns besser.» Sie hustete und suchte nach einem Taschentuch.

«Aber war es damals nicht üblich, dass Mütter und Neugeborene noch eine Zeitlang im Krankenhaus blieben?», fragte ich.

Mrs. Roberts Blick verharrte irgendwo über meiner linken Schulter.

«Ja, schon», sagte sie vage, «viele Frauen blieben über eine Woche. Aber dem Baby ging es gut, es war gesund und nahm die Flasche gut an. Ich wollte nicht länger bleiben. Ich mag Krankenhäuser nicht besonders. Ich hatte vor Phoebe drei Fehlgeburten, und bei zweien war ich genau in jenem Krankenhaus.»

Ihr Blick streifte mein Gesicht, und endlich sah sie mir in die Augen. Sie hatte etwas Herausforderndes an sich, etwas Trotziges, aber ich hielt ihrem Blick stand.

«Und haben Sie dort … unsere Mutter gesehen?», fragte ich langsam. «Oder mich?»

Wieder verging ein langer Moment, dann war es Mrs. Roberts, die den Blick als Erste abwandte.

«Nein, der Arzt brachte das Baby zu *mir*, wie ich bereits sagte.»

«Aber wir waren doch erst einen Tag alt, muss sie nicht irgendwo in der Nähe gewesen sein?», fragte Phoebe.

«Ich bin nicht sicher», sagte Mrs. Roberts zurückhaltend. «Ich weiß nur, was *ich* gemacht habe. Er hat nur gesagt, die

Mutter sei jung und wolle, dass es diskret behandelt werde. Ich habe ihn nur kurz gesehen. Sein Name war Miller, das weiß ich mit Sicherheit, weil meine Schwester eine verheiratete Miller ist, Arabella Miller heißt sie.»

Mrs. Roberts lehnte sich zurück, sichtlich zufrieden, sich an etwas erinnert zu haben. Der Blick, den Phoebe und ich tauschten, als wir an den gelben Notizblock dachten, entging ihr.

«Dr. Miller, natürlich.» Ich begann, mit den Fingern auf dem Tisch zu trommeln. «Wissen Sie, ob er noch lebt?»

«Ob er noch lebt?» Mrs. Roberts wirkte verblüfft, dachte dann jedoch tapfer darüber nach. Aus dem Augenwinkel sah ich, wie Phoebe ebenfalls begann, mit den Fingern auf dem Tisch zu trommeln. «Ich habe keine Ahnung. Er war sehr hilfsbereit, ein liebenswürdiger Mann, aber er war nicht mehr der Jüngste, damals schon nicht. Vielleicht fünfzig, fünfundfünfzig?» Sie schien langsam mit dem Thema warm zu werden. «Aber so korrekt, ein wahrer Gentleman, sehr höflich. Er war eine richtige Autorität, alle Schwestern sind gesprungen, wenn er etwas wollte.»

Sie gab dem Salzstreuer einen kleinen Stups, während wir diese Informationen auf uns wirken ließen.

«Und wie ging die Adoption dann genau vor sich?» Ich kam mir vor, als würde ich ein Verhör leiten. Mrs. Roberts zuckte jedes Mal zusammen, wenn ich eine Frage stellte, und dann antwortete sie mit zittriger Stimme, als müsste sie zwischen Folterinstrumenten wählen.

«Darum hat sich Matthew gekümmert», sagte sie. «Um

den Papierkram und so. Das hat er immer gemacht.» Sie hielt inne und rieb sich die Augen.

Plötzlich tauchte neben mir eine Teekanne auf. «Ich bin's nur», sagte die kleine Kellnerin fröhlich. «Ich dachte, Ihr könntet Nachschub gebrauchen. Wie wär's mit ein paar Sandwiches?»

«Mit Schinken und Käse, bitte», sagte Mrs. Roberts schnell und fügte, als Phoebe protestieren wollte, hinzu: «Du musst was essen, Schatz, du bist zu dünn. Du solltest wirklich –»

«Und der Papierkram, um den sich Ihr Mann gekümmert hat», dachte ich laut, und die beiden verstummten. «Waren das richtige Adoptionspapiere? Sind sie auch von anderen unterschrieben, von Angestellten des Krankenhauses oder, äh, vielleicht der Mutter?»

Die Kellnerin näherte sich mit Besteck und Servietten.

«Nein, nein.» Mrs. Roberts wirkte richtiggehend schockiert. «So etwas wurde damals ganz strikt gehandhabt, die Identität der Mutter wurde unbedingt geschützt, wissen Sie, denn so etwas konnte ja ihren Ruf ruinieren. Na ja, in diesem Fall, da war er ja –»

«Schon ruiniert?», beendete ich ihren Satz.

«Na ja, ich meine, Sie wissen schon», sagte Mrs. Roberts schnell. «Das war, bevor es die Pille gab, und es kam oft zu Schwangerschaften, von denen hinterher niemand wissen sollte. Deshalb gab es diese Frauenhäuser. Dr. Miller war so freundlich, all das zu erklären.»

Phoebe hatte aufgehört, mit den Fingern auf die Tischplatte zu trommeln, und sagte: «Wir werden bald mehr über die Adoption wissen, denn ich habe beantragt, Einsicht in die Unterlagen zu bekommen.»

«Ja?», fragte Mrs. Roberts erstaunt und durchaus nicht erfreut. «Aber du hast doch deine Geburtsurkunde. Was brauchst du denn mehr?»

«Man kann beim Zentralen Standesamt die Originalpapiere einsehen. Man muss sich vorher mit einem Adoptionsberater treffen, und anschließend kann er einem weitere Informationen über die Adoption geben. Es dauert eine Weile, deshalb dachte ich, ich bringe das Ganze schon mal auf den Weg.» Phoebe faltete ihre Serviette auseinander und legte ihr Besteck ordentlich hin, ohne ihre Mutter anzusehen.

«Ich dachte, du willst gar nicht …» Mrs. Roberts runzelte die Stirn. «Du hast doch gesagt, ihr *Name* sei alles, was du brauchst. Warum willst du noch mehr Unterlagen sehen?»

«Wäre sie noch am Leben, würde ich die Unterlagen nicht brauchen. Aber ich will wissen, wer mein Vater war.»

«Dein Vater war dein Vater», sagte Mrs. Roberts nachdrücklich. «Niemand hätte ein besserer Vater sein können als Matthew.»

«Ja», sagte Phoebe freundlich, sah ihre Mutter an und nahm ihre Hand. «Das wird er auch immer bleiben, Mum. Er war wunderbar. Dass ich diesen anderen Mann suche, ändert daran rein gar nichts. Aber du verstehst doch, dass ich es wissen möchte? Dass ich das brauche?»

Es war offensichtlich, dass Mrs. Roberts das nicht verstand. Sie griff nach dem Salzstreuer und drehte ihn hin und her. «Also, ich weiß nicht so recht, Schatz», sagte sie schließlich. «Ich wusste, wenn das alles jemals rauskommt, wird es viel Ärger bedeuten.»

Die Kellnerin kam mit drei hastig geschmierten Sandwiches und drei kleinen Tüten Chips, und Mrs. Roberts wandte sich ihrem Essen zu, offenbar in der Absicht, eine kleine Gesprächspause einzulegen.

«Lass die Sandwiches doch noch mal kurz, Mum», sagte Phoebe. «Das ist mir wichtig. Ich wollte, dass ihr beide euch kennenlernt, ich möchte, dass wir über alles reden, ganz offen, damit wir anfangen können zu … ich weiß nicht. Addie hat eine Liste mit Namen gefunden, die ihre Mutter geschrieben hat, möglicherweise sind das Leute, die in der Nacht auch auf der Station waren. Erinnerst du dich noch an irgendjemanden?»

«Ich weiß nicht genau.» Mrs. Roberts schob Phoebe ihr nicht angerührtes Sandwich hin, aber die schob es wieder zurück. «Das war eine sehr große Station. Die einzige, an die ich mich wirklich erinnere, ist diese junge Schwester. Sie kam aus der Karibik oder aus Jamaika oder so. Hatte gerade ihre Ausbildung begonnen. Sie hat mir immer Tee gebracht. Du kannst dir nicht vorstellen, was man für einen Durst hat, wenn man gerade entbunden hat. Na, jedenfalls hatte sie am zweiten Abend das Bündel bei sich, dir habe ich das ja schon erzählt, Phoebe. Die Kleidung war ganz klein zusammengelegt, und die Schwangerschaftspapiere steckten in der kleinen Mütze. Sie bestand darauf, dass wir die Sachen behalten. Offenbar wollte die Mutter, dass das Baby sie später bekommt. Ich war mir nicht sicher, ob das alles so korrekt ist, schließlich steht ja klar und deutlich der Name der biologischen Mutter darauf, aber die Schwester bestand darauf, und ich versprach, sie zu behalten. Ich habe damals, ehrlich gesagt, gar nicht weiter darüber nachgedacht. Ich habe mir die Sachen nur einmal angesehen, nämlich als wir damals nach Hause kamen, und dann nie wieder daran gedacht.» Ihr Gesichtsausdruck sagte deutlich, dass sie sich nicht verzeihen konnte, nicht einfach alles weggeworfen und ihrer armen Phoebe all den Ärger erspart zu haben.

«Wissen Sie ihren Namen noch?», fragte ich. «Den der Schwester? Edith Cuthbert, vielleicht, oder Laura Remington? Sarah Mason?»

«Ich weiß nicht. Möglicherweise», sagte Mrs. Roberts vorsichtig. «Ich weiß nur, dass sie jung war; sie bekam nämlich Ärger mit einer der Schwestern, weil sie Tee auf meinem Bett verschüttete. Ich war von der Niederkunft sehr geschwächt, ihr müsst also verzeihen, wenn ich mich nicht mehr gut an alles erinnere.»

«Aber wenn Sie so geschwächt waren, warum durften Sie das Krankenhaus dann so schnell verlassen?», fragte ich. «Noch dazu mit einem Baby. Es tut mir leid, Mrs. Roberts, aber das … ergibt einfach keinen Sinn.»

«Okay, okay.» Madeleine Roberts legte ihr Sandwich in einer heftigen Bewegung auf ihren Teller. Das Brot fiel auseinander. «Ich hatte Angst, okay? Ich hatte Phoebe und wollte nur noch weg. Ich wollte nicht, dass irgendjemand kommt und sie mir wieder wegnimmt. Ich hatte damals Angst davor und seitdem jeden einzelnen Tag. Ist das so schwer zu verstehen? Das ist kein Verbrechen, wisst ihr!» Sie sah mich mit zusammengekniffenen Augen an. «Wir konnten diesem Baby ein sicheres Zuhause bieten. Wenn wir sie nicht genommen hätten, dann wäre sie von jemand anderem adoptiert worden, hat der Arzt gesagt. Oder sie wäre in ein Heim gekommen und hätte dort darauf gewartet, adoptiert zu werden. Ich meine … wirklich!» Sie schüttelte ärgerlich den Kopf. «Wir hatten alles versucht, um ein Baby zu bekommen. Ich hatte drei Babys verloren. *Drei!*»

Ihre Stimme war immer lauter geworden, und die Kellnerin starrte sie von der anderen Seite des Raumes mit großen Augen an.

«Könnt ihr euch vorstellen, wie das ist? Wenn man zu einer Routineuntersuchung kommt, bester Laune, und dann sagt einem der Arzt, das Baby sei tot?» Sie atmete ein paarmal tief durch, um ruhiger zu werden. «Es war meine längste Schwangerschaft, schon acht Monate, und der Gedanke, dass ich fröhlich in Brimley rumgelaufen war, obwohl ich ein totes Baby in mir trug, war unerträglich für mich, einfach unerträglich. Es war genauso tot wie die anderen, die einfach gestorben waren, wieder und immer wieder.»

Sie sah mich eindringlich an. «Und wissen Sie, was man damals mit totgeborenen Babys machte?»

Ich schüttelte stumm den Kopf und spürte, dass meine Wangen heiß wurden.

«Sie wurden einem weggenommen, ohne dass man sie auch nur sehen durfte. Zur Welt bringen musste man sie wie eine richtige Mutter, nur dass man keine richtige Mutter ist, man ist überhaupt keine Mutter, und dann hat man sie in Eimer getan und verbrannt, zusammen mit amputierten Armen und Beinen. Wenn sie besonders freundlich sein wollten, haben sie sie zu jemand anderem in den Sarg gelegt, sodass sie immerhin ein anständiges Begräbnis bekamen. Ich hatte nie die Möglichkeit, mich von einem meiner toten Babys zu verabschieden, und nur beim letzten Mal wusste ich, ob es ein Mädchen oder ein Junge war.» Sie schlug sich die Hand vor den Mund, ihre Schultern bebten. Phoebe legte den Arm um sie, und als sie mich anblickte, sah ich, dass sie Tränen in den Augen hatte.

«Und dann war da dieses hübsche kleine Mädchen, und man bot es uns an.» Mrs. Roberts lehnte sich an Phoebe. «Natürlich haben wir sie genommen, nur zu gern, und ich würde es wieder tun. Du lagst da in deinem kleinen Bettchen, du hattest die Augen geschlossen, und deine winzige Hand lag an deiner Wange, ein geballtes Fäustchen. Also bin ich mit meinem hübschen, gesunden kleinen Mädchen nach Hause gegangen.»

Sie sah mich an, als wollte sie mich herausfordern, es zu wagen, das «mein» in Frage zu stellen, aber ich hatte Mitleid mit ihr und wollte unbedingt etwas sagen, wodurch sie sich besser fühlte, irgendwas. Aber sie sah schon wieder weg und griff nach einer Serviette. «Ich denke, wir sind hier fertig, ich muss meinen Zug erwischen.»

«Aber du hast nicht mal dein Sandwich gegessen», sagte Phoebe. «Mum, bitte bleib noch. Wir müssen nicht mehr darüber reden, wenn es so schmerzhaft ist. Ich bestell dir noch einen Tee.»

Mrs. Roberts sah demonstrativ auf die Uhr und holte einen Fahrplan hervor. Das Schweigen hing lastend über uns. Und dann *wusste* ich es plötzlich. Ich war so sicher, dass ich mich vorbeugte und ihren Arm berührte, damit sie mich ansehen musste.

«Sie haben sie damals gesehen, oder?», fragte ich leise. «Das hat Ihnen solche Angst gemacht. Dass sie kommen und sich Phoebe wiederholen könnte?»

«Was meinen Sie?», fragte Mrs. Roberts, den Blick fest auf den Fahrplan gerichtet, aber ihre Hände zitterten. «Okay», sagte sie schließlich und ließ den Fahrplan sinken. «Na gut, ich habe sie gesehen. Wenigstens glaube ich es.»

«Wirklich?» Phoebe rutschte auf die Vorderkante ihres Stuhls. «Warum hast du mir das nicht erzählt?»

Mrs. Roberts schien in sich zusammenzusinken, als wäre sie das Kämpfen leid.

«Matthew und ich waren auf dem Weg nach draußen und gingen an den anderen Betten vorbei.»

Sie nahm ihre Brille ab und rieb sich die Augen, wobei sie ihre Wimperntusche darunter verschmierte. Sie wirkte müde und alt.

«Als ich am letzten Bett vorbeiging, kam gerade die Schwester. Die kleine Schwarze, von der ich erzählt habe, die uns das Bündel mit den Sachen gebracht hatte. Sie sah mich und erschrak und versuchte, einen Sichtschutz so zu verschieben, dass das Bett verdeckt war. Da habe ich eins und eins zusammengezählt. Sie wollte nicht, dass die unverheirateten Mütter mit den anderen Müttern Kontakt hatten. Ich wusste, das musste sie sein.» Mrs. Roberts' Augen füllten sich mit Tränen, als sie ihre Tochter und mich ansah.

«Ich habe sie nur ganz kurz gesehen. Sie hat geschlafen. Auf der Seite. Sie hatte kurze dunkle Locken, zurückgebunden, sodass man ihr Gesicht sehen konnte. Sie war blass und sah klein aus und sehr jung. Sie war es. Ich kann es nicht erklären, aber ich wusste es.»

«Und wo war ich, Mrs. Roberts? Haben Sie mich auch gesehen?» Ich hielt die Luft an.

«Nein. Sie waren nicht da, aber …» Sie presste die Lippen zusammen, als müsste sie sich konzentrieren. «Ich hatte Sie vorher schon gesehen.»

Mich überlief vom Scheitel bis in die Magengrube ein kühler Schauer, und meine verschwitzte Haut zog sich merkwürdig zusammen.

«Ich … ich … ja», sagte Mrs. Roberts mit erstickter Stimme. «Denn … also, als der Arzt kam, um mit uns über Phoebe zu sprechen …»

Phoebe griff nach meinem Arm, worüber ich froh war, und als Mrs. Roberts weitersprach, klang sie beinahe kleinlaut. «Er hat uns euch beide angeboten.»

Phoebe und ich gaben gleichzeitig ein ungläubiges Geräusch von uns. Mrs. Roberts beugte sich vor und sah ihre Tochter an.

«Ich hätte sofort euch beide genommen», sagte sie, «aber das wollte Matthew nicht. Wir mussten ja nach Brimley und waren darauf nicht vorbereitet. Er dachte, das wäre zu viel für uns oder für *mich.*» Sie war sichtlich bemüht, nicht zu weinen.

«Als er das zweite Baby wegnahm, wollte ich ihm hinterherlaufen und es behalten, aber Matthew war ziemlich hartnäckig. Er hatte auch Sorge, dass es Ärger gäbe, dass die Mutter aufwacht und dich zurückwill. Ich glaube, das hätte ich nicht überlebt.» Sie schluckte. «Also sind wir gegangen, sobald ich laufen konnte. Ich habe sie danach nie mehr gesehen.»

«Ärger?», sagte ich ungläubig, und Phoebe flüsterte: «Aber warum denn, Mum?»

Mrs. Roberts berührte Phoebes Arm. «Hör zu», sagte sie eindringlich, «es tut mir leid, dass dich das alles so aufregt. Ich wünschte bei Gott, du hättest es nie rausgefunden. Wir hätten alle so weitermachen können wie immer. Aber ich werde mich nicht dafür entschuldigen, dass ich dich behalten habe, wo ich doch in der Lage war, dir ein gutes Leben zu bieten und dir Liebe zu geben. Du warst das Beste, was uns passiert ist. Wir waren eine Familie, wir *sind* eine Familie. Und egal, was jetzt noch passiert, wir werden immer eine bleiben. Das kann uns niemand nehmen. Sie hat dich aufgegeben, sie ist nicht zurechtgekommen. Das tut mir mehr leid, *sie* tut mir mehr leid, als ich sagen kann, weil sie dich nicht hatte.»

«Aber Zwillinge gehören zusammen. Man darf sie nicht trennen, das schadet ihnen», sagte Phoebe mit erstickter Stimme.

«Du wusstest es ja nicht», sagte Mrs. Roberts. «Es kann wohl keinen Schaden anrichten, wenn man aufwächst, als wäre man kein Zwilling. Du kanntest sie ja gar nicht.»

«Sie hätte mich aber kennen sollen.» Ich hatte endlich meine Stimme wiedergefunden, wenn auch in einer sehr kratzigen Version.

«Aber wie konntest du es mir nie sagen?», fragte Phoebe. «All die Jahre über hätte ich Addie kennen können, wir hätten Zeit miteinander verbringen können, ich hätte eine Schwester gehabt. Und du wartest vierzig Jahre, bis mein halbes Leben vorbei ist? Und nicht mal dann hättest du es mir gesagt, hätte ich es nicht rausgefunden, hätte ich dich nicht gedrängt!»

Mrs. Roberts klang eher aufsässig als zerknirscht, als sie sagte: «Es war, weiß Gott, nicht einfach. Jedes Mal, wenn es an der Tür klingelte oder das Telefon läutete, bei jeder Klassenfahrt, jeder Fremden, die du kennenlerntest, jedes einzelne Mal die Sorge, dass du eines Tages deine Schwester triffst oder dass das Mädchen aus dem Bett kommen und dich holen würde. Aber das hätte ich niemals zugelassen. Die Ironie des Schicksals ist, dass …» Sie zögerte und schüttelte den Kopf.

«Was?», fragte Phoebe. «Was?»

«Dass sie dich am Ende fast gefunden hätte.»

«Was meinen Sie damit?», fragte ich.

«Ich bekam einen Brief. Vor ungefähr acht Monaten. Ein Mann fragte, ob ich in der Nacht auf der Station gewesen wäre. Ob ich irgendwas über eine Adoption wüsste. Er sei für eine Frau tätig, die ihre Tochter verloren hätte, eine Frau namens Elizabeth Holloway.»

«Und was haben Sie gemacht?», flüsterte ich. «Was –»

«Ich habe ihn ignoriert. Und den Brief verbrannt.»

Einen Moment lang herrschte Stille, dann stand Phoebe auf und schob dabei ihren Stuhl zurück.

«Ich kann nicht fassen, dass du mir das nicht gesagt hast», sagte Phoebe zum Hinterkopf ihrer Mutter und stieß den Arm so heftig in ihren Mantelärmel, dass zu hören war, wie eine Naht platzte.

«Aber, Phoebe, ich wollte nicht, dass du es *jemals* rausfindest!» Mrs. Roberts weinte wieder. «Bitte hör mir zu, bitte setz dich wieder hin. Weißt du …»

Aber Phoebe hatte sich auf dem Absatz umgedreht und war auf dem Weg nach draußen, und ich griff nach meinen Sachen, sprang auf und folgte ihr.

Limpsfield, 14. August 1958

Heute ist der erste Tag meines Lebens ohne meine Mutter. Sie ist gestern gestorben, in der Nacht meines siebzehnten Geburtstags, und das verwandelt meinen ganzen Geburtstag und jeden einzelnen Tag der letzten vier Wochen in etwas Bitteres und Furchtbares, denn während ich hier in Hartland gelebt habe wie die Made im Speck, ist Mum dem Tod entgegengeschlittert, und ich war nicht da, um sie zu trösten. War es, als ich mein erstes Glas Champagner getrunken habe oder als ich mit Harry über Beas Mätzchen gelacht habe? War es, als ich im Obstgarten ausgerutscht bin oder als ich auf den Zehenspitzen stand, dieses himmlische Rauschen in den Ohren gespürt habe und zum ersten Mal geküsst wurde? Hat sie ihren letzten Atemzug getan, gerade als ich mich verliebt habe?

Es spielt jetzt keine Rolle, ob ich verliebt bin oder geküsst wurde oder ob ich es wage, das hier aufzuschreiben, obwohl mein Vater oder sonst wer es entdecken könnte. Nichts spielt eine Rolle, nur, dass ich nicht da war, um mich von Mum zu verabschieden, dass ich nicht war, wo ich hätte sein sollen. Ich hätte ihr vorlesen sollen, hätte über unseren Ausflug zur St. Paul's Cathedral reden sollen. Ich hätte nie nachgeben und sie verlassen dürfen.

Am Morgen nach meiner Geburtstagsparty klingelte sehr früh das Telefon, und Janet kam zu mir. Das Dienstmädchen hat mir beim Packen geholfen, und Janet hat mich selbst zum Bahnhof gebracht, bevor die anderen aufgestanden sind. Ich saß vollkommen schockiert und verwirrt im Zug, weil mein Vater aus dem Krankenhaus angerufen hatte, nicht von zu Hause. Während ich die ganze Zeit dachte, meine Mutter läge zu Hause in ihrem Bett oder säße in ihrem Sessel, sähe friedlich in ihren Garten, während sie sich – wie konnte ich nur so dumm sein, das zu glauben – auf dem Wege der Besserung befand, war sie, wie sich herausstellte, gar nicht zu Hause, sondern im Krankenhaus, und zwar seit dem Tag, an dem ich nach Hartland gebracht wurde. Im Krankenhaus, um dort zu sterben. Deshalb haben sie mich weggeschickt.

Schwester Hammond hat es mir gesagt, ohne Umschweife. Mum wusste, dass es nicht mehr lange gehen würde. Es war ihre Entscheidung, sagte Schwester Hammond freundlich, aber bestimmt, weil sie merkte, wie wütend ich Vater ansah, wie unfähig ich war, ihm zu verzeihen, dass er sie ins Krankenhaus gebracht hat, obwohl sie das nicht gewollt haben kann, und dass er mich nicht angerufen hat, als das Ende nahte. Aber meine Mutter wollte unter keinen Umständen, dass ich sie im Krankenhaus sehe, sagte Schwester Hammond, dass ich sehe, wie sie in ihrem Bett von Tag zu Tag weniger wird. Sie wollte nicht, dass ich nur während der kurzen Besuchszeiten bei ihr sitzen konnte und nicht jederzeit. Schwester Hammond sprach lange darüber, dass es Mum im Krankenhaus gut gehabt hätte, dass sie mit einer freundlichen Dame in einem kleinen Zimmer gewesen sei, die ganz beeindruckt gewesen war von all den Briefen, die Mum von ihrer hübschen Tochter bekommen habe, von all den Geschichten, die ich erzählte, und wie stolz sie über mich gesprochen habe. Ich hätte meiner Mutter jahrelang – und besonders in ihren letzten Monaten – Freude gemacht, und jetzt müsse ich stark sein, stark bleiben, für meinen Vater. Schwester Hammond ist sehr freundlich, deshalb wollte ich ihr nicht sagen, dass sie falschlag, dass Vater einen Fehler gemacht hat und Mum auch, indem sie mich ferngehalten haben. Mum hat das Krankenhaus beim ersten Mal gehasst, besonders nachdem klar war, dass sie nichts mehr für sie tun konnten, und Schwester Hammond hat eingewilligt, ihre Schmerzen zu behandeln, solange es dauern würde.

Jetzt verstehe ich ihre Euphorie, all die Erinnerungen, ihre dicken, ausufernden Briefe, ihr Aufgeregtsein an meiner Stelle. Es macht es nicht besser, es erklärt es nur und hinterlässt einen schrecklichen Aschegeschmack in meinem Mund. Ich bin jetzt in ihrem Zimmer, schreibe in ihrem Sessel und schaue in den Garten. Vater ist unten, und ich bin noch einmal durch den Flur gegangen, um mich zu verabschieden.

Ihr Bett ist gemacht, die Blumenvasen sind weg, und zum ersten Mal seit langer Zeit brennt kein Feuer und dampft kein Kessel. Davon abgesehen ist das Zimmer genau so, wie ich es vor vier Wochen zurückgelassen habe. Auf dem Nachttisch liegen die Gedichte von Christina Rossetti, an der Stelle, die wir zuletzt gelesen haben, steckt eine Postkarte der St. Paul's Cathedral im Nebel. Die *Radio Times* liegt, wo ich sie hingelegt habe, direkt neben dem alten Holzradio, das wir nie von der Kommode genommen haben, weil Mum Sorge hatte, es würde auseinanderfallen. Der kleine Hocker, auf dem ich oft saß, steht noch neben ihrem Sessel, und die kleine Rose, die ich ihr im April aus dem Garten geholt und eingetopft habe, steht noch auf dem Fensterbrett. Wenn ich meine Nase hineinstecke und ihren himmlischen Duft einatme, werde ich so traurig, dass ich sterben möchte. Ich habe Mums Baumschere gefunden und einen Zweig abgeschnitten, dessen Blüten ganz winzig und perfekt sind, und ihn zwischen die Seiten des Buches gelegt, aus dem ich ihr noch vor wenigen Wochen vorgelesen hatte.

Im Spiegel an der Wand sammelt sich das letzte Licht des ersten Tages ohne sie, aber schon jetzt ist im Zimmer mehr Schatten als Licht, und vor mir erstrecken sich leere und einsame Tage, Wochen und Monate. Noch ist der Geist meiner Mutter in diesem Zimmer, die Matratze hat noch die Form ihres Körpers, das Kissen die ihres Kopfes, sogar die Luft scheint sich um die Erinnerung an den geliebten Menschen zu formen, der gerade noch hier war und nun für immer fort ist.

Aber sie wird bald verblassen, diese Erinnerung, das weiß ich. Die Luft wird in Bewegung geraten und sich wieder beruhigen, Staubpartikel werden das letzte bisschen Leben mit sich nehmen. Ihr Geruch wird verfliegen, der Klang ihres Lachens verhallen. Wer wird sich an Constance Adele Holloway erinnern, wer wird noch ihren Namen sagen? Wer, wenn nicht ich?

Ich weiß, ich sollte über sie schreiben, mein Schreiben würde sie am Leben erhalten, sie wäre in mir und um mich herum, aber ich finde im Moment nur schwer die richtigen Worte. In den letzten Wochen in Hartland sind sie mir nur so zugeflogen, die Seiten haben all die Gedanken und Gefühle nur so aufgesogen, um meine Begeisterung, meine Freude, meine Freiheit für meine Mutter zu bewahren, die auf sie wartete. Jetzt sind diese Worte und mein Eifer, sie niederzuschreiben, wie Hohn. Es besteht keine Notwendigkeit mehr, meine Tage festzuhalten, denn sie ist nicht mehr da, um von ihnen zu lesen. Es ist unmöglich, hier aufzuschreiben, was mir im Kopf herumgeht, ich kann ja nicht mal ertragen zurückzublättern, so sehr quellen die letzten Seiten vor Glück über. Ich kann es schlicht nicht aushalten und werde sie deshalb verstecken, bis eine Zeit kommt, in der ich wieder ans Leben denken kann.

21. Kapitel

Vor dem Café musste ich mich erst mal zurechtfinden, aber dann entdeckte ich Phoebe. Ich griff nach ihrem Ellenbogen und führte sie entschlossen über die bevölkerte Straße, sodass entgegenkommende Fußgänger hastig ihre Regenschirme aus dem Weg rissen. Wir liefen die Treppe zur U-Bahn hinunter, und als die Bahn kam, rammelvoll mit schlechtgelaunten Pendlern, quetschten wir uns in die Ecke neben der Tür. Ich schwitzte in dem warmen Waggon, und meine Haare störten mich. Phoebe dagegen wirkte auf beinahe unheimliche Weise ruhig. Sie schien die Karte mit den U-Bahn-Linien zu studieren, aber ich sah, dass sie mit ihren Gedanken ganz woanders war. Als die Bahn eine Kurve fuhr, fiel sie gegen mich, und ich war froh, ihren Arm nicht losgelassen zu haben.

«Komm doch mit zu mir, Phoebe, ja?», bat ich eindringlich und versuchte, sie so gut es ging zu stützen. Die anderen Passagiere waren skeptisch auf Abstand gegangen. Die Bahn verlangsamte ihr Tempo, weil wir uns der nächsten Station näherten, und ich spürte, wie Phoebes Haar über meine Schulter fiel und sie sich, zwischen mich und die Glasabtrennung geklemmt, entspannte und die Augen schloss.

Vor meinem Haus lehnte sich Phoebe an die niedrige Mauer, während ich nach meinem Schlüsselbund suchte. Als ich die

Haustür aufschloss, schoss eine kleine Katze durch den Türspalt und verschwand durch das Tor. Eine Sekunde später lief eine zweite Katze durch die Tür, aber ehe auch sie verschwinden konnte, bückte sich Phoebe mit erstaunlicher Geistesgegenwart, und es gelang ihr, sie zu schnappen. Sie legte ihre Hände um den sich windenden kleinen Körper, sodass nur ein Paar leuchtender Augen zwischen Phoebes Daumen hervorsah. Die Tür öffnete sich ganz, und Mrs. Emmet, meine Nachbarin von unten, erschien. Erfreut, dass wenigstens einer ihrer Schützlinge noch auf dem Grundstück war, drohte sie dem Kätzchen mit dem Finger.

«Du dummes Ding. Jetzt muss ich die halbe Nacht wach bleiben und auf deinen Bruder warten. Aber weit wird er schon nicht kommen. Er hasst den Regen. Hallo, Addie. Haben Sie eine Freundin mitgebracht?»

Mrs. Emmet war die netteste Nachbarin in ganz London. Sie brachte mir Tee, wenn ich krank war, und hob mir all die Klatschmagazine auf, nach denen sie süchtig war.

«Das ist Mrs. Emmet, sie wohnt unten», sagte ich zu Phoebe, die durch die Katzen-Rettungsaktion aus ihrer Geistesabwesenheit gerissen worden zu sein schien.

«Und das ist Phoebe. Sie ist eigentlich –»

Ich hielt inne. Phoebe betrachtete konzentriert ihre Schuhe und wirkte dabei so verloren, dass ich sie am liebsten in den Arm genommen hätte.

«Sie ist meine Schwester», sagte ich, legte den Arm um sie und zog sie an mich. Es war das erste Mal, dass ich es laut ausgesprochen hatte, und ich hatte es ohne den geringsten

Zweifel getan, beinahe stolz, und das machte alles seltsam konkret und gab unserer Verbindung eine wunderschöne, definierte Form. «Meine *Zwillings*schwester», fügte ich hinzu. «Wir sind Zwillinge. Aber wir haben uns erst vor ein paar Tagen kennengelernt.»

«Mein Gott.» Mrs. Emmet wirkte verdattert, aber dann nickte sie begeistert. So etwas war genau ihr Ding. «Wie schön für Sie beide. Wow.» Sie dachte kurz nach, dann fragte sie mit hochgezogenen Augenbrauen: «Kennen Sie auch schon Venetia?»

«Allerdings», antwortete Phoebe düster, woraufhin Mrs. Emmet laut loslachte. «Hunde, die bellen, beißen nicht», sagte sie, «ich glaube, das gilt auch in ihrem Fall. Schön, Sie kennenzulernen, Phoebe. Das ist übrigens Potts.»

Mrs. Emmet deutete auf das pelzige Bündel auf Phoebes Schulter. Die kleine Katze schlug mit ihrer Tatze gegen die Schlüssel in meiner Hand. Phoebe hielt Mrs. Emmet das Kätzchen hin, aber die winkte ab.

«Ich leihe es Ihnen für den Abend», sagte sie und öffnete ihre Wohnungstür. «Ist die beste Therapie, die es gibt. Aber geben Sie ihr um Himmels willen nichts mehr zu fressen.»

«Es geht mir gut, Addie, wirklich.»

Ich hatte Phoebe gezwungen, sich auf mein Sofa zu legen, das zu kurz für sie war, sodass ihre Füße über den Rand ragten, und auch die Decke reichte ihr kaum bis zu den Knöcheln. Ich hatte ihr ein kühles, mit Lavendelöl besprenkeltes Tuch auf die Stirn gelegt, das ihre Augen bedeckte – Mrs. Baxters

Heilmittel gegen alles und jedes, von Halsschmerzen bis zum gebrochenen Zeh –, und legte ihr das Kätzchen in die Armbeuge. Dann befeuchtete ich mir selbst ein Tuch mit kaltem Wasser, kippte die halbe Flasche Lavendelöl darauf und sank in den Sessel gegenüber. Vor meinem inneren Auge erschienen meine Mutter, wie sie zusammengerollt in einem Krankenhausbett lag, und der schuldbewusste, trotzige Gesichtsausdruck von Mrs. Roberts, als wir das Café verließen. Und jetzt war da dieses neue, entsetzliche *Was wäre wenn*. Meine Mutter hatte mich gar nicht behalten wollen! Auch ich sollte weggegeben werden.

Ich fragte mich, was Phoebe dachte, ob auch sie versuchte, auf dem schwankenden Boden der Tatsachen aufrecht stehen zu bleiben. Aber vermutlich hatte sie all das schon vor ein paar Wochen durchgemacht, nachdem sie herausgefunden hatte, dass Elizabeth Holloway sie fortgegeben hatte. Ich dagegen hatte, da ich bei meiner Mutter geblieben war, irgendwie, naiverweise, angenommen, dass ich *auserwählt* war zu bleiben, nur, um jetzt herauszufinden, dass es nichts weiter war als eine Laune des Schicksals.

Irgendwann hörte ich das Kätzchen auf den Boden plumpsen, woraufhin ein Rascheln zu hören war. Wir richteten uns beide auf, nahmen die feuchten Tücher von der Stirn und hielten nach der Katze Ausschau, die neben der Arbeitsplatte mit einer Tüte spielte. Wir schauten uns an und zogen beide eine Grimasse, weil wir so erschöpft aussahen und Flecken im Gesicht hatten.

«Ich glaube das alles nicht», sagte ich mit rauer Stimme.

«Ich dachte, irgendwann werde ich immun gegen das alles, aber es geht einfach immer weiter.»

«Aah, Mist.» Phoebe stöhnte und legte den Kopf auf die Knie. Ich setzte ich mich auf und riss mich zusammen. Wir durften nicht beide zusammenbrechen, eine von uns musste den Kopf über Wasser halten.

«Wir brauchen jetzt was zu essen», sagte ich entschlossen, denn wenn etwas die Macht hatte, Verzweiflung zu lindern, dann das. «Ich mache uns was. Und ein starker Drink wäre auch nicht schlecht.»

Phoebe zögerte. «Könntest du vielleicht auch Tee machen?»

«Na klar.» Ich stand mit steifen Knien auf. «Wenn du ins Bad möchtest, das ist dort hinten.»

Als sie zurückkam, hatte Phoebe die Haare wieder zurückgebunden. Ihr Gesicht war sauber, die Strickjacke ordentlich zugeknöpft, und sie trug ihre Brille. Aber als sie sich hochzog, um sich auf einen Hocker neben der Kochinsel zu setzen, wirkte sie trotz ihrer langen Beine wie ein Kind.

«Was meinst du? Ich habe Ziegenkäse da und Brot. Ich könnte aber auch eine Quiche machen?»

Sie sah aus, als wollte sie ablehnen, aber dann änderte sie offenbar ihre Meinung. «Das klingt köstlich. Aber mach dir bitte nicht zu viel Mühe.»

Ich hatte schon das Mehl vom obersten Regal über dem Herd genommen und schnitt die Butter in Stücke. Wir unterhielten uns dabei nicht, aber es herrschte eine angenehme, familiäre Stille. Mir fiel Venetias Geplapper ein und dass ich mich in ihrer Gegenwart innerlich immer gegen Vorwürfe wappnete, und ich musste lächeln, weil Phoebe einfach still dasaß, ihren Tee trank und zusah, wie ich den Teig in eine kleine Form drückte. Ich schob ihr zwei Stangen Spargel hin, die sie in kleine Stücke schnitt, mit einer konzentrierten Falte zwischen den Augenbrauen und einer Art, das Messer zu halten, bei der Andrew ohnmächtig geworden wäre.

«Wie gesagt, ich bin keine große Köchin», sagte sie entschuldigend, als sie merkte, dass ich jedes Mal zusammenzuckte, wenn die Klinge zwei Millimeter neben ihrem Daumennagel einschnitt. Sie schob mir den zerstückelten Spargel hin und beobachtete das Kätzchen, das durch die Wohnung tollte und sich schließlich wieder der knisternden Tüte widmete.

Dann entdeckte es den zerbrochenen Bilderrahmen. Ich gab der Katze einen kleinen Schubs und griff nach der Tüte, um sie um den Bilderrahmen zu schlagen. Über mir schnappte Phoebe nach Luft. Sie hatte gemerkt, dass ich das Bild hatte beiseiteschaffen wollen. Verlegenheit machte sich breit zwischen uns.

«Manchmal», sagte sie schließlich leise und immer noch, ohne mich anzusehen, «meistens nachts, empfinde ich so ein Bedauern wegen des Lebens, das ich nicht führen konnte. Wegen allem, was mir entgangen ist. Es sitzt genau hier.» Sie tippte sich an den Hals, und ich nickte wissend. «Ich bekomme richtig Angst. Als müsste ich in der Zeit zurückreisen, um all das zu suchen, nachzuholen, sofort, in dieser Minute. Ich glaube, deshalb bin ich so in dein Leben geplatzt, deshalb bin ich in die Konditorei gekommen, deshalb will ich deinen Vater kennenlernen, deine Geschwister. Aber am Ende komme ich immer wieder zu der Frage zurück, warum du geblieben bist und ich nicht.»

«Ich denke, wir sollten noch mal mit deiner Mutter reden», sagte ich. «Vielleicht fällt ihr noch etwas ein, das uns dabei hilft …» Ich suchte nach einem Wort, das halbwegs realistisch war. «… zu verstehen.»

«Ja … Sie hatte es so schwer, und ich bin so auf sie losgegangen. Ich hätte nicht so wütend werden sollen.» Phoebe runzelte die Stirn. «Aber sie hatte das alles noch nie erwähnt. Sie hat immer nur gesagt, es sei eine private Adoption gewesen, im Krankenhaus vereinbart. Tatsächlich hat sie mich aber einfach genommen und ist abgehauen, Addie. Sie hat uns getrennt, und sie hat Merck angelogen, als er sie letztes Jahr kontaktiert hat. Und mich. Ich hätte Elizabeth noch kennenlernen können, bevor sie starb.»

«Ich glaube eher nicht», sagte ich so sanft wie möglich. «Sie ist vor einem Jahr gestorben. Merck muss den Brief geschickt haben, als sie schon tot war. Er hat gesagt, sie hätten schon eine Weile keinen Kontakt mehr gehabt. Und deine Mum hat das nicht allein gemacht, vergiss das nicht. Es war in erster Linie der Arzt.» Ich gab mir große Mühe zu verbergen, dass ich Mrs. Roberts nicht besonders mochte, Phoebe zuliebe. «Sie hat bestimmt getan, was sie für das Beste hielt.»

«Du hast leicht reden», sagte Phoebe mit bitterem Gesichtsausdruck. «Du *hattest* sie ja, unsere richtige Mutter, aber ich … ich wurde zurückgelassen.»

«Aber Phoebe», sagte ich eindringlich, «du wurdest nicht zurückgelassen. Was deine Mutter getan hat, hat sie aus Liebe getan und aus keinem anderen Grund. Das war ganz offensichtlich. Sie hat dich – sie liebt dich sehr.»

Phoebe lehnte sich zurück. «Aber warum hat sie – Elizabeth – so spät angefangen, mich zu suchen? Warum hat sie nicht auf dem Absatz kehrtgemacht und mich in die Familie zurückgeholt, in die ich gehörte? Wo *du* warst?»

«Phoebe, es war Zufall», sagte ich. Ich fuhr mir mit den Händen durchs Haar. «Verstehst du das nicht? Es war der reine Zufall, dass ich es war, die blieb. Ich sollte auch weggegeben werden, aber es war niemand da, der mich genommen hat.» Ich fischte ein Gummiband von einem Teller auf der Arbeitsplatte und nahm meine Haare so heftig zurück, dass Phoebe zusammenzuckte. «Würdest du lieber bei einer Adoptivmutter aufwachsen, die dich haben will, die dich so unbedingt haben will, dass sie bis aufs Messer für dich kämpft, dass sie dich einfach nimmt und abhaut? Oder deine eigene, deine *echte* Mutter, die dich schon zur Adoption freigeben wollte, dich dann aber behalten musste, weil keiner da war, der dich ihr abgenommen hätte? Hm? Sag du es mir. Bitte.»

Sie starrte mich an und sank sichtlich in sich zusammen. «Entschuldige, Addie. Du hast recht.» Sie lachte kurz auf. «Lass uns nicht darüber streiten, wer sich im Moment am verlassensten fühlt.»

Auch ich atmete aus und versuchte zu lächeln. Die Katze kam auf mich zu und miaute leise, und ich nahm sie hoch und spürte ihr Schnurren am Hals. Ich sah Phoebe lange an, ihr Gesicht, das ich erst so kurz kannte und das mit seinen Kanten, den grauen Augen und dem schwingenden Pferdeschwanz doch schon so vertraut war.

«Du warst immer da», sagte ich, «all die Jahre über, in allem, was ich tat, an all meinen Geburtstagen, an jedem Tag ihres Lebens, jeder einzelne Tag war davon geprägt, dass du weg warst. Das weiß ich jetzt. Rückblickend sehe ich das ganz deutlich in allem, was unsere Mutter getan und gesagt hat. Was auch immer passiert ist, als wir zur Welt kamen, ob sie diejenige war, die die Entscheidung getroffen hat, oder ob sie dazu gezwungen wurde und es nie rückgängig gemacht hat – sie musste ihr Leben lang damit leben, und sie hat es in *mir* jeden einzelnen Tag gesehen. Du wurdest also nicht zurückgelassen, denn für sie war ich immer nur die eine Hälfte vom Ganzen.»

Stille breitete sich aus, und meine ganze Welt schien zusammenzuschrumpfen auf das Hier und Jetzt, auf diesen kleinen Abstand zwischen Phoebe und mir in meiner Küche. Und plötzlich spürte ich eine unerklärliche Verbindung zwischen uns, tief und roh, schön und disharmonisch zugleich: Wir *waren* zwei Hälften eines Ganzen. Zwei Paar identischer wolkengrauer Augen, die einander ansahen, zwei Herzen, die dicht beieinander schlugen, spürten, was sie verloren hatten und was hätte sein können und was immer noch sein konnte, und es war alles so wunderbar wie hoffnungslos. Phoebe musste auch etwas gespürt haben, denn sie machte eine Bewegung, mit der sie gleichzeitig zurückwich und den Arm nach mir ausstreckte.

«Ich hätte meinen ausgedachten Freund Charlie nicht gebraucht. Ich hätte dich gehabt», sagte sie und gab ein ersticktes Gurgeln von sich.

Ich sah zu Boden. «Ich wäre liebend gern dein Charlie gewesen», brachte ich mit Mühe hervor, so sehr war ich damit beschäftigt, meine Tränen zu unterdrücken. «Er klingt *viel* netter als Venetia.»

Sie lachte leise und wischte sich über die Augen. Ich bückte mich und hielt ihr die Tüte hin. «Hier, da sind ein paar Sachen drin, die ich von zu Hause mitgenommen habe. Vor allem Bilder. Ich würde es schön finden, wenn du sie hast.»

Sie griff danach und wollte die verknoteten Plastikgriffe öffnen, aber ich legte meine Hände auf ihre.

«Nimm es einfach mit nach Hause. Ein Rahmen ist kaputtgegangen, sei also besser vorsichtig.»

«Willst du sie denn nicht hier aufstellen?» Sie sah sich in meiner Wohnung um.

Ich schüttelte den Kopf. Ich war noch nicht bereit für Elizabeth und Constance Adele Holloway, nicht, bis ich meine Mutter ganz verstand, nicht, bis ich endlich wusste, was am 14. Februar 1960 genau geschehen war.

22. *Kapitel*

Wir saßen nebeneinander am Tresen und tranken Tee. Wir aßen die Quiche und einen Salat und dann Erdbeeren, die ich am Vortag vom Markt mitgebracht hatte, getunkt in dicke, mit Vanille gewürzte Sahne, und als wir dann immer noch Hunger hatten, nahm ich zwei Schokoladen-Brownies aus dem Gefrierfach, legte sie in den noch warmen Ofen, und dann aßen wir sie zu dem Rest der Sahne und einer weiteren Kanne Tee.

«Erstaunlich», sagte Phoebe, pickte mit den Fingern gewissenhaft die letzten Krümel auf und steckte sie in den Mund. «Ich esse sonst nie so viel. Wie machst du das nur, in weniger als einer Stunde so ein Essen auf den Tisch zu bringen? Sogar deine Sahne schmeckt besser als alles, was ich je in meinem Kühlschrank hatte. Kannst du nicht einen Lieferservice für Solihull anbieten?»

«Teegebäck, Ingwerbrot, Zitronenkekse», dachte ich laut, in Gedanken schon das Angebot zusammenstellend. «Und Shortbread, natürlich.» Die Vorstellung begann mir zu gefallen. «Schokolade würde ich natürlich auch liefern. Viel Schokolade. Und –»

Ich wurde vom Klingeln eines Telefons unterbrochen. Phoebe holte ihres aus der Tasche und hielt es mir hin: «Ich bin es nicht. Muss deins sein.»

Ich fischte meine beiden Nokias aus der Tasche. Es war das meiner Mutter.

«James Merck», sagte ich und sah Phoebe an.

«Geh einfach ran», sagte Phoebe, und als ich mich nicht rührte, drückte sie selbst den grünen Knopf.

«Mrs. Harington!» Sein Tonfall machte mehr als deutlich, dass er froh war, mich erwischt zu haben. «Hier ist James Merck. Ich wollte nur sichergehen, dass Sie meine Briefe erhalten haben?»

«Bisher leider nicht. Aber manchmal braucht die Post etwas länger.» Ich räusperte mich, und Phoebe formte mit den Lippen die Worte: «Sag es ihm.»

«Lassen Sie mich wissen, was Sie vorhaben. Ich habe noch ein Archiv gefunden, das einen Versuch wert sein könnte. Ich habe vor einem Jahr schon mal eine Anfrage gestellt, kann aber auch persönlich dort hingehen. Das würde allerdings Kosten verursachen, und das bringt mich zu meinem zweiten Thema – meinem Honorar, Mrs. Harington. Es tut mir leid, aber ich muss diese Frage klären. Ist das Konto Ihres Vaters womöglich geschlossen worden?»

«Äh, das Konto meines Vaters?», fragte ich. «Er liegt ja im Krankenhaus – warten Sie, ich meine … was genau meinen Sie?»

«Nun, ich dachte, von dort kämen die vierteljährlichen Zahlungen. Gibt es noch eine andere Möglichkeit, das Geld zu überweisen? Oder wollen Sie mir einen Scheck schicken?»

«Das kann ich machen, aber, Mr. Merck, ehe wir weiterreden, muss ich … es klingt wahrscheinlich seltsam, aber …» Ich verstummte.

«Seltsam? Wenn Sie vierzig Jahre lang in meinem Beruf waren, überrascht Sie gar nichts mehr.» Er schnaubte, offenbar amüsiert, und ich sah Phoebe fragend an. «Du schaffst das», wisperte sie.

«Mr. Merck.» Ich holte tief Luft. «Meine Mutter ist vor einem Jahr gestorben.»

«Ich glaube, ich verstehe nicht. Geht es Ihnen gut, Mrs. Harington? Ehrlich gesagt, dachte ich schon, dass Sie irgendwie verändert klingen. Haben Sie sich denn nicht wieder ganz erholt?»

Er klang besorgt, und ich sagte sehr schnell: «Meine Mutter, Mrs. Elizabeth Harington, ist gestorben. Ich bin Adele Harington, ihre Tochter. Ich war es auch, mit der Sie vor ein paar Tagen auf dem Festnetz sprachen, ich habe jetzt auch ihr Handy gefunden.»

Ich hielt inne, aber als er nicht gleich antwortete, fuhr ich fort: «Es tut mir sehr leid, dass ich Ihnen das nicht gleich gesagt habe, aber es schien kein guter Moment zu sein, dieses Missverständnis aufzuklären.»

Phoebe nickte beifällig und flüsterte: «Gut gemacht.» Es trat eine kurze Gesprächspause ein, aber lange brauchte James Merck nicht, um die Entwicklungen zu begreifen. Ich musste den Hörer vom Ohr weghalten, was den zusätzlichen Vorteil hatte, dass Phoebe jedes Wort verstehen konnte.

«Das glaube ich einfach nicht. Sie haben sich als Ihre tote Mutter ausgegeben? Das hätte ich ja im Leben nicht …»

«Ich dachte, ihn überrascht gar nichts mehr», flüsterte Phoebe und rollte mit den Augen, und ich unterdrückte ein Lachen, dann hielt ich den Hörer wieder ans Ohr.

«Mr. Merck», sagte ich entschlossen. «Warum hat meine Mutter Sie angeheuert?»

«Weil ich der Beste auf meinem Gebiet bin», blaffte er.

«Der absolut nichts rausgefunden hat», flüsterte Phoebe neben mir, und ich stieß ihr den Ellenbogen in die Seite.

Am anderen Ende herrschte kurz Stille, dann: «Ich fürchte, ich kann Ihnen in Ihrer Sache nicht mehr helfen. Wenn ich Ihnen mein Beileid ausdrücken darf. Ihre Mutter …»

Ich sah Phoebe besorgt an, und sie rückte näher heran und hörte zu.

«… hat darauf bestanden, dass die Suche absolut diskret vor sich geht. Das durfte ich auf gar keinen Fall gefährden. Ich schließe daraus, dass *sie* diejenige sein wollte, die die Geschichte zum gegebenen Zeitpunkt erzählt. Sie wollte nicht, dass ihr Mann involviert wird oder irgendjemand anders aus der Familie. Ich denke, deshalb hat sie die Sache mir übergeben. Sie müssen also verstehen, dass ich dieses Vertrauen nicht enttäuschen kann. Ich habe einen Ruf zu verlieren, und ich habe sehr strenge Richtlinien. Es tut mir leid, aber an die halte ich mich, erst recht jemandem gegenüber, der –»

«Ich bin ihre Tochter!», unterbrach ich ihn empört. «Es geht doch um *mich*! Nachdem ich von den Aktivitäten meiner Mutter erfahren habe, nachdem ich Sie gefunden habe, muss es doch wohl in Ordnung sein, mit mir zu reden?»

«Sie haben *von den Aktivitäten Ihrer Mutter* nur erfahren», sagte er mit kalter Stimme, «weil Sie sich als Ihre tote Mutter ausgegeben haben. Das klingt für mich nicht gerade vertrauenerweckend.»

«Es tut mir leid», sagte ich. «Wirklich. Aber Mrs. Roberts sagte, sie hätte einen Brief bekommen. Wie –»

«Hören Sie, Mrs. – ich meine *Miss* Harrington, schicken Sie mir den Totenschein Ihrer Mutter, dann sehe ich vielleicht eine Möglichkeit, meine Verschwiegenheitserklärung zu umgehen. Aber es wäre wirklich schön, wenn Sie das Honorarthema klären könnten.»

«Aber –»

«Wir können uns ja wieder unterhalten, wenn Sie Gelegenheit hatten, mir alles zu schicken. Auf Wiederhören.»

«Oh Mann», sagte ich und ließ das Telefon wieder in die Tasche plumpsen. «Tut mir leid, Phoebe. Ich bin echt zu nichts zu gebrauchen. Ich hätte ihm die ganze Geschichte entlocken müssen.»

«Du bist nicht zu nichts zu gebrauchen! Du warst gut am Telefon, er hat nur einfach auf stur geschaltet. Was für ein Prinzipienreiter! Wir schicken ihm den Totenschein und einen offiziell klingenden Brief. Und wir bezahlen ihn. Dann wird er schon einlenken.»

«Ja, obwohl … Was hat er da am Anfang gesagt vom *Kon-*

to Ihres Vaters? Das hat er doch gesagt, oder? Aber da er dachte, ich wäre sie, muss er ja –»

«Stimmt. Oh!»

«*Ihr* Vater.»

Wir starrten uns an.

«Aber du hast doch gesagt, er wäre tot», sagte Phoebe sichtlich verwirrt.

«Er ist jung gestorben», sagte ich. «Meine Großmutter und mein Großvater.»

«Wann *genau*?» Phoebes Wangen waren vor Aufregung gerötet.

Ich dachte an die dürftigen Gespräche, die ich mit meiner Mutter über ihre Kindheit geführt hatte. Phoebe sah mich erwartungsvoll an.

«Es wurde nie über sie gesprochen», sagte ich. «Mum hat nur manchmal erwähnt, wie hart es für sie wurde, als die beiden nicht mehr da waren, dass sie diverse Jobs annehmen musste und ihr immer kalt war, dass sie das Wasser zum Waschen auf dem Herd heiß machen, die Heizung mit Münzen füttern und ihre Schuhe flicken musste. Solche Sachen. Sie lebten in Limpsfield, dort ist sie aufgewachsen. Venetia hat für die Schule mal einen Stammbaum gezeichnet, der ihr ganz peinlich war. Du kannst es dir nicht vorstellen: auf Dads Seite ein ganzer Busch von Verwandten und Cousins und Cousinen, da wurde geheiratet wie verrückt, und es wurden ganze Wagenladungen voller Kinder produziert. Mums Seite dagegen war ganz kahl, und es waren praktisch alle schon tot, als wir auf der Bildfläche erschienen, abgesehen von einem entfernten Cousin, der dann prompt im Jahr darauf gestorben ist.»

Phoebe griff nach einem Stift. «Okay, und wie hießen deine Großeltern?»

«Also, sie hieß Constance Holloway.» Ich deutete mit dem Kinn auf Phoebes Tasche, in dem sich das Foto befand. «Und …»

Ich versuchte mich an Venetias Stammbaumplakat zu erinnern.

Phoebe gab ein ungläubiges Geräusch von sich. «Ich könnte dir jeden einzelnen Verwandten in der weiteren Umgebung von Brimley nennen», sagte sie. «Bis hin zu meinem Cousin Chester, der wirklich der langweiligste Mann auf Erden ist. Ich kann nicht fassen, dass du dich nicht an den Namen deines Großvaters erinnerst.»

«George», sagte ich schnell.

«Und du bist hundertprozentig sicher, dass sie *vor* unserer Geburt gestorben sind? Falls das nämlich nicht so war, würde es eine ganze Menge erklären.»

«Wenn du es so formulierst – hundertprozentig sicher bin ich nicht», sagte ich. «Aber wenn ihr Vater noch gelebt hätte, hätte man das ja unmöglich verheimlichen können. Dann hätten wir ja wohl von ihm gehört.»

«So, wie ihr diese Dinge handhabt, bin ich da nicht so sicher», sagte Phoebe trocken. «Ich werde mal überprüfen, wann sie gestorben sind.» Sie holte ein Notizbuch hervor, kritzelte etwas hinein und kaute dann nachdenklich am Ende des Bleistifts.

«Kann das Konto noch aktiv sein, obwohl er tot ist?», fragte ich. «Oder hat sie vielleicht eine Vollmacht? Dass Mercks Vorschuss von dem Konto unseres Großvaters gezahlt wird, würde ja Sinn ergeben, wenn mein Dad von nichts wissen sollte. Wie wäre es denn … wenn Merck von George Holloway beauftragt worden ist?»

«Auch dafür wäre es unabdingbar, dass er noch am Leben ist.» Phoebe holte den gelben Notizblock hervor und blätterte darin herum.

«Ihr Hauptziel war Dr. Miller», sagte ich. «So viel Raum wie er nimmt sonst nur noch Sarah Mason ein.»

«Ja. Wenn sie die Schwester aus der Karibik war, die das Bündel gebracht hat, dann ist sie eine sichere Verbindung zwischen uns. Und Dr. Miller hat die Adoption durchgeführt, er war der Einzige, der sonst noch wusste, wo ich hinkam. Wenn ich auf der Suche nach mir wäre, würde ich mit ihm anfangen.» Sie kicherte, und auch ich musste lachen.

«Was das hier wohl alles für Nummern sind?»

«Das hier muss eine Telefonnummer sein. Und was heißt das daneben? Throg? Was soll das denn sein?»

«Bestimmt ein Name», sagte Phoebe.

«Hoffentlich nicht. Denn wer so heißt, tut mir wirklich leid.» Ich lachte und griff nach meinem Handy. «Nach der Sache mit Merck – soll ich vielleicht gleich weitermachen?» Ich wedelte mit dem Telefon.

«Um halb zehn Uhr abends?», sagte sie. «Da kannst du niemanden mehr anrufen. In Brimley werden dann die Verdunklungsvorhänge zugezogen.»

«Halb zehn ist noch total in Ordnung.» Ich tippte bereits die Nummer ein. Es klingelte ein paarmal, bevor eine fröhliche Stimme ins Telefon zwitscherte: «Anwaltskanzlei Throgmorton, Russell und Crowe in Oxted. Sie rufen außerhalb unserer Öffnungszeiten an. Bitte hinterlassen Sie Ihren Namen, Ihr Anliegen und –»

Ich legte auf und sah Phoebe an.

«Aha! Throg steht also für Throgmorton, und der ist Anwalt in Oxted!» Sie holte eine Karte aus ihrer Tasche, und wir beugten uns darüber. Oxted lag an der A25, Brimley zwischen Oxted und Brighton, und ganz nah an Oxted lag Limpsfield, wo meine Mutter aufgewachsen war. Es sah aus, als wäre es mal ein eigenständiger Ort gewesen, der irgendwann dann bis an Oxted heranreichte.

«Throgmorton und George Holloway haben miteinander zu tun. Das weiß ich einfach. Und morgen werde ich herausfinden, was.» Ich tippte auf die Landkarte. «Ich frage mich, wie Limpsfield so ist. Sieht nach einem ziemlich kleinen Ort aus.»

«Warst du nie mit deiner Mum da?» Phoebe sammelte ihre Sachen zusammen und verstaute sie in ihrer Tasche.

«Nein, es gab nie Grund dazu», sagte ich. «Vermutlich hätte ich mich darüber mal wundern sollen.» Es gab so einiges, über das ich mich hätte wundern sollen.

«Es ist schön dort», sagte Phoebe. «Sehr dörflich, und die Landschaft ist wunderbar. Das muss ihr gefehlt haben, später in London.»

Limpsfield, 7. November 1958

Ich bin wieder da, ich schreibe wieder. Die vorigen Seiten habe ich mit zwei großen Büroklammern zusammengefasst, weil ich es nicht ertrage zu lesen, wie einfältig ich war. Ich war am Strand und bin geritten und habe gelacht, und währenddessen lag Mum im Krankenhaus. Aber das Leben in Limpsfield ist so öde, die Novembertage sind so kalt und dunkel, dass es mich danach verlangt, alles jemandem mitzuteilen, und wenn es nur ein Blatt Papier ist.

Ich brauche etwas Freundliches in meinem Leben. Die Schule ist längst vorbei, genau wie die Träume von der Universität, die Mum und ich hatten, denn Vater sieht darin keinen Sinn. Meine Englischlehrerin Miss Steele hat Kontakt zu ihm aufgenommen, damit er es sich noch mal überlegt, aber er hat sie ignoriert. In seiner Welt, die irgendwann zu Zeiten von Queen Victoria stehengeblieben ist, heiraten die Frauen, und je eher, desto besser. Sie führen den Haushalt, bringen Kinder zur Welt, gehen sonntags in die Kirche und werden zu Hause unsichtbar, ohne blödsinnige Dinge wie Berufe oder Ambitionen oder freien Willen, die alle nur unnötigen Ärger verursachen. Ich war in Hauswirtschaftslehre so schlecht – wahrscheinlich redet man heute noch von meinem verbrannten Biskuitboden und dem wabbeligen Pudding, der schleimig in der Schüssel pappte –, dass ich nur hoffen kann, derjenige, der für mich vorgesehen ist, hat keine besonderen Erwartungen. Am besten wäre es, wenn er damit zufrieden ist, dass ich Latein-Vokabeln dekliniere und die Geschichte der napoleonischen Kriege erzähle. Wo ich diesen Ausbund an Nachsichtigkeit kennenlernen soll, ist mir allerdings unklar, denn Vater lässt mich nirgendwo hingehen, nur zur Sekretärinnenschule (damit ich zur Abwechslung mal etwas Nützliches lerne), ansonsten darf ich kaum raus, und schon gar nicht an Orte, wo man junge Männer kennenlernen könnte.

Oberflächlich betrachtet haben sich meine Tage also kaum verändert. Ich stehe immer noch jeden Morgen auf und steige in den Bus mit der strengen Anweisung, nach Hause zu kommen, sobald ich fertig bin. Ich sitze hinter meiner Schreibmaschine, und wenn ich wieder zu Hause bin, sitze ich am Fenster und beobachte, wie sich Mrs. Peckitt und Mrs. Smith auf der anderen Straßenseite um ihre Familien kümmern. Der einzige Unterschied zu vorher ist, dass ich die Englischstunden bei Miss Steele nicht mehr habe und meine Mutter nicht mehr da ist. Ich habe nur meinen Steno-Block mit «Sehr geehrter Herr, bezugnehmend auf … mit freundlichen Grüßen» darauf. Die Schrift sieht aus, als wären Hühner über die Seite gelaufen. Und ich habe mein stummes, freundliches Tagebuch. Frostige Mahlzeiten mit meinem Vater teilen den Tag ein, sie dauern genau siebzehneinhalb Minuten – sechzehn, wenn ich schnell esse.

Heute im Bus, auf den ich ewig gewartet hatte, um dann fast den gesamten Rückweg über zu stehen, wurde mir plötzlich klar, dass ich entweder in diesem Haus sterben werde, allein und ohne Ehemann und auf ewig eingesperrt, als altjüngferliche Gefährtin meines Vaters, oder er zwingt mich jemandem auf, den er in der Kirche oder in der Bank ausgräbt, und dann sterbe ich irgendwann an einem Ort, der genauso ist wie dieser. Beides nicht besonders verlockend, beides klingt alles andere als glücklich. Kann es sein, dass das jetzt mein Leben ist? Dass das alles ist, was ich je sein werde? Mum und ich hatten so große Pläne. Ich wollte englische Literatur studieren, was Mum wegen des Krieges nicht konnte, oder wenigstens Lehrerin werden. Das mit der Lehrerin ist eigentlich ein Zugeständnis an meinen Vater, der darin einen angesehenen Beruf sieht, aber sie sagte immer, wenn ich erst mal den Abschluss hätte, könnte ich alles machen.

Das Haus ist so still und kalt, jetzt, da es fast schon Winter ist. Der Wind zieht unter den Türen durch, und als ich neulich aufgewacht bin, waren die Fensterscheiben von innen vereist. Heute Abend ist es neblig, und bis morgen früh wird überall grünbrauner, öliger Dunst hängen, sodass man kaum erkennen kann, wenn der Bus um die Ecke kommt. Mum hat den Nebel gehasst und an solchen Tagen nach der Schule immer voller Sorge auf mich gewartet, weil sie Angst hatte, der Bus würde von der Straße abkommen.

Alles weckt Erinnerungen: die Kälte, der Bus, der Nebel, das Haus. Was ich auch mache oder denke oder anfasse, mir zieht sich vor Nostalgie und Verzweiflung das Herz zusammen. Unser Erinnerungsvermögen ist doch seltsam. Wenn die Zeit mit einem geliebten Menschen kurz war, werden die Erinnerungen besonders dicht und lebendig, vielleicht, weil sie sich auf die wenigen gemeinsamen Jahre konzentrieren, die man miteinander hatte. Wie Mum nach der Schule auf mich wartet, mich aus den Schichten meiner Schuluniform pellt und fragt, wie mein Tag war. Wie ich abends im kalten Bett die Beine ausstrecke und feststelle, dass Mum eine heiße Wärmflasche ans Fußende gesteckt hat. Wie ich als kleines Mädchen nach der Badewanne auf ihrem Schoß sitze und sie mir die Haare bürstet, langsam und vorsichtig, während meine Locken und ihre Hände komische Schatten an die Wand werfen, über die wir lachen müssen, bis sie die Haare dann mit einem Band zusammenbindet. Vater fand immer, dass so viel Haar irgendwie nicht normal war.

An die außergewöhnlichen Dinge denke ich gar nicht so viel. Wie wir manchmal ins Kino gingen, wenn Vater beschäftigt war, oder den Zug nach Knole House nahmen, um uns dort umzusehen, oder wie wir einmal an meinem Geburtstag im Theater waren. Und an unsere wenigen Streitereien denke ich auch kaum. Sie ist einfach da, in den kleinen, alltäglichen Tätigkeiten. Wenn ich mir neue Bücher aussuche und darüber schreibe, wenn ich *Mrs. Dale's Diary* im Radio höre und mich frage, ob es irgendwann leichter wird.

Heute habe ich Vater einfach direkt auf das Bett angesprochen, das in dem Wohnheim frei wird, in dem Ellen lebt, die Glückliche, ein Mädchen vom College. Es ist ganz in der Nähe von meinem Sekretärinnenlehrgang und sehr angesehen, denn die Vermieterin duldet keinerlei «undurchsichtige Machenschaften». «Undurchsichtige Machenschaften» ist einer von Vaters Lieblingsausdrücken, genau wie «etwas für die Zukunft zurücklegen» und «eine gute Ehe». Ich habe versucht, ihm klarzumachen, dass wir in den fünfziger Jahren des zwanzigsten Jahrhunderts leben, nicht im Mittelalter, und dass ich schon rausdürfen muss, wenn ich jemanden kennenlernen soll; und damit «etwas für die Zukunft zurücklegen» Sinn ergibt, braucht man erst mal eine Zukunft. Dann habe ich alle Vorsicht über Bord geworfen und gesagt, dass andere Mädchen in meinem Alter arbeiten und lernen und mit ihren Freundinnen ins Kino gehen (und tanzen und Parfüm benutzen und Jungs kennenlernen und Eisbecher essen, aber das habe ich natürlich nicht erwähnt) und dass es vielleicht an der Zeit wäre, dass ich dasselbe mache. Aber Vater hat sehr stark das Gefühl, dass die Welt gerade nicht besser wird, dass diese Jazzmusik den Leuten das Hirn verbrennt und der Rock 'n' Roll die Jugend verdirbt und Doris Day in jedem Film aufs Neue ein liederliches Frauenzimmer spielt.

Ich sah zu, wie er sein Schweinekotelett in acht kleine Rechtecke derselben Größe schnitt, jedes einzelne sekundenlang kaute und dann geräuschvoll herunterschluckte, und musste daran denken, wie ungeduldig und für Vaters Geschmack allzu begeistert Mum aß. Als Butter noch rationiert war, nahm mein Vater immer nur eine Messerspitze für seinen Toast, während meine Mutter, die Butter liebte, immer ihre ganze Wochenration auf einmal aß und mir heimlich zuzwinkerte. Vater hielt ihr vor, unvernünftig zu sein und mir Flausen in den Kopf zu setzen, aber wir gaben nichts darauf, und der wunderbare Geschmack der Butter in unserem Mund hielt dieselben sieben Tage wie Vaters hauchdünne, tägliche Schichten von nichts.

Offenbar hatte ich bei der Erinnerung vor mich hin gelächelt, denn Vater verkürzte das Abendessen um unerhörte drei Minuten, stand auf und verschwand.

Jetzt sitze ich in meine Decke gewickelt am Fenster, mit angezogenen Beinen, damit jeder Zentimeter vor der Kälte geschützt ist, und sehe auf die Straße, die so dunkel, kalt und nass ist, dass jeder vernünftige Mensch im Haus bleibt und es sich am Feuer oder vor dem Radio gemütlich macht. Ich könnte mich auch ans Radio setzen, aber es steht noch in Mums Zimmer, und das meide ich, wenn irgend möglich. Ich habe mir einen ganzen Stapel neuer Bücher ausgeliehen. *Der Weg nach oben* von John Braine und *1984* und einen neuen Roman mit dem Titel *Samstagnacht und Sonntagmorgen* von Alan Sillitoe, schwer zu lesende Bücher voller Wut. Ich sehne mich so danach, mich von diesem Leben zu befreien, von diesem Haus, das mich jede Minute an meine Mutter erinnert, in dem ich sie noch husten höre, in dem ich siebzehneinhalb Minuten in einem kalten Raum Konversation treiben muss, ehe ich wieder in mein Zimmer darf, wo ich Klavier üben und mich auf eine Zukunft vorbereiten muss, die ganz genau so aussieht wie dieses Leben. Ich sehne mich so danach, etwas zu sein. Irgendwas.

23. Kapitel

Phoebe hatte die letzte Bahn nehmen wollen, aber ich konnte sie überreden, auf dem Ausziehbett in meinem Gästezimmer zu schlafen. Es war tröstlich zu wissen, dass sie unten war, als würde sie über uns wachen. Oben in meinem Dachzimmer trommelte der Regen aufs Dach, und die Katze und ich schliefen wie die Steine. Viel zu früh hörte ich ihre Pfoten auf der Fensterbank und hungriges Miauen, und als ich die Augen aufschlug, sah ich, wie die Katze an den Vorhängen in Richtung Gardinenstange kletterte.

Ich schaute auf die Uhr und setzte mich auf. Die Katze sprang wieder aufs Bett und sah mich an. Als ich mir ein paar Klamotten griff und die Katze hochhob, um mich auf den Weg nach unten ins Badezimmer zu machen, protestierte sie nicht. Aus dem Gästezimmer war kein Geräusch zu hören, und ich machte mich so leise wie möglich fertig, nahm meine Tasche, Jacke und die diversen Telefone, kritzelte Phoebe eine Nachricht und schob die Katze durch Mrs. Emmets Katzenklappe.

Die Straßen waren dunkel und ruhig, und auf meinem Weg zur U-Bahn-Station nieselte es. Die meisten Menschen standen nicht gern früh auf, aber ich liebte diese Morgenstunden im Laden, wenn es noch ruhig war und alles so sauber und aufgeräumt. Beinahe automatisch sortierte ich

Brot und Gebäck und schob sechs Bleche mit vorgefertigten Brötchen in die großen Öfen, ehe ich mich daranmachte, kleine Törtchen für die Teegesellschaft einer Frauengruppe aus Kensington zu backen. Grace hatte es lieber, wenn ich alles im Voraus bei *Maxwell Corner* bestellte, aber es war sechs Uhr morgens, noch dunkel, und ich hatte die Küche für mich. Nichts würde zwischen mich und meine Tört–

Jemand hämmerte fest gegen die Hintertür. Ich fuhr erschrocken zusammen, und der große Metallmessbecher fiel mir aus der Hand, landete auf einem Eierkarton und verstreute dabei großzügig Zucker über die Arbeitsfläche, den Fußboden und mich. Einen Moment lang starrte ich auf die zerbrochenen Eier und beobachtete, wie sich die Dotter auf der Arbeitsfläche ausbreiteten, dann wandte ich mich zur Tür. Wer auch immer sich da zwischen mich und meine Törtchen drängte, er würde einiges zu erklären haben.

«Addie, bist du da? Komm, mach schon auf. Es regnet.»

Der Zucker knirschte unter meinen Sohlen, als ich zur Tür ging und sie öffnete.

«Ein doppelter Espresso, halb Wasser, halb Milch, mit einem Spritzer Schokoladensirup und einem großen Klacks Schlagsahne obendrauf und Kakaopulver aus biologischem Anbau. Vollmilch. Kochend heiß, genau, wie du es am liebsten magst.»

Andrew, der den ganzen Türrahmen ausfüllte und vor guter Laune fast zu platzen schien, grinste mich an und hielt mir einen großen Pappbecher hin.

«Was machst du denn hier?», fragte ich.

«Ich wollte dich besuchen.» Auf seinen Schultern glänzten winzige Tropfen, und seine Haare waren feucht. «Ich bin schon seit Ewigkeiten wach und wollte mit dir reden. Ich zwinge mich sogar, eins dieser trockenen Maxwell-Corner-Brötchen zu essen, wenn ich muss. Obwohl das Backtriebmittel, das die benutzen, wirklich Müll ist, Ads. Der Teig fühlt sich im Mund total staubig an und –»

«Jetzt komm erst mal rein, du weckst noch die ganze Straße auf.» Ich zog ihn über die Schwelle und schloss die Tür.

«Ist dir überhaupt aufgefallen, dass ich durch die *Hinter*tür komme?», fragte er, drückte mir den Kaffeebecher in die Hand, zauberte von irgendwo einen zweiten hervor und stieß mit mir an. «Zu schade, dass Grace das nicht gesehen hat, oder? Wie es sich für uns niedere Dienstboten gehö–»

Er unterbrach sich, als er das Ei-Zucker-Chaos hinter mir bemerkte. «Was hast du denn gemacht?», fragte er verblüfft. «Brauchte der Fußboden ein Peeling?»

«Der Plan war, in Ruhe zu backen», sagte ich widerborstig. «Dann hast du an die Tür gehämmert.»

«Wow.» Andrew ging ein paar Schritte auf die Arbeitsfläche zu, blieb dann stehen und sah sich beeindruckt um. «Grace wird einen Riesenanfall kriegen.» Er stellte seinen Becher ab. «Lass uns lieber sauber machen, bevor sie kommt, sonst bin bestimmt wieder ich schuld. Du kannst mir dabei ja von deiner Zwillingsschwester erzählen. Und ich wollte mit dir über *Le Grand Bleu* reden –»

«Lass mal», sagte ich schnell. Die Vorstellung, dass ein großer, mit Koffein abgefüllter Andrew in meiner stillen Küche über unser gemeinsames Restaurant redete, jagte mir, um das mindeste zu sagen, Angst ein. «Ich muss diese Törtchen heute früh fertig kriegen. Trotzdem danke für den Kaffee. Ich ruf dich dann an.»

Aber Andrew hatte schon eine Schürze umgelegt und einen Schrubber in der Hand und ließ Wasser in einen Eimer laufen. «Komm, wir beeilen uns lieber.»

In unserer Kaffeepause – mein Kaffee war tatsächlich perfekt – erzählte ich Andrew das Neueste von Phoebe und Mrs. Roberts. Er war ein dankbarer Zuhörer, lauschte aufmerksam und nickte an den richtigen Stellen. Wir schoben Eier und Zucker in den Müll und kratzten klebrigen Dotter von der Edelstahlarbeitsfläche.

«Das ist wirklich hart», sagte er schließlich. Er wischte den Boden schon zum dritten Mal. «Auch wenn man eine schöne Kindheit hatte – rauszufinden, dass man nicht ist, wer man dachte, und dann noch auf so eine Weise, das ist echt hart. Und man kann ja nicht mal gut darüber reden, weil es so tief geht.» Er schlug sich auf die Brust. «Dahin, wo das sitzt, was dich zu dir macht.»

«Ich hoffe, Phoebe kriegt das mit ihrer Mum wieder hin.» Ich wischte noch einmal über die Arbeitsplatte.

«Das muss sie.» Andrew war voller Mitgefühl mit der kratzbürstigen Mrs. Roberts. «Für mich klingt es, als hätte die arme Frau aus einer schwierigen Situation das Beste gemacht.»

«Sie hätte es Phoebe sagen müssen.»

«Klar. Aber sie hat es ja nicht aus Boshaftigkeit unterlassen, sondern aus Liebe. Gegen Liebe kann man nichts sagen, Ads.»

Als er meinen ungläubigen Gesichtsausdruck sah, musste er lachen. «Was? Meinst du, dass ich jetzt nicht in Marseille bin und mich mit Claudettes *Maman* vertrage, bedeutet, dass ich keine Ahnung von Liebe, Familie und allem dazwischen habe? Du wärst überrascht, Addie. Jedenfalls ist es schön, dass ihr beide euch so angenähert habt. Sie klingt nett. Vielleicht machen wir mal was zusammen? Ich würde sie zu gerne kennenlernen.»

Bevor ich antworten konnte, verschwand er mit dem Schrubber um die Ecke, und ich warf ein paar alte Handtücher auf den Boden und begann, ihn unsystematisch trocken zu wischen.

«Sie sucht nicht zufällig einen Job im Gastgewerbe?», fragte Andrew, als er wieder in die Küche kam. «Dann könnte sie in den Schoß der Familie zurückkehren.»

Unter der Arbeitsplatte biss ich mir auf die Zunge, um nicht zu lachen, weil ich ja wusste, wie sie Spargel schälte.

«Sie ist Pilotin», sagte ich stolz, stand auf und warf die schmutzigen Handtücher in einen Eimer. «Phoebe ist wirklich ziemlich cool.»

«Pilotin? Mann, was die Leute für aufregende Sachen machen. Das ist wirklich cool», sagte Andrew, überlegte und sah mich dann von der Seite an. «Eigentlich ist es komisch, wie sehr sie … du weißt schon. Deine Mutter, meine ich. Sie hätte –»

«Ja, ich weiß», sagte ich tonlos. «Hätte sie.» Ich wandte mich von ihm ab und dem Mixer zu und fummelte daran herum, damit der Quirl einrastete. Wieder stellte ich mir vor, wie meine Mutter auf eins der Bündel in den Bettchen zeigte und wie anders es gekommen wäre, wenn statt Phoebe ich weggegeben worden wäre. Was meiner Mutter wohl lieber gewesen wäre? Aber sich vorzustellen, was meine Mutter dachte, wurde zunehmend schwieriger. Andrew kam zu mir, schob meine Finger aus dem Weg, ließ den Quirl mit einer schnellen, sicheren Bewegung einrasten, dann griff er nach dem Mehl, dem Backpulver und schob mir die unversehrt gebliebenen Eier hin.

«Das ist Vergangenheit, Ads», sagte er sanft. «Denk nicht mehr darüber nach. *Sie* ist Vergangenheit. Es tut mir leid, dass ich davon angefangen habe. Jetzt zählt nur, was ihr daraus macht. Und ich würde sagen, ihr macht das beide ziemlich gut.»

Er gab mir einen kleinen Stups, und ich lehnte mich an ihn. In seinem Arm spürte ich seinen Atem auf meiner Wange und richtete mich entschlossen wieder auf. Ohne ein Wort zu sagen, fingen wir an, Hand in Hand zu arbeiten, wie wir es gelernt hatten. Wir rührten Butter und Zucker schaumig, gaben Eier dazu, siebten große Mengen Mehl und reichten uns gegenseitig die Zutaten.

«Danke», sagte ich schließlich.

«Wofür?»

Ich deutete auf die sechzig noch ungebackenen Törtchen, die in ihren hübschen rot-weißen Papierförmchen vor uns standen, auf den sauberen Boden und die Überreste meines perfekten Kaffees.

«Einfach für alles», sagte ich unpassenderweise, schließlich hörte er mir immer zu und war immer da, mit Essen und Ermunterung und guter Laune. Er lächelte in sich hinein und hievte die großen Bleche in den Ofen. Und weil es noch früh war und wir allein waren, standen wir einen Augenblick lang nur so da und betrachteten die Kuchen und den schmelzenden Schimmer, der sich in der Hitze über sie breitete.

«Wo wir gerade vom *Grand Bleu* sprechen», sagte Andrew in die Stille hinein. «Ich glaube, ich habe es gefunden.»

«Du hast *Le Grand Bleu* gefunden?», fragte ich verwirrt und sah ihn an. «Aber es existiert doch gar nicht.»

«Das wird es aber, denn ich habe die perfekte Location dafür entdeckt. Ich hab eine Anzeige gesehen und es besichtigt. Es ist perfekt, Addie, wirklich. Genau *wir*!» Er beugte sich vor, und seine Augen leuchteten im gelben Licht des Ofens. «Nicht zu groß, nicht zu klein, viel freigelegter Backstein und ein wunderbarer Raum. Gut, es ist in Kensington, was dir nicht gefallen wird –» Er hob die Hände, obwohl ich noch nicht mal den Mund aufgemacht hatte. «Aber du wirst es lieben. Das weiß ich einfach. Viel Laufkundschaft und trotzdem eine nette Gegend. Wir fangen klein an. Mehr Leute an Bord holen können wir immer noch, wenn wir wollen.»

Er griff nach meinen Händen. «Ich war mit dem Verkäufer eine Stunde lang dort und bin seitdem bestimmt fünfmal dran vorbeigelaufen. Jedes Mal habe ich es mehr geliebt. Darüber ist eine Wohnung, da könnten wir leben –»

«Leben?» Ich hatte endlich meine Stimme wiedergefunden, wenn auch eine quiekige Version. «Ich habe eine Wohnung, Andrew.»

Wie auch einen Job und keinerlei Absicht, ihn aufzugeben. Ich versuchte, meine Hände aus seinen zu lösen, aber er hielt sie fest, und ich spürte, wie meine Kopfhaut unter dem Haarnetz von der Hitze, die aus dem Ofen drang, anfing zu jucken.

«Ja, natürlich», sagte Andrew in beruhigendem Ton. «Dann ohne Wohnung. Aber das Restaurant, Addie. Stell dir das doch mal vor, stell dir *uns* vor …»

Er ließ meine Hände los und nahm etwas aus seiner Tasche, das ich seit Jahren nicht gesehen hatte. Unsere zerfledderte *Grand-Bleu*-Kladde. Er schlug sie bei einem Foto auf, auf dem wir zwölf oder dreizehn waren und selbstgemachte Kochmützen aus weißem Papier trugen. «Wir träumen seit drei Jahrzehnten davon», erklärte er mit gedämpfter Stimme, drehte das Buch um und hielt es mir hin, als würde das alles sagen. «Es ist Zeit, Addie. Es ist endlich an der Zeit.»

Ich öffnete den Mund, um sehr entschieden zu sagen, dass ich nicht wollte, dass ich nicht Teil davon sein würde, aber seine Augen über dem Foto leuchteten so blau und offen und auf seine besondere Art optimistisch, dass ich nicht den Mut hatte, seinen Traum zu zerstören. Ich machte den Mund wieder zu und betrachtete das Buch so lange, dass Andrew mein Zögern schließlich als das erkannte, was es war.

«Du willst es wirklich nicht, oder?», sagte er, zugleich überrascht und maßlos enttäuscht klingend, und als ich aufblickte, sah ich, dass der glückliche Schimmer aus seinen Augen gewichen war. «Ich dachte wirklich, wir könnten das, du und ich. So wie eben, als wir gebacken haben. Mich macht das glücklich. Dich nicht? Ich dachte, so sollte es immer sein mit uns, aber ich nehme an …»

Er wandte sich ab. Sein sandblondes Haar fiel ihm ins Gesicht, sodass ich seine Augen nicht sehen konnte, aber seine Wangen waren gerötet, und er fummelte am Reißverschluss seines Rucksacks herum und stopfte die Kladde unsanft hinein, und ich hatte den Eindruck, dass seine Hände zitterten. Plötzlich hielt ich es nicht mehr aus.

«Nein, das ist es nicht.» Ich legte ihm eine Hand auf den Arm, um ihn zurückzuhalten. «Es tut mir leid … ja, wir sehen uns den Raum zusammen an, okay? Samstagvormittag. Samstagvormittag kann ich.»

Oh Gott.

Andrew sah schnell auf. «Meinst du das ernst?» Er lächelte unsicher. «Ich will dich nicht überrollen. Es hat keinen Zweck, wenn wir nicht beide zu hundert Prozent dabei sind. Aber wir planen es schon so lange, und du hast so viel um die Ohren mit Phoebe und so, da dachte ich, ich übernehme es erst mal, die Räumlichkeiten zu suchen, so was machst du ja sowieso nicht so gerne, und dann –»

«Klar», sagte ich und fühlte mich heiß und seltsam und voller Sorge. «Kein Problem. Sag mir einfach, wann der Termin ist.»

Andrew nickte froh und griff nach seinen Sachen. «Okay. Ich bin dann weg. Ich wollte nachher im Krankenhaus vorbeigucken, um deinen Dad zu besuchen. Wollen wir uns vielleicht dort treffen? Und achte auf die Törtchen, Ads, die sind in der einen Minute noch nicht durch und in der nächsten schon zu trocken. Und, Addie», er legte mir die Hand auf die Schulter. «Es wird wunderbar. Du wirst sehen.»

24. Kapitel

Throgmorton war ziemlich schwer ans Telefon zu bekommen. Erst informierte mich die Vorzimmerdame darüber, dass mit Mr. Throgmorton nicht vor zehn Uhr zu rechnen sei (manche Leute führten ein Leben …), dann rief Mr. Throgmorton zurück, klang wie achtzehn und begriff irgendwann, dass es sich um ein Missverständnis handeln müsse und ich den alten Mr. Throgmorton zu sprechen wünschte, mit dem jedoch nicht vor Mittag zu rechnen sei (manche Leute führten wirklich ein Leben!), ich dürfe um halb eins noch mal anrufen.

Ich machte früh Mittagspause (um halb elf), überließ Claire die Verantwortung und lief zur U-Bahn, um Dad im Krankenhaus zu besuchen. Ich eilte durch den Krankenhausflur. Weil ich gerade, als ich um eine Ecke bog, auf die Uhr schaute, um zu überschlagen, wie viel Zeit ich bis halb eins noch hatte, prallte ich gegen den Bauch einer eleganten Schwangeren, die sich ein Handy ans Ohr drückte.

«Addie!», kreischte Venetia. «Das Baby! Pass doch auf!»

«Tut mir leid», keuchte ich. «Ich hab dich gar nicht gesehen.»

«Offensichtlich.» Sie nahm ihr Handy vom Ohr und musterte meine ramponierte Erscheinung, verzichtete aber großzügig darauf, sie zu kommentieren. «Ich habe vorhin versucht, dich anzurufen. Ich wollte mit dir sprechen. Obwohl ich immer noch sauer auf dich bin.»

«Du hast dich doch schrecklich benommen, als ich dich das letzte Mal gesehen habe», versetzte ich. Dann hielt ich das Ohr an Dads geschlossene Tür, um zu hören, ob sich drinnen etwas tat.

Venetia sah sich um. «Gott, ich mag keine Krankenhäuser. Diese ganzen Keime überall, die nur darauf warten, sich auf dich zu stürzen.» Sie legte schützend den Arm um ihren Bauch, legte ihn auf ein kleines Sims an der Wand ab und seufzte märtyrerhaft. «Na gut, es tut mir leid, dass ich dich angeschrien habe. Du kannst die Hermès-Tasche behalten. Bist du jetzt zufrieden? Ich habe vorhin mit dem Arzt gesprochen, und er hat gesagt, Dad sei definitiv auf dem Weg der Besserung. Er schläft viel und soll *unbedingte* Ruhe halten.»

Ich öffnete leise die Tür und sah ins Zimmer. Unter der Bettdecke zeichnete sich die Gestalt meines Vaters ab, dessen Brust sich langsam hob und senkte. Ich zog mich zurück, ließ die Hand aber noch eine Weile auf der Klinke liegen.

«Die Schwestern sind alle ganz aus dem Häuschen wegen *Mr. Harington*», äffte Venetia sie nach, bückte sich langsam nach ihrer Tasche und holte eine kleine Flasche antiseptisches Gel heraus. «Hoffentlich ist er bald wieder zu Hause. Ich kann hier nicht mehr herkommen.» Sie sah sich hektisch um, als erwarte sie jeden Augenblick den Angriff der vier apokalyptischen Reiter. Es trat eine längere Pause ein, in der sie mich erwartungsvoll ansah. «Und du? Wolltest du nicht auch noch was sagen?»

«Du nervst», sagte ich und lehnte mich neben ihr an die Wand. «Aber okay. Es tut mir auch leid.»

«Dass du ohne mich die Sachen unserer Mutter durchwühlt hast?», fragte sie, drückte etwas Gel aus dem Fläschchen und verrieb es zwischen ihren Fingern.

«Dass ich ein paar Sachen mitgenommen habe, die für niemanden außer mir wichtig sind», sagte ich. *Für mich und Phoebe*, dachte ich.

Venetia betrachtete ihre glänzenden Ballerinas und sagte eine Minute lang gar nichts. Schließlich sah sie mich von der Seite an. «Es ist einfach hart.» Sie hatte die Finger ineinander verschränkt.

Ich musste an unser Gespräch mit Mrs. Roberts gestern Nachmittag denken. Was genau war so hart für Venetia? Mit dem Todestag unserer Mutter klarzukommen? Schließlich war es nicht *ihr* Leben, das sich als totaler Schwindel erwiesen hatte, *ihr* Schicksal war es nicht, entweder adoptiert worden oder im Kinderheim gelandet zu sein, und sie war auch nicht um vierzig Jahre gebracht worden, die sie an der Seite einer Seelenverwandten hätte erleben können.

«Mein erstes Baby. Und Mum ist nicht da», sagte sie leise. «Ich vermisse sie so sehr.»

Ich warf ihr einen gereizten Blick zu und wollte gerade sagen, ich wünschte, ich hätte ihre Probleme, als ich merkte, wie verkrampft ihre Schultern wirkten, wie angespannt ihr Kiefer, und dann sagte ich doch nichts, denn es *war* hart, ein Baby zu bekommen, und die eigene Mutter war nicht da.

«Tut mir wirklich leid», sagte ich sanft, hakte mich bei ihr ein und legte meinen Kopf an ihre Schulter. «Ich verspreche, die beste Tante aller Zeiten zu sein, um die fehlenden Großeltern auszugleichen, ich meine, die fehlende Großmutter.»

Sie sagte nichts, aber ich spürte, dass sie sich etwas entspannte.

«Apropos Großeltern, Vee, ich wollte dich was fragen. Hat Mum mit dir mal über unsere Großeltern gesprochen?»

«Unsere Großeltern?» Sie richtete sich auf und zog ihren Pashmina-Schal enger um sich. «Sie sind tot. Wir waren bei ihrer Beerdigung. Weißt du nicht mehr, Tante Clara hatte einen hysterischen Anfall und hat ihnen ihr Riechsalz ins Grab hinterhergeworfen. Ich meine, wer hat heutzutage überhaupt noch Riechsalz?»

«Nein, nicht die Eltern von Dad. Ich meine George und Constance, Mums Eltern.»

«Warum?» Sie kniff die Augen zusammen. «Geht es hier um diese Frau? Addie, ich sage dir, pass auf. Du weißt rein gar nichts über sie, und vergiss nicht, wäre sie nicht gewesen, läge Dad jetzt nicht im Krankenhaus.»

«Und? Weißt du irgendwas über George und Constance?», fragte ich.

«Sie sind gestorben, als Mum noch jung war.»

Ich unterdrückte ein Lachen, und Venetia beäugte mich skeptisch. «Das ist eigentlich nicht besonders komisch. Wusstest du, dass ihre Mutter an Mums siebzehntem Geburtstag gestorben ist? Ziemlich schrecklich, auf diese Weise immer wieder daran erinnert zu werden.»

Das hatte ich nicht gewusst. Ich wollte gerade weiterfragen, als Venetia unerwartet hinzufügte: «Sie sind in Limpsfield begraben. Ich war mal mit Mum da.»

«Ja? Ihr zwei seid zusammen dorthin gefahren? Wann denn?»

«Ich war, glaube ich, zehn, vielleicht auch schon zwölf. Ich kam an dem Morgen in die Küche, und Mum weinte. Und dann hat sie mich einfach ins Auto gesteckt, und wir sind zum Grab gefahren.»

Ich versuchte zu verdauen, dass meine Mum, *meine Mutter*, geweint hatte. Ich hatte sie nie weinen sehen. Ich hatte das Klagen hinter der Tür ihres Arbeitszimmers gehört, aber das war irreal gewesen, unheimlich.

«Wir sind mit dem alten Volvo gefahren, und ich musste die ganze Fahrt über aufs Klo, aber sie hat nicht angehalten, sie fuhr einfach immer weiter, und dann sollte ich außerhalb des Ortes hinter einen Baum gehen. Ich wollte nicht, aber … du weißt ja, wie sie manchmal war. Jedenfalls waren wir dann auf dem Friedhof, der ziemlich unwirtlich wirkte. Und es war so heiß. Sie war ganz schön angespannt und hat mich angeblafft, weil ich mich wegen irgendwas beklagt habe. Sie hat mich darauf hingewiesen, wie alt die Menschen geworden sind, die dort lagen, es waren auch kleine Kinder darunter und Soldaten, das hat mich alles ziemlich erschreckt. Wir sind über den ganzen Friedhof gegangen, und ich dachte gerade, dass sie vielleicht gar nicht weiß, wo wir hinmüssen, als sie gesagt hat, ich soll mich auf eine Bank im Schatten setzen. Und dann hat sie sich bei einem Grab niedergekniet. Ich hab mich noch gewundert, weil sie ja sonst so auf ihre

Sachen achtgab, aber sie ist einfach auf die Knie gesunken, direkt vor dem Grabstein, und hat ewig dort gesessen. Mich hat das total durcheinandergebracht. Ich weiß es alles noch, als wäre es gestern gewesen. Ich habe mich dann zu ihr gesetzt, aber sie hat gar nicht auf mich geachtet, sondern immer nur geweint und geweint. Dann hörten wir jemanden kommen, und Mum ist schnell aufgestanden und hat mich weggezogen. Wir sind praktisch vom Friedhof weggerannt. Auf dem Nachhauseweg haben wir in einem Gasthaus gehalten, sie ging auf die Toilette, und als sie wieder rauskam, war sie wieder die alte. Sie hat nie gesagt, ich soll niemandem davon erzählen, aber ich hätte es nie getan, weil es so seltsam und erschreckend war.»

«Und warum ist Mum nicht dort begraben?», fragte ich.

«Ich weiß nicht genau.» Venetia zuckte mit den Schultern. «Es ist weit weg, sie hat hier gelebt. Dad hat das entschieden.»

Sie schwieg, sichtlich in Gedanken. «Weißt du, sie hat nie viel über ihre Kindheit geredet, aber als wir in der Schule Ahnenforschung betrieben haben, hat sie ein bisschen erzählt, also von ihrer Mutter, meine ich. Ich habe zwar nichts Konkretes aus ihr herausbekommen, aber ich hatte so ein komisches Gefühl.» Sie lächelte schief. «Vielleicht war es einfach wegen der Familie. Familien können einen weiß Gott schlauchen. Aber so, wie sie darüber gesprochen hat … irgendwie widerstrebend und immer nur dasselbe … es wirkte fast, als wäre irgendetwas richtig schiefgelaufen.»

25. Kapitel

An mehr erinnerte Venetia sich nicht, aber ich war froh, dass wir wieder miteinander sprachen. Die Dinge verändern sich gerade wirklich, dachte ich, als wir in Dads Zimmer schlüpften und eine Weile zusammen an seinem Bett saßen, ohne zu reden. Venetia veränderte sich, sie wurde tatsächlich menschlicher, und *ich* veränderte mich, was ebenfalls dringend an der Zeit war. Ich musste aufhören, mich dafür zu entschuldigen, wer ich war und was ich tat. Vielleicht war es sinnvoll, London den Rücken zu kehren und mal etwas anderes zu sehen, meine Komfortzone zu verlassen, wozu Mum mich immer gedrängt hatte. Denn wie sollte man sein unbeschriebenes Blatt jemals mit Bedeutung füllen, wenn man immer in derselben Umlaufbahn blieb, immer um das kreiste, was man schon lange kannte?

Irgendwann kam eine Schwester und scheuchte uns nach draußen. Ich half Venetia von dem niedrigen Hocker hoch, und wir gingen zusammen den Flur hinunter. Als wir zum Fahrstuhl kamen, öffnete sich die Tür mit einem *Ping*, und Andrew kam heraus.

«Gleich zweimal am Tag, hab ich ein Glück», sagte er lächelnd, als er mich sah. «Das hab ich deinem Dad mitgebracht.» Er hielt ein Päckchen in die Höhe. «Ist ein Bademantel. Die ganzen Schwestern, die ständig rein- und rauslaufen, diese unwürdigen Bettpfannen – schrecklich. Der Mann braucht ein bisschen Privatsphäre. Und –» Er zog einen Schokoriegel aus der Tasche und steckte ihn unter das Geschenkband. «… ein bisschen was auf die Rippen. Krankenhausessen ist echt Müll. Ich hätte ihm ja gern ein Lammkotelett mitgebracht, aber das hätte sich durch seinen Duft verraten.»

«Das ist ja toll! Er wird sich so freuen, dich zu sehen.» Ich hatte einen Kloß im Hals, und plötzlich fiel ich Andrew um den Hals und drückte ihn kurz und fest. Es war ein bisschen merkwürdig und vollkommen unerwartet, und als ich mich von ihm löste, sah ich, dass er vor Freude rot angelaufen war. Er wollte gerade etwas sagen, als Venetia vorwurfsvoll auf den Schokoriegel zeigte.

«So was soll er aber nicht essen.»

Andrew hatte sie bis dahin offenbar noch gar nicht wahrgenommen und begrüßte sie kühl. «Venetia.»

«Andrew.»

Andrew und Venetia waren sich nicht grün, seit Venetia absichtlich aus Versehen die Luft aus den Reifen seines kostbaren Bonanza-Rads gelassen hatte, während sie angeblich versuchte, sie aufzupumpen, woraufhin Andrew versehentlich mit Absicht ihre liebste Schmetterlingshaarspange vor dem Haus in den Gully fallen ließ, wo sie wochenlang vor sich hin glitzerte, deutlich zu sehen, aber unerreichbar. Zur offenen Feindschaft war es geworden, als Venetia jedem erzählte, dass Andrew noch in Mickymaus-Bettwäsche schlief, und Andrew zurückschlug, indem er eine ihrer Barbies entführte (samt einer fiesen Lösegeldforderung auf einem Zettel, die Venetia noch besaß und in entscheidenden Momenten hervorzauberte). In den letzten beiden Jahrzehnten hatten sie sich toleriert, wie Erwachsene es zu tun gezwungen sind, aber ihr Verlangen, zu den Tagen des Rad-Beschädigens und Puppen-Entführens zurückzukehren, hing spürbar in der Luft.

«Den Schokoriegel nehme lieber ich.» Venetia streckte an mir vorbei die Hand aus.

«Oh nein, das wirst du schön bleibenlassen.» Andrew stellte sich auf meine andere Seite, und einen Augenblick lang war ich äußerst würdelos in einem Körper-Sandwich gefangen.

«Leute, bitte!» Ich rollte mit den Augen. «Das ist ein Krankenhaus.»

«Dann sag ihm, er soll unserem Vater nicht so einen billigen Schokoriegel mitbringen, wenn er an der Schwelle des Todes steht», zischte Venetia.

«Er steht nicht an der Schwelle des Todes», sagte ich entrüstet.

«Sag ihr, ein Mann muss essen.» Andrew schüttelte den Kopf.

«Sag ihm, wenn er den von dem Kiosk unten hat, dann hat ihn wahrscheinlich jeder infizierte Krankenpfleger schon mal angefasst. Der strotzt doch nur so vor Keimen!»

«Dann fass ihn nicht an.» Andrew zuckte mit den Schultern.

«Mach ich auch nicht.»

«Umso besser.»

Venetia griff trotzdem wieder danach, und ich machte schnell einen Schritt zur Seite, sodass sie direkt auf Andrew zulief, der sie, ganz Gentleman, in einer Art komischen Umarmung hielt, aus der sie sich beide schlagartig lösten, um sich dann demonstrativ die Hände abzuwischen.

«Dad findest du in dieser Richtung», sagte ich grinsend. «Zweimal rechts. Es ist so nett, dass du ihn besuchst, Andrew, und dann auch noch an deinem freien Tag. Wir sehen uns später, ja?»

Ich drückte auf den Knopf, um den Fahrstuhl zu holen, aber Andrew hielt mich zurück.

«Ich habe einen Besichtigungstermin für das Restaurant ausgemacht, Addie. Samstag, halb elf. Ich habe uns in den höchsten Tönen angepriesen, der Verkäufer freut sich schon, dich kennenzulernen.»

«Verkäufer? Restaurant?» Venetia sah auf.

«Addie und ich wollen uns zusammen selbständig machen.» Andrew strahlte glücklich.

«Was?» Venetia war so verblüfft, dass sie vergaß, eine Beleidigung hinzuzufügen.

«Na ja», sagte ich und schluckte. «Noch ist es nicht so weit, wir sehen uns erst mal nur um, es ist noch nichts beschlossen –»

«Das Restaurant wird *Le Grand Bleu* heißen. Wir sehen es uns Samstag an. Es ist in der Nähe der Cranley Gardens, Ads. Ich schicke dir die Adresse.»

«Wann ist das denn passiert? Und warum erfahre ich als Letzte davon?», fragte Venetia.

«Weil gar nicht alles deiner Zustimmung bedarf», sagte Andrew vornehm, während ich sagte: «Weil noch überhaupt nichts *passiert ist.*»

Neben mir öffneten sich die Fahrstuhltüren, aber Venetia stand wie festgewachsen vor mir und schien sich nur langsam an den neuen Gedanken zu gewöhnen. «Weißt du, Addie, so beklagenswert die Wahl deines Partners ist – das ist eine *tolle* Idee. Ich wusste immer, dass mehr in dir steckt.» Sie sah mich an, und ihre ganze Überraschung lag in ihrem Blick. «Wow. Und in so einem noblen Viertel. Weißt du …» Sie schluckte, und ihre Stimme klang ein bisschen erstickt. «Mum hätte sich so darüber gefreut. Ach, Addie.» Sie klatschte über ihrem Bauch in die Hände und lächelte verklärt. Die Fahrstuhltüren hatten sich inzwischen wieder geschlossen.

Ich sah Andrew an und seufzte, dann drückte ich zum ungefähr hundertsten Mal auf den Knopf, und die Türen öffneten sich wieder.

«Vielleicht», sagte ich, als ich den Fahrstuhl betrat, mehr zu mir selbst als zu den beiden. «Aber wer weiß schon, wie es in ihr aussah.»

Zurück im Laden, stellte ich fest, dass nichts los war, und ging in die Küche. Claire hatte so wenig zu tun, dass sie Opern singend den Schrank aufräumte, und so zog ich mich ins Büro zurück – vorgeblich, um Papierkram zu erledigen, aber tatsächlich, um Mr. Throgmorton zu erreichen. Das Display leuchtete grün im Dämmerlicht des kleinen Raums, als ich zum fünften Mal die Nummer in Oxted wählte und mit der

Vorzimmerdame sprach, die ankündigte, Mr. Throgmorton sei gleich für mich da. Ich machte es mir auf meinem Stuhl etwas bequemer, legte die Füße hoch und wartete.

Es verging keine Minute, da meldete sich ein älterer, durchaus erfreut klingender Mann. «Hallo? Mrs. Harington?»

Diesmal war ich vorbereitet. «Nein, hier ist Adele Harington», sagte ich. «Ich bin die Tochter von Elizabeth Harington. Meine Mutter ist vor einem Jahr gestorben.»

«Oh, das tut mir sehr leid zu hören.»

«Kannten Sie sie? Ich meine, kannten Sie sie persönlich?»

«Aber ja.» Mr. Throgmorton klang überrascht. «Nicht gut, natürlich, aber ich habe sie nach dem Tod ihres Vaters ein paarmal getroffen.»

«In … den Fünfzigern, meinen Sie?», fragte ich zögernd. «Als sie siebzehn war?»

Ich hielt die Luft an, denn das schien fast zu einfach zu sein, aber Mr. Throgmorton war offenbar kein Idiot.

«Miss Harington, darf ich zunächst fragen, worum es eigentlich geht?»

Er klang nicht unfreundlich, trotzdem sank ich förmlich in mich zusammen. Ich war es langsam leid, so schwer für so wenige Informationen arbeiten zu müssen. In wenigen Worten erzählte ich ihm von Phoebe und von dem, was wir wussten.

Einen Moment schwieg er, dann sagte er: «Nun, Miss Harington, leider fürchte ich, Ihnen nicht wirklich weiterhelfen zu können. Gar nicht mal, weil ich zur Verschwiegenheit verpflichtet wäre, sondern weil ich eigentlich nichts darüber weiß, was Sie mir gerade erzählt haben. Ich weiß nur, dass Mr. Holloway und ich ein Testament aufgesetzt haben, mit dem er alles seiner Tochter hinterließ. Nach seinem Tod habe ich sie gesucht, und wir haben uns ein paarmal getroffen, um die Einzelheiten zu besprechen und zu verfügen, was mit dem Inventar von Mr. Holloways Haus in Limpsfield geschieht. Ich habe sie als sehr kluge, sehr fähige Frau kennengelernt, und es tut mir wirklich leid zu hören, dass –»

«Und wann war das?», fragte ich atemlos, denn die nächsten paar Minuten konnten alles ändern, was ich in den letzten Tagen über meine Mutter gedacht hatte. «Ich meine, wann ist er gestorben?»

«Oh, das war erst vor ein paar Jahren, warten Sie mal, Mitte der Neunziger, denke ich. Wenn Sie kurz warten möchten, sehe ich nach.»

Er überließ mich kurz blecherner Klaviermusik und dem Staunen darüber, dass George Holloway noch da gewesen war, als meine Mutter schwanger war, als wir geboren wurden, und auch noch Jahrzehnte später, obwohl meine Mutter so getan hatte, als wären ihre Eltern beide jung gestorben.

«Miss Harington? Also, meine Erinnerung hat mich nicht getrogen, er starb im April 1996. Seine Tochter ausfindig zu machen dauerte nicht lange. Ich habe sie am 20. April telefonisch informiert, und nach der Beerdigung trafen wir uns zum ersten Mal.» Er schwieg einen Augenblick, dann fuhr er fort: «Es ging mich ja nichts an, und natürlich wusste ich nicht, dass eine solche Geschichte dahintersteckt, aber ich kann Ihnen sagen, dass die Beerdigung und die Auflösung des Hausstandes ihr sehr widerstrebten. Es war beinahe unmöglich, sie dazu zu bringen, irgendwelche Entscheidungen zu treffen. Sie sagte, ich solle einfach alles Nötige veranlassen und das Haus verkaufen, wie es sei; sie wollte nichts damit zu tun haben. Aus verschiedenen Gründen, Steuern und solche Dinge, musste das ein oder andere aber persönlich erledigt werden. Als ich später mit ihr sprach, sagte sie, sie sei in dem Haus gewesen und habe eine Firma damit beauftragt, es leerzuräumen. Ich wurde beauftragt, es zu verkaufen und das Geld auf das Konto ihres Vaters zu überweisen, was ich auch tat. Es war überhaupt kein Problem, es fand sich sofort ein Käufer. Miss Harington? Sind Sie noch da?»

Allerdings war ich noch da, und mein Hirn überschlug sich fast dabei, die neuen Informationen zu verarbeiten. «Und … wissen Sie, ich meine, wissen Sie, was passiert war? Warum sie keinen Kontakt mehr hatten?»

«Leider nicht, nein», sagte er bedauernd, und ich merkte, dass er überlegte, ob er sonst noch Informationen für mich hatte. «George Holloway hat es nie erwähnt. Für seine Beerdigung hatte er schon vorab alles geregelt, er wurde neben seiner Frau auf dem Friedhof in Limpsfield begraben, und das Testament war unkompliziert, da es sonst keine Nachkommen gab, auch keine streitenden Parteien oder Ähnliches. Es gab also keinen Anlass, Fragen zu stellen oder um weitere Informationen zu bitten. Mrs. Harington sagte nur, sie hätten sich lange nicht gesehen. Das war alles.»

«Von Babys, Zwillingen, haben Sie nichts gehört? Brighton, Hartland? Klingelt da irgendwas bei Ihnen?»

«Leider nein, überhaupt nicht.»

Draußen hörte ich ausgelassene Stimmen durcheinanderreden. Grace lachte.

«Mr. Throgmorton, ich muss Schluss machen, aber haben Sie vielen Dank. Wenn es Ihnen nichts ausmacht, denke ich darüber nach, und falls ich noch Fragen habe –»

«Dann rufen Sie mich an», ermunterte er mich. «Ich denke ebenfalls nach, vielleicht fällt mir ja noch etwas ein. Ihre Nummer wird mir angezeigt, ich kann mich also auch bei Ihnen melden. Und sollten Sie mal nach Oxted kommen, wäre es mir eine Freude, im Büro eine Tasse Tee mit Ihnen zu trinken. Melden Sie sich einfach. Ich habe nicht mehr viele Fälle.» Er gluckste leise. «Mein Sohn ist zu effizient.»

«Eigentlich habe ich doch noch eine letzte Frage», sagte ich. «Mein Großvater … wie war er denn? Sie haben ihn ja kennengelernt.»

Es trat eine Pause ein, dann sagte er ohne die Spur eines Lachens: «Ich kannte ihn nicht gut, aber das tat, glaube ich, niemand. Er wirkte streng, sehr konservativ. Er war Kirchenvorsteher und sehr sparsam, blieb viel für sich.» Mr. Throgmorton schwieg einen Moment. «Er lebte allein in einem großen Haus, seine Frau war seit Jahrzehnten tot, und seine Tochter hatte, wie Sie mir jetzt erzählen, jeglichen Kontakt abgebrochen. Wenn ich eine Vermutung äußern soll, würde ich sagen, dass er sehr einsam gewesen sein muss.» Er seufzte. «Familien sind harte Arbeit. An allen Fronten. Ich wünsche

Ihnen alles Gute, Miss Harington. Und ich hoffe, wir sprechen uns wieder.»

Ich legte auf und starrte auf meinen Schreibtisch, ohne irgendetwas darauf wahrzunehmen. Der strenge, konservative George Holloway konnte nicht gewollt haben, dass seine achtzehnjährige Tochter ein uneheliches Kind bekommt, also brachte er sie sechs Monate vor unserer Geburt in das Heim für unverheiratete Mütter. Er war im Krankenhaus, als wir geboren wurden. Er musste es gewesen sein, der den Arzt anwies, Madeleine Roberts beide Babys anzubieten. Seine beiden Enkeltöchter.

Ich spürte, wie etwas in mir sich öffnete, etwas, das sich verhärtet hatte, als ich mir das erste Mal vorstellte, wie meine Mutter sich zwischen zwei Babys entschied, etwas, das erstarrt war, als mir klar wurde, dass meine Eltern mich beide vierzig Jahre lang belogen hatten. Throgmorton würde für alle Zeit einen besonderen Platz in meinem Herzen haben, denn als er mir George Holloway beschrieb, hatte ich gespürt, wie diese Erstarrung in meinem Inneren einen Riss bekam. Die Schuld meiner Mutter, die Ablehnung ihrer Babys, ihr Streben nach Freiheit um jeden Preis, war auf meine eigene komplizierte Trauer getroffen, auf meine entstellten, zersplitterten Erinnerungen an sie. Ich stellte mir noch einmal ihren Zeigefinger vor, wie er leidenschaftslos auf eins der Babys zeigte, und dann verabschiedete ich mich von der Vorstellung und dachte stattdessen an das Unterwassergrün in dem kleinen Zelt, das wir zusammen genossen hatten, meine Mutter und ich. Und es war nicht nur eine Erleichterung, sondern es fühlte sich an, als würde etwas wieder eingerenkt. Es war wieder gut.

Limpsfield, 8. Januar 1959

Heute hatte ich Besuch. Ich habe ihn schon aus dem Fenster meines Wohnheimzimmers im College gesehen und ihn zuerst gar nicht erkannt, weil er im dunklen Anzug und mit den zurückgekämmten Haaren so anders aussah. Als wir uns zuletzt sahen, an meinem Geburtstag in Hartland, fiel ihm das Haar in die Stirn, und seine Augen funkelten, und dann küsste er mich.

Wenn ich an jenen Abend im letzten Sommer denke, spüre ich im ganzen Körper schmerzende Stiche, schreckliche Speere der Schuld und des Bedauerns. Wie der trockene, quälende Husten, der Mums Sterben ankündigte, ist dieser Kuss in meinem Kopf zu einem Kuss des Todes geworden. Sich daran zu erinnern ist jedes Mal, als schlucke man eine harte, bittere Pille.

Ich habe gesehen, wie er wartete, mit hochgeschlagenem Kragen im Schneeregen. Ich bin nicht nach unten gegangen. Irgendwann ist er weggegangen.

Limpsfield, 9. Januar 1959

Heute ist er wiedergekommen. Ich habe gewartet, bis er weg war, und dadurch den Bus verpasst. Vater war verärgert, weil ich zu spät zum Essen kam.

Limpsfield, 12. Januar 1959

Auch heute war er wieder da; er hat unten auf der Straße mit Ellen gesprochen. Sie hat auf das Fenster gedeutet, und ich bin einen Schritt zurückgetreten, hoffentlich hat er mich nicht gesehen.

Limpsfield, 15. Januar 1959

Heute hat er im Hauseingang gewartet, sodass ich ihn vom Fenster aus nicht sehen konnte. Ich hätte ihn, in der Annahme, er wäre nicht da, beinahe über den Haufen gerannt, als ich eilig durch die Tür kam, um meinen Bus nicht schon wieder zu verpassen.

Er lächelte ein bisschen, aber seine Augen lachten nicht mit, das konnte ich sehen. Er sei gekommen, um zu erfahren, wie es mir geht; sie hätten nichts mehr von mir gehört, und er mache sich Sorgen. Ob ich die Blumen bekommen hätte und ob es mir gutginge? Ich lächelte unwillkürlich, weil mich seine Sorge daran erinnerte, wie mich in Hartland immer alle gefragt hatten, ob es mir gutginge, aber dann fühlte es sich auch komisch an, denn warum sollte er sich Sorgen machen? Ein Kuss verpflichtet ihn doch zu nichts, schon gar nicht ein Kuss, der den Tod bringt. Aber er spannte seinen Regenschirm auf und redete über alles Mögliche, bis ich in den Bus steigen musste.

Limpsfield, 23. Januar 1959

Diese Woche hat er fast jeden Tag nach der Arbeit auf mich gewartet und mich zur Bushaltestelle begleitet. Ich habe ihm gesagt, dass mein Vater diese geheimen und irgendwie unangebrachten Treffen nicht gutheißen würde. Aber er sagt, man müsse sich nicht dafür schämen, jemanden zum Bus zu begleiten. Man setze einfach einen Fuß vor den anderen, um von einem Ort zum anderen zu kommen und rechtzeitig zum Abendessen zu Hause zu sein. Das sei alles.

Und genau das tun wir: Wir gehen. Bis zur Bushaltestelle sind es 325 Schritte, für ihn vielleicht ein paar weniger, weil seine Beine so lang sind. Wir gehen sie langsam, und nicht immer reden wir, manchmal schweigen wir auch einfach. Ab und zu bringt er mir etwas Süßes mit, einen Schokoriegel oder Gebäck, und einmal war es ein Buch, über das wir gesprochen hatten. Ehrlich gesagt, bin ich nicht ganz sicher, warum er immer wiederkommt, schließlich bin ich nur ein siebzehnjähriges Mädchen, das absolut nichts von der Welt gesehen, wenig zu bieten und nicht viel zu geben hat. Und ich habe mich verändert; alles hat sich verändert. Ich bin nicht mehr die, die ich im letzten Sommer gewesen bin, als noch alles möglich schien und ich mich für diese Welt voller Spaß und Glamour und Sonnenschein begeistert habe wie ein dummes Kind. Jetzt ist Winter, und in mir ist nichts mehr von alldem. Ich bin eine Hülle, die immer noch an ihre Mum denkt und daran, wie sie diesem Leben mit ihrem Vater entkommen kann. Ich habe kaum echte Möglichkeiten. In einer Welt, die sogar im Winter sicher glamourös und interessant ist, voller Soireen und Tanzveranstaltungen und Kinoabende und Theaterpremieren, bin ich gar nichts.

Mir macht das nichts, denn was ich mit ihm hatte, war gewissermaßen gar nicht real, es war ein kleines Sommermärchen. Das sage ich ihm auch, aber er sagt, es sei nicht wahr. Er behauptet, immer an mich denken zu müssen, dass er mich nicht aus dem Kopf bekommt, dass ich anders bin als alle anderen Mädchen, die er kennt. Mir scheint das absurd. In seiner Welt, einer erwachsenen Welt, in der die Menschen arbeiten und eigenverantwortlich leben und jederzeit hinfahren können, wohin sie wollen, statt nur mit dem Bus zwischen dem Zuhause und dem College hin- und herzufahren, muss es doch interessantere Mädchen geben, Frauen, die gebildet sind und sich mit der Liebe auskennen?

Vielleicht geht es ihm gar nicht um Liebe, vielleicht unterhält er sich einfach gern mit mir. Wir sprechen über Bücher und das, was auf der Welt geschieht, manchmal erzählt er mir von der Arbeit, und ich erzähle ihm von meinen Kursen. Er war in einem Film, von dem ich gelesen habe,

Ben Hur mit Charlton Heston, und ich war etwas neidisch, weil Mum und ich den Film zu gern gesehen hätten. Er hat angeboten, mich ins Kino zu begleiten, sofort, an Ort und Stelle. Schwänz deinen Kurs, sagte er, biege auf dem Weg ins College einfach ein paarmal anders ab und geh ins Odeon, das wäre doch das Natürlichste von der Welt. Ich musste lachen und schüttelte den Kopf, weil seine Definition von «natürlich» so gar nicht zu meiner – oder vielmehr der meines Vaters – passt.

Über den Kuss oder die Tage in Hartland reden wir nie. Hartland ist für mich jetzt so etwas wie ein Technicolor-Film aus der Vergangenheit, wie *Der Zauberer von Oz*, ein Wirbel greller Farben. Es ist gar nicht mehr real, nicht mal meine Erinnerung daran ist noch real, sondern zweidimensional und abgesondert von allem anderen, als hätte ich den Rosengarten, die Terrasse und die bunten Laternen an den Bäumen nur als Zuschauerin erlebt. Aber jetzt ist ja auch tiefster, grauer Winter. Manchmal steige ich in den Bus und drehe mich noch mal zu ihm um, und wenn er mich mit seinen lachenden, zwinkernden Augen ansieht und mir zuwinkt, dann ahne ich den Kuss und bin für einen Moment wieder in jener warmen, magischen Sommernacht in Hartland.

Aber ich halte Abstand, jedenfalls versuche ich es, weil ich nicht weiß, was das bedeutet, und weil jene Nacht in Hartland für mich unauflösbar mit dem Tod verbunden ist.

Es ist überall so kalt. Wenn wir im College an den Schreibmaschinen sitzen, tragen wir Handschuhe ohne Fingerspitzen, und im Haus meines Vaters ist es sowieso immer kalt und dunkel, weil er nicht nur für uns beide überall Feuer machen will. Auf der Straße ist es kalt und im Bus, und wenn ich an der Bushaltestelle warte, muss ich auf und ab hüpfen, um nicht so zu frieren. Aber in diesen Momenten, wenn wir miteinander reden und ich in seine lachenden Augen sehe, in denen ist mir nie kalt.

Limpsfield, 5. Februar 1959

Ich hab es getan, heute habe ich es tatsächlich getan. Ich habe Vater erzählt, es gäbe eine Vorlesung außer der Reihe, die ich unbedingt hören müsse, deshalb würde es etwas später werden. Im College wollte ich sagen, ich hätte einen Arzttermin und müsste eher gehen, aber durch einen Glücksfall war Mrs. Phelps krank, sodass ich gar nichts sagen musste.

Ich habe ihn früh getroffen, und statt unsere üblichen 325 Schritte zu gehen, sind wir zum Odeon gerannt, um die Zeit zu nutzen und weil es so kalt war. Ich musste meine Erinnerungen daran, wie ich immer mit Mum ins Kino gegangen bin, ein bisschen hinunterschlucken. Mum hat Vater nie direkt angelogen, aber unausgesprochen waren wir übereingekommen, unsere Kinoausflüge für uns zu behalten, denn wir wussten, dass er sie uns mit seinen Vorträgen über die frivole, verkommene englische Jugend verderben würde. Dabei wollten wir uns einfach nur in Cary Grant und Deborah Kerr verlieben.

Wenn man für etwas viel riskiert, wenn die Zeit läuft,

dann nimmt man alles noch bewusster wahr und möchte, dass jede Sekunde zählt. Als ich meine Angst also erst mal überwunden und die Erinnerungen an meine Mutter weggeschoben hatte, war ich bereit, leichtsinnig zu sein. Ich saß in einer der hinteren Reihen des warmen Kinos, als die Leinwand hell wurde, empfand die vertraute Aufregung, als die Vorhänge aufgingen, die Musik begann und die Nachrichten gezeigt wurden, und wartete auf den brüllenden Löwen, mit dem der Film beginnen würde.

Vielleicht hatte er bestimmte Erwartungen; vermutlich hatte er sie: einen Kuss und einen an die Schulter gelehnten Kopf und leises Flüstern wie bei dem Paar, das direkt vor uns saß. Was auch immer seine Hoffnung war, ich konnte sie nicht erfüllen, weil ich von dem Moment an, in dem die Leinwand hell wurde, dasaß und zuschaute, unfähig, mich dem Sog der Geschichte zu entziehen, der lauter werdenden Musik und der Romanze zwischen Esther und Judah. Wie ein sonnenhungriges Tier, das sich der Wärme und den leuchtenden Farben zuwendet, im Mund den Geschmack von zuckersüßem Popcorn.

Irgendwann, schon gegen Ende, wandte ich mich ihm aus irgendeinem Grund doch zu und merkte, dass er mich im Halbdunkel beobachtete, womöglich schon länger, sodass er gesehen hatte, wie ich lächelte und weinte und mit der Leprakolonie mitlitt. Plötzlich war es mir peinlich, dass ich wie ein albernes Kind mit baumelnden Füßen dasaß und Popcorn aß. Auf seinem Gesicht, auf Wangen und Augenlidern flackerten die Bilder des Films, und als er meine Hand nahm, war es fast, als gehörte es zum Film, als wären es gar nicht er und ich, die da auf ihren Klappstühlen saßen, sondern als wären auch wir Teil einer fremden Welt voller Tod und Leidenschaft und Rache in der Wüste. Den Rest des Films über wagte ich mich kaum zu bewegen, mit seiner Hand in meiner und seinem Arm an meiner Schulter, und ich fühlte mich, als sei ich genau am richtigen Ort und täte das Richtige.

Ich war so draufgängerisch, anschließend auch noch mit ihm zu dem kleinen Eckcafé zu gehen, von dem aus ich meinen Bus sehen kommen konnte. Ich wollte Tee und ein Milchbrötchen bestellen, weil ich nicht viel Geld dabeihatte, aber er bestellte einen Eisbecher zum Teilen, den wir mit zwei Löffeln aßen, und ich konnte nicht aufhören zu grinsen. Wir bestellten noch eine Kanne Tee zum Aufwärmen und blieben viel zu lange, und ich ließ die ganze Zeit seine Hand nicht los, bis ich fast meinen Bus verpasst hätte.

Wenn ich bedenke, dass das College noch vor einem Monat nur eine Ausweitung des Gefängnisses war, das mein Leben ist, eine Erinnerung an all die Pläne, die Mum und ich hatten und die nie Wirklichkeit werden sollten. Und jetzt ist es mein Fahrschein in die Freiheit, nicht nur die 325 Schritte, auch er und die Aussicht auf das, was aus uns werden könnte. Denn ich kann mir kaum vorstellen, dass jemand in den dunkelsten, nassesten Monaten des Jahres täglich kommt, um sich zu unterhalten, wenn er nicht auf mehr hoffen würde. Wir sprechen nicht viel über die Zukunft, wie wir auch über die jüngere Vergangenheit nicht gesprochen haben, aber er redet über mich, über das, was er an mir mag, und darüber, dass er an mich denkt, wenn er nicht bei mir ist. Es hat etwas Dringendes, Verzweifeltes, das spüre ich, und das kann nur bedeuten, dass er mehr will, mehr von meiner Zeit und von mir. Wenn ich ihm das nur geben könnte, denn ich will es ja auch. Jedes Mal, wenn ich mir sage, dass es unmöglich ist, jemanden wie ihn zu haben, dass er keine ernsten Absichten haben, dass er nicht *für immer* meinen kann, dann tut oder sagt er etwas oder lächelt einfach, und dann hoffe ich wieder, dass er mich vielleicht mitnimmt, dass er vielleicht doch mein *für immer* ist. Diese dumme, wunderbare, nicht kleinzukriegende Hoffnung.

Jetzt sitze ich im Bett, versuche den Mut aufzubringen, die Zehen bis ans feuchte, kalte Ende des Bettes auszustrecken, und schreibe im Mondlicht, das durchs Fenster fällt. Ich werde das Tagebuch noch besser verstecken als sonst, denn wenn mein Vater das jemals herausfindet, ist meine Zeit im College vorbei. Ich habe die zusammengehefteten Seiten über Hartland geöffnet und die Fotos von unserem Tag am Meer herausgenommen, die ich von Felicity bekommen habe. Es ist eins dabei, das ich liebe: wir alle lachend am Kai, und obwohl ich geschworen habe, nicht mehr an Hartland zu denken, ist dieses Bild ganz nah. Es ist lebendig und fröhlich, und ich werde es direkt unter mein Kissen legen und mir jede Sekunde in dem Café in Erinnerung rufen, den Duft der Milchbrötchen riechen, die Karamellsoße schmecken und spüren, wie sich seine Finger mit meinen verschränken.

26. Kapitel

«Addie, deine Schwester ist da.» Eins der Ladenmädchen steckte seinen Kopf in die Küche, als ich gerade aus dem Büro kam, voller Schuldgefühle, weil meine Mittagspause die längste aller Zeiten war.

«Meine Schwester?», fragte ich zögernd. Ich band meine Haare zurück und ignorierte das Summen des Telefons in meiner Tasche – wahrscheinlich Andrew, der vorhin schon versucht hatte, mich zu erreichen.

«Groß? Teuer gekleidet? Sie hat eine Schachtel Gebäck zum Mitnehmen bestellt und wollte wissen, ob du einen Moment Zeit hast.»

Claire wirkte erfreut. Sie mochte Venetia. «Oh, frag sie doch, ob sie ihre Plazenta einfriert», bat sie. «Und ob sie vorhat, sie in einem Jahr zu essen und nach welchem Rezept. Meine Cousine sagt –»

Aber als ich in den Verkaufsraum kam, sah ich, dass es gar nicht Venetia war, sondern Phoebe, die gerade dabei war, sich einen Cappuccino zu bestellen. Als sie mich hinterm Tresen auftauchen sah, strahlte sie.

«Addie! Du wirst es nicht glauben …» Sie zog ihren Trenchcoat aus und warf ihn in einer sehr unphoebehaften Geste auf den Tresen. «Ich habe im Zentralen Standesamt nach dem Namen George Holloway gesucht, und weißt du, was ich rausgefunden habe? Er ist mit fünfundneunzig Jahren gestorben! Ich fasse es nicht, sie hat *gelogen*, er war gar nicht tot!»

«Und Throgmorton hat gesagt, er wäre sehr einsam gewesen», sagte ich.

Sie schien mich gar nicht zu hören. «Und du *glaubst* nicht, was ich *noch* gefunden habe.»

Ich zog Phoebe etwas beiseite an die kleine Bar, um die anderen Kunden nicht zu belästigen.

«Hartland war ein Haus.» Ihr Gesicht war gerötet. Sie trank einen großen Schluck Kaffee, um sich zu beruhigen. «Es hat eine Weile gedauert, bis ich es rausgefunden habe. Bei einem großen Feuer in den siebziger Jahren ist alles bis auf die Grundmauern abgebrannt. Die Familie lebt jetzt überall verstreut.»

«Gehörte das Haus Harry?»

«Dazu habe ich nichts gefunden, nur über eine Familie namens Shaw. Janet und Abel und John Shaw. Aber ich hab noch was anderes gefunden. Oh, Addie!» Ihre Augen glänzten. «Der Fotorahmen ist doch zerbrochen. Ich habe das Foto rausgenommen, um es in einen anderen Rahmen zu tun, und …»

Sie hielt ein anderes Foto hoch, auf dem drei Leute zu sehen waren, zwei junge Frauen und ein Mann, im Hintergrund Wasser. Das in der Mitte war meine Mutter. Sie hatte sich bei den anderen beiden eingehakt und schien sie lachend von der Kamera wegzuziehen wie ein Kind, das durch die Luft geschleudert werden möchte. Der Mann war groß, hatte dunkle Haare und war vielleicht etwas älter als sie. Die andere Frau trug ein Blümchenkleid, wirkte rundlich und rosig und trug einen großen Sonnenhut. Beide Gesichter waren nicht besonders gut zu erkennen, der Schnappschuss war etwas unscharf, aber die Frau wirkte nett. Ihr Mund war ein kleines dunkles «O», sie sah aus, als wollte sie gerade etwas sagen. Das ganze Bild strahlte Meer und Sonne und Lebendigkeit aus, beinahe konnte man hören, wie hinter ihnen die Wellen brachen.

Ich drehte das Foto um. *Tideford Cross, Sommer '58.* In der Mädchenschrift meiner Mutter.

Phoebe holte eine Landkarte hervor und schlug sie auf. «Hier, guck mal.»

Ich folgte ihrem Finger, der südlich von London die M 25 kreuzte, weiter nach Lewes und an der Küste eine kleinere gelbe Straße entlang. Ein Stück weiter unten am Ärmelkanal befand sich ein kleines rotes Kugelschreiberkreuz. Sie tippte darauf. «Das ist Hartland.»

Und rechts daneben, direkt am Kanal, war ein winziger roter Punkt, an dem Tideford Cross stand.

«Siehst du?», fragte Phoebe mit wippendem Pferdeschwanz. «Genau *da* waren sie und dieser Mann im Sommer 1958. Und der Brief wurde 1960 in Hartland geschrieben. Das *muss* was mit uns zu tun haben. Und denkst du nicht auch, das könnte Harry sein?»

Harry? Ich war so damit beschäftigt gewesen, meine lachende Mutter zu betrachten, dass ich den Zusammenhang gar nicht hergestellt hatte. «Ich weiß nicht, Phoebe, das war ja zwei Jahre vor unserer Geburt. Das könnte jeder sein.»

Phoebe sah mich sichtlich enttäuscht an und nahm das Foto wieder an sich. «Warum bist du so gegen Harry? Ich habe einfach das Gefühl, er könnte es sein. Findest du nicht, dass er mir ein bisschen ähnelt?»

Ich betrachtete die unscharfe Gestalt des Mannes. «Na ja, er ist groß», sagte ich zögernd. «Aber ich weiß es ehrlich nicht, Phoebe, ich …»

«Wir sollten hinfahren», unterbrach mich Phoebe. «Ich habe bis Dienstag Zeit. Wir könnten gleich morgen früh fahren, mit dem Zug, wie sie vor vierzig Jahren.»

«Das kann ich nicht, Phoebe», sagte ich. «Mein Dad – ich kann ihn im Moment nicht allein lassen.»

«Es ist *die* Gelegenheit, mehr rauszufinden.» Phoebe tippte nachdenklich auf das Foto. «Morgen um acht Uhr siebzehn geht von der Victoria Station ein Zug nach Porthallow, und von dort aus kann man mit dem Bus nach Tideford Cross fahren, das habe ich nachgeschaut.»

Ich biss mir unentschlossen auf die Lippe, und Phoebe drückte mir das Foto in die Hand. «Pass auf, dann fahre ich hin und sehe mich ein bisschen um, und wir reden, wenn ich zurück bin, okay?» Sie lächelte, griff nach ihrer Schachtel und verschwand mit wippendem Pferdeschwanz durch die Tür.

Wieder in der Küche, stand ich lange einfach nur da und betrachtete das Foto, das ich gegen einen Stapel Schüsseln gelehnt hatte. Meine lachende Mutter mit zwei Fremden an einem schönen, sonnigen Tag am Meer, so jung und nicht ahnend, was auf sie zukommen würde. Und dann hatte der strenge, konservative George Holloway diese fröhliche, begeisterte Frau in ein altmodisches Auto gesteckt und sie einer steifen Ordensschwester übergeben. Ich stellte mir vor, wie er auf der Suche nach Dr. Miller durch die Krankenhausflure strich, um mit ihm zusammen ein angemessenes Elternpaar für uns zu finden. Das konnte sie ihm nicht vergessen, sodass sie ihn vollkommen aus ihrem Leben gestrichen hatte, entschlossen und aus vollem Herzen.

Aber es gab etwas, das ich immer noch nicht verstand: Warum hatte sie Phoebe nicht zurückgeholt? Und warum hatte sie mich nicht wirklich geliebt, obwohl es doch nur noch mich gab? Warum hat sie mich nicht jedes einzelne der vierzig Jahre, die wir zusammen hatten, gehegt und gepflegt und unterstützt? Warum war sie so ungeduldig mit mir gewesen, so ärgerlich, dass ich nicht mehr aus mir machte, dass ich nicht stark und entschlossen genug war, nicht gut genug?

Weil ich nicht gut genug war. Ich war nur eine Hälfte, und der Preis für diese Hälfte war zu hoch gewesen, als dass unsere Beziehung je etwas anderes hätte sein können als angespannt, belastet, bitter. Sie hatte mir einen Teil der Schuld gegeben. Ich rieb mir den Hals, um besser Luft zu bekommen, denn auf einmal ergab alles Sinn, jeder Augenblick in der dummen Achterbahn, jedes ungeduldige Zucken ihres Mundes, jedes Mal, wenn sie die Tür schloss und uns zurückließ, um *frei* zu sein. Sie *musste* sich befreien, denn ich verkörperte diese Erinnerungen. Meine starke, fähige Mutter war nicht stark genug gewesen, um gegen die Vergangenheit anzukämpfen, um *für* ihre Liebe zu mir zu kämpfen.

Noch einmal sah ich mir das Bild der jungen, fröhlich lachenden Frau an, die noch nicht zu diesem Menschen geworden war, und wünschte mir so verzweifelt, dass es mir den Atem nahm, mit ihr reden zu können, eine Verbindung zu ihr aufzunehmen, bevor alles so furchtbar verkehrt laufen würde.

«Da bist du ja, Süße! Warst du unterwegs?»

In der Küchentür stand Grace, in der Hand ein Tablett voll kleiner, rot-weiß gestreifter Schachteln.

«Ich war mittagessen und dann, äh, kurz vorne.» Ich schob das Foto in meine Hosentasche.

«In *dem* Aufzug?» Grace wackelte mit dem Finger. «Tu mir einen Gefallen und nimm den Hintereingang, wenn du nicht die Uniform trägst. Besonders vertrauenerweckend wirkt es nämlich nicht, wenn die Chefkonditorin so aussieht.»

«Davon, dass ich Chefkonditorin bin, merke ich im Moment nicht besonders viel», murmelte ich, auf einmal komplett bedient von allem.

«Ja, na klar», sagte sie besänftigend. «Aber vielleicht musst du in der Mittagspause nicht so weit weg, und vielleicht musst du auch nicht in deinen Straßenklamotten durch den Laden reinkommen?»

«Ich geh meine Uniform anziehen», sagte ich erschöpft.

«Das wäre ganz toll», sagte Grace übertrieben gut gelaunt.

«Ach, und dein Freund Andrew hat gerade angerufen. Im Büro, er wollte dich sprechen. Er scheint sich von diesem Laden magisch angezogen zu fühlen. Vielleicht sollten wir ihm einen Job anbieten?»

Sie stellte das Tablett ab, öffnete eine der Schachteln und hielt sie mir hin. «Ich fürchte, dies hier hat die Reise nicht gut überstanden. Ich muss mal mit dem Fahrer sprechen, er muss wirklich vorsichtiger sein.»

«So was würde nicht passieren, wenn wir *hier* backen würden», sagte ich. «Wir bekommen immer mehr aus der Hauptküche, bald machen wir überhaupt nichts mehr hier und backen nur noch vorgefertigte Brötchen auf. Was sollen Claire und ich denn dann machen?»

«Den ganzen Bruch aufessen», versetzte Grace philosophisch. «Genau darüber wollte ich tatsächlich mit dir reden, Addie.»

«Über den Bruch?» Ich versuchte, mir meinen Ärger nicht anmerken zu lassen.

«Nein, über die Lieferungen. Und vorhin wurde ein Brief für dich abgegeben. Du wolltest ja sowieso deine Uniform holen – ich komme mit und gebe ihn dir.»

Grace schob mich aus der Küche, durch den kleinen Flur und in das Büro, das dunkel und vollgeräumt und stickig war. Es war, als würde mir eine zu warme Decke umgelegt.

«Er war doch hier irgendwo.» Grace setzte sich hinter den Schreibtisch und wühlte in der Eingangsablage herum. «Also, hör zu, Süße. Ich weiß, du wärst an der Produktion gern weiterhin beteiligt, so, wie wir es früher gemacht haben. Aber es hat einfach keinen Sinn, weiterhin hier zu produzieren. Tut mir leid. Selbst das Dekorieren der Torten – das erledigen sie in der Hauptküche im großen Stil in der Hälfte der Zeit. Wir können sie hier ja immer noch persönlicher gestalten, wenn es sein muss. Selbst wenn man die Lieferung einrechnet, kriegen wir das zu den Kosten nicht hin.»

«Grace», sagte ich alarmiert. «Bitte –»

Aber Grace hatte endlich gefunden, wonach sie suchte, und gab mir einen braunen Briefumschlag. «Und wir müssen ernsthaft reden über …» Sie deutete mit dem Kopf vielsagend Richtung Küche, wo Claire «Fantine's Death» aus *Les Miserables* sang.

«Du willst sie *entlassen*?» Ich nahm den Brief entgegen, ohne einen Blick darauf zu werfen, und steckte ihn in meine Jackentasche.

«Das Geschäft ändert sich», sagte sie knapp. «Wir werden größer. Mehr zu expandieren als Maxwell Corner ist die einzige Möglichkeit. Wir brauchen Claire eigentlich nicht, sie hat nicht genug zu tun. Das siehst du doch auch so, oder nicht?»

«Und ich?», fragte ich vorsichtig.

«Du übernimmst einen der anderen Läden», sagte Grace schlicht.

Oder ich gehe. Schließe das Kapitel *Grace* ab. Mache etwas anderes, nicht *Le Grand Bleu*, keinen anderen Job, sondern etwas ganz Eigenes. Komischerweise erfüllte mich dieser

Gedanke nicht mit Panik – im Gegensatz zu Andrew mit seinen Makler-Broschüren vor ein paar Tagen. In meinem Fall ginge es nicht um Hypotheken und perfekte Räumlichkeiten, und mir wären auch keine Banken auf den Fersen. Es könnte etwas ganz Kleines sein, ich könnte machen, was ich immer gewollt hatte, was ich am *Grace's Café* von Anfang an geliebt hatte. Ich bräuchte einen Raum mit freigelegtem Backstein, einem Holztresen, dem man ansah, dass er nicht neu war, und eine große Kaffeemaschine, die vor sich hin gurgelte. Es würde fluffigen Zitronen-Mohn-Kuchen geben und übereinandergetürmte Muffins mit Hagelzucker, Hefezöpfe, frisch aus dem Ofen, von denen gesalzene Butter tropft.

Grace lächelte mich erwartungsvoll an, offenbar wartete sie darauf, dass ich in ihre Begeisterung für eine mechanisierte, entpersönlichte Küche einstimmte, in der es darum ging, jemanden zu «überbieten». Aber ich wusste ohne den Schatten eines Zweifels: Wenn das wirklich passierte, wenn keine Claire mehr da war, die drängelte, weil ich zu viel Zeit auf die Baisers verwandte, wenn mich nach der Mittagspause (die so lange dauerte, wie ich es wollte) nicht mehr der Duft meines selbstgebackenen Brotes empfing – dann war der Zeitpunkt gekommen, meinen eigenen Weg zu gehen. Ich musste daran denken, wie mich Graces Tatkraft und ihr Optimismus befeuert hatten, als ich fünfundzwanzig gewesen war, wie sie sich gefreut hatte, als ich den Laden in Kensington übernahm, und mit Champagner nicht auf ihren, sondern auf *unseren* Erfolg angestoßen hatte, und vor allem musste ich daran denken, wie Grace mir in den ersten Monaten nach dem Tod meiner Mutter geholfen hatte. Sie war immer für mich da gewesen, hatte mir Sicherheit und Mut und Hoffnung gegeben, und dafür würde ich ihr immer dankbar sein. Aber jetzt hatten sich die Dinge geändert, und obwohl ich mir vielleicht nie die Sterne vom Himmel holen würde, brachte mein neues Ich genug Mumm auf, um für das einzustehen, was ich wirklich wollte.

«Grace», sagte ich freundlich. «Die Jahre hier waren wunderbar, du warst wunderbar, aber es ist an der Zeit, meinen eigenen Weg zu gehen.»

«Oh nein, sag das nicht.» Grace erhob sich halb, aber ich griff über den Schreibtisch und legte meine Hände auf ihre.

«Ich lasse dich nicht hängen. Ich bleibe, bis du jemand anderen gefunden hast.»

«Addie, bitte», bettelte sie. «Bei dir war viel los in letzter Zeit, nimm dir doch ein paar Tage frei. Und dann reden wir nächste Woche wieder.»

Ich schüttelte den Kopf und wollte gerade protestieren, als sie aufstand, die Tür öffnete und mir meine Tasche und den Regenschirm in die Hand drückte. «Du wirst schon einlenken, das weiß ich. Veränderung ist etwas Gutes, Addie. Du wirst schon sehen. Wir reden in ein paar Tagen wieder.»

Ich stand auf der anderen Straßenseite und sah mich nach *Grace's Café* um. Passanten strömten an mir vorbei, Mütter zogen kleine Kinder aus den Pfützen, und die Wolken hingen so tief, dass sie die obere Hälfte der Häuser vernebelten. In dem Dunst wirkte das *Grace* mit den blinkenden Lichtern in den hohen Fenstern, der blau-weiß gestrichenen Wand und den Lavendelsträußen im Schaufenster wie ein Märchenland. Ich widerstand dem Drang, über die Straße zu laufen, direkt in Graces Büro, um rückgängig zu machen, was ich gerade getan hatte. Ich schob meine kalten Hände in die Taschen und stieß gegen etwas Raschelndes. Es war der braune Umschlag, den Grace mir gegeben hatte. Darauf war in Mrs. Baxters Handschrift gekritzelt: *Addie, den wirst du haben wollen. Ruf uns bald an! xx* Der Brief selbst war nicht an mich adressiert, sondern – offenbar in James Mercks schlecht lesbarer Handschrift – an meine Mutter.

Ich zog mehrere A4-Blätter heraus, darunter eine Rechnung, die denen aus dem Hefter ähnelte, die Antwort eines Archivs in West Sussex, das Merck zu einem Besuch aufforderte, und schließlich einen Brief, der noch in seinem eigenen Umschlag steckte, jedoch bereits geöffnet worden war, geschickt vor ein paar Monaten von einer gewissen Madeleine Roberts, 4 Crabtree Lane, Brimley.

Lieber Mr. Merck,
danke für Ihren zweiten Brief vom 28. Januar. Bitte entschuldigen Sie, dass ich mich auf den ersten Brief nicht gemeldet habe. Um Ihre Frage zu beantworten: Ja, ich war am 14. Februar 1960 Patientin im All Saints Hospital, allerdings werde ich Ihnen keine große Hilfe sein, denn mein Aufenthalt dauerte nur sehr kurz, und ich blieb vollkommen für mich. Ich erinnere mich nicht

an irgendwelche Namen, spreche aber gern mit Ihrer Klientin, wenn sie Wert darauf legt.
Mit freundlichen Grüßen
Madeleine Roberts

27. Kapitel

Der Zug stand schon da, als ich die Treppe von der U-Bahn hochstieg und der großen, schmalen Gestalt winkte, die vor dem Drehkreuz auf mich wartete. Ein Ruf, ein Pfiff, und die Türen begannen sich von der Spitze des Zuges an zu schließen. Ich legte noch einen Zahn zu, Phoebe steckte unsere Fahrscheine in den Automaten, wir schoben uns hastig durchs Drehkreuz und sprangen in den erstbesten Waggon, als hinter uns auch schon die Tür zufiel.

In dem schmutzigen Neonlicht schienen Phoebes Augen in den Schatten ihres Gesichts zu verschwinden.

«Versteh mich nicht falsch, Addie, ich freu mich wirklich, dass du da bist, aber als ich gesagt habe, nimm dir einen Tag frei, meinte ich nicht, dass du gleich deinen Job kündigen sollst.»

«Ist schon okay», keuchte ich. «Lass uns uns erst mal hinsetzen, sonst sterbe ich.»

Der Zug zuckelte langsam aus dem Bahnhof und durch den Süden Londons. Wir ließen uns auf zwei gegenüberliegende Plätze fallen, und Phoebe stellte eine zerknautschte braune Tüte mit zwei Pappbechern auf den Tisch.

«Meine Mum sagt immer, man kann nicht ordentlich arbeiten, ehe man nicht mindestens drei Tassen Kaffee getrunken hat», sagte sie. «Wenn wir jetzt anfangen, schaffen wir die anderen beiden noch, ehe wir in Porthallow einlaufen.»

Ich schloss dankbar meine Hände um den heißen Becher, und Phoebe nahm eine Plastikdose aus ihrer Tasche und wischte einen Krümel vom Tisch, ehe sie sie abstellte.

«Ich habe mir gestern Abend die größte Mühe gegeben, dein Gebäck aufzuessen, weil es so köstlich war, aber irgendwann konnte ich einfach nicht mehr», sagte sie. «Mal davon abgesehen, dass ich die halbe Nacht mit einem Zuckerschock wach lag. Deshalb habe ich uns welches mitgebracht.» Sie lächelte mich an. «Aber natürlich nicht in der ursprünglichen Verpackung. Ich dachte, davon bekommst du vielleicht eine posttraumatische Belastungsstörung.»

«Sehr lustig.» Ich trank einen Schluck Kaffee und lehnte mich zurück. «Ich war fünfzehn Jahre lang bei Grace, und ich hätte nie gedacht, dass ich da jemals weggehe. Auch wenn Andrew mich die meiste Zeit über dazu gedrängt hat. Ich *wollte* einfach nie gehen. Aber diese ganze Sache mit Mum … Dieses Foto gestern hat mich so traurig gemacht und wütend. Sie hat immer davon geredet, dass man etwas aus sich machen soll, dass man stark sein soll, und dann passiert an einem Abend irgendetwas, was auch immer es genau war, das ihr gesamtes Leben übernimmt und unsere gesamte Beziehung, die kompletten vierzig Jahre. Und sie lässt es einfach geschehen. Das ist so sinnlos. So eine Verschwendung. Und als ich mit Grace sprach – so gern ich sie habe –, da wurde mir klar, dass ich tun muss, was ich tun möchte. Nicht, was Grace oder Mum oder Andrew möchten.»

«Und was möchtest du?» Phoebe nahm sich ein Schweineöhrchen.

«Etwas Einfaches», sagte ich. «Eine kleine Bäckerei in der Nähe der Islington High Street. Nichts Außergewöhnliches und auf keinen Fall französisch. Nur ich und die Küche. Hier hast du das Foto wieder, das möchtest du sicher haben.»

«Ich habe mir noch einen Abzug machen lassen.» Sie klopfte grinsend auf ihre Tasche. «Auch von dem Foto von deiner Mum, und da war noch ein kleiner Umschlag mit anderen Bildern. Ich habe von allem Abzüge.» Phoebe griff nach meiner Hand und drückte sie. «Ich finde, du kannst machen, was du willst, Addie. Du lebst für dich, du bist nur für dich verantwortlich. Und du bist die Göttin des Backens.» Sie hielt den Rest ihres Schweineöhrchens hoch. «Ich helfe dir, wenn du willst. Ich bin echt gut darin, Sachen rauszufinden.»

Ich musste lächeln. Irgendwie wunderte mich das nicht.

«Da ist noch etwas», sagte ich, während Phoebe in ihrer Tasche wühlte. «Ich habe jetzt den Brief, den Merck in die Rose Hill Road geschickt hat.»

«Echt?» Phoebe sah auf. «Und? Irgendwas Neues?»

«Ja», sagte ich. «Hier, für dich.»

Ich gab ihr den Brief und sah, wie sie zusammenzuckte, als sie den Absender las. Nachdem sie auch die wenigen Zeilen gelesen hatte, sah sie mich an.

«Gott, Addie. Aber hat sie nicht gesagt, sie hätte den Brief verbrannt?»

«Sie muss ihre Meinung geändert haben, als er sich ein

zweites Mal meldete. Wir sind ja rausgerannt, als sie noch mitten im Satz war.»

«Trotzdem, sie hätte es mir damals sagen sollen. Ich hätte …» Phoebe hielt sich den Handrücken unter die Augen und blinzelte die Tränen weg.

«Es ist nicht ihre Schuld», sagte ich. «Schuld sind George Holloway und der Arzt. Die ganzen fünfziger Jahre sind schuld, weil sie so engstirnig und vorgestrig waren. Aber nicht deine Mum.»

Phoebe schwieg und las den Brief noch einmal.

«Weißt du, etwas war gestern im Standesamt seltsam», sagte sie mit gerunzelter Stirn. «Constance und George waren nicht leicht zu finden. Sie ist mit vierundvierzig gestorben, also wirklich *sehr* jung.» Sie lächelte mir kurz zu und sah dann wieder auf den Brief. «Aber mich habe ich gar nicht gefunden … ich existiere anscheinend gar nicht.»

«Wie meinst du das?»

«*Phoebe Roberts* gibt es, geboren im ersten Quartal 1960 in Brighton. Aber *Holloway Mädchen Nummer zwei* gibt es nicht, es gibt nur eins, und das musst du sein, weil du die dazu passende Geburtsurkunde hast. Und weißt du, was richtig faul ist? Meine Geburtsurkunde. Ich habe sie dir doch am ersten Tag gezeigt, mit den Namen meiner Eltern und allem? Eigentlich sollte ich gar keine haben. Als ich mich darüber informiert habe, was ich machen muss, um meine Adoptionsunterlagen einzusehen, hat mir eine Frau gesagt, als Adoptivkind müsste ich eine Adoptionsurkunde haben, keine Geburtsurkunde. Adoptierte Kinder erhalten normalerweise eine verkürzte Urkunde, auf der die Adoption nicht erwähnt wird, nur der Nachname der Adoptiveltern und Tag, Zeit und Ort der Geburt. Man kann sie für alles benutzen, und sie zeigt auch nicht, dass man adoptiert ist.» Sie lächelte schief. «Die Tatsache, dass ich eine normale Geburtsurkunde habe wie ein normales Baby, spricht dafür, dass meine Eltern mich einfach als ihr eigenes Kind ausgegeben haben, als hätte meine Mum mich zur Welt gebracht. Das sollte bei einem adoptierten Kind eigentlich gar nicht möglich sein.»

«Vielleicht hat sie das Original irgendwo zu Hause?», überlegte ich laut. «Ich habe schließlich auch zwei Urkunden, das versteckte Original und das Dokument, auf dem die Namen beider Elternteile stehen.»

«Deine versteckte Version existiert für mich nicht, weil das Standesamt kein Gegenstück dazu hat. Das Standesamt ist wie ein Inhaltsverzeichnis sämtlicher Urkunden. Und die Tatsache, dass du zwei hast, ist auch ein bisschen faul. Du warst erst nur als das Baby unserer Mutter registriert, der Name des Vaters muss anschließend hinzugefügt worden sein. So läuft das normalerweise nicht, man kann die Namen nämlich nur mit einer Absichtserklärung ändern. Das kam gelegentlich vor, aber nur in Fällen, in denen der Vater kurz nach der Geburt doch noch aufgetaucht ist und die Vaterschaft anerkannt hat.»

«Nur dass er gar nicht mein Vater war.»

«Ja.» Sie schüttelte den Kopf. «Und meine Mutter war nicht meine biologische Mutter, und trotzdem steht sie auf meiner Geburtsurkunde, als wäre sie es. Das ist –»

«Das ist in der Tat faul», sagte ich. «Bestimmt lief das bei privaten Adoptionen anders. Über andere Kanäle.»

«Vielleicht. Aber offiziell gehen alle Adoptionen, auch private, über die Gerichte oder die Standesämter. Die faulen Geburtsurkunden erklären jedenfalls, warum Merck nichts gefunden hat, was eine Verbindung zwischen uns herstellt, denn an offiziellen Papieren gibt es da absolut nichts. Nur die Schwester und der Arzt wissen davon.»

Sie hielt inne und strich mit dem Finger über den Namen ihrer Mutter auf dem Briefumschlag.

«Du glaubst doch nicht, dass sie … mich gestohlen hat?»

«Deine *Mum*? Nein!» Ich war so verblüfft, dass ich eine ganze Weile gar nichts sagte. «Phoebe», brachte ich schließlich hervor. «Deine Mum war ein bisschen …» Außer sich. Verzweifelt. Besessen. Aber eine Babydiebin? «Nein», sagte ich noch einmal. «Gott, nein.»

Aber Phoebe wirkte so aufgewühlt, wie ich mich fühlte. Sie nahm das Foto der drei Menschen am Wasser zur Hand.

«Glaubst du, jemand würde die drei wiedererkennen?», fragte sie.

Ich betrachtete die unscharfen Gesichter und dachte, es wäre geradezu seltsam, wenn man nach vierzig Jahren noch einen Mann wiedererkannte. Aber ich war müde und etwas erschöpft, deshalb sagte ich nichts, lehnte mich zurück, sah zu, wie die Bahnhöfe kamen und gingen, und fragte mich, ob meine Mutter genau dieselbe Strecke gefahren war, als sie vor vielen Jahren auf dem Weg nach Hartland war. Ob ihr Vater sie begleitet hatte? Hatten sie sich gegenübergesessen wie Phoebe und ich jetzt? Und wie war sie überhaupt nach Tideford Cross und Hartland gekommen? Hatte sie Ferien gehabt?

«Hast du ein Foto von Hartland?», fragte ich.

«Ja, ich habe eins in der Bibliothek gefunden.»

Sie gab mir die Farbfotokopie eines Bildes, das sich über zwei Buchseiten erstreckte, Aquarell und schwarze Tinte. Es zeigte ein honigfarbenes Landhaus inmitten eines Parks. Das Haus war schön, aber wer auch immer das Bild gemalt hatte, hatte wohl vor allem den Park geliebt, denn das Gebäude verschwand praktisch zwischen grünen Wogen aus Wiesen, Bäumen und Büschen. Das Gemälde wirkte so lebendig, dass man am liebsten hineingestiegen wäre, um über die grasbewachsenen Wege zu gehen, die rechts am Haus vorbei Richtung Horizont führten.

Ich stellte mir vor, wie meine Mutter in Porthallow ausgestiegen war, so wie wir es gleich tun würden, wie sie später in Hartland ankam und auf dieses Haus zuging. Ich dachte an all die Leben, die gelebt wurden und jetzt vergangen waren, und fragte mich, was *ich* in Tideford Cross zu finden hoffte. Vielleicht wollte ich verstehen, was es gewesen war, dem sie nicht entkommen konnte. Und akzeptieren, dass sie gar nicht so stark war, wie sie immer schien, wie sie auch mich zu sein drängte. Ich wollte eine Verbindung zu ihr, zu der jungen, fröhlichen, aufgeregten Version meiner Mutter, und ich wollte in der Lage sein, der Frau zu verzeihen, zu der sie geworden war. Ihr zu verzeihen, dass sie nicht für mich und Phoebe gekämpft hatte; dass sie nicht etwas mehr versucht hatte, uns zu lieben. Nur wenn ich verzieh, würde ich irgendwann mit alldem abschließen können.

Eine Stunde später stiegen wir in Porthallow aus dem Zug und liefen durch den Bahnhof, um den kleinen Bus zu erwischen, der nach Tideford Cross fuhr. In der Luft hingen noch die Überreste eines grauen Morgens, und ich glaubte, Salzwasser riechen zu können. Aber vielleicht waren es auch nur die Möwen, die mich ans Meer denken ließen.

Der Busfahrer winkte die Fahrgäste ungeduldig herein und schloss beim Aussteigen zu früh die Tür, um dann wieder auf Höchstgeschwindigkeit zu beschleunigen. Der Bus war bis oben hin voll mit Menschen und ihrem Gepäck, und erst kurz vor dem Ziel konnten wir uns auf zwei klebrige Sitze sinken lassen.

«Nächster Halt Tideford Cross», rief der Busfahrer von vorne und schleuderte um die Ecke. Ich schluckte etwas Galle hinunter, aber Phoebe setzte sich plötzlich ganz gerade hin und griff nach meinem Arm. «Da», hauchte sie, «Addie, das Meer.»

Wie in Zeitlupe erklomm der Bus den Hügel, und einen Moment lang schienen wir zu schweben, als würden wir gleich abheben. Kurz war mir, als könnte ich das Echo von Mums Lachen ganz oben im Himmel hören, alles schien möglich. Die Sonne ließ das Wasser neben der graugrünen Küste blau glitzern. Ich spürte, dass ich über das ganze Gesicht strahlte, und als ich Phoebe anblickte, sah ich, dass sie auch lächelte. Dann setzten die Vorderräder wieder auf der

Straße auf, ich hielt mir den Bauch, und wir sausten abwärts und schneller und schneller Richtung Meer und Tideford Cross.

Limpsfield, 24. April 1959

Ich bin eine gefallene Frau! Ich bin ruiniert, beschädigte Ware. Und ich war noch nie im Leben glücklicher. Was so wunderbar ist, kann doch sicher nicht falsch sein?

Wir hatten es schon eine Weile geplant, wir wollten es beide so sehr. 325 Schritte lang Händchen halten, sich ins Café stehlen und schnell reden, um die Zeit zu nutzen – ich war es langsam leid. Und ich war gierig, ich wollte mehr. Ich wollte mit ihm allein sein, ganze Stunden haben, einen ganzen Tag, an einem warmen, sicheren Ort, statt sich immer nur im Kino zu küssen.

Gleichzeitig machte mich schon der Gedanke daran nervös, denn natürlich weiß ich, dass es falsch ist, nicht nur, weil mein Vater das sagt, sondern weil ich weiß, dass man es ohne Ring am Finger, ohne das Ewigkeitsversprechen, einfach nicht tut. Aber wir reden endlos, halten einander fest und reden und lächeln und kennen die Gedanken des anderen und spüren, in welcher Stimmung er ist. Das bedeutet für mich *auf ewig.* Und ich wollte es zu etwas Echtem machen, ich wollte etwas Richtiges, auch wenn ich anfangs zu ängstlich war, um irgendwas in der Hinsicht zu unternehmen. Und ich bin nicht sicher, ob es Mum gefallen würde.

Aber jetzt ist draußen plötzlich Frühling, ein früher Frühling, der dem Winter endgültig ein Ende macht und Krokusse und Narzissen und winzige weiße Blumen auf das Grün zaubert, an dem wir auf dem Weg zur Bushaltestelle vorbeigehen. Es ist die Art Frühling, der sich nicht zurückhält, der buchstäblich ausbricht und Rache am Winter nimmt, der voller Leben und berauschender Frische ist und sich einfach keine Sekunde mehr zurückhalten kann.

Ich war in den letzten zwei Wochen oft auf dem Friedhof, wo der Frühling noch nicht so weit ist. Es ist beinahe, als hätte er zu viel Respekt vor den Gräbern, um sich hervorzutrauen. Mir wäre es lieber, wenn Mum woanders wäre, an einem Ort voller Leben, deshalb bringe ich ihr alle paar Tage die ersten Blumen aus ihrem Garten mit, Narzissen, Tulpen und Glockenblumen.

Vater möchte nicht, dass ihr Grab unordentlich aussieht, deshalb hat er einen der Sträuße auf den Kompost geworfen. Aber offenbar hat die Verwegenheit des Frühlings auf mich abgefärbt, denn am nächsten Tag habe ich die kleine eingetopfte Rose, die immer noch hinter ihrer Gardine stand, mitgenommen und sie dort eingepflanzt, sodass er sie nicht entfernen kann, ohne Unordnung zu machen. Es ist eine eher unauffällige Stelle, im Schatten des Grabsteins, aber am späten Vormittag hat die Rose Sonne, und ich weiß, dass Mom das gefallen würde. Ich habe versucht, ihr von unseren Spaziergängen von der Bushaltestelle zum Café zu erzählen, die Worte zu finden, die meine Sehnsucht nach Wärme und Freiheit beschreiben. Diesen Teil würde sie verstehen, das weiß ich sicher, aber meine anderen Sehnsüchte, nach Liebe und Leidenschaft und den Dingen, von denen man manchmal liest, würde sie vielleicht nicht unbedingt verstehen. Sie weiß nicht, dass es durchaus ein Versprechen gibt, die Stimmung zwischen uns ist voller Versprechen, und war nicht da, um mir zu sagen, dass ich nicht tun soll, was ich aber so, so gern tun wollte.

Es hat allerdings eine Weile gedauert, in der ich wahnsinnig aufgeregt und voller Erwartung war und mich beinahe fühlte, als hätte ich es schon getan, als sähe man mir alles an und als würde ich jeden Moment dafür bestraft werden.

Schließlich hat er sich um alles gekümmert, und bei ihm klang alles so leicht, so normal. So ist es wahrscheinlich einfach in seiner Welt, es ist leicht, verliebt zu sein. Der Plan war, dass ich mich in der Schule krankmelde und die Unterschrift meines Vaters fälsche und dass er bei der Arbeit ebenfalls sagt, er wäre krank. Ich habe ihn gefragt, wie er es überhaupt schafft, mich so oft zu treffen, aber er hat erwidert, das wäre gar kein Problem, er käme ja immer nach der Arbeit. Seine Eltern sind eine Zeitlang in Übersee, und er lebt im Moment alleine in Hartland und fährt morgens und abends mit dem Auto zum Bahnhof und steigt dort in den Zug. Ich muss in letzter Zeit wieder öfter an Hartland denken, an das echte Hartland, nicht an diesen seltsamen, traumartigen Schauplatz meiner Vergangenheit. Ich stelle mir vor, wie ich an einem dieser wunderbaren, berauschenden Frühlingstage in dem honigfarbenen Haus aufwache und in den Rosengarten gehe, der nach dem Winter wieder zum Leben erwacht;

wie unter den Bäumen, wo ich meinen letzten Abend verbrachte, ein Meer aus Glockenblumen leuchtet. Aber hier ziehe ich die Grenze und denke lieber an die Zukunft, an die unmittelbare Zukunft.

Er war derjenige, der dieses süße kleine Hotel in Purley kannte, in dem ich als Mrs. Smith einchecken sollte, die ihren Cousin besucht. Ich fand zwar, dass ich so gar nicht wie eine Mrs. Smith wirke, selbst wenn ich es versuche, aber nachdem wir zehn Tage darüber gesprochen hatten, war ich bereit. Ich war es so leid, traurig und einsam und frierend in Limpsfield zu sitzen, ich wollte diese Mrs. Smith sein in einem Hotelzimmer in Purley.

Seit ich eine gefallene Frau bin, die Champagner getrunken hat und geküsst und geliebt wurde, habe ich zum ersten Mal seit Mums Tod das Gefühl, dass die Zukunft etwas für mich bereithält, dass es etwas gibt, wofür es sich zu bleiben lohnt.

28. Kapitel

«Oh Gott, sieh mal, wie viele Leute!»

Tideford Cross platzte förmlich aus allen Nähten. Aus sämtlichen Himmelsrichtungen strömten Menschen auf die Hauptstraße, um sich die Stände anzusehen, die sich bis in die Nebenstraßen erstreckten.

«Markttag», sagte eine Frau hinter mir, als ich mit zittrigen Knien aus dem Bus stieg. «Das erste Mal in diesem Jahr, deshalb ist es so voll. Aber so gute Fischfrikadellen bekommt man sonst nirgends.»

«Perfekt», hauchte Phoebe selig. Sie drehte sich zu mir um, und ich stellte mit Schrecken fest, dass sie wild entschlossen wirkte. «Wir machen es so: Wir gehen die Straße runter und fragen an jedem Stand. Vielleicht zeigen wir nicht gleich das Foto, wir wollen ja niemanden verschrecken – erst, wenn wir jemanden gefunden haben, der uns vielversprechend vorkommt. Sollen wir sagen, wir recherchieren für ein Projekt über Aufstieg und Fall der Upper Class in der Nachkriegszeit?»

Ich zog meine Augenbrauen bis zum Haaransatz hoch. Aufstieg und Fall der Upper Class in der Nachkriegszeit???

«Was meinst du?», fragte Phoebe ungeduldig. «Das klingt in keiner Weise skandalös, ist dabei aber schön unverständlich. Das Buch gibt es wirklich, ich habe es in einer

Bibliothek gesehen. Und wenn jemand Harry kennen sollte, kommt er so auch nicht auf die Idee, dass Gefahr im Verzug sein könnte. Ich habe nämlich die Sorge, dass er vielleicht gar nicht mit uns reden will. Ich glaube, es ist wichtig, dass er schon sieht, dass wir nicht wahnsinnig sind, bevor er die ganze Geschichte kennt.»

Ich fand, dass sie durchaus ein bisschen wahnsinnig wirkte, so eifrig, wie sie auf mich einredete, und musste lachen.

«Dann machen wir es so. Gehen wir.»

Phoebe hakte sich fest bei mir ein und teilte die Menschenmenge wie Moses das Rote Meer. Phoebe kaufte an mehreren Ständen etwas zu trinken oder irgendwelchen Tand und plauderte angeregt mit den Besitzern. *Ist das nicht ein wunderbarer Tag! Das ist ja hübsch! Hm, köstlich! Sind Sie aus der Gegend?* Alle waren freundlich, trotzdem war deutlich, dass es ihnen vor allem darum ging, so viel wie möglich zu verkaufen. Die wenigsten leisteten sich ein längeres Gespräch. Ich fühlte mich von dem Lärm und Gewimmel zunehmend bedrängt, und einen Scone und zwei zugegebenermaßen sehr leckere Fischfrikadellen später hatte ich genug.

«Phoebe, mir ist es hier zu voll.» Ich zog sie in den Eingang eines Hauses und schob das frittierte Apfelteilchen, das sie mir hinhielt, wieder in ihre Richtung. «Wir müssen systematischer vorgehen. Ich würde vorschlagen, wir machen diese Seite fertig, und dann gehen wir zu einem Laden am Ende der Straße, der mir aufgefallen ist, und fragen dort. Und … Phoebe?» Sie biss von dem Teilchen ab und hielt es mir wieder hin. «Schalt mal einen Gang runter. Du machst den Leuten Angst.»

Sie warf den Rest des Teilchens in einen Mülleimer, tätschelte mir beschwichtigend den Arm und wollte mich gerade wieder in die Menge schieben, als die Tür des Hauses aufging und eine Frau erschien, die mit sichtlicher Mühe einen großen Korb trug. Ich sah, wie sich eine Pfote aus dem Korb schob, und prallte rückwärts gegen Phoebe, die sich an der Stange des Meeresfrüchtestandes festhielt. Die Frau verlor das Gleichgewicht, und der Korb flog durch die Luft. Automatisch streckte ich die Arme aus, um ihn aufzufangen, und dann landeten wir krachend in einem Durcheinander aus Armen, Beinen und Krallen auf dem Boden.

Wir brauchten eine Weile, um uns zu entwirren, und als uns das gelungen war, hätte ich mich am liebsten wieder hingelegt, denn der Schaden schien übermäßig und stand in keinem Verhältnis zu dem kurzen Schreckmoment. Der halbe Stand war zusammengekracht, Austern, Papierteller und Servietten lagen überall verstreut.

Aber die Frau sagte nur lachend zum Standbesitzer: «Immer mit der Ruhe, Hughie. Und du auch.» Sie steckte die fauchende Katze wieder in den Korb und befestigte dessen Henkel aneinander.

An mich gewandt, sagte sie: «Das hätte ich gleich machen sollen. Tut mir leid wegen der Kratzer. Ich kümmere mich gleich um Sie. – Hughie, das ist alles meine Schuld, jetzt sei nicht so wütend.» Sie lächelte dem Mann zu, während Phoebe mit rotem Gesicht verstreute Austern aufsammelte.

«Es tut mir so leid», sagte Phoebe. «Ich hätte mich nicht an der Stange festhalten dürfen. Ich bezahle Ihnen natürlich den Schaden.»

«Unsinn», unterbrach sie die Frau entschieden. «Das ist noch nicht mal ein offizieller Standplatz, hier direkt vor meiner Tür. Hughie versucht immer, sich den besten Platz zu sichern.»

Sie hob die beiden dünnen Stangen auf, die die Markise gehalten hatten, und richtete sie wieder auf. Das Dach war hinüber, aber Phoebe förderte ein paar Sicherheitsnadeln zutage, um die gröbsten Löcher zu schließen, und befestigte es dann mit der Muschelkette, die sie auf dem Weg hierher gekauft hatte.

«Mir gefällt es.» Die Frau trat einen Schritt zurück, um unser Werk zu betrachten. «Ein maritimes Thema, Hughie. Kommen Sie mal mit.» Sie winkte uns heran. Phoebe schloss sich ihr an, und ich drückte Hughie schnell noch einen Zwanzig-Pfund-Schein in die Hand, dann folgte ich ihnen mit ausgestreckten, blutverschmierten Armen.

Dort, wo die Hauptstraße auf den Hafen traf, zog mich die Frau hinter einen kleinen Blumenstand, der von einem jungen Mädchen geführt wurde, dessen Gesicht bei ihrem Anblick erleichtert aufleuchtete. «Endlich», sagte sie mit leicht vorwurfsvollem Ton. «Ich muss mal.» Sie verschwand eilig.

«Danke, Kate», rief ihr die Frau hinterher und lächelte die beiden Kundinnen an, die sich über die Lavendeltöpfe beugten. «Sie sagen Bescheid, wenn Sie Hilfe brauchen?»

Dann hielt sie meine Unterarme hoch. «Autsch. Und das ist nicht mal meine Katze, sie gehört meiner Mutter. Allerdings scheint sie mich zu mögen, denn sie taucht ständig in meiner Küche auf und frisst alles auf, was sie zwischen die Pfoten kriegt. Dann wollen wir uns das mal anschauen.»

Flink tupfte sie die Kratzer an meinem linken Arm ab, dann wickelte sie ein Taschentuch um die Stellen, die am schlimmsten betroffen waren, und lächelte mich an. «Ich bin übrigens Fiona Hawker.» Sie war klein, hatte ein rundes Gesicht, kurze Locken und rote Wangen wie eine russische Puppe. Ich lächelte ebenfalls.

«Danke. Ich bin Addie Harington, und das ist –»

«Phoebe Roberts. Freut mich sehr, Sie kennenzulernen», sagte Phoebe. «Das mit dem Austernstand tut mir so leid. Wenn wir irgendetwas tun können, um dem armen Mann zu helfen?»

«Entschuldigung, wie viel soll der hier kosten?», fragte eine der Kundinnen.

Fiona lächelte der Frau zu. «Dieser hier zwei fünfzig, aber es gibt auch kleinere.» Sie lief um den Stand herum. Phoebe sammelte unterdessen nasses Verpackungspapier zusammen und warf es weg. «Leben Sie schon lange hier?», fragte sie, als Fiona mit einem kleineren Topf zurückkam, und griff nach einem Handfeger, um etwas Erde vom Tisch zu wischen.

Fiona zählte Kleingeld und beobachtete irritiert, wie sich Phoebe hinter ihrem Stand zu schaffen machte, sagte dann aber: «Etwa fünfundzwanzig Jahre. Mein Vater ist hergezogen, als ich fünf war, aber meine Mutter ist hier geboren. Sie ist eigentlich meine Stiefmutter und –» Ehe sie weitersprechen konnte, war ein lautes Quäken zu hören, gefolgt vom Geräusch des Korbs, der sich über den Boden bewegte.

«Verfluchte Katze», murmelte Fiona. «Sagen Sie, darf ich Sie um einen großen Gefallen bitten? Meine Mutter hat einen Stand unten am Hafen. Ich bringe ihr nur kurz Trixie und bin gleich wieder da. Hier drin ist Wechselgeld, nicht viel, aber es sollte reichen. Phantastisch. Nehmen Sie sich gern etwas zu trinken und ein Brötchen.» Sie zeigte unter die auf zwei Böcken stehende Tischplatte und verschwand dann mit ihrem zornigen Schützling Richtung Hafen.

Als sie weg war, sagte ich zu Phoebe: «Also wirklich, du benimmst dich ja, als wäre das hier dein Stand. Es war mir so peinlich, ich wusste gar nicht, wo ich hingucken soll.»

Phoebe war kein bisschen zerknirscht. «Jetzt sind wir jedenfalls hier. Du wolltest doch systematisch vorgehen. Und diese Frau ist perfekt, um uns zu helfen. Ihre Mutter stammt aus dem Ort, das ist doch vielversprechend.» Sie lächelte. «Vielleicht können wir sie auf einen Kaffee einladen oder so. Um uns für das Chaos zu entschuldigen.» Sie stieß mir fröhlich den Ellenbogen in die Rippen und wandte sich dann einer Kundin zu, die ihr einen Strauß Ringelblumen entgegenstreckte.

Als Fiona zurückkam, hatte Phoebe fünf Bund Blumen verkauft, zwei kleine Lavendelkörbe und eine große Kiste mit getrocknetem Lavendel.

«Sie sind ja besser als ich!» Fiona strahlte.

Ich entdeckte eine ganze Ecke mit Salbeitöpfchen und

roch daran. Im selben Moment überkam mich die Erinnerung, wie meine Mutter in ihrem Kräutergarten kniete, mit leuchtenden grauen Augen ihr Eisenkraut betrachtete und über ihren silbrig grünen Salbeibusch strich, um mir dann ihre duftenden Hände hinzuhalten. Einen ganzen Sommer lang hatte ich fast jede Woche alle möglichen Pestosorten gemacht, bis kein Basilikum, keine Petersilie und keine Kresse mehr da gewesen waren. Als Fiona mich neugierig ansah, sagte ich: «Den nehme ich. Ich bringe ihn meinem Freund Andrew mit, der mag nützliche Geschenke.»

Fiona wickelte mir den Topf in fröhliches gelbes Papier mit roten Punkten. «Gießen Sie ihn nicht zu viel. Was hat Sie eigentlich vor meine Tür geführt? Sie sind nicht aus der Gegend, oder?»

«Wir sind hier, um ein bisschen Recherche zu betreiben», sagte ich schnell, bevor Phoebe Gelegenheit hatte, das Wort zu ergreifen. Da Fiona mich erwartungsvoll ansah, fügte ich stockend hinzu: «Für ein Buch über akademische Familien, eine Biographie von –»

Zum Glück mischte Phoebe sich jetzt doch ein. «Es geht um Aufstieg und Fall der Upper Class nach dem Krieg. Unser Beispiel ist eine Familie namens Holloway, und unsere Nachforschungen haben ergeben, dass Elizabeth Sophie Holloway in den fünfziger Jahren einige Zeit hier verbracht hat, wahrscheinlich bei einer Familie namens Shaw und einem Mann namens Harry. Uns liegt ihre Korrespondenz vor, und wir wollen die Fakten überprüfen.» Sie klang so professionell, dass ich am liebsten Beifall geklatscht hätte.

«Elizabeth Holloway? Hmm.» Fiona dachte kurz nach, dann schüttelte sie den Kopf. «Aber ich bin nicht hier geboren, das hat also nichts zu sagen. Vielleicht erinnert sich jemand anders an sie. Kommt darauf an, wie lange sie hier war.»

Phoebe holte das Foto hervor. «Das in der Mitte ist sie. Und das ist der Mann namens Harry. Kommen Ihnen die beiden bekannt vor? Sie müssten jetzt natürlich viel älter sein.»

Ich konnte praktisch spüren, wie Phoebe den Atem anhielt.

Fiona betrachtete das Foto und gab es Phoebe dann mit echtem Bedauern zurück. «Nein, tut mir leid. Ich wünschte, ich könnte Ihnen helfen.»

«Und die Shaws, die Familie, die in Hartland lebte, ehe es niederbrannte, wissen Sie über die etwas?»

«Gott, das ist ja alles so lange her. Ich habe natürlich von dem Feuer gehört, als ich klein war, aber dort lebt seit Jahrzehnten niemand mehr. Aber ich sage Ihnen was, der Markt ist bald vorbei, und den Abbau übernimmt Kate. Ich bringe Sie zu Pat. Ihm gehört das *Ship Inn* unten an der Mole. Er kennt hier buchstäblich jeden. Und wenn Sie für heute Nacht ein Zimmer brauchen, ist er Ihr Mann.»

«Wir nehmen den letzten Zug zurück, danke», sagte ich.

«Aber das Pub klingt doch toll», sagte Phoebe gleichzeitig. «Wollen wir uns dort treffen? Um fünf?»

29. Kapitel

Als ich aufwachte, stahl sich gerade erst die Dämmerung unter den Vorhängen hindurch, und mir war kalt. Ich zog an der Decke, aber sie gab nicht nach, und als ich nach meinem Wecker tastete, griffen meine Hände ins Leere.

Dämmerung. Möwen. Das Plätschern von Wasser. Das *Ship Inn.*

Ich ächzte und zwang mich, die Augen zu öffnen. Neben mir in dem schmalen Bett lag Phoebe im grauen Morgenlicht. Sie schlief tief und fest. Vorsichtig schlug ich unsere gemeinsame Decke beiseite, griff nach meinen Kleidern und stahl mich auf den Flur, um ins Badezimmer zu gehen.

Als ich ein paar Minuten später nach unten kam, war es dort dunkel und still, von anderen Gästen keine Spur. Weiter hinten war zwar Licht, und es waren auch Geräusche zu hören, die klangen, als könnte es bald Frühstück geben, aber ich wollte nicht warten. An der Garderobe neben dem Eingang hing ein einsamer Regenmantel. Er sah sauber aus, also nahm ich ihn vom Haken und öffnete die Tür.

Draußen hing der Nebel kurz über dem Boden, und der bleigraue Himmel berührte beinahe die Wasseroberfläche. Oben und Unten verschwammen zu einem hellen Grau. Im Osten wirkte es etwas heller, was auf Sonne am Vormittag hoffen ließ. Pats Bierbänke standen kreuz und quer zwischen den Überresten der gestrigen Feierlichkeiten, die sich an den Markttag angeschlossen hatten. Ich ließ das *Ship Inn* und die nebelverhangenen Häuser hinter mir und betrat den Hafendamm, der im rechten Winkel auf den Kanal hinausführte und dann in einer scharfen Kurve den Hafen umschloss. Gegenüber lag ein weiterer Damm, an dessen Ende ein Leuchtturm stand. Ich ließ mir Zeit, stieg vorsichtig über Pfützen und Seile und ließ mich vom Wind durchpusten.

Phoebe hatte Pat im letzten Sonnenlicht beim Servieren der Getränke geholfen und angeregt mit jedem geplaudert, der in ihre Nähe kam. Ich hatte auf einer Treppe am Ende der Straße gesessen und den köstlichsten gebratenen Fisch aller Zeiten gegessen. Jemand hatte Gitarre gespielt. Phoebe lud Fiona im Pub auf einen Drink ein. Dann lud sie mich auf einen Drink ein, und als Pat in seiner winzigsten Dachkammer Platz für uns machte, lud sie ihn auf einen Drink ein – in seinem eigenen Pub. Und ich hatte mich zurückgelehnt und zugeschaut, wie meine Zwillingsschwester als Mittelpunkt der Party allen Drinks spendierte und mir gelegentlich zuwinkte, während sie mit einem glücklichen, angetrunkenen Leuchten in den Augen von der Nachkriegszeit erzählte. Ich hatte lange nicht mehr einen so schönen Abend erlebt.

Am Ende der Mole beugte ich mich über die Mauer. Die Wolken ließen inzwischen genug Licht durch, das auf die klare, gläserne Wasseroberfläche fiel, die sich rund um die im Schutz des Hafens schaukelnden Schiffe leicht kräuselte. Außerhalb der Mole war das Wasser gurgelnd in Bewegung, und um Wellenbrecher und Steine sammelte sich schmutziger Schaum. Ich setzte mich auf den Boden und lehnte mich an die Mauer.

Keiner hatte sich gestern an den Namen meiner Mutter erinnert, obwohl Phoebe immer wieder nachgehakt hatte. Sie hatte nach den Shaws, jedem Harry im Umkreis von zwanzig Meilen und der männlichen Bevölkerung im Allgemeinen gefragt. Die meisten Leute kannten zwar Hartland, aber es war für sie nur ein Teil der Dorfgeschichte, nichts als der Name eines Hauses, das vor dreißig Jahren abgebrannt war. Niemand hatte genauere Erinnerungen. Bei dem Namen Shaw nickten die Leute zwar wissend, und ein, zwei ältere Männer hatten etwas über Abels Pferde zu erzählen oder wussten irgendwas über eine Großmutter, die in den zwanziger Jahren in Hartland arbeitete, oder über ein junges Mädchen, das während des Krieges dort ausgeholfen hatte. Aber der abgelegene Wohnsitz der Shaws in Verbindung mit ihrem gesellschaftlichen Status hatte dafür gesorgt, dass wir von den Einheimischen nicht viel mehr erfuhren als das, was Phoebes Recherchen bereits ergeben hatten.

«Wusste ich doch, dass ich dich hier draußen finde», sagte neben mir eine heisere Stimme. Phoebes Gesicht schimmerte etwas grünlich, und ihre Wimperntusche hatte sich in ihren feinen Augenfältchen gesammelt. Sie räusperte sich, strich sich die Haare hinter die Ohren und lächelte etwas schief. «Versuchst du, einen klaren Kopf zu bekommen?»

Ich musste ein Lachen unterdrücken. «Kann es sein, dass du von dir auf andere schließt?»

Als ich Phoebe gestern Abend endlich so weit hatte, schlafen zu gehen, musste ich sie festhalten, während ich die Bettdecke zurückschlug, damit Phoebe nicht umkippte, und dann war sie einfach in ihren Klamotten aufs Bett gefallen, und ich hatte sie nicht mehr wach bekommen.

«Oh Mann, ich trinke sonst nie so viel. Ich weiß auch nicht, was über mich gekommen ist.»

«Hmhm.» Ich versuchte, nicht zu lachen.

Sie sah an sich hinunter, seufzte angesichts des traurigen Zustands ihrer Kleidung und sank neben mir zu Boden. Den Rücken an die Wand gelehnt, blickte sie in Richtung Dorf, das inzwischen zum Leben erwacht war. Offenbar war ich eine ganze Weile hier draußen gewesen. Im Pub brannte Licht, ein paar Leute machten ihre Boote seetüchtig, und ein Mann schrubbte seinen Kutter.

«Es gibt gleich Frühstück», unterbrach Phoebe die Stille. «Und danach sollten wir zusehen, dass wir nach London zurückkommen.»

Sie klang ein wenig matt, und als ich sie ansah, zuckte sie mit den Schultern. «Ich schätze, es war dumm, anzunehmen, dass wir ihn hier finden könnten, oder überhaupt, dass Harry der Mann auf dem Foto ist. Es ist alles so lange her. Warten wir einfach ab, bis es deinem Dad bessergeht, vielleicht erfahren wir dann mehr.»

«Ach, Phoebe.» Ich konnte die Enttäuschung in ihrer Stimme kaum ertragen. «Lass uns doch wenigstens noch ein bisschen herumfragen, ehe wir fahren. Wir haben zum Beispiel noch nicht mit dem Pastor gesprochen. Wer weiß, vielleicht ist er alt und erinnert sich noch an die gute alte Zeit, als die Bauern ihren Zehnten bezahlen mussten. Und wir hatten gestern Abend doch Spaß, oder?»

«Allerdings.» Sie lachte krächzend und hielt sich sofort den Kopf.

Ich hob mein Gesicht in die Sonne. In London hatte es so viel geregnet, dass ich kaum noch wusste, wie die Sonne aussah. Neben mir öffnete Phoebe den Reißverschluss ihrer Tasche und wühlte darin herum.

«Geht dein Pilot – wie hieß er, Greg? – nicht gern auf Partys?», fragte ich.

Sie schwieg so lange, bis ich meine Augen öffnete und sie ansah. Sie hielt die Kopie des Fotos meiner Mutter in der Hand und betrachtete es.

«Er heißt Craig. Und wir haben uns getrennt.»

«Was?» Ich richtete mich auf und starrte sie an. «Aber als wir über ihn gesprochen haben, wart ihr doch noch zusammen? Das war doch erst vor ein paar Tagen.»

Sie sah auf und ließ den Blick über den Hafen schweifen. «Er ist nicht der Richtige», sagte sie. «Das alles …», sie wedelte mit der Hand zwischen mir, ihr und dem Foto hin und her, «hat mir klargemacht, dass ich keinen Typen will, der schon zwei Kinder aus erster Ehe hat und nicht noch eine Familie gründen möchte.» Sie schwieg einen Moment. «Ich möchte Charlotte und Henry, und zwar jetzt.»

«Oh-kay», sagte ich langsam.

«Nachdem wir neulich auf dem Friedhof geredet hatten, über meinen imaginären Bruder Charlie und so, saß ich im

Zug nach Hause, und mir wurde klar, dass ich wirklich jemanden möchte, der mir die Fernbedienung wegnimmt. Sehr, sogar. Und da bin ich zu ihm gefahren und hab es ihm gesagt.»

«Einfach so?»

«Leicht war es nicht. Wir wollen alle etwas Festes, uns an etwas festhalten. Bei mir hat das mit dieser Panik zu tun … weil uns so viel Zeit verlorengegangen ist, die wir miteinander hätten verbringen können, und mit ihr. Wie du gestern gesagt hast: Die Jahre vergehen, und man macht einfach so weiter. Ich möchte eine eigene Familie. Ich möchte, was wir, du und ich, hätten haben können, als wir aufwuchsen.»

Ich nickte und dachte darüber nach. «Aber du hast niemanden, mit dem du diese Kinder bekommen könntest.» Ich sah sie an. «Oder doch?» Ihr traute ich auch zu, innerhalb von vierundzwanzig Stunden schwanger geworden zu sein.

«Also bitte.» Sie kickte gegen einen Kieselstein, der auf den Rand des Kais zu hüpfte. «Es ist so schwer, einen halbwegs anständigen Mann zu finden, ganz zu schweigen von einem künftigen Familienvater. Aber wenn ich nicht bis buchstäblich nächste Woche einen Mann finde, dann mache ich es alleine. One-Night-Stand. Oder aus der Retorte.»

«Bist du jetzt völlig bekloppt?» Ich schüttelte den Kopf. «Ich soll Tante eines Retortenbabys werden? Dann fange ich besser schon mal an, selbstgezogenes Gemüse für den Brei einzulagern. Venetia redet schon ständig über Kohlrüben und eingefrorene Muttermilch. Fertigbrei scheint ja der Tod zu sein für kleine Babys.»

Sie warf lachend den Kopf zurück. «Ich habe von Fertigbrei gar nicht so schlecht gelebt. Hauptsache, du sicherst dir deinen Andrew.»

«Er ist nicht *mein Andrew.* Ich hab dir doch gesagt, für mich ist alles gut, so, wie es ist. Außerdem eröffne ich ja jetzt mein eigenes Café. Damit beginnt eine neue Ära.»

«Hmhm, klar. *Den kleinen Salbeitopf bringe ich Andrew mit*», imitierte sie mich. «Lerne ich ihn eigentlich bald mal kennen? Ich habe so das Gefühl, als würde er uns noch eine ganze Weile erhalten bleiben.»

«Und *ich* habe so das Gefühl, dass ihr beiden euch blendend verstehen würdet», sagte ich schicksalsergeben. «Aber wir können ja mal zusammen was trinken gehen.»

Sie gackerte los. «Sag das nicht, ich trinke nie wieder Alkohol. Komm, ich brauche einen Kaffee.»

Sie gab mir das Foto, während sie aufstand und sich ihre Tasche umhängte. Ich betrachtete die drei Menschen und das Wasser dahinter, blickte auf, drehte mich auf dem Absatz um und sah wieder auf das Foto.

«Phoebe!»

«Was?»

«Ich glaube, sie waren hier», sagte ich. «Sieh mal, ich glaube, das Foto wurde genau hier aufgenommen!»

Sie drehte sich um und formte mit ihren Fingern einen Rahmen. «Ja. Das da hinten könnte dieses rostige Pollerding sein», sagte sie aufgeregt und zeigte Richtung Hafen.

«Und diese Pfosten sehen doch genau so aus wie die da an der Mauer?»

Phoebe lief an der Mauer entlang, rahmte immer wieder die Szenerie ein und verglich sie mit dem Foto, bis sie sagte: «Die Sonne muss direkt hinter der Kamera gestanden haben, weil sie so blinzeln.»

Plötzlich war ich vollkommen wach. «Vielleicht war es auch am frühen Morgen, denn die Sonne steht über dem Wasser, hinter der Mauer.»

Wir sahen uns an.

«Sie war hier», sagte ich staunend. «1958 stand sie *genau hier*, wo wir jetzt stehen.»

Ich spürte, dass mich die Gefühle überwältigten, blinzelte und nahm Phoebes Hand fest in meine. Da wir einem Foto gefolgt waren, auf dem «Tideford Cross» stand, hätte es uns nicht besonders überraschen sollen, in Tideford Cross die Stelle zu finden, an der das Foto gemacht worden war. Aber nachdem wir tagelang versucht hatten, Elizabeth neu zu begreifen, nachdem ich ein ganzes Jahr mit dem Versuch verbracht hatte, mich richtig an sie zu erinnern, verlieh mir die Tatsache, dass sie vor zweiundvierzig Jahren auf genau den Steinen gestanden hatte, auf denen wir jetzt standen, das Gefühl von Zeitlosigkeit, als wären wir alle drei hier versammelt, an einem sonnigen Morgen am Meer, als müsste ich nur genauer hinsehen und -hören, um sie sehen und ihr Lachen hören zu können.

Limpsfield, 4. August 1959

Ich kann vor Aufregung, Angst und Nervosität kaum schreiben, und das jetzt schon seit Tagen, aus Angst, dass es vielleicht doch was anderes ist, obwohl es doch so wunderbar wäre. Und vor Schreck darüber, was ich getan habe, was tief in mir geschieht und noch weitere sechs Monate geschehen wird.

Die ersten Anzeichen hatte ich noch gar nicht richtig gedeutet. Es war alles so ein Auf und Ab zwischen Mums Tod und dieser Verzauberung, dass es sowieso nicht monatlich kam, aber als mir vor ein paar Wochen übel wurde, jeden Morgen, und als ich einmal nachmittags im College fast ohnmächtig wurde, habe ich die naheliegenden Schlüsse gezogen. Obwohl ich nicht gleich sicher war, weil er gesagt hatte, er kümmert sich um alles.

Bis Purley war ich ziemlich naiv und wusste gar nicht genau, was ich unter «alles» zu verstehen hatte, ich wusste nur, was Judy mir erzählt hat und was ich zwischen den Zeilen bei Elizabeth Jane Howard gelesen habe, und wenn ich ganz ehrlich bin, ist mir immer noch nicht ganz klar, was schiefgegangen ist. Von Mum hatte ich nur eine sehr allgemeine (und ziemlich unbefriedigende) Erklärung bekommen. Sie ist zu früh gegangen, um mir «alles» genauer zu erklären. Aber in Purley habe ich alles herausgefunden und war froh darüber, jedenfalls über den schönen Teil, und es war so aufregend und großartig, dass ich froh war, die Kontrolle über «alles» ihm überlassen zu können.

Jedenfalls bin ich trotz meines begrenzten Verständnisses ziemlich sicher, worum es sich hier handelt, und weil wir gar nicht so oft zusammen waren, da er in letzter Zeit so viel zu tun hat, ist es nicht schwer, das Datum festzulegen. Ich weiß nicht, was man in so einer Situation macht, und habe niemanden, den ich fragen könnte, außer Ellen, die sich mit solchen Dingen auszukennen scheint und zuverlässig ist. Auf jeden Fall muss ich absolut sicher sein, ehe ich ihm die Neuigkeit überbringe.

Tief im Inneren bin ich eigentlich absolut sicher, und wieder einmal ist mein Dauerzustand aufgeregt und ängstlich, weil es zugleich so wunderbar und so erschreckend wäre, dass ich – Mutter werden könnte. Ich hoffe, ich weiß, wie das geht, Mutter sein. Viel Erfahrung habe ich nicht darin, jemandem so nah zu sein, denn von den zwei Menschen, denen ich mich je nahe gefühlt habe, ist einer tot, und der andere … eigentlich ist der andere wunderbar. Ich habe also keinen Grund, mir Sorgen zu machen. Nicht den geringsten.

9. August 1959

Jetzt, wo ich es weiß, finde ich es plötzlich total offensichtlich. Von Woche zu Woche wird meine Bluse enger, sie klafft zwischen den Knöpfen ganz schrecklich auseinander, und mein Rock fühlt sich unbequem an. Ich habe angefangen, ein Korsett zu tragen, was sowieso immer scheußlich ist, aber im Moment besonders, weil ich kaum richtig Luft bekomme und unnatürlich gerade sitzen muss, damit es nicht in den festen, kleinen Hügel drückt, der sich um meinen Nabel gebildet hat. Aber lange wird das nicht mehr gehen, denn bald wird es nicht mehr passen. Ich fürchte, dass man es jetzt schon sehen kann. Bald wird Vaters Blick auf meiner Taille verharren, wenn wir uns zum Abendessen setzen. Und dann wird er mit Schrecken verstehen. Bevor das geschieht, deutlich vorher, muss ich mit einem Versprechen und einer Verlobung zu ihm kommen. Ich sehe John im Moment nicht so häufig wie im Winter und im Frühling, aber er hat auch sehr viel zu tun, und Hartland beansprucht einen Großteil seiner Zeit, deshalb trage ich mein Geheimnis – unser Geheimnis! – jetzt schon seit einiger Zeit mit mir herum und warte auf den richtigen Moment, es ihm zu sagen.

10. August 1959

Heute habe ich mitten im Unterricht vorgegeben, krank zu sein. Mrs. Phelps hat gesagt, sie hätte auch schon gedacht, dass ich etwas blass aussähe, und ich solle auf mich aufpassen – sie ist immer so nett. Also habe ich mir einen Fahrschein gekauft und bin – mit dem Zug! – nach London gefahren, um einen Arzt aufzusuchen, von dem Ellen mir im Vertrauen erzählt hat. Wenn ich verheiratet wäre, könnte ich in die Klinik in Oxted gehen, bekäme Vitamine und Orangensaft und wäre in Gesellschaft anderer Frauen, denen es genauso geht. Aber da ich bin, was ich bin – jedenfalls im

Moment noch –, gehe ich zu einem Arzt, der nicht bei den schicken Ärzten in der Harley Street praktiziert, sondern in der Nähe der St. Paul's Cathedral. Ellen hat gesagt, dort würde niemand wissen wollen, wer ich sei, oder Fragen stellen.

Es war eigentlich gar nicht so schlimm. Man musste den Hintereingang nehmen, und seine Hände waren kalt, und besonders freundlich war er auch nicht gerade, aber mir machte das nichts, denn jetzt, wo er es bestätigt hat, ist es noch wahrer geworden! Ich habe ihn gefragt, ob ich auf irgendeinen Test warten müsste oder so, aber er hat nur herablassend gelächelt und gesagt, es wäre vollkommen eindeutig, und angesichts der Daten, die ich ihm gesagt hätte, könnte ich davon ausgehen, im vierten Monat zu sein, vielleicht auch schon Anfang des fünften. «Ich gratuliere, Mrs. Smith.» Die Frau, die mir die Tür aufgemacht hatte, hat mich etwas komisch angesehen, als ich ging.

Ich bin eine Weile herumgelaufen und fühlte mich plötzlich ein bisschen verlassen, weil alle anderen zu wissen schienen, wo sie hinmussten, all die Sekretärinnen und Typistinnen und Angestellten, während ich in meiner langen, weiten Strickjacke versuchte, nicht so zu wirken, als hätte ich mich davongestohlen, um im Hinterzimmer einer Arztpraxis eine unerwartete Schwangerschaft bestätigen zu lassen. Mir hat nicht gefallen, wie die Sprechstundenhilfe mich angesehen hatte, so wissend und von oben herab, und als ich da so am Straßenrand stand und beobachtete, wie die roten Busse die Strand herunterfuhren, bekam ich es doch ein bisschen mit der Angst zu tun, weil ich natürlich weiß, dass es so eigentlich nicht laufen soll, dass ich eigentlich in die Klinik von Oxted hätte gehen sollen, unter meinem eigenen Namen, und nicht als Mrs. Smith, die heimlich in Hotels in Purley war.

Nicht weit entfernt war eine Telefonzelle, um die ich lange herumschlich, während um mich herum die Menschen vorbeiströmten. Ich wollte mit ihm sprechen, ziemlich dringend inzwischen, einfach seine Stimme hören und mich beruhigen lassen. Aber dabei fiel mir auf, dass ich nie zuvor versucht hatte, ihn zu erreichen. Er war einfach immer da gewesen. Ich ging Richtung Telefonzelle, wartete, dass der Mann, der gerade sprach, fertig wurde, und suchte ein paar Pennys zusammen, während sich hinter mir eine kleine Schlange bildete. Der Gedanke, ihm sagen zu müssen, dass ich ein Baby bekam, während hinter mir Leute ungeduldig warteten, gefiel mir nicht besonders.

Am Ende machte ich unverrichteter Dinge wieder kehrt. Der Mann, der aus der Telefonzelle kam, sah mich merkwürdig an, und ich merkte, dass ich rot wurde und schuldbewusst wirkte. Bestimmt wusste er, was los war. Als ich Richtung St. Paul's ging, hielt ich mir selbst eine kleine Standpauke. Es war alles gut, es würde alles gut werden. Ich brauchte nur auf ihn zu warten, morgen oder übermorgen würde er sich melden. Jetzt war ich schon seit Monaten schwanger, da konnte ich doch wohl noch ein, zwei Tage warten, bis ich es ihm sagte und alles gut würde?

Ich wusste, dass ich nach Hause hätte fahren sollen, aber die Kuppel der Kathedrale war so nah, dass ich ihr nicht widerstehen konnte. Als London während des Krieges brannte, war St. Paul's stehen geblieben. Die Kathedrale war ein Zeichen der Hoffnung gewesen, sie stand für unsere Zukunft, hat Mum immer gesagt. Sie zeigte mir ein Bild, das sie im Jahr vor meiner Geburt aus der Zeitung ausgeschnitten hatte, auf dem die große Kuppel der Kathedrale sich stolz aus Feuer und Rauch erhob, als London nach dem Blitzkrieg in Schutt und Asche lag.

Ich stieg die Stufen empor und versuchte, nicht daran zu denken, wie ich sie wenige Jahre zuvor mit Mum gegangen war. Ich ließ meinen Kopf einfach leer werden und ging in die Kirche, als gehörte ich dorthin, als wäre ich kein gefallenes Mädchen, sondern einfach eine Mutter, die sich auf das Leben mit ihrem Baby freute. Ich warf meine Pennys in die Sammelbüchse und ging direkt auf den Altar zu.

Dort stand ich, unter dem wunderschönen Kuppelgewölbe, das Mum immer als Tor zum Himmel bezeichnet hat, und gestattete dem Glück und der Aufregung und der hellen Zukunft mit einem Ehemann und meiner eigenen Familie endlich, sich echt anzufühlen.

30. Kapitel

Dass Phoebe und ich jetzt zurück nach London fuhren, kam überhaupt nicht in Frage. Nach einem eiligen Frühstück nahmen wir unsere Taschen und meinen Salbeitopf, ich hängte den Regenmantel wieder an den Garderobenhaken, und wir machten uns auf den Weg in den Dorfladen, um nach dem Pastor zu fragen.

Der Laden war klein und vollgestopft mit Leuten, die ihre Samstagszeitung kauften, und ich beschloss, Phoebe vorgehen zu lassen. Sie überragte die Kunden und die klapprigen, mit Cornflakes-Schachteln und Schokoriegeln gefüllten Regale und sprach gestenreich den jungen Mann hinter der Kasse an. Der nickte mehrmals, schüttelte dann den Kopf und zeigte auf eine ältere Frau mit Paisley-Schal, die vor einem Teeregal stand. Phoebe sprach sie an und holte das Foto hervor, das die Frau blinzelnd betrachtete. Ich musste leise lachen, weil ich noch auf die Entfernung spürte, dass Phoebe vor Ungeduld förmlich surrte.

An diesem Ort, der so wunderbar nach Meer duftete und dessen Hafen meine Mutter vor zweiundvierzig Jahren besucht hatte, fühlte es sich plötzlich gar nicht mehr so bedrohlich an, nicht fest verankert zu sein. Da Grace und das Café nicht mehr auf mich warteten, konnte ich mich überallhin treiben lassen, alles tun, alles *sein.* Und ohne die ständige Erwartung meiner Mutter, etwas aus mir zu machen, war mein Leben vielleicht ganz einfach.

Plötzlich durchzuckte mich ein Adrenalinstoß, denn mir fiel etwas ein, etwas, das ich komplett vergessen hatte und das bedeutete – oh nein! –, dass mein guter Freund, der es kein bisschen verdient hatte, versetzt zu werden, jetzt vor «den perfekten Räumlichkeiten» mit dem Verkäufer auf mich wartete. Wie hatte mir das nur entfallen können? Ich kramte nach meinem Handy und bekam sofort ein hochrotes, juckendes Gesicht, als ich all die entgangenen Anrufe sah. Die letzten vierundzwanzig Stunden waren mir irgendwie entglitten, dabei hatte ich doch vorgehabt, ihn anzurufen, hätte ihn anrufen *müssen.* Ich war so eine wankelmütige, dumme –

«Addie!» Ich hörte auf seiner Seite Verkehrslärm und Andrews Stimme, die versuchte, dagegen anzuschreien. «Bist du gleich hier? Der Verkäufer hat für halb zwölf noch andere Interessenten bestellt, und wir warten auf dich.»

«Äh, Andrew, also, weißt du – es tut mir so leid, wirklich –»

«Kannst du etwas lauter sprechen? Ich kann dich gar nicht hören», rief er ins Telefon.

«Also, es … es tut mir so leid, Andrew. Ich bin gar nicht in London. Ich kann nicht kommen.»

«Was? Können wir nicht reden, wenn du hier bist?»

«Ich bin nicht in London», sagte ich sehr laut. «Es tut mir wirklich leid, Andrew, bitte hass mich nicht. Ich komme nicht.»

Es trat eine Pause ein, dann knurrte Andrew verärgert: «Mann, Addie. Ich dachte, wir – wo bist du denn? Soll ich einen neuen Termin machen?»

Ich sah ihn vor mir, wie er in Kensington auf der Straße stand und sich mit der Hand durch die Haare fuhr und versuchte, ruhig zu bleiben, und fühlte mich noch schuldiger.

«Ich hätte es dir sagen sollen», sagte ich verzweifelt und schob schnell, ehe ich den Schwanz einziehen konnte, hinterher: «Ich habe bei Grace gekündigt.»

«Schon? Wow, das ist ja toll. Dann beeil dich und –»

«Aber ich kann kein Restaurant mit dir aufmachen, Andrew. Es tut mir wirklich leid.»

«Komm schon, Addie, es ist alles bereits organisiert, und ich dachte –»

«Ich erkläre dir alles morgen, ja? Du wirst es verstehen. Und, Andrew, es tut mir *wirklich leid.*»

«Vergiss es, verdammt.»

Er legte ohne ein weiteres Wort auf, und ich ließ mich gegen die Mauer sacken. Warum hatte ich nicht rechtzeitig Farbe bekannt, warum hatte ich es ihm nicht gleich gesagt? Stattdessen hatte ich ihn hingehalten und war herumgeeiert und hatte einfach alles geschehen lassen, wie ich es immer tat, in der Hoffnung, dass sich alles von selbst erledigen würde.

Im Laden war Phoebe immer noch im Gespräch. Eine Frau, die einen großen roten Hut mit breiter Krempe trug, drängte sich mit mehreren Tüten an ihr vorbei, und der Verkäufer öffnete ihr die Tür.

«Auf Wiedersehen, Mrs. Sinclair.» Er deutete eine Verbeugung an. «Bis morgen.»

Die Frau, deren Gesicht unzählige kleine Fältchen zierten, lächelte ihn mit dunkelblauen Augen dankbar an und ging mit entschlossenem Schritt die Straße hinunter.

«Kann ich Ihnen helfen?», fragte der Verkäufer mich und betrachtete skeptisch mein gerötetes Gesicht und mein wildes Haar.

«Ich warte hier nur», sagte ich und steckte das Handy in meine Tasche.

Am Ende der Straße war jetzt wieder der rote Hut zu sehen, der die Treppe hoch und dann den Küstenpfad entlangschwebte. Hinter mir klingelte erneut die Tür, und Phoebe erschien, in den Händen eine Tüte Scones und zwei Flaschen Cola, aber glücklich wirkte sie ganz und gar nicht.

«Und?» Ich nahm ihr die Scones ab.

«Nichts», sagte sie und schraubte mit bebender Hand eine Flasche auf.

«Hatten wir heute Morgen nicht schon genug Koffein?», fragte ich, als sie die halbe Flasche auf einmal austrank.

«Warum?» Sie band ihren Pferdeschwanz neu und zog einen Zettel aus der Tasche. «In diesem blöden Laden hat keiner was gewusst. Aber die Dame hat was für mich gezeichnet, sieh mal. Die Kirche ist hier, sie hat gesagt, der Pastor kümmert sich wahrscheinlich gerade um die Blumen, und dann gibt es wohl einen Mr. McEllen, der für den *South Coastal Observer* schreibt, aber er ist auf Reisen. Hier scheint, ehrlich gesagt, niemand irgendwas zu wissen. Ich glaube, wir können genauso gut wieder nach Hause fahren, oder was meinst du?»

«Jetzt sind wir schon mal hier», sagte ich entschieden. «Lass uns wenigstens mit dem Pastor reden. Und mit Fionas Mum, die könnte doch was wissen, und –»

Aber der Rest meiner Worte ging in ausgelassenem Japsen und Jaulen unter, denn Phoebe war abgetaucht, um einen winzigen Dackel zu streicheln.

«Wie niedlich», jubelte sie.

Am anderen Ende der Hundeleine folgte die Dame mit dem großen Hut, Mrs. Sinclair, diesmal ohne Einkaufstüten.

«Wie heißt er denn?», fragte Phoebe, nahm den kleinen Hund auf die Knie und rieb ihre Nase an seiner Schnauze. Die Frau beobachtete sie eine Weile und sagte dann mit merkwürdigem Gesichtsausdruck: «Scully. Er ist eine Sie.»

Da die Frau durch die Leine mit dem Hund verbunden war, musste sie direkt neben Phoebe stehen bleiben, obwohl ihr Oberkörper sichtlich in die Richtung strebte, aus der sie gekommen war.

«Phoebe», sagte ich, während sie den Hund hinter den Ohren kraulte, «wir sollten Mrs. – Sinclair, nicht? Ich hörte vorhin, dass der Verkäufer Sie so nannte – gehenlassen.»

Der Hund bellte mehrmals hintereinander fröhlich und rieb seinen Kopf an Phoebes Hand. Die Frau zog an der Leine, den Blick immer noch auf Phoebes Gesicht geheftet.

«Ich liebe Hunde», sagte Phoebe unnötigerweise. «Ich wollte immer selbst einen, aber ich bin zu viel unterwegs.»

Der Hund gab Phoebe zur Antwort die Pfote.

«Oh, und Kunststücke kann er auch schon», sagte Phoebe begeistert. «Was für ein kluges Hundchen du bist. Ja, dich meine ich, du kleines Schmusi.»

Die Situation lief eindeutig langsam aus dem Ruder. Ich sah Mrs. Sinclair mit hochgezogenen Augenbrauen an.

Die schnitt eine Grimasse und sagte: «Sie ist wohl etwas überschwänglich.»

Während ich noch versuchte zu entscheiden, ob sie Phoebe meinte oder den Hund, sprach sie weiter: «Ich habe gehört, dass Sie sich nach den Shaws erkundigten. Deshalb bin ich zurückgekommen.»

«Genau», sagte ich.

«Worum geht es denn?»

Phoebe stand jetzt auf, sehr zum Kummer des Hundes, aber ehe sie noch zu einer ihrer wilden Reden ansetzen konnte, legte ich ihr die Hand auf den Arm.

«Wir betreiben Nachforschungen zu Familien der Upper Class nach dem Krieg. Deshalb interessieren wir uns für die Familie Shaw, insbesondere für eine Frau, die vermutlich bei ihr zu Besuch war, das muss zwischen 1958 und 1960 gewesen sein.»

«Eine Frau?», wiederholte Mrs. Sinclair. Der kleine Hund schnüffelte an unseren Schuhen.

«Sie hieß Elizabeth Holloway», sagte ich. Mrs. Sinclair zog Scully von Phoebes Schuhen weg, sodass ich ihre Augen nicht sehen konnte, aber beim Namen meiner Mutter zuckte sie kurz, eine winzige, aber unübersehbare Regung. Ich ging einen Schritt auf sie zu. «Erinnern Sie sich vielleicht an sie?»

Mrs. Sinclair bückte sich und nahm den Hund auf den Arm. «Nein, tut mir leid, ich kenne sie nicht», sagte sie. «Es ist nur … von den Shaws hat man so lange nichts mehr gehört, es ist seltsam, dass sich gerade jetzt jemand nach ihnen erkundigt, nachdem sie so lange fort sind. Sie haben sich nicht viel –»

«Unters Volk gemischt, ja, das wissen wir», sagte Phoebe. «Aber wenn Ihnen noch irgendwas einfällt –»

«Tut mir leid, ich glaube nicht, dass ich Ihnen helfen kann. Viel Glück, trotzdem.»

Sie setzte den Hund wieder auf den Boden und machte sich auf den Rückweg. Aber da kannte sie Phoebe schlecht. Sie eilte der Frau hinterher.

«Tut mir leid, dass ich so hartnäckig bin», sagte sie, aber es klang nicht im Geringsten, als täte es ihr leid. «Kannten Sie die Shaws persönlich? So jemanden suchen wir nämlich. Wir brauchen nur ein paar Informationen, mehr nicht.»

«Tut mir leid.»

Die Frau beschleunigte ihren Schritt und bedauerte sichtlich, überhaupt mit uns gesprochen zu haben. Sie eilte eine steile Treppe hoch und bog um eine Ecke, wobei sie den kleinen Hund hinter sich herzerrte. Scully bellte und sah sich nach Phoebe um, die ihr immer näher kam. Ich schnappte mir meine Tasche und den Salbeitopf und lief ihr hinterher. Wir hatten schon fast das letzte Haus der Straße erreicht, als die Frau durch den Vorgarten eines kleinen, grauen Häuschens ging und vor der Haustür stehen blieb. Phoebe stand vor der Gartenpforte und griff schon nach der Klinke, als die Frau sich unfreundlich umsah. Phoebe zog ihre Hand zurück, und ich ging die letzten Meter und blieb neben ihr stehen.

«Es tut uns wirklich leid, Sie zu belästigen», sagte ich atemlos, «wir versuchen einfach, ein paar Zusammenhänge herzustellen. Elizabeth Holloway war 1958 hier zu Besuch. Sie ist letztes Jahr gestorben, und wissen Sie, es sind ein paar Fragen unbeantwortet geblieben –»

Plötzlich war das Gesicht der Frau ganz dicht vor meinem. Sie sagte: «Liz ist tot?»

31. Kapitel

Ich trat einen Schritt zurück, und die Frau fasste Phoebe, die direkt neben mir stand, am Arm.

«Ist das wahr? Liz ist tot?»

Phoebe war entgeistert. «Ja, ist sie, aber was –»

«Ich … muss rein», sagte die Frau mit schwacher Stimme, drehte sich um und suchte nach ihrem Schlüssel.

«Nein, bitte», sagte ich. «Wenn Sie irgendwas wissen, würde uns das so viel bedeuten. Wir suchen nicht nach irgendwas Schrecklichem, dieses Gerede über das Buch tut mir leid. Die Wahrheit ist, also …»

Ich war ihr hinterhergegangen, und Phoebe folgte mir. Die Frau wandte uns den Rücken zu und hatte einen Fuß bereits in der Tür. Der Hund freute sich sichtlich, zu Hause zu sein, stürzte sich auf eine Schüssel mit Wasser und schlabberte.

«Elizabeth war meine Mutter, wissen Sie.» Ich hörte Phoebe leise schnauben. «Unsere Mutter.»

Der Augenblick schien sich endlos in die Länge zu ziehen. Die Morgensonne hatte den allerletzten Nebel verdampfen lassen, und am blauen Himmel hingen nur wenige weiße Wolkenfetzen. An der alten Mauer, die den Vorgarten begrenzte, wuchsen büschelweise Blumen. Schließlich ließ die Frau die Schultern hängen, trat ein und hielt die Tür auf.

«Ich sollte Sie wohl hereinbitten.»

Wir standen unschlüssig im Flur herum, während Mrs. Sinclair ihre Jacke aufhängte und durch eine Tür verschwand. Nach dem gleißenden Sonnenlicht draußen schien es hier drinnen stockdunkel zu sein, und ich fröstelte. Mrs. Sinclair steckte ihren Kopf durch die Tür und deutete auf eine kleine Sitzecke zur Rechten.

«Setzen Sie sich doch.»

Phoebe wirkte immer noch benommen und setzte sich wortlos auf eins der harten Sofas. Ich reckte den Hals und sah die Frau in der Küche herumlaufen, dann öffnete sie die Hintertür, und ich hörte das Geräusch gegeneinanderklirrender Flaschen. Phoebe hatte Scully auf den Schoß genommen und streichelte sie mechanisch.

Das Haus war nicht groß. Es schien einmal zwei kleine Wohnzimmer gehabt zu haben, aber die Zwischenwand war eingerissen worden. Die Sofas duckten sich unter eins der kleinen, tiefen Fenster, durch die Sonnenstrahlen auf den Glastisch fielen. Rechts von der Tür stand ein Esstisch, an dem mehrere verschnörkelte Stühle standen – so ordentlich, dass es wirkte, als würden sie nicht oft benutzt.

Ich stellte meine Tasche und den Blumentopf ab und streifte durch das Zimmer. Die Wand hing voller Gemälde, Fotos gab es nur wenige. Zwei Kinder. Eine Kleinfamilie vor einer Holzhütte. Eine Schwarzweißaufnahme von einer Familie vor einem großen Haus, auf dem ich eine jüngere Version von Mrs. Sinclair erkannte, mit einem Mann, der vermutlich ihr Vater war. Keins der Gesichter sagte mir etwas, aber warum sollte es auch? Auf dem Sideboard stand eine schöne Silberschüssel, in der ein paar Muscheln und Steine lagen, und daneben war ein antiker Schrank mit Glastüren und filigranen Porzellantellern und -platten darin.

Ich hatte gerade eine Silberbürste von einem kleinen Beistelltisch genommen, als Phoebe sich räusperte, ich die Bürste zurücklegte und zu Mrs. Sinclair eilte, um ihr das Tablett abzunehmen. Sie deckte den Tisch, verteilte die Silberlöffel und drehte die Teekanne so lange, bis die ansehnlichste Seite zu uns zeigte.

«Ich habe nur selten Gäste», sagte sie entschuldigend und schob uns Milchkännchen und Zucker hin. «Wenn Sie einen Steinkuchen möchten – bitte.»

Ich warf einen Blick auf die grauen Klumpen und entschloss mich dagegen, nahm aber dankend eine Tasse Tee entgegen. Einen Augenblick waren wir mit Milch und Zucker beschäftigt, und ich musste an unseren Nachmittag mit Mrs. Roberts denken. Neben mir ließ Phoebe unsere Gastgeberin nicht aus den Augen. Scully schien unter ihren bebenden Händen einzuschlafen.

Mrs. Sinclair folgte meinem Blick. «Sie können sie ruhig absetzen. Sie hat ein Körbchen, auch wenn sie es meistens ignoriert.»

«Ist schon gut», sagte Phoebe.

Die Frau musterte uns abwechselnd.

«Ihr seid Liz' Töchter.» Es war eine Feststellung, keine Frage.

«Ich bin Adele, und das ist Phoebe», sagte ich.

Sie nickte. Ohne Hut fiel auf, wie dunkel ihre blauen Augen waren. Sie war tatsächlich recht hübsch, wenn auch auf eher nüchterne Weise. Ihr Gesicht war flächig, mit markanten Kiefer- und Wangenknochen. Die Haut war von einem Netz feiner Fältchen überzogen, das im gedämpften Licht noch mehr auffiel, und ihre Kleidung wirkte, obwohl sie etwas abgetragen war, gut geschnitten und stand ihr.

«Wann haben Sie beide denn Geburtstag?», fragte sie langsam und offenbar mit einiger Mühe.

«Am vierzehnten Februar 1960», sagte ich und hörte sie scharf einatmen, als hätte sie die Antwort schon vorher gewusst.

«Wir sind Zwillinge», fügte ich hinzu.

Sie atmete wieder aus, und ihr Gesicht verzog sich etwas.

«Zwillinge?», sagte sie mit leicht zitternder Stimme, nahm ihre Tasse und schien sich an ihr festzuhalten, den Blick auf Phoebe gerichtet. «Ich glaube es nicht. Dann sind Sie – oh Gott.»

Ohne ein Wort zu sagen, hörte Mrs. Sinclair sich an, was ich zu berichten hatte.

«Als wir die Postkarten und das Foto fanden, haben wir eins und eins zusammengezählt und beschlossen, hier weiterzusuchen.»

«Postkarten?», fragte Mrs. Sinclair und setzte sich mit verschränkten Armen noch aufrechter hin.

«Ja, an meine Mutter. Jemand namens Harry bittet sie um ein Treffen.»

«Haben Sie die Karten dabei?», fragte sie sichtlich angespannt. Phoebe griff mit gerunzelter Stirn nach ihrer Tasche und nahm vorsichtig das Notizbuch mit den Postkarten heraus, wovon der kleine Hund wieder aufwachte. Phoebe wollte gerade beginnen, sie vorzulesen, als die Frau die Hand ausstreckte.

«Darf ich?», fragte sie. «Bitte?» Phoebe zögerte kurz, aber dann gab sie sie ihr, und Mrs. Sinclair nahm ihre Brille vom Beistelltisch.

Sie las die wenigen Sätze und hielt die Karten noch eine Weile in der Hand, ehe sie sie auf dem Tisch ablegte. Als sie ihre Brille abnahm, wirkte ihr Gesichtsausdruck vollkommen verändert. Ich rutschte unruhig auf meinem Stuhl herum.

«Was möchten Sie denn wissen?», fragte sie.

«Phoebe glaubt, und, na ja, ich eigentlich auch, dass Harry möglicherweise unser Vater ist.»

Mrs. Sinclair riss die Augen auf. «Euer *Vater*?»

«Ja, also, das vermuten wir zumindest.»

«Aber wie kommt ihr denn darauf, um Himmels willen?»

Neben mir beugte Phoebe sich vor, setzte den Hund auf den Boden und machte zum ersten Mal, seit wir das Haus betreten hatten, den Mund auf:

«Kennen Sie ihn denn? Oder woher wollen Sie wissen, dass er nicht –»

«Das weiß ich», sagte sie tonlos, «weil *ich* Harry bin.»

Limpsfield, 13. August 1959

Heute vor einem Jahr ist meine Mutter gestorben. Und wieder mal wache ich am Morgen meines Geburtstages auf, die Welt scheint voller Möglichkeiten, und wieder einmal passen meine Gefühle gar nicht zu der Tatsache, dass es der Todestag meiner Mutter ist.

Jetzt, da der Tag zu Ende geht, ist es damit vorbei. Es sollte mich vielleicht nicht überraschen, aber wieder mal staune ich, dass es möglich ist, in so kurzer Zeit so tief zu fallen. Gerade noch stand ich voller Hoffnung auf eine wunderbare Zukunft unter dem schönen Kuppelgewölbe der St. Paul's Cathedral mit ihren strahlenden Farben, durch die kleinen Fenster schien die Sonne, und dann erfahre ich mit einer Gewissheit, so absolut wie der Tod meiner Mutter, dass es diese Zukunft nie geben wird.

Er ist verheiratet, und er war schon verlobt, bevor er sich zum ersten Mal mit mir getroffen hat. In diesem Sommer hat er geheiratet, ohne dass ich es wusste oder auch nur ahnte, denn wenn ich es geahnt hätte, hätte ich nie getan, was ich getan habe. Ich hätte mir nie gestattet zu fühlen, was ich fühlte.

Als ich ihn traf, um ihm das mit dem Baby zu erzählen, wusste ich, dass meine Augen leuchteten und mein ganzer Körper darauf wartete, dass er mich in die Arme nahm, mir einen Ring an den Finger steckte und mich nach Hartland entführte oder sonst wohin, egal, solange es nicht Limpsfield war, sondern warm und sonnig, solange wir dort mit unserem Baby spielen und jederzeit den Zug nehmen und glücklich sein konnten bis an unser Lebensende.

Wie konnte ich nur so dumm sein, so unfassbar naiv, ihm nicht mehr Fragen über sein Leben zu stellen, sein Leben jenseits unserer 325 Schritte und der Stunden in dem Hotel in Purley. Wie konnte ich unsere Beziehung für etwas anderes halten als das, was sie für ihn war – Splitter, die für mich alles bedeuteten, weil ich nicht viel mehr hatte, für ihn aber genau das, Splitter außerhalb eines ganz anderen Lebens, einer erwachsenen Beziehung, einer Verpflichtung gegenüber einer Frau, einer Familie und Hartland.

Es war nicht leicht für ihn, es mir zu sagen, das konnte ich sehen, er wirkte elend und schuldbewusst und hilflos und sogar ein bisschen bemitleidenswert. Ich hatte ihn noch nie hilflos erlebt, er hat immer gelächelt, war immer selbstsicher und zuversichtlich, alles fiel ihm zu. Aber als er von Hartland und seiner Familie sprach, von Geldproblemen und seiner Vernunftehe, die das Haus und seine Eltern rettete, die den Shaws eine Zukunft gab, wand er sich und sprach leise, er schämte sich.

Für mich haben die Shaws keine Zukunft. Ich bin ja nicht mal Teil ihrer Gegenwart, bin nichts als ein Eindringling in dieser glamourösen, teuren Erwachsenenwelt, in der verheiratete Männer mit siebzehnjährigen Mädchen nach Purley ins Hotel fahren, sagen, sie würden sich um «alles kümmern», und sie dann mit einem Baby sitzenlassen.

Innerhalb weniger Tage bin ich also zu einer Gefahr für ihn geworden, zu einer Bedrohung seiner Vernunftehe, denn für ihn gibt es daraus keinen Ausweg, ganz egal, ob ich ihn will oder ob ein Baby unterwegs ist, das ihn braucht. Er sagt, er liebt mich seit dem Sommer, ich sei so anders als all die aufgerüschten, künstlichen Frauen in seiner Umgebung. Ich sei echt und lebendig, empfände die Dinge so viel stärker und verstünde, wie die Dinge wirklich seien. Er sagt, dagegen wäre er machtlos gewesen, obwohl sein Vater gesagt hätte, er solle es lassen. Er sagt, dass er mich einfach treffen musste, dass er mich immer noch liebt, trotz allem.

Ich weiß nicht, was ich glauben soll. Vielleicht empfindet er all das tatsächlich, vielleicht will ich ihm aber auch nur unbedingt glauben, so, wie ich ihm glauben wollte, weil ich seit Mums Tod so traurig war, weil ich unbedingt rauswollte und für jeden Lichtstrahl dankbar war, der meine Traurigkeit durchdrang. Ich habe nach Liebe gehungert, um jeden Preis.

Wenn ich jetzt zurückblicke, frage ich mich, ob ich es nicht schon die ganze Zeit hätte sehen können, ob die Zeichen nicht offensichtlich waren, angefangen mit dem Gespräch mit Abel, das ich damals in den Ställen mitbekommen hatte. Ich habe ihn nie angerufen, nicht ein Mal, habe ihm nie geschrieben, habe das Tagebuch mit den Seiten über ihn in einer alten Vase mit Trockenblumen versteckt. War ihm mein Bedürfnis nach Heimlichkeit, nach dem Verbotenen, ganz recht, weil es die Notwendigkeit kaschierte, es geheim zu halten? Aber jetzt spielt es auch gar keine Rolle mehr, ob er mich liebt oder je geliebt hat, denn er sieht sich ja nicht in der Lage, sich um mich oder das Baby zu kümmern. Er will, dass ich es nicht bekomme. Er hat Angst, dass es jemand rausfindet und es das Ende seiner Ehe bedeutet und das Ende von Hartland. Er hat gesagt, man könne ein Kind auch so spät noch loswerden. Nimm ein heißes Bad mit Senfpuder und trink Gin oder dusch mit einer bestimmten Seife. Das macht jeder, sagte er, und es gäbe ja auch Frauen, die Frauen wie mir helfen. Sein Gesicht war dabei ganz rot, denn diese Frauen mit ihren Stricknadeln sind Kriminelle, und das weiß er sehr gut. Und was meint er überhaupt mit «Frauen wie mir»? Wie kann er dastehen und so kleinmachen, was wir hatten, und überhaupt keine Verantwortung übernehmen? Auf eine schreckliche, bittere Weise hat es mich froh gemacht, ihm zu sagen, dass ich das nicht tun würde. Ich könnte es nie, egal, ob es ein Verbrechen ist, egal, was aus meinem Leben wird. Wie sollte ich dieses neue Leben «loswerden» wollen, nach all der Krankheit, dem Tod und Sterben des letzten Jahres? Ich habe zwar im Moment nicht viel Grund, auf Gottes Weisheit zu vertrauen, aber der Teil von mir, der glaubt und achtzehn Jahre lang geglaubt hat, weiß, dass er das Kind bekommen wird. Mum würde nicht gutheißen, was ich in dem Hotel in Purley getan habe, und mein Gesicht brennt, wenn ich daran denke, was sie zu meiner jetzigen Situation sagen würde. Aber im tiefsten Herzen weiß ich mit absoluter Sicherheit: Sie hätte niemals gewollt, dass ich abtreibe.

Als ich die Stufen des Busses hochstieg, mich hinter den Fahrer setzte und in die Nacht fuhr, hatte ich das Gefühl, dass in mir etwas zerbrach. Als Mum starb, war da dieser dauernde Schmerz, der nie nachließ, eine ständige Trauer und Sehnsucht, schmerzende Erinnerungen wie ein anhaltender, hoher Ton, dem man nicht entkommt. Als ich das Wort «verheiratet» aus seinem Mund hörte, war es ganz anders. Es war wie ein Schlag in die Magengrube, von dem mir schwindelig wurde, der mich verwirrte und schockiert zurückließ. Es war, als wäre mein Innerstes in der Mitte entzweigerissen worden. Ich hoffte, die Fahrt würde ewig dauern, denn am Ende der Fahrt würde ich aussteigen und nach Hause gehen und meinem Vater sagen müssen, dass ich das Baby eines verheirateten Mannes erwarte.

32. Kapitel

«*Sie* haben das geschrieben?», fragte ich ungläubig. In meiner Vorstellung war Harry ein großgewachsener Mann, der auf dem Hafendamm stand, hinter sich das Wasser, und nicht diese stämmige Frau mit braungrauem Haar und sehr roten Händen.

«Ich war mal Harriet Shaw, aber daran wird sich wohl kaum noch jemand erinnern. Als ich jung war, nannte man mich Harry – so eine alberne Hockeyspieler-Abkürzung aus dem Internat, die ich nicht mehr loswurde. Aber eigentlich gefiel es mir. Es klang viel lustiger, als ich tatsächlich war.»

Phoebe hielt ihr das Foto hin und zeigte darauf. «Aber wer ist denn dann dieser Mann?»

Harriet Sinclair betrachtete das Foto eine Weile, und ich sah, wie sich ihr Gesichtsausdruck veränderte, eine Mischung aus Schmerz, Unsicherheit und Widerstreben. Als sie wieder sprach, klang ihre Stimme ruhig und kontrolliert.

«Das Foto habe ich sehr lange nicht mehr gesehen. Ja, der Mann ist euer Vater, das stimmt. Aber er heißt nicht Harry, sondern John. John Shaw, mein Mann. Und das –», sie zeigte auf das sehr vernünftig wirkende Mädchen links, dessen Gesicht fast von einem riesigen Sonnenhut verdeckt wurde, «– das bin ich, ob ihr es glaubt oder nicht. Ich habe immer schon gerne Hüte getragen.»

Harriet goss Phoebe Tee nach.

«Hartland gehörte Johns Eltern. Ich habe dort nicht lange gelebt, nicht mal ein Jahr. Ich hatte eine Wohnung in London, aber dann … Ich kannte John schon ewig, ehe wir heirateten. Ich stamme ursprünglich aus Somerset und bin in den Chilterns zur Schule gegangen, in der Nachbarschaft von Johns Schule. Wir kannten dieselben Leute, verbrachten die Wochenenden in diversen Landhäusern oder in London. Ich bin nie davon ausgegangen, dass wir mal ein Paar würden, obwohl ich mich ziemlich in ihn verguckt hatte. Anders ging es auch kaum, man musste sich praktisch in ihn verlieben – er war so charismatisch, temperamentvoll und selbstsicher, und wenn er einen ansah, hatte man immer das Gefühl, man wäre der einzige Mensch auf Erden. Die Shaws haben während des Krieges schwere Zeiten durchgemacht und brauchten lange, um wieder zu sich zu kommen, nachdem Christopher, Johns älterer Bruder, 1945 gestorben war. Er war erst neunzehn.»

Phoebe hatte sich ganz vorn auf die Kante des Sofas gesetzt.

«Aber dieser Sommer –», Harriet tippte auf das Foto, «– der Sommer 1958 war einfach wunderbar. Ich arbeitete in der Firma meines Vaters, er war Wollhändler; John war gerade aus Cambridge zurückgekommen und sollte im Herbst in der Bank seines Onkels in London anfangen. Die Shaws hatten über den Sommer in Hartland viele Gäste. Meine Mutter, die eine gute Freundin von Janet Shaw war, kam mit meiner Schwester Beatrice und mir, und außerdem waren noch Schulfreunde von John da. Janet liebte es, das Haus voller Gäste zu haben; sie liebte junge Leute. Ich glaube, sie fand es im Sommer manchmal zu ruhig dort. Zu viele Erinnerungen, zu viel Zeit, an Christopher zu denken. Es war einer dieser Sommer, die man nie vergisst, ein Sommer, in dem man auf Dauer einfach nicht traurig sein konnte. Der Himmel war blau, und wenn es morgens mal neblig war, schlief man einfach, bis sich der Nebel verzogen hatte. Ein goldener Tag folgte auf den anderen, es schien alles endlos, man konnte etwas unternehmen oder faul sein, wie man wollte. Und es hing so ein Gefühl in der Luft, als stünden wir an einer Schwelle. Wir hatten alle das Gefühl, dass sich die Dinge nach diesem Sommer ändern würden. Wir Mädchen würden arbeiten und vielleicht heiraten, und die Jungs würden furchtbar ernst werden und ihren Berufen nachgehen, und wir wären alle viel zu erwachsen, um uns einfach so die Zeit zu vertreiben. Aber diesen einen Sommer lang mussten wir nicht an die Zukunft denken. Die Abende waren warm, und wir saßen in Hartland auf der Terrasse und sahen zu, wie der Garten in der Dämmerung verschwand, und wir wussten, dass morgen wieder ein perfekter Tag auf uns wartete.»

Ihre Augen leuchteten bei der Erinnerung, und für den Bruchteil einer Sekunde wirkte sie jung und glücklich. Aber als sie in unsere erwartungsvollen Gesichter sah, schien sie sich daran zu erinnern, warum wir da waren, und sie war wieder eine alte Frau mit graubraunem Haar.

«Natürlich kann etwas, das so gut ist, nicht ewig dauern. Ich wusste nicht viel darüber, bevor mein Vater zu mir kam und davon erzählte, aber die Shaws steckten bereits in großen finanziellen Schwierigkeiten. Abels Pferde waren ein kostspieliges Vergnügen, und Janet war süchtig nach Kleidung, Schmuck und Partys. Hartland war im Unterhalt teuer, und sie hatten auch noch ihre Londoner Wohnung. Janet war wirklich liebenswürdig, aber sie war zu großzügig, gab das Geld schneller aus, als es reinkam. Und so …», sie lächelte, «… so sprachen meine Mutter und Janet Shaw in jenem Sommer über die Möglichkeit, dass John und ich heirateten.»

Als sie sah, wie überrascht ich war, nickte sie lächelnd. «Schwer zu glauben, dass das erst vierzig Jahre her ist, ich weiß, aber damals war es gar nicht so seltsam. Die Eltern zwangen ihre Kinder ja nicht mehr zu heiraten, aber sie freuten sich, wenn die Heirat ihrer Kinder auch strategisch klug war und allen zugutekam. Sie sagten es mir nicht gleich, aber sie zogen im Hintergrund die Fäden, und als ich ein paar Monate später zum ersten Mal davon hörte, hatte ich rein gar nichts dagegen, denn John zu heiraten schien mir das Aufregendste und Wunderbarste zu sein, was ich mir vorstellen konnte. Am allerliebsten wäre es mir wohl gewesen, er hätte die Idee gehabt. Natürlich gefiel es mir nicht, dass er mich wegen unseres Geldes heiratete, aber es gab Schlimmeres, und wenn zu dem Handel gehörte, dass ich John bekam, umso besser.» Sie zuckte mit den Schultern und spielte mit dem Henkel ihrer Teetasse.

«Als wir ungefähr eine Woche in Hartland waren, kam Liz an. Ihre Mutter Constance war meine Patentante. Sie und meine Mutter waren gut befreundet, allerdings hatten wir sie sehr lange nicht gesehen, weil sie Krebs hatte und seit einer Weile immer wieder ins Krankenhaus musste, auch jetzt wieder. Es war klar, dass sie dort sterben würde, und das recht bald. Für Liz war das eine sehr schwere Zeit, diese lange Krankheit ihrer Mutter, und Constance wollte sie in diesen letzten Wochen nicht bei sich haben, deshalb hatte sie meine Mutter gefragt, ob Liz den Sommer mit uns verbringen könnte. Janet und Abel waren sehr großzügig und gastfreundlich. Natürlich durfte sie kommen. Je mehr, desto besser. Janet, die gerade ihren Sohn verloren hatte, fiel es leichter als uns anderen, eine Verbindung zu Liz aufzubauen. Da war sie also, frisch aus der Schule und deutlich jünger als wir.» Sie lächelte unentschlossen. «Ich hatte sie vorher einmal gesehen, als sie ungefähr zwölf war. Sie war ziemlich hübsch, sehr klug und vollkommen unbefangen. Und lustig. George Holloway war sehr streng mit ihr. Sie war Einzelkind und muss sehr viel Zeit allein mit ihrer Mutter verbracht haben, und ihre Art wirkte ziemlich erwachsen. Sie war nicht so verlegen und albern, wie es Mädchen in der Pubertät oft sind. Die Krankheit ihrer Mutter hatte Liz verändert, denn in Hartland war sie sehr viel stiller. Gar nicht unbedingt schüchtern … eher auf der Hut. Immer in der Erwartung, dass das Leben zu seinem ultimativen Schlag ausholen würde. Janet machte sich Sorgen, weil Liz so viel für sich war, ständig allein in den Garten verschwand oder in die Bibliothek. Wir hatten alle die Anweisung, sie einzubeziehen, sicherzugehen, dass sie Gesellschaft hatte und nicht allein blieb und traurig war. Ich bin manchmal mit ihr spazieren gegangen, weil sich unsere Mütter so gut kannten, aber ich habe mich ihr nicht aufgedrängt. Die Situation zu Hause muss für sie so hart gewesen sein – ich konnte verstehen, dass sie manchmal Ruhe brauchte und Kraft tanken musste.»

Ich runzelte die Stirn. Das passte nicht ganz zu dem Bild, das ich von meiner Mutter hatte, zu ihrer Schnelligkeit und Ungeduld. Aber vollkommen anders klang es auch nicht. Sie hatte schon immer ihre Freiheiten und ihre Privatsphäre zu schützen gewusst, nur dass Harriet das als die Notwendigkeit wertete, neue Kraft zu tanken, während ich immer angenommen hatte, ihre häuslichen Pflichten würden ihr zu viel. Ich schämte mich ein bisschen dafür, ihr das Alleinsein missgönnt zu haben, denn das dringende Bedürfnis, allein zu sein, kannte ich ja selbst inzwischen nur allzu gut – schließlich empfand ich es nach jedem langen Wochentag in der Küche.

«Ihre Mutter Constance war eine wunderbare Frau, eine alte Schulfreundin meiner Mutter. Mutter sagte immer, ihr wäre schleierhaft, wie der knochentrockene George Holloway Constance vor den Altar bekommen hätte, weil die beiden derart verschieden waren. Sie war gebildet, witzig, warmherzig und klug. Er dagegen war vor allem unfassbar altmodisch – besonders wenn es um Mädchen und Frauen ging. Er hielt nichts davon, wenn sie arbeiteten, wollte nicht, dass Liz auf die Universität ging, und ließ sie ziellos in ihrem Haus in Limpsfield herumgeistern. Mit Sicherheit hatte er nicht die geringste Ahnung, wie er mit einem jungen Mädchen umgehen sollte, das gerade dabei war, seine geliebte Mutter zu verlieren, denn als Liz nach Hartland kam, war sie am Boden zerstört, weil sie überhaupt nicht hatte kommen wollen. Sie hatte Janet einmal erzählt, sie hätte die ganze Zeit Angst, dass sich zu Hause irgendwas veränderte und sie nicht schnell genug da sein würde, um sich zu verabschieden. *Veränderung*, so hatte sie es immer genannt. Ich glaube, George war es, der nicht wollte, dass sie vom Sterben sprach, weil … ich habe eigentlich nicht die geringste Ahnung, aber George war definitiv ein bisschen seltsam.»

Ich schüttelte den Kopf, meine Augen brannten. «Das klingt ja furchtbar», sagte ich. «*Er* klingt furchtbar.»

«Ja», sagte Harriet. «Aber die Zeit in Hartland hat ihr gutgetan. Mit der Zeit kam sie aus ihrem Schneckenhaus heraus, und all das, was für uns ganz selbstverständlich war, fand sie richtig aufregend: Bootfahren, den Park, die Ruinen des alten Klosters. Es war wirklich süß zu beobachten. Man hätte den Eindruck bekommen können, dass sie zu Hause nie rausgelassen wurde. Das …», sie tippte auf das Foto, «… war ein wirklich schöner Tag. Ein paar von uns waren mit dem kleinen Boot rausgefahren, das sie am Hafen liegen hatten. Felicity hatte eine Kamera mitgebracht, und wir alberten damit herum, ganz am Ende der Mole. Bea wäre beinahe ins Wasser gefallen, sie war so ein Tollpatsch.

Von Liz waren alle dann nach kurzer Zeit ganz begeistert. John und meine Schwester Beatrice, Johns Freunde, meine Eltern und Janet, weil sie so klein und hübsch war und am Anfang so traurig wirkte und dann so fasziniert war von

Hartland und allem, was wir unternahmen. Alle überschlugen sich darin, sie unter ihre Fittiche zu nehmen. John war keine Ausnahme. Ich war natürlich eifersüchtig, obwohl John und ich zu dem Zeitpunkt nur Freunde waren. Liz und ich hätten nicht unterschiedlicher sein können. Ich war schon immer ein ziemlich ernsthafter Mensch, furchtbar vernünftig. Sie war so verschlossen und gleichzeitig so aufgeweckt. Sie zog die Leute an, selbst wenn es eindeutig war, dass sie für sich sein wollte. Ich dagegen war einfach langweilig und habe viel gegrübelt.»

Ich gab ein mitfühlendes Geräusch von mir, denn ich wusste, wie es war, mit meiner Mutter mithalten zu müssen. Aber Harriet zuckte nur gelassen mit den Schultern. «Heute mache ich mir keine Gedanken mehr darum, interessant zu sein, dafür bin ich viel zu alt. Und ich habe mir immer gesagt, dass es ja nur dieser Sommer ist, dass wir alle irgendwann wieder in London sind. Liz war gerade erst siebzehn, wir waren Mitte zwanzig, wir führten ein ganz anderes Leben. Ich dachte, das würde dann kein Thema mehr sein.»

Sie sah mich mit hochgezogenen Augenbrauen an, und ich warf Phoebe einen Blick zu, die seit Harriets ersten Sätzen keinen Mucks mehr von sich gegeben hatte.

«Dann kam ihr Geburtstag, und Janet hatte eine Überraschungsparty für sie geplant. Wir legten Beas Platten auf und tanzten und tranken und rauchten diese kurzen französischen Zigaretten, nach denen wir alle ganz verrückt waren. Ich weiß noch: Gerade war John noch da gewesen, und plötzlich war er weg. Ich spazierte herum und versuchte,

Johns Cousin Bert aus dem Weg zu gehen, einem schrecklichen Ekel, mit dem wir in diesem Sommer irgendwie klarkommen mussten. Im Nachhinein habe ich mich gefragt, ob er den beiden nicht nachgestiegen ist, denn er mochte Liz ziemlich gern. So oder so, er hat sie jedenfalls zuerst gesehen, und dann hat er dafür gesorgt, dass ich sie auch sehe. Da standen sie, zwischen den Bäumen.» Sie hielt kurz inne. «Ich habe gesehen, wie John Liz küsste, und sie legte sofort ihre Arme um seinen Hals und küsste ihn wieder. Sie war ja klein, und er sehr großgewachsen. So wie Sie», sagte sie mit etwas verkniffenem Lächeln zu Phoebe. «Sie sehen Ihrem Vater so ähnlich, das war ein ziemlicher Schock – abgesehen von den Augen. John hatte dunkle Augen, beinahe schwarz. Aber sonst – als ich Sie vorhin im Laden sah und hörte, wie Sie nach Liz fragten, *wusste* ich es einfach.» Sie sah mich an. «Sie sind eher Ihre Mutter. Wie könnte ich diese Haare vergessen. Jedenfalls … sie bemerkten mich nicht, sie waren einander ganz zugewandt, und das schloss alles andere aus. Bert wollte ihnen unbedingt weiter nachspionieren, aber ich fühlte mich gedemütigt. Zwischen John und mir war noch nichts ausgesprochen worden, es wird also auch niemand davon gewusst haben, aber mit Sicherheit war ihm klar, was unsere Mütter ausbrüteten. Ich zog Bert mit mir. Wir liefen zurück, und ich fiel hin und schnitt mich an einem Ast – hier, die Narbe ist immer noch zu sehen.» Sie hielt mir ihre Hand hin, und wir nickten beide, als wir die dünne silberne Linie auf ihrem Handteller sahen.

«Am nächsten Morgen war Liz nicht da. Wie sich herausstellte, hatte sich ihr Vater am frühen Morgen mit der Nachricht gemeldet, dass es ihrer Mutter ganz plötzlich schlechter ging und sie in der Nacht gestorben war.»

Phoebe und ich schnappten zeitgleich nach Luft.

«So war das», sagte ich niedergeschlagen. «Sie hatte keine Möglichkeit, sich zu verabschieden.»

Ich hatte ein Schluchzen im Hals, das dort feststeckte, während Harriet fortfuhr:

«Ich habe sie nie wiedergesehen. Es wurde Winter, und irgendwann hörte ich, dass sie einen Sekretärinnenlehrgang besuchte. Sie lebte natürlich weiterhin bei ihrem Vater, wie Mädchen es damals nun mal machten, bis sie heirateten.»

Sie trank einen Schluck Tee. «Mir war es eigentlich egal, denn an Weihnachten hatten John und ich uns verlobt, ich hatte also etwas, worauf ich mich freuen konnte, und dachte eigentlich nicht mehr an sie. Die Hochzeit sollte im Sommer stattfinden, im Juni 1959. Ich hätte mir eine längere Verlobungszeit gewünscht, um die Hochzeit und unser Zusammenleben vorbereiten zu können, aber Janet und Abel hatten beschlossen, für ein paar Jahre nach Südafrika zu ziehen, und wollten, dass wir in der Zwischenzeit in Hartland lebten. Janet und ich mochten uns wirklich, mir war nur nicht klar, dass sie in Hartland im Grunde so weitermachen wollte wie immer, mit unserem Geld. Aber John wollte dort leben, also zog ich nach unserer Hochzeit aus der Wohnung aus, die ich mir mit Felicity geteilt hatte, und –»

«Aber», unterbrach ich sie, «was war mit Liz, ich meine, mit meiner Mutter? Wie ging es mit ihr weiter?»

Es war komisch, sie Liz zu nennen, obwohl sie für uns alle immer Elizabeth gewesen war oder Lizzie für meinen Vater, der diesem Namen eine langsame, zärtliche Melodie gab. Irgendwie konnte ich diese stille, gedankenverlorene Liz, die Harriet beschrieb, nicht mit der Elizabeth oder Lizzie in Einklang bringen, an die ich mich erinnerte. Draußen waren Stimmen zu hören und lachende Kinder, aber Harriet war ganz still geworden und stand jetzt auf, um in die Küche zu gehen. Phoebe und ich wechselten einen Blick.

«Langsam bekomme ich es mit der Angst zu tun ...», sagte ich.

«Ich auch», sagte Phoebe und blickte auf ihre Hände. «Es ist, als würde man dabei zusehen, wie ein Zug auf einen zu rast.»

Brighton, 18. November 1959

Sie scheinen zu denken, sie hätten meinen Willen gebrochen: mein Vater, die Wohltätigen Schwestern, die alles andere als wohltätig sind und es auch gar nicht erst versuchen, und der schreckliche Arzt, zu dem mein Vater mich gezerrt hat, um zu sehen, ob sich noch rückgängig machen lässt, was ich getan habe. Der Arzt hat es nicht ausgesprochen, aber angedeutet, dass das Wegmachen nicht sicher wäre, weil ich schon viel zu weit sei. Mal abgesehen davon, dass er sich dann strafbar machen würde. Und mein Vater hat viel zu viel Angst vor dem Pastor, vor Gott und um seine eigene unsterbliche Seele, als dass er an so etwas beteiligt sein wollte. Also hat er mich stattdessen hierhergeschickt, wo Frauen wie ich bleiben, die ganz schwarz sind vor Sünde und nicht mehr Teil der normalen Gesellschaft, bis sie Buße getan und sich von dem Schmutz auf ihrer Seele befreit haben.

Ist mein Wille gebrochen? Ich weiß es nicht. Ich fühle mich immer noch wie damals im Bus, so als würde ich taumeln, nachdem ich einen Schlag in die Magengrube bekommen habe. Aber mein Innerstes fühlt sich jetzt nicht mehr zerrissen an, sondern fest und fast ein bisschen taub, als ginge ich langsam durch dichten Nebel, der mich von allen Seiten einhülllt. Erschöpfung mischt sich mit Angst und Hoffnungslosigkeit. Ich weiß, dass ich schon bald die Willenskraft aufbringen muss, mich ihnen entgegenzustellen, dass ich mich sammeln muss, um herauszufinden, was ich tun soll.

Ich habe über die Wochen und Monate, seit ich den Bus nach Hause genommen hatte, nichts geschrieben. Ich ging direkt zu Vater und erzählte ihm alles, was geschehen ist. Bevor irgendetwas anderes passieren oder ich es mir anders überlegen konnte, denn obwohl Johns Verrat meinem Glück ein so abruptes Ende gesetzt hat, schäme ich mich nicht dafür. Es tut mir leid, wie es ausgegangen ist, aber mir tut nicht leid, dass ich ein kleines Stück vom Glück wollte. Es tut mir nicht leid, dass ich geliebt werden wollte und mich sofort verliebt habe, kaum dass etwas echt zu sein schien.

Vater nahm eine Woche Urlaub und ging abwechselnd im Haus auf und ab, schrie mich an und überlegte, was er am besten mit mir machen sollte, wie er mich angemessen bestrafen und trotzdem alles geheim halten konnte. Er überlegte, wo ich das Baby bekommen könnte und wie er mich dann, wieder zu Hause, so schnell und unauffällig wie möglich verheiraten konnte, ohne dass jemand erfuhr, dass irgendwo da draußen in einer anderen Familie ein geheimes Holloway-Kind aufwuchs. Er tat mir beinahe leid, schließlich hatte er schon, als ich noch heil und respektabel war, nicht gewusst, was er mit mir anfangen sollte, wie sollte er es dann jetzt wissen. Ich glaube, es war der Pastor, der die Wohltätigen Schwestern unten an der Küste ins Spiel brachte, die gottesfürchtig seien und schon wüssten, «wie sie mit mir umzugehen hätten». Da sie mich aber erst zu einem späteren Zeitpunkt aufnehmen konnten, wurde ich erst mal zu einer anderen Frau gebracht, einer Bekannten der Frau des Pastors, bei der ich wochenlang im Zimmer saß und wartete, eingesperrt, ohne irgendwas zu tun oder zu lesen. Dort überkam mich die Verzweiflung wie ein schwarzer, ätzender Nebel. Bevor Mum starb, war ich traurig und unschuldig gewesen, und nach ihrem Tod war ich untröstlich und voller Sehnsucht, aber ein Teil von mir hatte immer noch Hoffnung, ein Teil von mir konnte noch weitermachen, auch wenn es weh tat, und wartete auf das, was das Leben noch für mich bereithielt. Als ich von der Frau schließlich zu den Wohltätigen Schwestern gebracht wurde, war ich eine andere. Der Nebel hatte mich verändert und mich bitter, desillusioniert und hart werden lassen.

Die Wohltätigen Schwestern residieren in einem großen,

verfallenden edwardianischen Haus am Rande von Brighton. Wenn man draußen ist, riecht man im feuchten Herbstwind das Meer – allerdings dürfen wir nicht viel raus, gesehen habe ich es also noch nicht. Ich höre nur die Möwen und spüre den Wind im Gesicht, wenn ich oben an der Treppe am Fenster stehe. Die salzigen Böen tragen Erinnerungen herbei, scharfe, unerwünschte Erinnerungen an den nach Meer duftenden Sommerwind. Ich schiebe sie zwar beiseite, aber gleichzeitig zieht es mich zu ihnen hin. Was für eine Ironie, dass Vater mich ausgerechnet hierhergeschickt hat, so nah an Hartland, so nah an dem Ort, an dem alles begann. Er hat mich endlos mit seinen Fragen bedrängt, wer der Vater des Babys ist, zweifellos, um ihn zu zwingen, zu tun, was die Ehre verlangt, aber da ich schon wusste, dass das nicht möglich ist, habe ich mich geweigert, es ihm zu sagen.

Hier sind ungefähr fünfzehn Frauen, aber das ändert sich dauernd, weil ständig neue kommen, und wenn sie ihre Babys zur Welt gebracht haben, gehen sie wieder. Wir schlafen zu sechst in einem Raum. Die Räume erinnern an Krankenhauszimmer mit den zu beiden Seiten aufgereihten schmalen Betten, den Nachttischen, die sich nicht abschließen lassen, und den klumpigen Decken, die überhaupt nicht vor der Novemberkälte schützen. An den Fenstern hängen keine Vorhänge, und bei Vollmond herrscht im Zimmer ein gruseliges blaues Licht, bei dem man alle Risse im Steinboden sieht, den leeren Kamin und die schwangeren Bäuche, die unter den Decken aufragen.

Unsere Tage sind immer gleich. Wir stehen auf, erfüllen

unsere jeweiligen Pflichten, frühstücken – eine so schreckliche Mahlzeit, dass ich mich fast nach den siebzehneinhalb Minuten in Limpsfield sehne, auch wenn ich mich in der Zeit mit meinem Vater unterhalten musste. Aber dann hätte ich wenigstens warmen Haferschleim und Zucker und die Sahne, die sich oben auf der Milch absetzt. Hier gibt es Getreideflocken und manchmal Toast. Und dann tun wir jeden Tag, was uns gesagt wird, also saubermachen und nähen und das Haus reparieren, damit es nicht auseinanderfällt. Meine Aufgabe ist es, die siebenunddreißig Stufen der Treppe zu putzen, die sich in einem großen Boden von der Halle in den ersten Stock schwingt. Manchmal stelle ich mir vor, wie die Töchter dieses Hauses mit raschelnden edwardianischen Roben nach unten schreiten. «Ihr nehmt natürlich die Hintertreppe», gab mir die Hausmutter gleich am ersten Tag unmissverständlich zu verstehen. Denn wir sind eine Schande für den Rest der Gesellschaft, moralisch verkommene Sünderinnen. Die Hintertreppe putzt ein Mädchen aus dem Norden von Bristol, das bei einer Familienfeier von einem Onkel geschwängert und von ihren Eltern hergeschickt wurde. Dann gibt es noch eine Frau – ich glaube, sie heißt Rosie –, die einige Zeit vor der geplanten Hochzeit schwanger geworden ist, und ihr Verlobter hat sie dann verstoßen. Sie ist für die Wäsche zuständig. In der Küche arbeitet ein Mädchen, das ein Mischlingsbaby erwarten soll, die ultimative Schande. Es sind natürlich nicht alles Mädchen, ein paar sind zwar jünger als ich, aber hier sind auch ein paar Neunzehnjährige, sogar eine Vierundzwanzigjährige. Aber wir werden alle

«Mädchen» genannt, vielleicht, um uns spüren zu lassen, dass wir nicht erwachsen, sondern ungezogene Kinder sind, die es besser hätten wissen sollen. Die Wohltätigen Schwestern nehmen keine Wiederholungstäterinnen, wir erwarten also alle unsere ersten Babys, und keine von uns weiß, was auf sie zukommt. Das Mädchen aus Bristol hat mir erzählt, Babys kämen aus dem Bauchnabel, und sie macht sich Sorgen, was danach mit dem Loch im Bauch passiert.

Ich fange immer mit der untersten Stufe an, kratze mit einem Metallstift Dreck und Staub aus jeder Ritze, ungeschickt über meinen Bauch gebeugt, der unwahrscheinlich groß ist, wenn man bedenkt, wie wenig ich zu essen bekomme. Ich wische auf jeder Stufe erst Staub, einmal nach links, einmal nach rechts, nehme dann ein feuchtes Tuch, und dann wische ich sie wieder trocken und trage die Politur auf, einmal nach links und einmal nach rechts. Jede Stufe. Jeden Tag. Ich brauche den ganzen Vormittag dafür und den ersten Teil des Nachmittags, und wenn ich nicht so lange brauche, kommt eine der Schwestern und lässt mich von vorne beginnen. Es gibt schlimmere Aufgaben, zum Beispiel die Wäsche, die nach dem Schweiß anderer Leute riecht und nach Karbolseife. Die Aufseherin der Wäscherei ist eine schreckliche Frau mit kleinen, bösen Augen. Ich würde so gerne im Garten arbeiten, schon allein, um die salzige Luft atmen zu können, aber ich versuche es mir nicht anmerken zu lassen, denn wenn sie wissen, dass man etwas gerne macht, lassen sie es einen erst recht nie tun. Es soll hier keinen Spaß machen. Wir sollen unsere Schande abarbeiten.

Aber es gibt schlimmere Orte, an denen man landen kann, wenn man von seinem verheirateten Liebhaber verlassen wurde und in Schwierigkeiten ist. Hier hat man immerhin Raum zum Atmen, und es gibt andere Frauen, denen es genauso geht wie mir. Insgeheim finde ich es sogar ganz schön, mit Menschen zusammen zu sein, beim Essen neben jemandem zu sitzen, auch wenn hier niemand besonders gesprächig ist. Beinahe alles ist besser als zu Hause, wo Vater mich ständig misstrauisch anschaut und die Leute hinter meinem Rücken tuscheln. Hier gehöre ich einfach zu einem Haufen Gesindel. Wir haben diese eine Sache gemeinsam, diese gigantische Realität im Zentrum unseres Lebens, und auch wenn man nicht jedes Mädchen hier mag und sich an niemanden wirklich bindet, behandeln wir uns gegenseitig ganz gut. Letztlich sitzen wir alle im selben Boot. Wir sind eine Schwesternschaft der Sünderinnen im Schatten der normalen Gesellschaft, in die wir zurückkehren sollen, um neu zu beginnen, wir sollen unseren Fehler hinter uns lassen und weitermachen. Denn das ist es, was wir hier wirklich tun: Wir brüten unsere Babys aus, bringen sie im städtischen Krankenhaus zur Welt, dann kommen wir zurück, kümmern uns sechs Wochen um sie, und dann übergeben wir sie den Sozialarbeiterinnen oder den Familien, die ihr neues Mitglied abholen.

Denn so läuft das im Leben: Man wird einfach losgelassen auf eine Welt mit verheirateten Männern und Hotels in Purley, ohne jedes Rüstzeug, und dann bringen sie einen dazu, sein Baby einer anderen Familie zu geben, die es nimmt und im Gegenzug eine Spende dalässt für dieses zerfallende Haus mit seinen siebenunddreißig immerhin sorgfältig polierten Stufen.

Mein Vater spricht von dem Baby immer nur verklausuliert und in Andeutungen, wenn er überhaupt mit mir spricht, und in meiner Verzweiflung habe ich meist kaum mitbekommen, was der Arzt oder der Pastor oder die Sozialarbeiterin sagten. Ich weiß also nicht genau, was auf mich zukommt. Aber drei Tage nach meiner Ankunft wurden wir alle in einen Raum gescheucht und angewiesen, uns vom Fenster fernzuhalten. Wir standen zusammengedrängt mitten im Zimmer, die Jüngeren hatten dem Fenster gehorsam den Rücken zugewandt, andere starrten auf den Fußboden oder die Zimmerdecke. Niemand sagte ein Wort. Irgendetwas brachte mich trotzdem dazu, einen Blick über meine Schulter zu werfen. Ich sah ein Auto vorfahren, ein schönes, großes, schwarzes Familienauto. Die Haustür quietschte – ein Geräusch, das ich bereits hasste, obwohl ich die Treppe zu dem Zeitpunkt erst zweimal poliert hatte. Dann waren Stimmen zu hören, Schritte auf der Treppe. Schließlich im Stockwerk über uns ein herzzerreißendes Aufheulen, laut und durchdringend, das in unser Zimmer schoss wie ein Stromstoß. Wir wurden alle unruhig, sahen uns aber nicht in die Augen. Das Schluchzen von oben hielt an, die Schritte entfernten sich wieder, die Tür quietschte erneut, das Auto kam wieder in Sicht und bog auf die Straße ein. Über uns wurde geredet, dann änderte sich das Schluchzen, bis es plötzlich in meinen Ohren rauschte, weil mir klarwurde, was genau da gerade über mir geschehen war. Ich spürte, wie ich taumelte und Edith, eine der älteren Frauen, einen Arm um mich legte, um mich zu stützen. Als ich erneut die Stufen polierte, über die wenige Minuten zuvor ein glückliches Paar mit seinem frischgeborenen Baby gegangen war, lauschte ich auf die Geräusche der Frau, die im Stockwerk über uns geweint hatte. Aber wir sahen sie nie wieder.

Irgendwann in meinen ersten Wochen hier habe ich aufgehört, meine eigene Naivität zu verfluchen. Es ist Zeitverschwendung. Aber ich frage mich, wie oft in diesem Jahr ich noch ein Stück meiner Unschuld verlieren, was ich noch alles lernen werde über diese Welt, das mich wünschen lässt, nicht Teil von ihr zu sein. Manchmal stehle ich mich davon, in den Garten, und erlaube mir, an den Rosengarten von Hartland zu denken und an den komischen kleinen Ausrutscher dieses Mädchens, das selbstgefällig dort herumlief und Christina Rossetti rezitierte, weil seine Mutter im Sterben lag. Seit ich hier bin und mein Bauch so riesig ist, scheint mein früheres Leben so weit weg, beinahe fremd, und ich ertrage den Gedanken an sie auch kaum, genauso wenig wie den an Hartland oder die 325 Schritte mit John oder daran, was nach den Wohltätigen Schwestern aus mir werden wird. Was bedeutet, dass nicht mehr viel bleibt, an das ich denken kann, und deshalb konzentriere ich mich darauf, meinen Blecheimer die Stufen rauf- und runterzuschleppen.

Wir sollen jetzt abends Babykleidung machen. Es gibt Strickmuster und sehr viel schrecklich kratzige grüne Wolle aus der Kleidung anderer Leute und aus Armeedecken, und es gibt harten Stoff, aus dem wir etwas nähen können. Ein paar andere Frauen haben etwas gekauft oder für die Babyausstattung etwas von zu Hause mitgebracht. Es sind ein paar ganz süße, ziemlich schöne Sachen dabei, aber ich möchte das bisschen Geld, das ich mitgebracht habe, nicht ausgeben. Also habe ich die Wolle genommen, die sie uns zur Verfügung stellen, und versucht, mich an die Handarbeitsstunden aus der Schulzeit zu erinnern. Ich habe einen Pullover angefangen und ein Bettjäckchen und eine kleine Hose und Socken. Und ich möchte noch eine Decke häkeln, wenn ich es hinbekomme, denn ich habe beschlossen, dass mein Baby niemals frieren soll. Es wird jucken wie wahnsinnig, weil die Wolle so schrecklich kratzt, aber jedenfalls wird es ihm warm sein.

Ein paar andere Frauen halten es für die ultimative Demütigung, auch noch Kleidung für die neue Familie des Babys herstellen zu müssen, aber mich stört es nicht, weil ich weiß – mit einer eisigen Ruhe, die jeden Zweifel tötet –, dass sie meinen Willen nicht brechen werden. Wenn die Zeit kommt, werde ich einen Weg finden, ihnen mein Baby nicht zu geben.

Brighton, 31. Dezember 1959

Jetzt mache ich mir Sorgen. Angela ist ganz blass aus dem Krankenhaus gekommen, mit großen Augen und sehr still.

Genau wie Gwen letzte Woche und vor ihr Charlotte. Manche erholen sich schneller, andere haben eine Familie, zu der sie zurückkehren können, und einige scheinen ganz erleichtert zu sein, mit dem weitermachen zu können, was von ihrem Leben noch übrig ist. Aber auf die ein oder andere Weise sind sie alle verloren, und jetzt, da das Jahr zu Ende geht und der Februar immer näher kommt, fürchte ich immer mehr – gar nicht sosehr die Geburt, aber das, was danach kommt. Ich kann gar nichts dagegen tun, dass meine Entschlossenheit, nicht zu tun, was ich tun soll, mit jeder Woche, die ich die Stufen putze, schwächer wird. Sechs Wochen lang mache ich das jetzt schon, sechs Wochen lang gehe ich mit den anderen sonntags in Zweierreihen zur Kirche, morgens und abends, vorbei an den missbilligenden Blicken der aufrechten Hausfrauen, die ihre Kinder zu sich winken, wenn wir vorbeigehen, und hinter ihren Gesangbüchern flüstern und kichern. Sechs Wochen lang eiskalte Nächte, in denen ich die anderen weinen höre. Irgendjemand weint hier immer. Es erinnert mich an die Nächte, in denen ich wach lag und Mum husten hörte. Jetzt liege ich wach und höre das von Kissen erstickte Schluchzen und Seufzen, eine furchterregende Kakophonie, die mich abstumpft gegen all das Sehnen und die Traurigkeit und meine Entschlossenheit wieder festigt, mein Baby zu behalten.

Edith Cuthbert, die heiter ist und geradeheraus und eine Art Freundin geworden ist, wunderte sich anfangs, wie ruhig ich wirke, wie unerschütterlich, bis ihr klarwurde, dass ich mich diesen Frauen nicht zugehörig fühle. Dass ich frei sein werde. Dass ich es irgendwie schaffen werde, mir und meinem Baby ein Leben einzurichten, wenn ich auch noch nicht sicher bin, wie das gehen soll. Und dann sagte sie mir, ich solle mich setzen, und erklärte mir genau, wie alles vor sich geht: dass die Ärzte die Frauen zwingen, die Adoptionspapiere zu unterschreiben, dass sie ihnen andernfalls mit der Einlieferung in die Irrenanstalt drohen, dass die Schwestern einem das Baby wegnehmen, es buchstäblich von der Brust reißen und den Adoptivfamilien geben, die Schlange stehen für diese Babys, die die Spende schon in der Hand halten. Edith sprach sehr lange, und als sie fertig war, war ich nicht mehr ruhig, sondern hatte sehr große Angst.

Brighton, 1. Januar 1960

Es muss einen Ausweg geben, es muss etwas geben, das ich tun kann. Ich erlaube es mir jetzt manchmal, an Hartland zu denken, nicht so, wie es dort jetzt sein muss, grau, kalt und verregnet, sondern wie es damals war, offen, frei und sonnig und voller Möglichkeiten. Ich bin vollkommen sicher, dass John nicht wollen würde, was hier geschieht, wenn er davon wüsste. Nach allem, was er gesagt hat, nach allem, worüber wir gesprochen haben, nach dem Leben und der Liebe, die wir monatelang hatten, kann er doch nicht wollen, dass dieses Baby – sein Baby – mir von der Brust gerissen und Fremden übergeben wird, die mit ihm verschwinden. Es würde einfach nicht zu seinen lachenden Augen passen und zu seinem warmen Lächeln. Ich möchte ihn sehen. Zum ersten Mal, seit wir uns an der Bushaltestelle getrennt hatten, sehne ich mich wieder danach, ihn zu sehen. Er muss in der Nähe sein, ein Stück die Küste entfernt, und auch mit Ehefrau muss er sich doch etwas ausdenken, muss er sich doch irgendwie meiner annehmen, mir irgendwo in London ein Zimmer besorgen können, in dem sein Kind aufwachsen kann. Ich würde mich auch ganz still verhalten und überhaupt keine Probleme machen.

Nach dem Gespräch mit Edith erfasste mich eine solche Unruhe, dass ich mich in den Garten stahl, obwohl es kalt und ganz dunkel war und ich Ärger bekommen hätte, wenn mich jemand gesehen hätte. Aber ich musste einfach raus, um klar denken zu können. Was habe ich denn für Möglichkeiten, abgesehen von Hartland? Edith hat ein sehr brutales, sehr reales Bild vom Leben einer alleinerziehenden Mutter gezeichnet. Dass sie von allen gemieden wird, dass sie zum Abschaum gehört und keine Arbeit findet, mit der sie sich und ihr Baby oder eine eigene Wohnung bezahlen könnte; dass niemand einer alleinerziehenden Mutter verzeiht, solange das Baby als Beweis da ist für das, was sie getan hat. Niemand wird sie anrühren oder ihr helfen, weder der Staat noch die Wohlfahrtsverbände, nicht mal die Kirche, solange sie nicht bereit ist, neu anzufangen, solange sie ihr Baby nicht über sich selbst stellt und ihm die Möglichkeit gibt, die Zukunft zu haben, die es verdient.

Ich bin zu jung, um vorzugeben, etwas anderes zu sein, als ich bin: ein dummes Mädchen, das sich hat schwängern lassen und nicht den Anstand besitzt, seinem Baby ein besseres Leben zu ermöglichen, ohne seine degradierte Mutter, in einer guten, angesehenen Familie. Vater hat mich nur einmal besucht, vor allem, um sich zu vergewissern, dass das Baby schnell und gründlich verschwinden wird und ich so bald wie möglich nach Hause komme. Die Leute in Limpsfield fragen nach mir, und je länger ich fort bin, desto mehr Klatsch wird es geben. Das macht ihm Sorge, deshalb wollte er mir klarmachen, dass wir die Fassade aufrechterhalten müssen. Als ich ihm sagte, dass ich mein Baby nicht kampflos hergeben werde, ärgerte ihn das sichtlich, und er ging zur Hausmutter und sprach lange mit ihr.

Wenn Mum doch hier wäre, wenn sie noch am Leben wäre, um mich zu beschützen. Aber jetzt werde ich selbst Mutter und bin selbst für das Beschützen zuständig. Das ist ziemlich hart, und draußen ist es so kalt, und ich fühle mich selbst noch so klein.

Brighton, 15. Januar 1960

Ich werde einfach den Gedanken nicht los, dass Hartland meine einzige Hoffnung ist. In zweieinhalb Jahren bin ich einundzwanzig. Wenn ich es bis dahin schaffe, wenn ich einen sicheren Ort finde, an dem Vater keine Kontrolle über mich hat … aber was dann? Und bis dahin? Manchmal, wenn ich nachts die anderen weinen höre, ertappe ich mich bei dem Gedanken, einfach allem nachzugeben, dem Baby ein besseres Leben zu ermöglichen, mit einem schönen Haus und einem schwarzen Familienauto, wo es von Fremden geliebt und umsorgt wird. Vielleicht wäre es das Beste. Aber ich kann es nicht, ich kann dieses Baby nicht hergeben. Das Baby ist das Beste, was dieses ganze Elend – Hartland und Mums Tod und das Hotel in Purley – gebracht hat, das Einzige, was unschuldig und richtig ist und Hoffnung macht. Es bewegt sich in meinem Bauch und besteht aus Wärme und Liebe, als wäre etwas von Mum und mir zurückgekehrt, wenn auch in veränderter Form. Ich kann es nicht weggeben, ich kann es einfach nicht. Ich muss weglaufen. Ich muss irgendwie nach Hartland kommen, und wenn das nicht klappt, brauche ich einen Plan. Einen Ort, an dem ich mich verstecken kann. Aber viel Zeit habe ich nicht mehr, ich muss es also bald tun.

Brighton, 1. Februar 1960

Heute habe ich eine Nachricht bekommen, die mich traf wie ein Stromschlag. Ich konnte gar nicht mehr still sitzen und war so zappelig, dass Schwester Mary Claire mir schließlich gedroht hat, mich alleine einzusperren. Es besteht die Möglichkeit, dass ich nicht ein Baby bekomme, sondern zwei! Heute war die Hebamme da, und sie hat mich lange vermessen und mit ihrem komischen Rohr abgehört und mir alle möglichen Fragen gestellt, und dann hat sie die Hausmutter geholt und zu ihr gesagt, sie sei ziemlich sicher, dass ich Zwillinge bekomme. Zwillinge! Ich musste lächeln, weil das so aufregend ist, aber man konnte regelrecht sehen, wie es im Kopf der Hausmutter arbeitete: zwei Babys, für die sie Familien suchen konnte, zwei Babys, für die sie Spenden bekommen würde. Die Hebamme hat ein paar Notizen in mein kleines Heft gemacht und die Stirn gerunzelt, als sie meine Liste mit Babynamen sah. Bevor sie ging, hat sie noch mal einen zweifelnden Blick auf meine schmalen Hüften geworfen und gesagt, ich müsse für die Niederkunft sicher ins Krankenhaus, weil das nicht ganz einfach würde, und dann war sie weg.

Jetzt läuft die Zeit, und wenn ich weglaufen will, um diese Babys zu retten, dann muss ich es jetzt tun. Ich kann kaum noch schlafen. Ich bin unruhig und habe Angst und kann nur noch daran denken, zu fliehen an einen Ort, an dem es warm ist und an dem ich Ruhe finde.

Ich suche zusammen, was ich brauche. Ich habe schon einmal geplant wegzulaufen, bevor Vater mich hierhergeschickt hat, als ich noch in Limpsfield eingesperrt war, weggeschlossen vor neugierigen Blicken. Damals habe ich meine Geburtsurkunde an mich genommen, dazu das Foto von Mum und mir, das auf ihrem Nachttisch stand, und dahinter habe ich das Foto gesteckt, das wir in Tideford Cross aufgenommen haben, denn irgendwann will mein Baby vielleicht wissen, wer sein Vater ist. Ich habe das ganze Geld genommen, das ich über die Jahre gespart habe. Mein Vater hat mir noch ein paar Pfund für Wolle gegeben, weil die Hausmutter ihm gesagt hat, es werde erwartet, dass wir für die Adoptivfamilie etwas stricken, und die Sachen aus der kratzigen grünen Wolle reichen nicht, natürlich schon gar nicht für zwei. Jetzt, wo ich Zwillinge bekomme, kann ich noch mehr Kleidungsstücke stricken, ohne dass es verdächtig wirkt. Ich habe also noch eine dritte Mütze gestrickt, eine größere, die mir selbst passt, und es auf meine armseligen hausfraulichen Fähigkeiten geschoben. Und ich habe Socken gestrickt, die mir passen. Ich bewahre alles in meiner Tasche auf und habe eine Nähnadel und etwas Garn geklaut und meine Geburtsurkunde und etwas Geld ins Futter meines Wintermantels eingenäht. Mit meinem letzten Stück, einer großen Babydecke, bin ich fast fertig. «Passend für zwei», habe ich zur Schwester gesagt, aber ich werde sie über meinem Mantel tragen, weil es draußen kalt sein wird. Dunkle, eisige Februarkälte.

Brighton, 6. Februar 1960

Ich habe es geschafft, einer der Küchenfrauen einen Fahrplan zu klauen, als ich meinen Eimer geleert habe. Ich weiß jetzt, wie ich nach Hartland komme, obwohl ich ein ganzes Stück werde laufen müssen, und ich habe so viele Zugverbindungen auswendig gelernt wie möglich. Wenn wir in der Kirche niederknien und alle denken, ich würde um die Vergebung meiner zahlreichen Sünden beten, sage ich mir in Gedanken Verbindungen vor, die ich nehmen könnte: von Brighton nach Crawley, von Brighton nach Haywards Heath und von Haywards Heath nach Redhill; von Brighton nach Lewes und von Lewes nach Croydon und von Croydon nach

Victoria. 10.00, 15.15, 17.10, 18.20, 19.10, 20.05 Uhr. Wieder und wieder und wieder.

Ich habe auch Busse herausgesucht und mich unauffällig nach Stellen erkundigt, an die sich Mädchen wie ich in London wenden können: Es gibt dort Heime der Heilsarmee und Missionshäuser für Frauen in Schwierigkeiten. Ich habe mir eine Adresse in Dulwich gemerkt und weiß genau, wie ich vom Bahnhof aus mit dem Bus dorthin komme, obwohl das ziemlich weit weg zu sein scheint und ich keine Ahnung habe, wie ich das ohne Kinderwagen und ohne Hilfe schaffen soll. Aber ich bin zuversichtlich, dass ich auf Hartland hoffen kann. Wenn er mich erst mal sieht, wird er mir helfen. Es ist mit Sicherheit besser, als hier zu sitzen und abzuwarten, bis ein großes Auto vorfährt und mir jemand meine Babys wegnimmt.

Brighton, 8. Februar 1960

Ich warte immer noch auf den richtigen Zeitpunkt. Ich dachte, heute Abend wäre es so weit, aber dann hat ein Mädchen nicht mehr aufgehört zu weinen, und Schwester Mary Claire war fast die ganze Zeit im Raum.

Brighton, 11. Februar 1960

Warten, immer nur warten. Ich bin auf dem Sprung, bereit, jeden Moment aufzubrechen, aber ich scheine irgendetwas auszustrahlen, denn Schwester Mary Claire sieht mich die ganze Zeit so merkwürdig von der Seite an. Ich verstecke mein Tagebuch noch sorgfältiger und halte immer den Blick gesenkt, wenn sie in der Nähe ist, damit sie nichts merkt.

Brighton, 12. Februar 1960

Viel Zeit habe ich nicht mehr. Ich spüre, wie die Babys unruhig werden, vielleicht, weil ich selbst so unruhig bin, aber ich flehe sie an zu bleiben, wo sie sind, nur noch ein Weilchen, bis ich in Hartland bin. Ich wollte mich heute davonstehlen, aber dann bin ich einem Handwerker in die Arme gelaufen. Langsam verliere ich den Mut. Ich habe solche Angst.

Brighton, 13. Februar 1960

Heute muss ich es schaffen. Ein paar von uns dürfen in die Stadt, dann werde ich abhauen. Lieber Gott, gib mir Mut.

33. Kapitel

Erst als Harriet mit einem Brot in der einen und einer Käseplatte in der anderen Hand zurückkam, wurde mir klar, dass es schon Mittag war. Sie goss uns aus einem Krug Wasser ein und schnitt das Brot auf.

«Etwas anderes habe ich nicht da», sagte sie beinahe entschuldigend.

Ich hatte eigentlich keinen Hunger, auch wenn das Frühstück schon Ewigkeiten her war, nahm aber trotzdem ein Brot und etwas Käse, froh, dass meine Hände beschäftigt waren.

Harriet kippte in schneller Folge zwei Gläser Wasser hinunter und sagte dann: «Ein paar Wochen nach unserer Hochzeit, noch im selben Sommer, war Liz dann wieder Teil unseres Lebens.»

Ich hatte mich gerade erhoben, um an den Wasserkrug heranzukommen, setzte mich aber sofort wieder hin und rührte auch mein Brot nicht an.

«Da begriff ich erst, warum John unbedingt gewollt hatte, dass wir in Hartland leben. Ich konnte jahrelang nicht an diese Monate denken, ohne dass mir die Schamesröte ins Gesicht stieg, weil ich so blind gewesen bin.» Sie schwieg einen Moment. «Man konnte John nur schwer widerstehen, er hatte so etwas an sich, war so gesellig und zuversichtlich. Obwohl sein Bruder gestorben war, obwohl sie Hartland zu verlieren drohten, war er heiter und tat, als wäre alles gut. Und Liz litt unter dem Tod ihrer Mutter, und ihr Vater George war so fürchterliche Gesellschaft. Es ist nicht schwer nachzuvollziehen, wie es gekommen sein muss mit den beiden. Aber ich habe versucht, nicht zu viel darüber nachzudenken, es ist zu schmerzhaft. Darüber, dass er sie weiterhin getroffen hat, nachdem wir verlobt waren, dass er sich davongestohlen hat, um Liz zu treffen, während ich unsere Hochzeit geplant habe, die ihn und sein Erbe retten sollte, während ich Einladungen verschickt und Blumen ausgesucht und zu Kleideranproben gegangen bin. Er hat mir erst später erzählt, dass er monatelang nach ihrem Sekretärinnenlehrgang auf sie gewartet hat, manchmal einmal pro Woche, manchmal öfter. Er hat gesagt, es wäre leicht gewesen, schließlich musste sie sowieso zu einer bestimmten Zeit zu Hause sein, und ich war so beschäftigt, außerdem wohnten wir ja noch nicht zusammen. Als wir dann in Hartland lebten, sah er sie nicht mehr so oft. Und dann habe ich es herausgefunden. Natürlich, so etwas kommt immer raus. Ich konnte ihn bei der Arbeit nicht erreichen, wenn er gesagt hatte, er müsste länger bleiben, fand die Quittung für irgendein Geschenk in seiner Tasche – es war die älteste Geschichte aller Zeiten. Da war ich nun, frisch verheiratet, ich versuchte, ein Baby zu bekommen, und fand heraus, dass mein Mann mich betrog, und zwar schon, seit wir uns verlobt hatten.

Ich habe es ihm auf den Kopf zugesagt und gedroht, ihn zu verlassen. Wie es zu erwarten war, bekam er Panik. Finanziell ging es seiner Familie wirklich schlecht, das Haus war mit einer Hypothek belastet, und Janet und Abel hatten sich nach Südafrika abgesetzt. Er brauchte mich und das Geld meiner Familie, um Hartland halten zu können, sogar, um die laufenden Rechnungen zu zahlen. Er konnte es sich buchstäblich nicht leisten, mich zu verlieren. Also schwor er, das mit Liz zu beenden, und ich gab ihm noch eine Chance. Was sollte ich machen? Eine Scheidung wäre zwar theoretisch möglich gewesen, 1959 aber eigentlich keine Option, nicht für jemanden wie mich. Die Schande wäre unerträglich gewesen. Außerdem liebte ich John, trotz allem. Ich würde vielleicht nie ein Mädchen sein, das man zwischen den Bäumen küsste, aber ich war eine gute Ehefrau, eine gute Partnerin. John und ich passten gut zusammen, wir hatten denselben Hintergrund und kannten uns.

Also versuchte ich es weiter. Ein paar Wochen lang schien alles gut zu sein, John kam pünktlich nach Hause, und wir kamen gut miteinander aus. Aber als ich die Rechnung eines Hotels in Purley fand, ausgestellt auf ‹Mr. und Mrs. Smith›, entschloss ich mich für einen anderen Weg. Ich nahm Kontakt zu George auf. Das war irgendwann im Juli … oder August? Ich hatte eigentlich keine Lust dazu, ich mochte ihn nicht besonders, aber ich sagte ihm, er solle seine Tochter von meinem Mann fernhalten. Er war so steif wie immer, schien aber komischerweise nicht besonders überrascht. Später wurde mir klar, dass er es schon selbst herausgefunden hatte. Jedenfalls sagte John mir, als ich ihn ein paar Wochen später danach fragte, dass Liz London verlassen hätte.»

Sie hielt inne und goss sich Wasser nach. Ihr Haar hatte sich aus der Spange gelöst, sodass ein paar Locken ihr Gesicht mit den dunklen Rändern unter den Augen einrahmten, und beinahe hätte ich ihr über den Arm gestrichen.

«Ungefähr ein halbes Jahr später passierte es. Ich war schwanger, im fünften Monat, und wirklich glücklich, weil wir uns so gewünscht hatten, eine Familie zu werden. Alles schien sich zu beruhigen. Ich setzte gerade den Kessel auf, räumte in der Küche herum, als es an der Haustür klopfte. Hartland lag etwas abgelegen, und John kam immer durch die Küche ins Haus, weshalb ich erst nicht sicher war, ob ich überhaupt öffnen sollte, zumal es noch nicht seine Zeit war. Draußen war es ein bisschen unheimlich, dunkel und kalt, und das Haus war sehr groß und ruhig, wenn die Haushälterin gegangen war. Aber als es erneut klopfte, öffnete ich. Es war Liz. Ich erkannte sie kaum. Ihr Haar war viel kürzer, sie war in eine Wolldecke über einen dünnen Mantel gehüllt und sah furchtbar aus. Ihre Zähne klapperten vor Kälte. Der Saum ihres Kleides war nass und schmutzig, und ihr Bauch war gewaltig. Ich kann Ihnen gar nicht sagen, wie schockiert ich war. Es war, als hätte mein Gehirn für einen Moment ausgesetzt, ich starrte sie einfach an, ohne zu begreifen. Aber lange brauchte ich natürlich nicht, um eins und eins zusammenzuzählen.»

Sie sah weg und sagte so lange nichts, dass ich schließlich fragte: «Harriet?»

Eine Weile dauerte es noch, bis sie zögernd weitersprach: «Es war furchtbar. Ich habe mich schrecklich benommen, und ich weiß es nach all den Jahren noch ganz genau. Ich war so wütend. Es ist schwer, es richtig zu beschreiben, es war, als … wäre etwas in mir ausgerastet. Ich sagte ihr, sie solle weggehen und uns in Ruhe lassen. Sie schien genauso schockiert zu sein wie ich, *mich* dort anzutreffen. Wahrscheinlich hatte John ihr gar nicht gesagt, dass er mich geheiratet hatte – vielleicht auch doch, und sie war einfach zu verzweifelt. Sie stand einfach nur da. Ich schrie sie an und versuchte, ihr die Tür vor der Nase zuzuschlagen. Sie weinte.

‹Ich muss ihn sehen›, sagte sie, es tue ihr so leid, sie wolle uns nicht stören und sich nicht zwischen uns stellen, sie bräuchte nur Hilfe, um nach der Geburt wieder auf die Beine zu kommen, sie wisse nicht, wohin. Und dann sah sie, dass ich auch schwanger war. Es muss sie sehr getroffen haben, das konnte ich an ihrem Gesicht sehen. Und plötzlich war das ganze Elend des vergangenen Jahres wieder da, wie mein Mann mich betrogen hatte, wie die beiden mich für dumm verkauft hatten, während ich in Hartland festsaß – und da schubste ich sie. Sie fiel hin, und bei dem Versuch aufzustehen, krümmte sie sich und hielt sich den Bauch.

‹Ich glaube, es geht los›, sagte sie, ‹du musst mir helfen›, oder so was in der Art. Ich habe ihr erst nicht geglaubt und etwas Scharfes erwidert, aber sie wirkte so verängstigt und griff nach meinem Arm und krümmte sich vor Schmerz, dass ich es selbst mit der Angst zu tun bekam. Was sollte ich jetzt mit ihr machen? Ich überlegte, die Hebamme anzurufen, aber ich hatte mich in der Gegend selbst noch nicht besonders eingelebt, und das Letzte, was ich wollte, war, dass in der Nachbarschaft darüber geredet wurde, die Hebamme hätte Johns unehelichem Kind auf die Welt geholfen, noch bevor meins kam. Und auch Liz bat mich die ganze Zeit, niemanden anzurufen, weil sie sie dann mitnehmen würden. Ich wusste, dass es in Porthallow ein Krankenhaus gab, die Hebamme hatte mir davon erzählt. Es war sehr klein, die größeren Krankenhäuser waren alle in Brighton, das ja ein ganzes Stück entfernt ist. Am Ende fiel mir nur ein, George anzurufen. Es ging seine Putzhilfe ans Telefon. Sie sagte, er sei auf dem Weg nach Brighton, ins Frauenhaus.

Vermutlich hatten sie ihn angerufen, sobald sie entdeckt hatten, dass Liz weg war. Ich sagte der Hilfe, es sei dringend, Liz sei hier in Hartland, und George solle mich sofort anrufen, weil sie ins Krankenhaus müsse. Liz hatte große Schmerzen, also beschloss ich, sie nach Porthallow ins Krankenhaus zu bringen. Aber dann rief George zurück. Er war in Brighton und wollte, dass ich sie ins All Saints Hospital bringe, dort sollten wir uns treffen. Ich dachte, das wäre zu weit, und ich sollte doch lieber die Hebamme rufen, denn Liz wirkte, als würde sie ihr Kind gleich bei uns in der Halle zur Welt bringen. Aber er bestand darauf, dass wir nach Brighton kamen. Das Krankenhaus arbeitete mit dem Frauenhaus zusammen, sie würden dann übernehmen. Also verfrachtete ich Liz in unseren Jeep. Allerdings bereute ich die Entscheidung bald, denn im Auto war es eiskalt, und Liz ging es so schlecht, dass sie weinte. Ich musste mehrmals anhalten, weil sie sich übergeben musste. Es hätte alles passieren können. Alles.»

Sie hielt inne. Mir war erst kalt geworden und dann heiß.

Ich hasste die Vorstellung, dass meine Mutter derart Angst und Schmerzen gelitten hatte. Sie hätte stark sein sollen, ihrem Vater die Stirn bieten und sich für uns einsetzen, aber ich ahnte, wo die Geschichte hinführte, und konnte es kaum ertragen.

«Im Krankenhaus wartete eine Schwester auf uns, die Liz mitnahm. George war auch da. Er war sehr wütend auf Liz, aber bei mir entschuldigte er sich vielmals und sagte, ihm tue das alles so leid.» Harriet lachte verbittert. «Ich weiß noch, dass ich dachte: Was denn? Dass Ihre Tochter das Kind meines Mannes fast in unserem Auto bekommen hätte?» Harriet strich sich eine Locke aus dem Gesicht.

Ich hörte ein Schluchzen und merkte, Phoebe weinte.

«Tut mir leid», sagte Harriet mit einer gewissen Schärfe in der Stimme, «aber manche Dinge vergisst man einfach nicht.»

«Natürlich», sagte ich. «Bitte erzählen Sie weiter.»

«Er wollte mit dem Arzt reden, und ich nahm ihm das Versprechen ab, mich später anzurufen, um mir zu sagen, wie … na ja, wie es ausgegangen ist. Ich fuhr in der Dunkelheit nach Hartland zurück, voller Angst und Unruhe. Ich hatte Liz geschubst, dann ihre Schmerzen, und jetzt bekam sie Johns Baby. Hoffentlich ging alles gut, hoffentlich hatte ich nichts Schlimmes angerichtet. Als ich nach Hause kam, war John noch nicht zu Hause, und ich setzte mich neben das Telefon, weil ich wissen musste, ob es ihr gutging und was mit dem Baby passierte, ob – es war schließlich Johns Baby –, ob es uns für immer verfolgen würde oder …?»

Sie sah Phoebe an und schwieg einen Moment. «Schließlich rief George an. Er sagte, es hätte Komplikationen gegeben. Liz sei sofort in den OP gebracht worden, es würde ein Kaiserschnitt gemacht, aber es würde alles gut werden. Und er danke mir von Herzen.»

Ich schüttelte den Kopf, weil sich die Bilder in meinem Kopf überschlugen. Meine Mutter in einem Krankenhausbett. Und –

«Und die Babys?», fragte ich.

«Die Babys?», wiederholte Harriet beinahe widerstrebend, als hätte sie gehofft, ich würde nicht fragen. «Er hat nicht gesagt, dass es zwei Babys waren. Er hat gesagt, ich solle mir um Elizabeth keine Sorgen mehr machen, das Problem hätte sich von selbst erledigt. Sie hätte ein Mädchen zur Welt gebracht, ein Baby, aber es sei tot geboren worden.»

Brighton, 16. Februar 1960

In den letzten beiden Tagen hat mich der Schmerz in seinen Fängen gehabt. Ich habe mich im Krankenhausbett immer wieder umgelegt, um ihn zu meiden, und dann wieder still gelegen in der Hoffnung, er würde mich übersehen und weiterziehen zu einer der anderen Frauen, die im Schlaf seufzen. Aber er hat mich immer gefunden, und inzwischen glaube ich, mein Körper ist am Ende angekommen, am Ende des Weges, an dem ich die Welt loslasse und mich einfach hinlege, meine Last fallen lasse, die Augen schließe und sterbe.

Aber sogar das wird mir verwehrt, denn ich sitze hier auf dieser Station fest, wo Leute kommen und mich mit kühlem, abschätzigem Blick mustern, zu gleichgültig, um sich für mich über die Erfüllung der absoluten Grundbedürfnisse hinaus zu interessieren. So muss es in der Hölle sein, so muss es sein, lebendig begraben zu werden, im eigenen Körper, einer pulsierenden Wolke aus Schmerz, mit fieberndem Geist, verzweifelt auf der Suche nach Linderung, untröstlich, weil es Linderung nie mehr geben wird.

Ich habe darum gebeten, das Baby sehen zu dürfen, das überlebt hat. Es ist, glaube ich, in einem Zimmer am Ende des Flurs. Und ich habe auch gefragt, ob ich die Hebamme oder den Arzt sehen kann oder irgendjemanden, der mir wenigstens sagen kann, wie das gestorbene Baby aussah. Es war ein Mädchen, das haben sie mir gesagt, mehr soll ich nicht wissen, ich darf ihren toten Körper nicht halten und sie nicht mal sehen. Das macht man nicht, wenn Babys sterben, sagen sie, es ist besser so, und ich kann nicht aufstehen und diesen Kampf kämpfen. Vater war da und ist wieder gegangen, und ich würde alles dafür geben, ihn nie wiedersehen zu müssen. Er war da, als ich ins Krankenhaus kam, danach erinnere ich mich nicht mehr, ihn gesehen zu haben, weil alles in dieser gigantischen, alles umfassenden Wolke herzzerreißender Schmerzen verschwindet. Sie sagen, das Baby wäre schon in meinem Bauch gestorben, und sie hätten es herausschneiden müssen, zusammen mit seiner Schwester, die selbst kaum noch am Leben war. Sie sagten, es sei meine Schuld, weil ich weggelaufen sei, dadurch hätte ich mein Baby getötet. Ich erinnere mich nicht an viel, weder an den Operationssaal noch an die Stunden danach, in denen ich irgendwann aufwachte, aber an diese Worte erinnere ich mich, und ich werde mich immer an sie erinnern, denn seitdem gibt es kaum einen anderen Gedanken in meinem Kopf. Meine Schuld, meine Schuld, meine Schuld, bis ich vor Schuld und Schmerzen ächze und Schwester Marianna kommt und sagt, ich solle nicht so ein Trara machen.

Es ist jetzt drei Tage her, und ich habe das Baby, das überlebt hat, immer noch nicht gesehen. Meine Milch ist eingeschossen, und meine Brüste kribbeln und pochen, wenn ich das Weinen der Babys höre, die anderswo auf der Station den normalen Frauen gebracht werden, die sie halten und stillen und sich um sie kümmern und sie während der Besuchszeit ihren Familien präsentieren. Ich darf mein Baby noch nicht stillen. Die Hausmutter und die Stationsschwester halten mich für zu schwach, aber vielleicht ist es ihnen auch einfach egal, oder sie wollen mich bestrafen. Ich habe Angst, dass sie es hungern lassen, einfach weil der Hausmutter nicht gefällt, dass ich abgehauen bin und es alleine durchziehen wollte. Sie können sich nicht entscheiden, ob sie mich die ganze Zeit im Blick haben oder ob sie mich vor allen Blicken verstecken wollen, damit ich die normalen Mütter nicht durch meine bloße Existenz vor den Kopf stoße. Eine Weile war ich in einem kleinen Seitenzimmer, außerhalb der Station, aber das wurde anderweitig benötigt, deshalb kam ich ganz an den Rand des großen Krankenzimmers der Station, und sie stellten einen Wandschirm vor mein Bett. So sehe ich nichts und werde auch nicht gesehen und bin nicht Teil des normalen Ablaufs von Mahlzeiten und Visiten, aber ich höre, was auf der anderen Seite des Wandschirms vor sich geht, und werde ständig daran erinnert, was ich selbst verursacht habe.

Nur eine der Schwestern ist anders. Sie ist ziemlich jung und scheint selbst Angst vor der Hausmutter und der Stationsschwester zu haben. Sie ist nett, während alle anderen niemals mehr als nötig sagen, und wirkt sanft, trotz ihrer gestärkten Tracht. Sie bringt mir Essen und Wasser und Tee, obwohl die Stationsschwester sie ermahnt, weil sie ihre anderen Pflichten vernachlässigt. Ich habe sie angefleht, mir etwas über mein Baby zu sagen, und sie war so nett, nach ihm zu sehen, als die Stationsschwester einmal nicht hingesehen hat. Sie hat gesagt, dem kleinen Mädchen ginge es gut, immerhin weiß ich also jetzt, dass sie ihr zu trinken geben. Ich will sie so unbedingt sehen, aber ich darf nicht aus dem Bett, außerdem kann ich mich noch nicht gut bewegen und werde auch in den nächsten Tagen allein nicht viel machen können. Zehn Tage bleiben wir hier, die normalen Mütter und ich. Aus den Gesprächen der anderen schließe ich, dass sie beinahe erleichtert sind, nicht so schnell wieder in die richtige Welt zurückzumüssen, dass sie hierbleiben können, wo sie Hilfe haben mit den Babys. Aber mir scheinen zehn Tage endlos, denn wenn sie vorbei sind, soll ich das Baby mit zu den Wohltätigen Schwestern nehmen und dort warten, bis ein Auto kommt und mein Baby abholt, und dann muss ich zurück zu Vater.

Und so geht es immer im Kreis: die Gedanken, die

Schuld, der Schmerz. Es ist die Hölle. Am schlimmsten ist es nachts, wenn die anderen Frauen im Schlaf seufzen und schnaufen und ich mir die Hand in den Mund stopfe, um nicht zu schreien.

Ich habe die nette Schwester um meine Tasche und meinen Mantel gebeten, und sie hat sie gebracht und in einen Spind rechts von meinem Bett getan. Ich habe ihr das Bündel gegeben, damit es mit dem Baby begraben werden kann, und sie hat es genommen, aber ich habe an ihrem ausweichenden Blick gesehen, dass das Baby schon fort ist, dass ich niemals wissen werde, wo es begraben liegt. Sobald sie weg war, habe ich nach meinen Papieren und meinem Geld getastet, und zum Glück war alles noch, wo ich es versteckt hatte, genau wie mein kleines Tagebuch. Ich werde es unter meinem Kissen verstecken, wenn ich mit Schreiben fertig bin, denn ich könnte es nicht ertragen, wenn es mir weggenommen würde. Irgendwo auf diesen graphitgrauen Seiten, die von einer albernen Sechzehnjährigen erzählen, die an ihrem letzten Schultag mit der *Radio Times* und Plänen für den Sommer zu ihrer Mum läuft, die dann von Hartland und ihrer ersten Liebe mitgerissen wird, die den Tod sieht, verbannt wird, wegläuft und ein Kind auf die Welt bringt – irgendwo auf diesen Seiten muss noch etwas von mir übrig sein, und das muss ich finden, um überhaupt noch Hoffnung haben zu können.

Brighton, 22. Februar 1960

Der Tag, an dem ich ins Frauenhaus zurückmuss, rückt näher, und ich kann nicht mehr vermeiden, daran zu denken. Aber ich bin so müde und werde es jeden Tag mehr. Es ist fast, als hätte mich der Schmerz an den ersten furchtbaren Tagen am Leben erhalten, als wollte mein Geist jetzt, da er damit allein ist, weil mein Körper heilt und der Schmerz nachlässt, einfach nur schlafen und ins Vergessen gleiten. Es ist ein seltsamer Halbschlaf, ein grauer Nebel, in dem mich nichts berührt, mir nichts nahekommt, in dem ich durch den Dämmer drifte, schwerelos und beinahe frei. Aber in meinen klareren Momenten weiß ich, dass ich für das Baby stark sein muss. Ich darf mir den Luxus des grauen Nebels nicht erlauben, denn auch nach allem, was geschehen ist, kann ich das Baby nicht hergeben, nicht jetzt, da ich durch meine eigene Unachtsamkeit und meinen Egoismus schon das andere verloren habe. Für den Tod dieses Babys werde ich mein restliches Leben lang verantwortlich sein, und wenn ich das andere hergäbe, würde ich mir das nie verzeihen.

Der Plan ist eigentlich simpel, so simpel, dass er vielleicht gar nicht funktionieren kann, aber etwas anderes fällt mir nicht ein, also muss er klappen. Morgen soll ich mit dem Baby zurück ins Frauenhaus. Statt dorthin zu fahren, werde ich aber den Bahnhof suchen und den Zug nach London nehmen. Ich erinnere mich noch an die Adresse des Missionshauses in Dulwich, von dem ich im Frauenhaus gehört habe, ich kann die Fahrpläne noch auswendig, und wenn ich erst mal in London bin, können sie mich nicht mehr finden. Es ist meine letzte Chance, und ich bete, dass mir dort jemand helfen kann. Ich habe die junge Schwester, Sarah, um ein zusätzliches Laken gebeten, es aber nicht gewagt, ihr zu sagen, wofür es gedacht ist, aus Angst, dass sie es der Hausmutter oder sonst jemandem erzählt. Sie hat auch nicht gefragt, aber sie muss es erraten haben, denn sie hat mir nicht nur ein Laken gebracht, sondern auch ein kleines Päckchen mit Windeln und zwei Glasflaschen mit Wasser und etwas Milchpulver. Wieder muss ich meine Tasche packen: mein Tagebuch, Mums Foto, meine Geburtsurkunde, das Geld. Ich habe ein zweites Bündel mit Babykleidung geschnürt und die Fläschchen in die Windeln gewickelt, damit sie nicht klirren oder zerbrechen. Mit dem Laken werde ich mir morgen das Baby an den Körper binden, unter mein Kleid, und über das Ganze ziehe ich dann meinen Mantel. Ich bin im letzten Jahr so dünn geworden, und mein Mantel ist so riesig, dass sie darunterpassen wird und es hoffentlich nicht verdächtig wirkt.

Ich bin die ganze Zeit so unendlich müde. Immer wieder drifte ich ins Graue, und mein Körper ist zu schwer für diese Welt. Er will der Schwerkraft nicht die Stirn bieten, er will nicht einmal aufrecht stehen bleiben. Vielleicht ist das seine Art zu heilen, und ich muss mich mehr anstrengen, um in der Gegenwart zu bleiben und der Zukunft entgegenzusehen. Wie gerne ich die Vergangenheit vergessen würde, wie ich mir wünsche, in der Lage zu sein, die Nacht der Geburt abzuschütteln, dieses Wissen, dass mein Baby meinetwegen gestorben ist. Wäre ich nicht aus dem Frauenhaus geflohen, wäre sie jetzt noch am Leben, aber weil ich durch den Schnee gelaufen bin, um meinen Liebhaber zu sehen, den Ehemann einer anderen Frau, musste mein Baby sterben.

Und jetzt habe ich nur noch dieses eine Baby und muss um es kämpfen, obwohl ich im Innersten weiß, dass ich kein Recht mehr habe, Mutter zu sein. Es ist an der Zeit, das tote Baby loszulassen, Zeit, das überlebende Baby zu nehmen und zu verschwinden. Ich wünschte, wir hätten einen schöneren Start zusammen gehabt.

Ich spüre, wie ich wieder schwach werde, und kämpfe dagegen an, obwohl es mich geradezu übermäßige Willenskraft kostet, dem Sog des Nebels nicht nachzugeben. Aber ich muss wachsam bleiben, ich muss mich konzentrieren. Ich habe ein Baby im Stich gelassen, jetzt schulde ich es dem anderen, es zu retten.

34. Kapitel

«Tot?», fragte ich ungläubig und sah Phoebe mit großen Augen an. «*Deshalb* hat sie dich nicht gleich gesucht, Phoebe. Ihr haben sie bestimmt dasselbe gesagt – dass du tot geboren wurdest!»

«Aber wer würde so etwas tun?», flüsterte Phoebe mit aschfahlem Gesicht. «Wer tut jemand anderem so etwas an?»

Jemand anderem, dachte ich verzweifelt, und dir. George Holloway hat dir das angetan, um den Ruf seiner Tochter zu retten.

«Ich verstehe das nicht, Harriet, ich begreife es einfach nicht», brachte ich mit Mühe hervor. «Was ist denn mit Liz passiert?»

«Sie verschwand.»

«Sie verschwand?», sagte Phoebe im gleichen Moment, in dem ich sagte: «Aber wohin denn?»

Harriet beugte sich vor, nahm die Postkarten vom Tisch und betrachtete sie. «Ich habe keine Ahnung.» Sie hielt eine der beiden Karten hoch. «Ich habe ihr ein paarmal geschrieben, und George habe ich auch geschrieben.» Sie hielt die dritte Karte hoch. «Denn die Wochen danach waren furchtbar. Ich war erleichtert, dass das Baby tot war, gleichzeitig hatte ich Schuldgefühle deswegen. Irgendwann konnte ich nur noch an das Baby denken, an Johns totes Baby, das meinetwegen gestorben war. Es verfolgte mich.» Sie legte die Karten wieder zurück und faltete die Hände in ihrem Schoß. «Von Liz habe ich seitdem nichts mehr gehört, was wohl verständlich ist, aber George schrieb zurück und bat mich um einen Besuch. Ich fuhr zu ihm, kurz bevor mein eigenes Baby zur Welt kam, und er erzählte mir, dass Elizabeth die Nachricht vom Tod ihres Babys schlecht aufgenommen habe und nach ihrem Krankenhausaufenthalt verschwunden sei. Ich glaubte ihm zunächst nicht, ich dachte, er hätte sie selbst irgendwohin verfrachtet, in eine Irrenanstalt gesperrt oder so. Man hörte damals die schrecklichsten Geschichten. Aber er sah ziemlich furchtbar aus, ausgemergelt und müde, deshalb war mir klar, dass er die Wahrheit sagte, zumindest, was Liz anging. Damals wusste ich natürlich noch nichts von dem zweiten Baby, davon habe ich erst heute von euch zum ersten Mal gehört, ich dachte also, sie wäre allein verschwunden. Sie war noch minderjährig, musste sich also eine Zeitlang diskret verhalten, aber mit etwas Glück und Geld konnte sie durchaus ein neues Leben anfangen, irgendwo ein Zimmer finden und einen Job. Wenn sie ein Baby bei sich hatte, war das natürlich etwas ganz anderes. Das muss sehr schwer gewesen sein.»

«Aber wie war denn das möglich?», fragte ich, immer noch fassungslos. «Sie wird doch darum gebeten haben, das tote Baby sehen zu können? Oder das Grab? Irgendwelche Papiere? Mit so etwas kann man doch nicht einfach davonkommen? Das ist doch ein Verbrechen.»

«Ist es auch», sagte Harriet. «Aber unverheiratete Mütter

wurden damals entsetzlich behandelt, und Ärzte hatten viel Macht, sie waren praktisch Götter. Niemand wird es gewagt haben, in Frage zu stellen, was der Arzt behauptete, oder einer alleinerziehenden Mutter zu Hilfe zu eilen. Heute ist das schwer vorstellbar, mit all den Beratungsstellen und der Schwangerschaftsfürsorge, heute dürfen die Frauen selbst entscheiden. Aber damals war es ganz normal, dass der Vater entschied, was gemacht wurde, es wurde sogar erwartet.» Sie überlegte einen Moment. «Ich kann es mir nur so vorstellen, dass sie ihr Baby ursprünglich zur Adoption freigeben sollte, wenn sie wieder im Frauenhaus wäre, dass sich dann aber schon im Krankenhaus eine Gelegenheit ergab und sie eins der Babys sofort weggaben. Vielleicht hat es George unvorbereitet getroffen, dass es Zwillinge waren, und er wollte schnell handeln. Ich glaube, die Tatsache, dass ich davon wusste, machte es aus seiner Sicht noch komplizierter. Er musste mir irgendetwas sagen, und einen Skandal wollte er um jeden Preis vermeiden, also hat er mir einfach gesagt, das Baby wäre gestorben, und wahrscheinlich dachte er, der Rest würde sich schon finden. Wie hätte ich auch jemals herausfinden sollen, dass es anders gewesen war? Wenn der Arzt den Tod des Kindes damals bestätigte und die Adoption genehmigte, dann war es wie eine private Adoption. Das Baby war einfach verschwunden und würde sich nie zu John oder mir zurückverfolgen lassen.»

Phoebes Gesicht wirkte immer noch wie erstarrt. Der Hund war aufgewacht und winselte leise.

«Dr. Miller», sagte ich. «Deshalb wollte Mum ihn unbedingt finden. Ihr muss klargeworden sein, was der Arzt und ihr Vater getan hatten, vielleicht hatte sie im Haus etwas gefunden, nachdem George Holloway gestorben war.»

Ich legte Phoebe den Arm um die verkrampften Schultern.

«Sie hat sich solche Mühe gegeben, dich zu finden, sie muss vollkommen verzweifelt gewesen sein», sagte ich. «All die Briefe, all die Jahre verzweifelten Suchens. Oh, Phoebe, es tut mir so leid. Es tut mir so leid, dass es zu spät kam. Es –»

Sie stand abrupt auf. Harriet sagte leise und sehr freundlich: «Warum gehen Sie nicht ein bisschen in den Garten? Da ist es ruhig und sehr schön.»

Als Phoebe, gefolgt von dem Hund, nach draußen ging, stand ich ebenfalls auf, aber Harriet legte mir die Hand auf den Arm. «Lassen Sie sie», sagte sie. «Das war sehr viel auf einmal.»

Ich sank wieder aufs Sofa und trank einen Schluck von meinem kalten Tee. «Haben Sie George Holloway noch mal wiedergesehen?»

«Nur einmal. Er sagte mir, dass John ihn angerufen und nach Liz gefragt hätte. Da wusste ich, dass es aufhören musste. Ich habe John gesagt, dass ich ihn diesmal wirklich verlassen würde, ihn und seine bankrotten Eltern. Ich würde mein Geld mitnehmen und Hartland und seine Familie sich selbst überlassen, falls wir nach der Geburt unseres Kindes nicht ganz von vorn anfangen würden. Also machten wir das Haus dicht und zogen im Dezember 1960 nach Amerika.

Ich hatte dort einen Onkel, in dessen Firma John eine Stelle bekam. Wir haben von vorn begonnen.» Sie lächelte etwas schief. «Janet und Abel kamen irgendwann nach Hartland zurück, mit dem Feuer in den Siebzigern war dann jedoch alles vorbei. Aber das Leben geht weiter, trotz aller Dramen. John und ich gaben unserer Ehe noch eine Chance. Es war bei weitem nicht die pure Idylle, aber wir lavierten uns so durch. Wir lebten in Buffalo, New York. Ich kam erst nach England zurück, als John vor ein paar Jahren starb. Damals bekam unsere Tochter, Caroline, einen Job in London, und ich beschloss, mit ihr zurückzugehen. So bin ich in der Nähe meiner Enkel. Ich habe meinen Mädchennamen wieder angenommen und bin hierhergezogen.»

«Dann ist John also tot», sagte ich langsam, während ich diese letzte wichtige Information verdaute. Irgendwie war ich beinahe erleichtert darüber. «Wir müssen es Phoebe sagen.»

«Ich mache das», sagte Harriet. «Obwohl ich hoffe, dass sie sich über das Thema nicht allzu viele Gedanken macht. Ich weiß nicht, was für ein Vater er euch beiden hätte sein können in dieser Situation. Aber wenn er die Gelegenheit gehabt hätte, wäre er sicher auch nicht besser oder schlechter gewesen als die Väter, mit denen ihr aufgewachsen seid und die ihr für eure richtigen gehalten habt.»

«Hat meine Mutter je wieder versucht, Kontakt zu John aufzunehmen?», fragte ich.

«Wir haben nie wieder von ihr gehört», sagte Harriet. «Ich habe mich oft gefragt, was wohl aus ihr geworden ist.»

Hinter dem reetgedeckten Dach ging schon die Sonne unter, und um die Büsche und die niedrige Mauer herum drängten sich die Schatten, als ich heraustrat, um nach Phoebe zu sehen. Harriets Garten war ein duftendes kleines Rasenviereck, umgeben von alten Steinmauern und ein paar Bäumen. Im letzten Sonnenlicht stand eine Bank, und im Schutz der Mauer wuchsen Wildblumen und Kräuter sowie, in ordentlichen Reihen, Karotten. Ein Garten, wie ihn meine Mutter geliebt hätte.

Phoebe wollte übers Wochenende bleiben. Ich drängte sie, erst halbherzig, dann entschlossener, mit mir zurückzukommen, aber sie blieb dabei. Sie wollte eine Weile allein sein und, falls Harriet wollte, noch ein bisschen reden.

Also nahm ich allein den Bus zum Bahnhof und sah aus dem Fenster zu, wie sich das Meer entfernte. Ich musste an Phoebes Freudenschrei auf dem Hinweg denken, als das Meer auftauchte, und musste lächeln. Während ich auf den Anschlusszug nach London wartete, versuchte ich Andrew anzurufen, aber er ging nicht ran, und vermutlich geschah mir das ganz recht. Ich hatte seine Begeisterung, seinen Pragmatismus und Unternehmungsgeist immer für selbstverständlich gehalten – vielleicht war er jetzt aufgebraucht. Ich hinterließ eine genuschelte, wirre Nachricht, dass ich den Zug zur Victoria Station nähme und wir uns bald sähen und es mir leidtue. Als der Zug kam, setzte ich mich auf einen Einzelplatz und sah zu, wie am Fenster die Landschaft in dunklen Umrissen vorbeizog.

Wieder und wieder ging ich im Kopf Harriets Bericht

durch, aber ich dachte nicht an meinen Großvater oder John Shaw oder an Harriet, nicht mal an Phoebe – ich würde später noch genug Zeit haben, an sie alle zu denken. Stattdessen stellte ich mir Liz Holloway vor, ein siebzehnjähriges Mädchen, an einem Sommerabend zwischen den Bäumen von Hartland, eine junge Frau, die sich in Purley in ein Hotel stahl, eine werdende Mutter, die ein Babyjäckchen strickte, durch die Nacht zum Haus ihres Liebhabers stolperte, die hilflos in ihrem Krankenhausbett lag und dann mit ihrem Baby verschwand. Ich stellte mir die Liz vor, die sich unterwegs in die Mutter verwandelte, die *ich* gekannt hatte, diese schwierige, fordernde, zurückhaltende Frau, die sich immer bemühte, besser zu werden, die immer um ihre Freiheit kämpfte. Und endlich verstand ich, warum. Denn als ich sie kennenlernte, hatte sie schon dieses andere Leben gelebt, hatte um ein totes Baby getrauert und mit ihrem Vater gebrochen.

In meinem Kopf ging alles durcheinander, manches schien zusammenzupassen, nur, um dann neue Fragen aufzuwerfen, Erinnerungen an Szenen und Gespräche mit meiner Mutter, die sich jetzt ganz anders darstellten, Dinge, die ich nie verstanden hatte, ergaben plötzlich Sinn. Hatte sie die Zeitung gelesen, weil sie gehofft und gleichzeitig gefürchtet hatte, vom Tod ihres Vaters zu lesen? Hatte sie immer alle Friedhöfe aufgesucht, egal, wo sie war, weil sie nach dem Grabstein eines toten Babys gesucht hatte? Hatte sie immer Schals und Mäntel und dicke Socken gekauft, weil sie in dem Winter, der ihr Leben änderte, so schrecklich gefroren hatte, dass sie vierzig Jahre später immer noch verzweifelt versuchte, wieder warm zu werden? Hatte sie deshalb so unwillig auf meinen Berufswunsch reagiert, weil es für ein Mädchen, das mit einem kleingeistigen, rückständigen Vater in einem klaustrophobischen Haus aufgewachsen war, praktisch einem Verbrechen gleichkam, die Freiheiten und die Möglichkeiten nicht zu nutzen, die ihm auf dem Silbertablett dargeboten wurden?

Ich saß im Zug und wütete innerlich gegen George Holloway und das Schicksal, weil sie sich gegen dieses junge Mädchen gewandt hatten, das ein paar falsche Entscheidungen getroffen und so teuer dafür hatte bezahlen müssen. Ein bisschen grollte ich auch meiner Mutter, weil sie die Folgen noch bezahlte, als sie schon ein gutes Leben hatte, einen liebenden Ehemann, einen erfüllenden Beruf, drei Kinder. Sie hätte eine andere Beziehung zu mir haben können, sie hätte Phoebes Geist ziehen lassen und mir dafür näher sein können. Aber vor allem hatte ich ein schlechtes Gewissen, weil mir bewusst wurde, wie schnell ich noch vor einer Woche bereit gewesen war, sie dafür zu verurteilen, dass sie uns absichtlich getrennt hatte, dass sie egoistisch ein Baby weggegeben hatte, um selbst frei zu sein.

Wenn ich nach Tideford Cross gefahren war, um meinen Frieden zu machen, um verstehen und verzeihen zu können, so war ich jetzt nur noch zutiefst traurig. Ihretwegen und unseretwegen und weil sie mir nie erzählt hatte, was geschehen war. Sonst hätte ich sie vielleicht verstanden und anders lieben können. Ich wünschte mir verzweifelt, sie noch einmal sehen zu können, nur noch einmal, um richtig mit ihr zu sprechen, ehrlich und ohne Tabus, wie wir es schon damals hätten tun sollen, wie ich es verdiente und sie auch.

Im Halbdunkel des Waggons spürte ich, wie es hinter meinen Augen stach und brannte. Und als ich aufhörte, dagegen anzukämpfen, überhaupt aufhörte nachzudenken und einfach alles zuließ, was war und immer noch sein konnte, kamen endlich die Tränen, und ich hörte für den Rest der Fahrt nicht mehr auf zu weinen.

Als ich an der Victoria Station aus dem Zug stieg, fühlte ich mich vollkommen zerschlagen. Schon einen Fuß vor den anderen zu setzen bedeutete einen enormen Kraftaufwand, und als ich endlich am Ende des Bahnsteigs ankam, waren die meisten meiner Mitreisenden schon in alle Richtungen verstreut. Eine vertraute schlaksige Gestalt trat durch das Drehkreuz und streckte eine Hand nach meiner Tasche aus. Andrew trug noch seine Kochkleidung und hatte ein weichwirkendes Päckchen in der Hand.

«Hallo, Fremde», sagte er und lächelte. «Reist du neuerdings mit Pflanzen?»

«Die ist für dich. Tut mir leid», sagte ich, hielt ihm den etwas mitgenommen aussehenden Topf hin und brach prompt wieder in Tränen aus.

«Oh Gott!», sagte er und setzte die Tüten ab. «Du weinst! Ads! Das ist ja toll! Du hast einen Riesenschritt gemacht. Ist ja gut.»

Er strich mir tröstend über den Rücken, und ich weinte

eine Weile in seine Jacke, bis er mich irgendwann ein Stück von sich weghielt, um mir in die Augen sehen zu können und mir Wangen und Augen mit einem zerknüllten Taschentuch abzutupfen. Er strich mir die Haare hinter die Ohren und hielt mir das Taschentuch hin, damit ich mir die Nase putzen konnte.

«Es tut mir so leid, Andrew. Ich hätte dir wegen dem *Grand Bleu* Bescheid geben sollen», sagte ich mit rauer Stimme unter Tränen und Schnauben.

«Ist schon gut.»

«Wirklich?» Ich stopfte das Taschentuch in meine Tasche.

«Du hättest einfach gleich sagen sollen, dass du nicht mitmachen willst.»

«Das habe ich versucht. Aber ich dachte, du wärst dann sauer», sagte ich niedergeschlagen.

Andrew schnaubte verächtlich. «Addie, wir kennen uns seit dreißig Jahren. Ich wäre vielleicht enttäuscht gewesen, aber doch nicht für ewig. Obwohl ich schon etwas erzürnt bin, weil du mich nicht über Phoebe und das ganze aufregende Zeug auf dem Laufenden gehalten hast.»

«Ja», sagte ich. «Es ging alles so schnell.»

«Wir wären natürlich ein großartiges Team gewesen», sagte er sachlich. «Das weißt du auch. Aber ich will nur, dass du glücklich bist. Wirklich, das war für mich immer das Wichtigste. Und jetzt würde ich gern mit dir nach Hause gehen und was trinken und hören, wie es am Meer war. Komm.»

Er nahm meine Tasche, legte mir den Arm um die Schultern, und wir gingen die Treppe zur U-Bahn hinunter.

35. Kapitel

«Addie, hast du die Limonade in den Kühlschrank gestellt? Und bist du sicher, dass wir genug Stühle haben? Könntest du den braunen Sessel nach da hinten schieben? Dann haben wir hier Platz. Hi, Jas, ich bin's. Bist du schon auf dem Weg? Was? Was soll das heißen, du darfst im Krankenhaus das Handy nicht benutzen? Nein, den da, Addie, den braunen da links. Oh Gott, Adele Harington, willst du wirklich, dass ich aufstehe und den Sessel selbst verrücke, im neunten Monat? Ist ja gut, Jas, ich bin noch dran, reg dich nicht auf. Wann bist du hier? In dreißig Minuten? Geht es ihm gut? Super. Gut. Okay. Bis gleich. So, wo sind die Ballons?»

Es waren zwei Tage vergangen, seit ich in Tideford Cross gewesen war. Und es war viel passiert.

Zunächst einmal war plötzlich der Sommer über London hereingebrochen mit der schamlosen Wucht, die Ende Mai nur das englische Wetter aufbringt, und zwar regelmäßig gerade dann, wenn alle anfangen, am ewigen Winter zu verzweifeln. Die Vögel sangen, der Himmel war von einem leuchtenden Babyblau, die Sonne ging spät am Abend nur widerwillig unter, nur, um am nächsten Morgen mit beinahe unanständiger Eile wieder aufzugehen und durch mein Dachfenster zu strahlen.

Andrew und ich waren von der Victoria Station aus zu

meiner Wohnung gefahren, wo wir von Mrs. Emmets Katze begrüßt wurden, die vor meiner Tür auf mich wartete und entschlossen schien, mich zu adoptieren. Andrew und ich aßen etwas weich geratene, aber sehr aromatische Lammkoteletts mit Kartoffelgratin, die er in dem Päckchen mitgebracht hatte, ich weinte noch ein bisschen, und wir redeten lange, vor allem über Tideford Cross und Harriet, aber auch über meinen Vater und Phoebe und ein bisschen über die Zukunft. Irgendwann kippte ich mitten im Satz beinahe auf meinen Teller. Andrew brachte mich ins Bett, und als ich mitten am nächsten Tag aufwachte, war Andrew nicht mehr da.

Den kompletten nächsten Tag über versteckte ich mich in meiner Wohnung. Es war gut, dass ich sechzehn Stunden am Stück geschlafen hatte, denn die nächste Nacht verbrachte ich zum größten Teil in meiner Küche, polierte abwechselnd die Arbeitsplatte und buk Kuchen, während das Kätzchen sich um den Salbeitopf ringelte, den Andrew vergessen hatte mitzunehmen. Ich versuchte, die Erinnerungen an meine Mutter mit den neuen Enthüllungen über ihre Vergangenheit in Einklang zu bringen. Ich weinte viel, aber ich freute mich auch gleichzeitig, dass ich es wieder konnte, denn es fühlte sich reinigend an.

Phoebe war noch eine Nacht in Tideford Cross geblieben. Wir hatten telefoniert – ein langes Gespräch über alles und jeden, nach dem ich erschöpft, aber glücklich gewesen war.

Ich hatte eigentlich sofort zu meinem Vater ins Krankenhaus gewollt, aber weil ich so spät aufgewacht war und er am folgenden Tag entlassen werden sollte, beschloss ich, unser Gespräch auf einen ruhigen Moment zu verschieben. Das Geheimnis meiner Mutter war so lange gewahrt worden, da konnte es jetzt auch noch etwas länger warten.

Venetia hatte sich in den vierundzwanzig Stunden, die mein Leben auf den Kopf gestellt hatten, nicht im Geringsten verändert. Sie rief mich am nächsten Tag an und wollte wissen, wo um alles in der Welt ich gewesen sei, ob ich Dad besucht hätte, und um mir zu sagen, dass ich ihr wirklich etwas abnehmen müsste, denn das Baby hätte sich gedreht und sie müsse alle dreißig Sekunden auf die Toilette, und ob wir nicht eine kleine Teegesellschaft organisieren sollten, um Dad zu Hause willkommen zu heißen? Nichts Großes, zwölf bis fünfzehn Leute, vor allem Familie, damit er das Gefühl bekäme, wieder dazuzugehören? Als der Name Hamish McGree fiel, hörte ich nicht mehr zu, und als sie fertig war, brach ich in Tränen aus, was sie so sehr überraschte, dass sie ausnahmsweise sprachlos war. Ich lud also für den Nachmittag Mrs. Baxter und Onkel Fred ein, Jas und Andrew, packte all die Kuchen ein, die ich in der Nacht gebacken hatte, und stand in der Rose Hill Road 42, lange bevor mit meinem Dad zu rechnen war.

Inzwischen hatte Mrs. Baxter sich verdrückt, um eine Zigarette zu rauchen, Onkel Fred verrückte die Sessel, und Venetia saß am Tisch und sagte allen, was sie zu tun hatten. Mich schickte sie nach oben, um nach Luftballons zu suchen, die wir in der Halle und der Küche aufhängen würden, um noch mehr gute Laune zu verbreiten.

«Addie, bring am besten nur blaue und gelbe mit. Das sind so frische, fröhliche Farben, sagt Hamish, unser Trauerberater. Bitte kein Grün, hörst du? KEIN. GRÜN.»

«Alles klar», murmelte ich und rollte mit den Augen. «Also nur Grün.»

Oben war es, anders als bei meinem letzten Besuch, hell und luftig, und die Brise, die durch das offene Fenster kam, duftete nach dem Lavendel und der Zitronenmelisse, die Mrs. Baxter frisch in die Blumenkästen gepflanzt hatte. Das Zimmer meiner Eltern sah noch genauso aus wie beim letzten Mal. Ich holte den Bilderrahmen aus der Tasche, den ich mit Muscheln und Glitzer verziert hatte, als ich zehn war. Ich hatte ein Foto von uns fünfen ausgesucht, das wir am Tag der Rubinhochzeit meiner Eltern gemacht hatten. Venetia trug darauf ein dunkelrotes Seidenkleid und ich mein geliebtes violettes Wickelkleid, das mir schon seit über zwei Jahrzehnten gute Dienste leistete. Wir hatten genug Granatapfel-Martinis getrunken, um mit geröteten Wangen in die Kamera zu grinsen, die Gesichter nah beieinander. Vorsichtig stellte ich das Bild auf den Nachttisch meines Vaters, direkt hinter den Wecker, wo er es sehen würde, wenn er am Abend die Lampe ausknipste. Ich verließ das Zimmer so leise, wie ich gekommen war.

Die Luftballons lagen in einer Kiste auf dem Dachboden, auf der «Partysachen» stand. Sorgfältig fischte ich aus dem Durcheinander aus Wimpelketten, Luftschlangen und halb abgebrannten Kerzen jeden grünen Ballon, den ich finden konnte. Als ich auf die Tiara mit den Worten *Fabulous Forties* stieß, setzte mein Herz für einen Moment aus. Ich nahm sie kurz in die Hand und versteckte sie dann schnell wieder unter der blauroten Wimpelkette.

Ganz in Gedanken versunken, machte ich mich wieder auf den Weg nach unten. Aus der Küche war Venetias Kommandoton zu hören, aber für meinen Dad war es noch zu früh, und so ließ ich mir Zeit, verweilte ein wenig in dem Fleckchen Sonne, das sich auf der Dachbodentreppe ausbreitete, und betrachtete in Ruhe die Bücherregale an der Wand. Es waren vor allem die Bücher meiner Mutter, die hier standen. Hier und da ragte zwischen den Seiten ein vergilbtes Stück Papier heraus. *Pamela*, *Vanity Fair*, *Die Bucht der Franzosen.* Vera Brittain. Aber auch Bücher jüngeren Datums: Margaret Atwood, Maeve Binchy, *Die Muschelsucher*, *Mein Sommerschloss.* Anita Shreve, Joyce Carol Oates, Georgette Heyer.

Venetia, meine Mutter und ich waren in seltener Eintracht alle begeistert von Georgette Heyer, und ein halbes Regalbrett war allein mit ihren Büchern gefüllt. Ganz hinten, neben den untersten Stufen, standen dicht gedrängt neue, farbenfrohe Taschenbuchausgaben neben alten gebundenen Büchern, die wir nicht anrühren durften, weil sie schon fast auseinanderfielen. Ich hielt nach der neueren Taschenbuchausgabe von *Frederica* Ausschau, einem meiner Lieblingsbücher. Die Vorstellung, dass diese Bücher noch jahrelang hier stehen würden, ohne gelesen und geliebt zu werden, machte mich traurig. Wir hatten früher ganze Nachmittage damit verbracht, darüber zu reden. Wenn Venetia ein Mädchen bekam, konnte sie die Bücher vielleicht alle ihrer Tochter geben. Oder Phoebe nahm sie an sich, für die kleine Charlotte. Oder ich? Wer wusste schon, was uns noch erwartete …

«Addie!»

«Komme!», rief ich zurück. Ich verabschiedete mich stumm von *Frederica* und wollte gerade weitergehen, als mein Blick an etwas Ungewöhnlichem hängen blieb. Normalerweise hätte ich es gar nicht gesehen, aber da die Sonne durch die Dachluke fiel und ich in die Hocke gegangen war, um meine Freundschaft mit *Frederica* zu erneuern, sah ich, verborgen zwischen der Regalwand und dem verblichenen Rücken von *Geliebte Hasardeurin*, eine silbern beschlagene Ecke hervorlugen, die mir bisher nicht aufgefallen war. Neugierig berührte ich sie und versuchte vorsichtig, das Buch zwischen seinen Nachbarn hervorzuziehen. Ich schlug es auf, blätterte eine Seite um und setzte mich so abrupt auf, dass ich mir den Kopf an einem Regalbrett stieß.

Es war ein Tagebuch.

36. Kapitel

Das Büchlein war dunkelgrau, ganz schlicht und gefüllt mit der sorgfältigen Mädchenhandschrift meiner Mutter.

«Hallo? Adele? Bist du da oben?»

Ich schlug das Tagebuch zu und schob es mit klopfendem Herzen wieder ins Regal. Im Flur näherten sich Schritte, und dann kam mein Vater um die Ecke. Er sah viel besser aus als bei unserem letzten Treffen.

«Dad!», rief ich und sprang auf. «Ich wusste gar nicht, dass du schon da bist.»

«Venetia sagte, du seist hier oben verlorengegangen. Alles in Ordnung?»

«Ich habe nur Luftballons gesucht», sagte ich und hielt ihm eine Handvoll schlaffer grüner Hüllen hin. «Die sollten eigentlich aufgeblasen und aufgehängt sein, wenn du kommst. Tut mir leid.»

Er lächelte. «Das Haus sieht auch so ganz wunderbar aus.»

«Es ist so schön, dich zu sehen. Du siehst – gut aus.»

Es stimmte. Sein Gesicht hatte eine gesunde Farbe, aber vor allem wirkte er nicht mehr so angespannt wie in den letzten zwölf Monaten. Er bewegte sich vorsichtig und fasste sich wiederholt an die Brust, als wollte er sich vergewissern, dass da drinnen alles in Ordnung war, aber sein Blick war klar, und er sah mich an, *sah mich richtig an*, als er sprach.

«Andrew ist auch da. Und Fred. Was für ein schöner Empfang.»

Mein Dad sprach in ganzen Sätzen! Sogar in mehreren Sätzen! Würde das etwa ein *ganzes Gespräch* werden?

«Dad, ich … es tut mir so leid. Was ich gesagt habe. Und –»

Er unterbrach mich. «Ich schulde dir eine Erklärung.» Sein Gesicht wirkte jetzt nicht mehr ganz so ruhig. «Ich habe den anderen gesagt, sie sollen schon mal anfangen mit dem Kuchen und dem Alkohol. Ich darf das alles leider sowieso nicht mehr zu mir nehmen. Damit sind sie sicher eine Weile beschäftigt.»

Er setzte sich auf die unterste Stufe der Dachbodentreppe und bedeutete mir, mich neben ihn zu setzen.

«Ich hatte im Krankenhaus viel Zeit nachzudenken. Übrigens möchte ich da nie wieder hin, das ganze Ausruhen macht einen ja vollkommen fertig.»

«Du hattest einen Herzinfarkt», versetzte ich streng. «Ausruhen ist genau das, was du brauchtest.»

Er winkte ab und atmete dann tief durch. «Was du gesagt hast damals, stimmte alles. Fast alles, jedenfalls. Lizzie hatte in Sussex diesen Mann kennengelernt und –»

«Ja, ich weiß», fiel ich ihm ins Wort. «John Shaw. Ich habe seine, na ja, seine Frau getroffen, in Tideford Cross. Sie hat uns alles erzählt, was vor der Geburt war.»

«Seine Frau?» Er zog die Augenbrauen hoch. «In Tideford Cross?»

«Ja. Kannst du mir vielleicht erzählen, was direkt nach

der Geburt passiert ist, ungefähr eine Woche danach? Dann erzähle ich dir später den Rest. Ich glaube, dass wir nicht viel Zeit haben, denn Venetia –»

Zum Glück gehörte diese Art abgerissene, ständig unterbrochene Gesprächsführung zu den Stärken meines Dads, und er nickte.

«Gut, in Ordnung. Ich kann anfangen, als du eine Woche alt warst, denn da habe ich dich kennengelernt. Ich habe an der London School of Economics studiert, ich hatte ein Stipendium und wohnte bei meiner Tante in East Dulwich. Sie war alleinstehend und froh, dass ich ihr im Haus helfen konnte, und ich war froh, bei ihr unterkommen zu können.

Da saß ich also im Februar 1960 in meinem Zimmer, und als ich irgendwann auf die Straße herunterblickte, sah ich jemanden vorbeigehen, wahrscheinlich eine Frau. Da sie so dick eingepackt war, war es schwer zu sagen. Es war ein kalter Tag und schon fast dunkel, und es waren nicht viele Leute unterwegs. Irgendwas an ihr war seltsam, deshalb beobachtete ich sie ein Weilchen. Als sie genau vor unserer Haustür angekommen war, stolperte sie und fiel hin. Ich wartete darauf, dass sie wieder aufstand, aber sie blieb einfach zusammengekrümmt auf den Pflastersteinen liegen. Also lief ich die Treppe herunter und trat auf die Straße. Es war bitterkalt und hatte die ganze Woche über geschneit, ich versuchte ihr also aufzuhelfen, bevor der Schnee durch ihre Kleidung drang. Aber sie war so schwach, dass sie kaum stehen konnte, deshalb schob ich sie auf die Stufen vor dem Hauseingang. Und dabei sah ich dich. Sie trug dich in einer Schlinge, die sie sich um den Körper gewickelt hatte, ein Stück Stoff, das sich bei ihrem Sturz jedoch gelöst hatte, sie hatte gerade noch verhindern können, dass du auf die Straße fielst. So viele Haare, schon mit zwei Tagen.» Er lächelte. «Und aus dem Tuch sah ein winziges rundes Gesichtchen hervor. Keinen Pieps hast du von dir gegeben. Du warst schon immer so ein liebes Mädchen.»

Sein Lächeln verschwand. «Deine Mutter war nicht ganz bei sich, und ich hatte Sorge, dass sie wieder ohnmächtig wird, wenn ich sie gehen lasse. Also habe ich sie mit in unsere warme Küche genommen und wollte einen Arzt rufen, aber sie bestand darauf, dass ich es nicht tue. Sie war auf dem Weg in ein Missionshaus, von dem sie gehört hatte, aber sie konnte es nicht finden und wusste nicht, wohin. Ich war mir nicht sicher, ob es richtig gewesen war, sie einfach so von der Straße hereinzuholen, und fragte mich, was meine Tante sagen würde, wenn sie nach Hause käme, aber deine Mum war so jung und sah so traurig aus, und sie hielt dich, als wüsste sie gar nicht richtig, was sie mit dir anfangen sollte, ich konnte also gar nicht anders, als sie am Ofen in der Küche sitzen zu lassen, damit sie sich aufwärmte. Als meine Tante nach Hause kam, überlegten wir, was zu tun wäre. Meine Tante – du hast sie nie kennengelernt, aber sie war deiner Großmutter sehr ähnlich, sehr praktisch veranlagt, und sie hatte ein großes Herz – bezog das Gästebett und half deiner Mutter, sich auszuziehen und dem Baby die Flasche zu geben, legte eine Kiste mit Decken aus, in der es schlafen konnte, und sagte, wir würden am nächsten Morgen über alles reden. Am nächsten Morgen brachte sie es nicht über sich, sie wegzuschicken, also blieb sie noch eine Nacht, und so kam eins zum anderen. Letztlich dauerte es ein paar Tage, bis wir ihr ihre Geschichte entlockten, über das tote Baby und das Baby, das sie vor dem Frauenhaus und der Adoption retten konnte. Aber als wir versuchten herauszufinden, wo ihre Familie war, schwieg deine Mutter eisern. Sie war sehr mitgenommen, physisch, aber vor allem psychisch. Heutzutage hätte man ihr eine Trauertherapie und alle möglichen Beratungen angeboten, aber damals gab es so etwas kaum. Meine Tante Lavinia nahm sie unter ihre Fittiche, päppelte sie auf und wiegte das Baby, und als es Lizzie besserging, folgte sie meiner Tante durch das Haus wie ein Schatten. Wir dachten uns eine ausführliche Geschichte aus, dass sie eine entfernte Cousine und mit dem Baby zu Besuch gekommen sei, damit es ihr nicht unangenehm sein musste, sich vor den Nachbarn zu zeigen, aber Lizzie wollte überhaupt niemanden sehen, sie wollte nicht mal das Haus verlassen, solche Angst hatte sie davor, dass ihr Vater auftauchen und sie mitnehmen würde. Ich saß viel bei ihr und sprach mit ihr, wenn ihr danach war, und schob dich im Kinderwagen durch den Park in unserem Viertel, denn Tante Lavinia war überzeugt, dass Babys nur mit viel frischer Luft gedeihen. Ein Mann mit einem Kinderwagen war damals noch ein seltener Anblick, aber mir war das Gerede der Leute von Herzen egal.»

Er sah traurig aus. «Es dauerte lange, bis es ihr besserging, obwohl sie es wirklich versuchte. Sie hatte ihre Mutter verloren und ein Baby. Mit der Zeit wurden wir vier eine richtige Einheit, du warst ein wunderbares Baby. So zufrieden und ruhig. Es war fast, als wolltest du deiner Mutter nicht noch mehr Probleme bereiten. Du nahmst die Flasche an und schliefst gut, und wenn du nicht schliefst, hast du in deinem Bettchen vor dich hin gegluckst. Und du warst so klug. Du hast dich viel früher umgedreht als andere Babys und es immer so schön gefunden, wenn man dir vorlas. Ich werde diese erste Zeit nie vergessen. Ich habe Lizzie von Anfang an geliebt, und auch wenn sie mich nicht auf dieselbe Weise wiederlieben konnte, hat sie doch hart daran gearbeitet, Teil einer Welt zu sein, in der Liebe möglich ist. Das hat mir gereicht. Dich habe ich auch geliebt.» Seine Stimme klang sachlich, aber er musste blinzeln. «Und ich glaube, sie war froh, dass es so war, denn sie hatte nicht mehr viel, was sie dir hätte geben können.»

Ich musste schlucken. «Das klingt … schwierig.»

Er seufzte. «Es war nicht leicht. Aber es war sehr besonders.»

«Und machte es dir gar nichts, dass ich … dass ich sein Kind war?»

Eine lange Weile schwieg er. Langsam wurde ich unruhig und befürchtete, dass womöglich nicht einmal Venetias Neunmonatsbauch sie davon abhalten würde, die Treppe zu erklimmen. Aber das Reden und Lachen unten klangen, als ob uns niemand vermisste.

«Das machte mir eigentlich nichts aus, zumal du auch nicht wirklich sein Kind warst. Unter anderem deshalb bestand ich darauf, dass mein Name in der Geburtsurkunde hinzugefügt wurde. Ich wollte nicht, dass nach unserer Hochzeit irgendwelche Zweifel oder Komplikationen entstehen konnten.» Seine Stimme klang jetzt härter. «Er war vergeben. Und er verhielt sich von Anfang an nicht wie ein anständiger Mensch, schließlich hatte er sich mit einer Siebzehnjährigen eingelassen, obwohl seine Frau zu Hause saß und auf ihn wartete. Die arme Lizzie musste an vielen Fronten kämpfen, um nicht den Verstand zu verlieren, sie arbeitete so hart daran, dass es ihr besserging. Er war von der Bildfläche verschwunden, und so sollte es auch bleiben, wenn es nach mir ging. Als ich sie bat, mich zu heiraten, war mir bewusst, dass sie vielleicht noch nicht so weit war. Aber sie wollte so weit sein, sehr sogar, sie brauchte ein Zuhause, einen Ort, an dem sie zur Ruhe kommen konnte. Sie war ja erst achtzehn. Wir schlossen also einen Pakt. Sie würde ihn hinter sich lassen, mental und emotional, und sich auf unser gemeinsames Leben einlassen. Voll und ganz. Ohne zurückzublicken. Im Gegenzug würde ich dich als mein Kind betrachten, und wir würden eine Familie sein. Wir würden nicht von der Vergangenheit sprechen und dich gemeinsam aufziehen.»

Mein Blick schweifte durch den Flur, und ich musste an ihre Ordnungsliebe denken, an das Fehlen von Andenken aus ihrer Vergangenheit. Sie hatte sich an die Vereinbarung gehalten. Hatte sie sich insgeheim gewünscht, mehr Bilder aufzuhängen, alte Briefe und Andenken aufzubewahren? Oder war sie vielleicht sogar erleichtert darüber, die Vergangenheit zu vergessen, bis das Vergessen zu einem Teil ihrer Persönlichkeit geworden war?

«Und George Holloway?», fragte ich.

Mein Vater sah traurig aus. «Sie hat ihn nie wiedergesehen. Wir heirateten etwas später im Standesamt Southwark, nur wir zwei, Tante Lavinia passte zu Hause auf dich auf. Gleich am nächsten Tag ging deine Mutter los und suchte sich einen Job. Sie arbeitete sehr schwer, um etwas aus sich zu machen, besuchte später die Uni und machte ihren Abschluss. Heute ist das nichts Besonderes mehr, aber damals war es alles andere als leicht. Sie musste sich alles hart erarbeiten und hielt nichts für selbstverständlich. Es war ein anstrengendes Leben, aber ich werde diese frühen Jahre nie vergessen. Du kamst in die Schule, wir beide arbeiteten, und dann kamst du voller Geschichten nach Hause, immer interessiert, so ein fröhliches, kluges kleines Ding. Wir haben die Reihenfolge vielleicht ein bisschen vertauscht: erst das Kind, dann die Hochzeit und schließlich die Liebe, aber in diesen frühen Jahren gründeten wir unsere Familie. Ihr Vater war kein Teil davon und der andere Mann natürlich auch auf keinen Fall. Und du warst meine Tochter, Addie, mein Kind, von dem Tag an, an dem ich dich zum ersten Mal sah. Ich habe sie gerettet und dich auch, und ich habe es nie bereut. Ich hätte nie zugelassen, dass mir das wieder genommen wird.»

Ich schauderte, weil Phoebes Adoptivmutter Mrs. Roberts genau dieselben Worte verwendet hatte. Was wir alles tun, um unsere Familien zu schützen!

«Das mit der Rubinhochzeit war also eine Lüge», sagte ich.

«Ja», bestätigte er. «Und Elizabeth' Alter auch. Sie hätte einundzwanzig sein müssen, um zu heiraten. Aber damals ging so etwas ziemlich leicht. Man sagte dem Standesbeamten einfach sein Alter, und mit etwas Glück fragte er nicht. Am Tag nach unserer Hochzeit ließen wir meinen Namen in die Geburtsurkunde eintragen. Wir sagten, ich sei der biologische Vater, und ich wolle die Vaterschaft anerkennen.»

«Und wie habt ihr deiner Familie erklärt, dass ich plötzlich da war?»

«Wir haben ein bisschen geschummelt. Wir haben nur meinen Eltern und Fred erzählt, dass wir ein Baby hatten. Wir sagten, du seist ein Unfall und dass wir schnell heiraten mussten. Meine Mutter reagierte geradezu philosophisch, meine Tante wusste sowieso Bescheid, und bald war es dann einfach kein Thema mehr.»

Das passte gut zu Granny Harington.

«Und Phoebe? Hat Mum dir erzählt, was geschehen war?»

«Am Anfang hat Lizzie pausenlos über das tote Baby gesprochen. Dass es ihre Schuld sei, dass sie es umgebracht hätte. Es war schrecklich, was sie ihr im Krankenhaus eingeredet haben. Das ließ sich nicht mehr rückgängig machen.»

«Ich verstehe einfach nicht, *warum* sie ihr erzählt haben, dass das Baby tot sei. Warum gab George Holloway das Baby nicht einfach zur Adoption frei, sagte es ihr, und fertig?» Ich blinzelte in das helle Sonnenlicht, das durch das Fenster fiel.

Mein Dad schüttelte den Kopf. «Ich weiß es nicht genau. Vermutlich hatte er es eilig, weil er wusste, dass sie der Adoption nicht zustimmen würde. Er muss gefürchtet haben, dass sich das Problem nicht so leicht aus der Welt schaffen lassen würde, also hat er gehandelt, während sie noch außer Gefecht war. Und dann warst nur noch du da.»

Ich seufzte. «Und Mum hat nie wieder mit ihrem Vater gesprochen. Wusstest du, dass er gestorben ist und sie bei seiner Beerdigung war?»

«Ja, ich weiß», sagte er. «Es war das erste Mal seit Jahren, dass sie von ihm sprach. Ich war mit ihr bei der Beerdigung. Es war eine trostlose Veranstaltung.» Er schauderte. «Er wurde neben seiner Frau begraben, obwohl Lizzie das nicht wollte, auf dem Friedhof in ihrem Ort, in Limpsfield. Der Anwalt hat Lizzie auch auf das Haus angesprochen, aber sie wollte es sich nicht mal ansehen.»

«Und wusstest du von dem Privatdetektiv, den sie angeheuert hat? Er heißt Mr. Merck und hat über drei Jahre lang nach Phoebe gesucht. Tut mir leid, Dad, so viele Fragen. Aber es ist so viel passiert, und ich versuche immer noch, das Puzzle zusammenzusetzen.»

«Das ist schon in Ordnung. Nein, ich wusste nicht, dass sie einen Privatdetektiv angeheuert hat», sagte er sehr traurig. «Ich wünschte, sie hätte es mir gesagt. Ich hätte ihr geholfen. Ich wäre gern für sie da gewesen.»

Seine Stimme klang belegt, und ich sagte schnell: «Ich komme nicht darüber hinweg, dass sie mit einem derartigen Trauma gelebt und einfach weitergemacht hat.»

«Nach unserer Hochzeit hat sie überhaupt nicht mehr davon gesprochen.» Er räusperte sich. «Es war, als hätte sie beschlossen, diesen Teil ihres Lebens hinter sich zu lassen.» Er sah meine gerunzelte Stirn und sagte entschieden: «Aber nicht nur, weil ich es von ihr *verlangt hatte.* Ich glaube, zu dem Zeitpunkt hatte sie es akzeptiert. Sie *wollte* nach vorn schauen. Sie hat das tote Baby nie wieder erwähnt. Und ehrlich gesagt, hatten wir auch nicht viel Zeit zum Nachdenken: jung verheiratet, ohne einen Penny, mit einem kleinen Mädchen, um das wir uns kümmern mussten, und mehreren Jobs. Später habe ich manchmal vermutet, dass es ihr damit nicht gutging, aber –»

«Mrs. Baxter glaubt, sie hätte Depressionen gehabt», sagte ich.

Er nickte nachdenklich. «Ich habe ein paarmal versucht, sie dazu zu bringen, mit jemandem zu reden, einmal habe ich sie sogar überzeugt, zu einem Arzt zu gehen. Aber du weißt ja, wie verschlossen sie war.»

«Arme Mum. Sie war so stark und gleichzeitig überhaupt nicht stark.»

Ich fing wieder an zu weinen. Er strich mir über den Rücken und machte tröstende Geräusche, vermutlich wie vor vierzig Jahren bei meiner Mutter, die um ihr totes Baby weinte. Und inmitten all dessen, was ich in Erfahrung gebracht hatte, stellte ich fest, wie froh ich war, dass sie in London ausgerechnet bei ihm gelandet war, bei meinem Vater, der vierzig Jahre lang an ihrer Seite geblieben war.

Ich schenk es ihm, der mich erlöst auf ewig, Der sich mir schenkt und Singen mir gebot, ein süßes neues Lied.

Das war es, was mein Dad getan hatte, er hatte ihr neue

Hoffnung gegeben, einen Neuanfang, und er hatte es am Ende auf ihren Grabstein geschrieben. Ein süßes neues Lied.

Von unten hörte ich Stimmen, und ich versuchte, mich zusammenzureißen.

«Wärst du bereit, sie kennenzulernen, Dad? Phoebe, meine Schwester? Kann sie ein Teil von uns sein, hier bei uns? Falls sie möchte, meine ich, und falls Jas und Venetia auch einverstanden sind?» Ich suchte nach einem Taschentuch und drückte es mir auf die Augen.

Er schwieg so lange, dass ich aufblickte, um zu sehen, ob alles in Ordnung war. Dann sagte er: «Ja. Ja, natürlich. Lizzie hätte nichts mehr gewollt, als dass ihr zwei zusammen seid. Bring sie bald mit. Ich würde sie sehr gerne kennenlernen.»

Ich lehnte mich an ihn, betupfte meine Augen und ließ meine Zehen über den abgenutzten Läufer gleiten. Er war von der Sonne ganz warm, und wir sahen zu, wie winzige Flusen und Staubkörner in den Sonnenstrahlen tanzten.

«Ich wünschte, sie hätte es mir erzählt», sagte ich ruhig. «Ich wünschte, ich hätte das alles gewusst. Ich glaube, das hätte es leichter gemacht.»

«Was hätte es leichter gemacht?», fragte er mit sanfter Stimme.

«Unser Verhältnis. Sie war zu mir so anders. Ihre Erwartungen an mich waren anders.»

«Du musstest immer doppelt so viel sein, wie du konntest», sagte er nachdenklich. «Das ist hart für ein Kind.»

«Wenn ich doch nur noch einmal mit ihr sprechen könnte», sagte ich. «Es gibt so viel, das ich ihr sagen möchte.»

«Ich weiß. Es gibt nichts, was ich mir mehr wünsche, als dass sie noch hier wäre. Ich habe immer geglaubt, wir würden zusammen alt werden. Ich vermisse sie so sehr.»

«Und manchmal ist es so schwer, sich an sie zu erinnern.»

«Wir sollten mehr über sie sprechen», sagte er. «Wir sollten ständig über sie sprechen. Nur so kann man sich an Menschen erinnern: indem man über sie spricht.» Er löste sich von mir und stand auf. «Ich glaube, die anderen warten schon auf uns.»

«Geh ruhig schon mal vor, Dad.» Ich putzte mir die Nase.

«Bist du sicher?» Er blieb stehen und sah mich besorgt an.

Ich nickte. «Ich will nur kurz allein sein.»

«Natürlich. Ich regele das mit Venetia.» Er beugte sich zu mir herunter und tätschelte mir unbeholfen die Schulter, dann ging er, und ich sah ihm nach. Er ging noch etwas gebeugt und schlurfte ein bisschen, aber er wirkte viel ruhiger, viel präsenter. Ganz gleich, was sonst noch geschehen war, Phoebes Erscheinen hatte ihn jedenfalls aus seiner Trauertrance gerissen. Sie hat ihn uns zurückgegeben.

London, 9. Mai 1960

Morgen heirate ich. Ich bin achtzehn Jahre alt, und ich werde heiraten, an einem schönen Frühlingstag im Standesamt von Southwark. Ich heirate einen guten Mann, einen sehr netten Mann, den ich irgendwann auch werde lieben können, das weiß ich. Bald. Ich weiß das, weil es schon ein bisschen so ist. Er ist alles, was John und mein Vater überhaupt nicht sind, und das ist sehr gut. An den Kuss im Obstgarten von Hartland oder an die Nachmittage im Hotel in Purley versuche ich nicht mehr zu denken, denn Nervenkitzel und Leidenschaft sind nichts, worauf man eine Zukunft bauen kann. Schön, ja, aber auch flüchtig und unberechenbar und instabil und alles anderes als die «Liebe, die uns eins macht», von der Mum manchmal sprach. Dass es für sie mit meinem Vater so wohl nicht war, wenn man bedenkt, was er für ein Mensch ist, macht mich ein bisschen traurig, aber Graham ist anders. Er ist warmherzig und ruhig, stark und zuverlässig, und meine Gefühle für ihn sind echter und wesentlicher als alles, was ich je für John empfunden habe. Wir führen ein Leben, in dem ich Tagebuch schreiben kann, ohne Angst zu haben, dass er es liest, ich kann schweigen, wenn ich möchte, und reden, wenn ich möchte, und er ist da, um mit mir zu schweigen oder mir zuzuhören. Ich könnte meine Tür zumachen und allein sein und wüsste dabei doch, dass ich nie allein bin, solange er da ist, und schon das ist eine wunderbare Vorstellung.

Im Moment gibt es keine Tür, die ich zumachen könnte, und unsere Zukunft sieht ziemlich trist aus, weil ich kaum mehr besitze als die Tasche, mit der ich herkam, und die Kleidung, die ich beim Verlassen des Krankenhauses trug. Das Baby hat auch kaum etwas, das ihm gehört, und es wächst so schnell, aber wenn ich erst Mrs. Graham Harington bin, suche ich mir eine Arbeit und werde geachtet sein und kann in Sicherheit Kinder bekommen und sie aufziehen. Diejenige, die all das möglich gemacht hat, ist Tante Lavinia, sie ist so freundlich gewesen, das kann ich ihr niemals zurückgeben, so unerschütterlich und pragmatisch und überzeugt, genau wie Graham. Ich habe sie so liebgewonnen. Es ist gut zu heiraten, wenn die Vergangenheit nur Dunkles und Kaltes birgt, denn es bedeutet, nach vorn zu sehen, alles hinter sich zu lassen.

Graham war heute so lieb und hat mich fast den ganzen Tag allein sein lassen, und ich habe viel an Mum gedacht. Ich wünschte, sie wäre morgen hier, an diesem Tag, an dem jede Mutter ihrer Tochter dabei helfen will, sich für die Hochzeit schön zu machen. Wir würden über meine Haare lachen wie früher, und sie würde mein Kleid zurechtzupfen und mir ihre Perlenohrringe und ihre Kette geben und mir eine Malzmilch machen und mich beruhigen, wenn ich nervös werde.

Nichts, was mir geschehen ist, wäre genau so geschehen, wenn Mum noch da gewesen wäre, aber ich habe aufgehört, wütend zu sein, weil sie mir weggenommen wurde, denn es ist so ermüdend, immerzu wütend auf die Welt zu sein. Sie hätte Graham gemocht, sehr sogar, aber ich frage mich, was sie von diesem neuen, härteren, ruhigeren Ich gehalten hätte, das von nichts mehr überrascht werden kann, was das Leben sich ausdenkt. Wenn ich Adele ansehe, erhasche ich manchmal Erinnerungsfetzen an meine Jahre mit Mum, an die Wärme und Zuneigung, bedingungslos und unkompliziert, die Freude, einfach zu geben. Aber es fällt mir schwer, sie nahe kommen zu lassen, so nah, dass ich die Vorstellung wirklich zu fassen bekäme.

In gewisser Weise muss ich, wenn ich Limpsfield und meinen Vater, John und Hartland und mein albernes, leicht zu beeindruckendes, aufgeregtes junges Ich hinter mir lassen will, auch unter meine Mutter und meine Erinnerungen an sie einen Schlussstrich ziehen. Ich werde in nächster Zeit nicht an ihr Grab gehen, ich werde nicht in die Bough Road Nr. 7 in Limpsfield zurückkehren, wo sie so präsent war. Ich bin jetzt groß und lasse all das hinter mir, ich muss eigenständig sein, muss selbst Mutter sein. Ich schulde es Mum, etwas aus mir zu machen, aus diesem neuen Leben, einen Weg zu finden, auch wenn es bedeutet, mich von den Erinnerungen an sie zu trennen, auch wenn es bedeutet, sie zurücklassen zu müssen.

Und ich möchte mich weiterentwickeln. Ich möchte nicht mehr an das tote Baby denken oder an alles andere, was ich hätte anders machen sollen. Ich will meinen Vater nicht mehr sehen, will nicht mehr an John denken oder an unsere 325 gemeinsamen Schritte. Ich will mein Leben nicht an Gedichten über Liebe, Tod und Sünde messen. Ich will leben.

37. Kapitel

Mein Dad war kaum um die Ecke verschwunden, als ich auch schon wieder vor dem untersten Regalbrett kniete und das kleine graue Buch herauszog. *Geliebte Hasardeurin* kippte zur Seite, gefolgt von *Die bezaubernde Arabella*, *Falsches Spiel*, *Die Heiratsliste* und *Der Unbesiegbare.* Dann ein Rücken ohne Schrift. Und noch einer. Fünf weitere Tagebücher, die, nachdem sie so lange der direkten Sonneneinstrahlung ausgesetzt gewesen waren, so ausgeblichen waren, dass sie beinahe genauso aussahen wie die zahlreichen Bücher von Georgette Heyer neben ihnen. Ich ließ meinen Blick über die restlichen Regale wandern, um sicherzugehen, dass dort nicht noch weitere standen. Dann schlug ich mit angehaltenem Atem die erste Seite des Tagebuchs auf, das ich zugeklappt hatte, als mein Dad die Treppe heraufgekommen war.

Limpsfield, 17. Juli 1958

Heute habe ich ein neues Tagebuch gekauft. Mr. Clark hatte eine neue Farbe da, Mattrosa. Er hat mir das Schloss und die Blumen auf einigen Seiten gezeigt und zwinkernd gesagt, es wäre perfekt für eine junge Dame wie mich. Er meinte es sicher nett, aber ich habe stattdessen das dunkelgraue, fast schwarze gekauft, denn ich weiß sehr gut, dass dies kein Jahr von der mattrosa Sorte werden wird. Außerdem habe ich das mit dem etwas festeren Papier genommen, auch wenn es teurer war, weil ich so das Gefühl habe, dieses Jahr festeres Papier zu brauchen. Dickes, durstiges Papier, das alle Gedanken und Tränen und all die schrecklichen Dinge aufsaugt, die bei mir zu Hause passieren.

Ich schaute auf das Datum und atmete sehr langsam aus. Da war es, das junge Mädchen aus Harriets Erzählung, 1958, traurig und aufgewühlt, und schon in diesen ersten Zeilen nahm ihre Geschichte Gestalt an.

Ich wusste, dass die anderen unten auf mich warteten, aber ich konnte nicht anders, ich musste in dem Tagebuch blättern und die Geschichte meiner jungen Mutter lesen. Elizabeth, wie sie in Hartland ankam, zurückhaltend und traurig, dann der wunderbare Tag auf dem Wasser, der siebzehnte Geburtstag, Constances Tod und John an der Bushaltestelle. Ich musste weinen und lächeln, weil hier endlich die Erinnerungen waren, an denen wir uns festhalten konnten. Wie Perlen an einer Schnur waren sie über die Jahrzehnte aufgereiht – ein unerwartetes Geschenk. Ich spürte, wie mir das Herz aufging, und dachte, es müsste gleich platzen.

Ich griff nach dem nächsten Buch und begann, die Zeit zu vergessen.

Dulwich, 8. April 1969

Perfekter Tag im Park. J. ein bisschen quengelig. Der nächste Zahn?

Dulwich, 12. April 1969

Windpocken! Ich hätte es wissen müssen.

Dulwich, 14. April 1969

Hatte vergessen, wie nervtötend Kinderkrankheiten sind, besonders in einer so kleinen Wohnung. Zum Glück haben G. und ich beide schon Windpocken gehabt.

London, 28. Mai 1969

Haben uns das Haus in der Rose Hill Road noch einmal angesehen. Es ist noch schöner, als ich es in Erinnerung hatte. Graham liebt es. Jetzt, mit Tante Lavinias Geld, können wir es vielleicht schaffen. Obwohl mir Tante Lavinia lieber wäre als ein Haus. Ich vermisse sie so.

London, 3. September 1973

Heute hätte Mummy Geburtstag. Ich bin mit den Kindern in die St. Paul's Cathedral gefahren, um den Chor singen zu hören. Wir sind nicht auf die Galerie gegangen, obwohl A. es gerne wollte. Sie wird es auf einem Schulausflug nachholen müssen, denn ich werde mich im Leben nicht mehr diesen Fenstern und all den Erinnerungen nähern. Aber der Gottesdienst war wunderbar, und sogar Venetia war eine ganze Stunde lang ruhig! «Abide with me» war so schön wie immer, so tröstlich. Mum hätte es geliebt.

St. Paul's Cathedral. Ein weiteres kleines Puzzlestück hatte seinen Platz gefunden. Ich griff nach dem nächsten Tagebuch und dann nach dem nächsten, ohne genau zu lesen, wie gebannt von all den kleinen Familiendetails. Jedes Buch enthielt mehrere Jahre, und die späteren Einträge waren nie sehr lang, Satzfragmente in kleiner Schrift, so kurz, dass sie nur dazu gedacht sein konnten, einer Erinnerung auf die Sprünge zu helfen. Da war die Geburt von Jas. Mums Abschluss. Dad wurde befördert. Menschen, die ich seit Jahrzehnten kannte, tauchten auf wie Figuren in einem Buch, und ich kam beinahe auf jeder Seite vor. Ich fand die Einträge von meinem ersten Schultag, las davon, wie ich Fahrrad fahren gelernt hatte, von Geburtstagen, Weihnachten. 1975, 1980, 1985, 1990, 1995. Ein neuer Dekan. Jas' Frau schwanger. Rückenoperation.

Und dann, ohne Vorwarnung, George Holloways Beerdigung. Ich hörte auf zu blättern und las genauer.

London, 20. April 1996

Vater ist gestorben. Der Anwalt hat mich angerufen. Beerdigung nächste Woche.

Dann, später:

War heute bei Vaters Beerdigung, saß ganz hinten. Ich habe es Graham gesagt, und er ist mitgekommen, mein lieber Mann. Es waren nicht viele Leute da. Habe den alten Mr. Throgmorton gesehen (noch am Leben!), der über Vaters Erbe sprechen will.

Eine Woche später:

Musste heute wegen Vaters Testament zu Mr. Throgmorton. Er konnte nicht verstehen, dass mich sein Nachlass nicht interessiert, dass ich nicht noch mal in die Bough Road möchte. Er hat darauf bestanden, wenn auch auf wirklich freundliche Weise.

Ein paar Tage später:

Throg hat wieder wegen des Hauses angerufen. Ich werde also hingehen. Irgendwas mit seinen «Vermögenswerten». Throg nervt.

London, 10. Mai 1996

War heute in der Bough Road Nr. 7. Alles natürlich sehr aufgeräumt, so, wie es bei Vater eben war. Ich bin in mein Zimmer gegangen und habe festgestellt, dass in all den Jahren, die ich fort war, niemand meine Verstecke gefunden hat. Unglaublich. Alles, was ich versteckt hatte, Fotos und Briefe, sogar ein altes Buch aus der Bücherei, das ich nie zurückgegeben hatte – alles noch da. Ich war auch in Mums Zimmer, wo ebenfalls alles noch ist, wie es war. Er hat alles behalten, sogar ihre Kleider hingen noch im Schrank, ihre Bücher stehen noch im Regal, der Kleinkram auf ihrem Frisiertisch – immer noch derselbe. Ich musste zum ersten Mal seit langer Zeit weinen, weil es so traurig war, all das zu sehen. Wie kann es nach so vielen Jahren noch so traurig sein, ihr Bett zu sehen, ihren Sessel am Fenster, aus dem sie in den Garten blickte? Es ist, als stünde in diesem Haus die Zeit still, als wäre Vater nie wieder in unseren Zimmern gewesen, nachdem wir weg waren, als wäre sie erst letztes Jahr gestorben. Es ist beinahe, als hätte er ihren Tod konserviert … die Zeit, bevor alles schiefging.

Ich habe ein paar Sachen mitgenommen. Nicht viel: ein paar Fotos und Bücher, die Mum gehörten, Briefe, die ich ihr geschrieben hatte, die alten Parfümflakons von ihrem Frisiertisch, ein kleines Gemälde von ihr als junger Frau. Ich wollte auch das alte Radio mitnehmen, weil ich dachte, es wäre schön, es bei uns in der Küche zu haben, aber es klebte an der Kommode fest, sodass sich an den Seiten das Holzfurnier löste, also habe ich es dagelassen. Aber das Buch mit Christina Rossettis Gedichten habe ich mitgenommen, das noch genau dort lag, wo ich es hingelegt hatte, auch die Rose ist noch darin. Es bringt mich nach all den Jahren immer noch zum Weinen. Wenn ich richtig um sie hätte trauern können, mit der Liebe und der Unterstützung einer richtigen Familie und ohne das Schreckliche, das im Jahr darauf passiert ist, dann hätte ich vielleicht meinen Frieden damit gemacht, dass sie nicht mehr da ist. Aber das habe ich immer noch nicht, ich vermisse sie immer noch, und das werde ich auch immer, manchmal ist es unerträglich.

Ihre Schrift verschwamm vor meinen Augen, aber ich las weiter und übersprang dabei alles, was nichts mit dem Haus in Limpsfield zu tun hatte.

London, 10. September 1996

Throg braucht noch mehr Papiere, also musste ich noch mal Vaters Unterlagen durchgehen, sosehr es mir auch widerstrebte. Habe den Arztbericht über die Totgeburt gefunden. Vater hatte ihn einfach abgeheftet wie jedes andere Stück Papier, und das hat alles wieder hochkommen lassen, meinen Hass und meine Wut auf ihn, die am Ende so vergeblich war. Ich wünschte so sehr, ich wüsste, wo sie begraben liegt. Etwas ist seltsam: Er hat direkt vor dem 14. Februar sehr viel Geld abgehoben. 300 Pfund, das wären heute fast 6500 Pfund. Wofür brauchte er derart viel Geld? Ich habe noch etwas Seltsames entdeckt: Karten von Harriet von 1960. Warum sollte Harriet mir schreiben, nach allem, was ich ihr angetan habe?

London, 30. November 1996

Habe Throg das Haus übergeben, er kümmert sich um den Verkauf.

London, 12. Januar 1997

Ich weiß nicht genau, was es ist, aber irgendwas ist komisch an diesen Karten und der Sache mit dem Geld.

Er hatte immer so zwanghaft feste Vorstellungen. Jetzt wünschte ich, ich hätte das Haus nicht so schnell loswerden wollen. Ich habe ein bisschen recherchiert, aber weder das Frauenhaus noch das Krankenhaus können auch nur einen Bruchteil der Summe gekostet haben. Nur: Wofür war das Geld dann? Ist es denkbar, dass er irgendwas damit vorhatte – dass er was Schlimmes gemacht hat, für das er bezahlen musste? Aber es gibt ja Unterlagen über den Tod meines Mädchens, ich habe sie gesehen. Er würde doch nie sagen, dass sie tot ist, wenn sie es nicht ist? Nicht mal er könnte so grausam sein. Ich weiß nicht, was ich glauben soll.

London, 14. Januar 1997

Ich habe versucht, Harriet aufzuspüren, aber ich habe keine Ahnung, wo sie sein könnte. Die Wohltätigen Schwestern gibt es nicht mehr. Ich bin inzwischen fast überzeugt davon, dass Vater etwas Schreckliches getan hat. Vielleicht lebt sie noch? Ich habe seit Tagen nicht geschlafen. Graham fragt schon, ob ich krank bin. Ich möchte es ihm wirklich nicht sagen, nicht nach all den Jahren, ich will diese schmerzhaften Wunden nicht aufreißen.

London, 15. März 1997

Graham besucht Fred, und ich habe beschlossen, Dr. Miller zu finden und ein paar Schwestern.

London, 30. September 1997

Ich werde einen Detektiv anheuern. Ich habe eine Weile darüber nachgedacht, aber Graham will ich damit nicht behelligen. Auf Vaters Konto ist mehr als genug Geld, von dem ich den Detektiv still und leise bezahlen kann. Ich wage selbst kaum daran zu glauben, und wenn nichts dran ist, wäre seine Enttäuschung so groß, und das, nachdem wir uns so lange daran gehalten haben, die Vergangenheit Vergangenheit sein zu lassen. Und Addie. Ihr kann ich es auch erst sagen, wenn ich sicher bin, ohne den Schatten eines Zweifels, dass ihre Schwester noch lebt. Wenn es nicht so ist, braucht niemand davon zu wissen. Wenn sie am Leben ist, setze ich mich mit Addie zusammen und erkläre ihr alles, von Anfang bis Ende. Es ist eine Geschichte, die richtig erzählt werden muss, und wenn ihre Schwester noch lebt, hat Addie es verdient, das zu wissen. Aber wenn nichts ist, dann nicht. Ich muss die anderen nicht mit meiner eigenen verzweifelten Hoffnung belasten …

London, 2. November 1997

Ich habe einen James Merck gefunden, der zwar ein bisschen pedantisch wirkt, aber das ist vielleicht in diesem Fall nicht schlecht. Er soll jedenfalls sehr gut darin sein, Menschen aufzuspüren. Aber ich wage immer noch nicht zu glauben, dass es wirklich darauf hinauslaufen wird.

Schnell blätterte ich durch den Rest des Buches. Anfangs wurde James Merck beinahe täglich erwähnt, und sie war abwechselnd aufgeregt, nervös und ängstlich, dann, ungefähr ein Jahr vor ihrem Tod, schien der Kontakt etwas seltener zu werden.

London, 28. Mai 1998

Alles nur Sackgassen. Es ist so frustrierend, und ich bin so froh, dass ich Graham nichts davon gesagt habe, denn so kann ich einfach so tun, als wäre nichts gewesen, als wäre alles wie immer.

Dann, später:

London, 15. November 1998

Die nette Schwester, die mir geholfen hat, ist einfach nicht auffindbar. Dabei war sie so jung – wie kann sie einfach verschwinden? Wenn ich mich an diese Tage im Krankenhaus nur besser erinnern könnte. Warum können adoptierte Kinder nach den ganzen neuen Gesetzen ihre Eltern suchen, aber nicht umgekehrt? Das scheint mir unfair. Als wollten Mütter ihre Kinder nicht auch kennen. Na ja, vielleicht nicht alle. Aber ich, ich will es! Ich scheine es aber nicht zu können.

Im Jahr darauf:

London, 30. Januar 1999

Wieder einmal wird es Februar, und ich wappne mich für die dunklen Nächte und unwillkommenen Erinnerungen. Es ist die Zeit im Jahr, die ich am wenigsten mag, und der Februar ist für mich der härteste Monat, schon immer. Merck und ich sind übereingekommen, dass er weitersucht, aber ich habe ihn gebeten, sich erst wieder zu melden, wenn er etwas vorzuweisen hat, weil es einfach weh tut, über jeden zurückgekommenen Brief und jede Sackgasse unterrichtet zu werden. Viel Hoffnung habe ich nicht mehr. Irgendwie weiß ich im Innersten meines Herzens, dass sie wirklich tot ist.

Ich blätterte weiter, langsamer diesmal, weil ich wusste, dass es nicht mehr lange dauern konnte, bis die Seiten weiß blieben. Zwischen den letzten beiden Einträgen steckten zwei zusammengefaltete DIN-A4-Blätter. Mit zitternden Fingern faltete ich sie auseinander. Mein Blick fiel auf den Namen am Ende des Briefes.

Sarah Mason.

Arbroath, 1. Mai 1999

Liebe Mrs. Harington,

bitte entschuldigen Sie, dass meine Antwort so lange auf sich warten ließ, aber Ihr Brief kam auf Umwegen zu mir und hat mich jetzt erst in Arbroath erreicht, wo ich inzwischen lebe. Ich bin schon seit einiger Zeit keine Krankenschwester mehr (ich war eigentlich nie dafür geschaffen), bin aber sehr froh, dass Sie sich melden.

Die Woche, nach der Sie fragen, war meine letzte auf der Wöchnerinnenstation, und Sie waren eins der letzten Mädchen aus dem Frauenhaus, die in meiner Zeit dorthin kamen. Die Mädchen aus dem Frauenhaus wurden immer so schlecht behandelt. Ich glaube, es lag an der Stationsschwester, die ein Drachen war und einem immer im Nacken saß, aber die Hausmutter war im Grunde auch nicht besser. Krankenschwester kann sicher ein wunderbarer Beruf sein, aber man muss aus hartem Holz geschnitzt sein, schon in der Ausbildung.

Ich erinnere mich noch ziemlich genau an den 14. Fe-

bruar 1960, denn ich hatte zwar einige Hebammengeburten miterlebt, aber Sie waren erst mein dritter Kaiserschnitt. Die Babys wurden mir übergeben, damit ich sie sauber machte und einwickelte, und diese beiden kleinen Bündel in ihren Bettchen waren so ein schöner Anblick. Für mich ist jede Geburt wie ein Wunder, und zwei Babys sind ein doppeltes Wunder. Der Arzt ließ sich Zeit damit, Sie zu nähen, und als ich die Babys auf die Säuglingsstation bringen wollte, wurde mir gesagt, ich solle Ihren Vater über die Geburt unterrichten und dann wieder auf die Wöchnerinnenstation gehen und meine Arbeit machen. Ihr Vater wartete nervös auf Nachrichten und war vollkommen sprachlos, als ich ihm sagte, es seien Zwillinge. Noch die unerschütterlichsten Väter werden oft weich, wenn sie ihre Enkel sehen, aber dieser nicht. Er wollte mit dem Arzt sprechen, sobald dieser fertig wäre. Er wollte nicht einmal die Babys sehen, er wollte nichts mit ihnen zu tun haben.

Später sagte mir die Schwester ganz barsch, dass eins der Babys jetzt auf der Säuglingsstation sei, das zweite hätte jedoch nicht überlebt, und ich solle noch die Schleuse putzen, bevor meine Schicht vorbei sei. Es kam vor, dass ein Baby es nicht schaffte. Man beseitigte es dann, ohne sich besonders um die Mutter zu kümmern, deshalb stellte ich es zunächst nicht in Frage. Es hatten zwar beide sehr gesund gewirkt, beide hatten geweint und waren rosig, aber ich war jung und unerfahren und hatte Angst vor den älteren Schwestern, und niemand,

nicht mal die älteren Schwestern, hätte es gewagt, den Ärzten zu widersprechen. Wir hielten einfach alle den Kopf gesenkt und taten, was man uns sagte.
Erst am nächsten Tag dämmerte mir, dass mit Ihren Babys etwas nicht stimmte, und zwar, als eine andere Frau, die ein paar Stunden vor Ihnen eine Totgeburt gehabt hatte, plötzlich ein echtes, gesundes Baby gebracht bekam. Es tut mir leid, das sagen zu müssen, und ich schäme mich mehr dafür, als ich sagen kann, aber ich habe nichts dagegen unternommen. Ich wusste, was im Frauenhaus mit Ihren Babys geschehen würde, und damals schien es mir, dass das Unvermeidbare einfach früher geschehen war, als es ohnehin geschehen wäre, nämlich schon im Krankenhaus und nicht erst im Frauenhaus. Der Adoptionsprozess wurde damals längst nicht so streng überwacht wie heute. Eigentlich gab man den Müttern nämlich einige Wochen Zeit, um ihre Entscheidung zur Adoption zu überdenken. Nur sehr wenige ledige Mütter behielten ihre Babys und nahmen sie mit nach Hause in ihre Familien.
Wenn ich jetzt daran zurückdenke, bin ich nicht einmal sicher, ob es überhaupt eine legale Adoption war, ob privat oder nicht. Ich denke, Dr. Miller hat Ihre Tochter einfach mit dem totgeborenen Mädchen der anderen Frau vertauscht. Nur so ergibt es Sinn. Die andere Mutter, an deren Namen ich mich nicht erinnere, war so verzweifelt, ihr Baby verloren zu haben, sie hätte alles getan, um ein Kind zu haben, da bin ich sicher, und ich

kann es ihr nicht einmal zum Vorwurf machen. Ihrem Vater muss sehr daran gelegen gewesen sein, die Situation so schnell und unauffällig wie möglich zu klären. Die Ärzte haben damals manchmal Dinge gemacht, die sie nicht tun sollten, insbesondere im Privatflügel; Abtreibungen, zum Beispiel, um sich ihr Gehalt aufzubessern. Ich habe sogar einmal zugesehen, wie Dr. Miller es gemacht hat. Die Mutter wollte es und bezahlte dafür. Es war damals illegal, und danach wurde nie wieder darüber gesprochen. Es ist durchaus vorstellbar, dass er eine Abmachung mit Ihrem Vater hatte und dafür Geld nahm, vielleicht sogar eine so große Summe wie die, von der Sie in Ihrem Brief schreiben.

Der Austausch wird kein Problem gewesen sein, weil wir Schwestern, wie gesagt, damals nicht in Frage stellten, was die Ärzte taten, schon gar nicht, wenn es eine alleinstehende Mutter betraf. Es gab auch keinen Grund dafür, weil diese Mütter ihre Babys in der Regel ohnehin weggaben und in ihr altes Leben zurückkehrten. Aber selbst wenn jemand etwas aufgefallen wäre – es waren nicht viele Leute da, die in der Lage gewesen wären, eins und eins zusammenzuzählen.

Ich weiß nicht, warum sie nicht einfach eine private Adoption daraus machten, warum sie Ihnen auch noch sagen mussten, das Baby wäre gestorben. Wahrscheinlich hatten sie Sorge, dass Sie Ärger machen würden, wenn Sie gewusst hätten, dass das Baby am anderen Ende der Station in den Armen einer anderen Frau liegt.

Später war der Arzt wahrscheinlich froh, die Sache heimlich geregelt zu haben statt in einer privaten Adoption samt Unterschrift, denn als Sie im Frauenhaus nicht auftauchten, kam die Polizei ins Krankenhaus, um Sie zu suchen. So gab es zwar noch zwei Geburtsurkunden und die Beurkundung einer Totgeburt mit vertauschten Namen. Aber das wusste die Polizei nicht, und die andere Frau war bereits zu Hause. Sie wollte früher als die üblichen zehn Tage nach Hause. Ich hatte ihr selbst geholfen, sich und das Baby für den Nachhauseweg vorzubereiten. Es war so ein niedliches kleines Ding. Vielleicht tröstet es Sie, dass die Frau überglücklich darüber war, der neue Vater auch, ein schüchterner, sehr stiller Mann. Ich wusste, dass sie dem Baby eine gute Mum sein würde, deshalb habe ich ihr das Bündel gegeben, das Sie mit dem Baby beerdigen lassen wollten. Ich dachte, Sie würden wollen, dass es das Baby in sein neues Leben begleitet.

Leider hat bei alldem niemand an Sie gedacht, denn unverheiratete schwangere Mädchen hatten damals nichts zu melden. Im Gegenteil, sie wurden als Last betrachtet, für das Krankenhaus wie für den Staat, man fand, dass sie es nicht besser verdienten, nach dem, was sie getan hatten, und ging davon aus, dass es ihnen eine Lehre sein würde. Was ich zu dem Thema damals erlebt habe, würde einen weiteren Brief füllen, aber dieser hier ist nun schon so lang geworden. Mir fällt ein Stein vom Herzen, weil ich es Ihnen jetzt gesagt habe. Ich hoffe

nur, ich mache es Ihnen damit nicht noch schwerer? Vielleicht wäre es besser, wir würden persönlich darüber sprechen. Ich habe versucht, mich an den Namen der Dame mit der Totgeburt zu erinnern, aber er fällt mir nach vierzig Jahren beim besten Willen nicht mehr ein. Es tut mir sehr leid. Vielleicht können Sie die Namen der Frauen, die in dem Monat in dem Krankenhaus entbunden haben, im Geburtenregister nachschauen, und dann sehen wir, ob einer der Namen mir etwas sagt? Ich würde Ihnen nur zu gerne helfen. Und wenn Sie mich im schönen Schottland besuchen möchten, lade ich Sie sehr gerne zum Tee ein.
Mit herzlichen Grüßen
Sarah Harding, geb. Mason

38. Kapitel

Mit zitternden Fingern faltete ich den Brief wieder zusammen und wollte ihn gerade zurück in das Tagebuch legen, als mein Blick auf den letzten Eintrag fiel, geschrieben eine Woche bevor meine Mutter starb. Ich blinzelte meine dummen Tränen weg und las weiter.

London, 8. Mai 1999

Mir ist immer noch schwindelig von Sarah Masons Brief. Seit Tagen denke ich darüber nach, was passiert ist, was ich wusste und nicht wusste und nicht gesehen habe. Ich bin immer noch nicht sicher, warum der Arzt tat, was er tat, und warum mein Vater ihn darum bat. Ich kann mir nur vorstellen, dass Harriets Anwesenheit ihn nervös gemacht hat, dass er nach einem leichten Ausweg suchte und sie weggab, als sich die Gelegenheit ergab. Sicher erwartete er nicht, dass seine missratene Tochter weglaufen würde.

Ich versuche mir immer zu sagen, dass sie in eine gute Familie kam, dass sie bestimmt ein gutes Leben hat, und das macht mich trotz allem anderen sehr froh. Ich werde es Graham bald sagen. Endlich gibt es etwas zu berichten, etwas Gutes und Reales, und es wird eine Er-

leichterung sein, darüber zu sprechen. Ich weiß, es wird ihn nicht enttäuschen, dass ich nach all den Jahren noch immer an sie denke, noch immer über sie sprechen will. Es ändert nichts an dem, was wir haben, er und ich. Ich denke an mein Baby, nicht an seinen Vater.

Sarah Masons Brief erweckt alles wieder zum Leben, die schreckliche Zeit im Krankenhaus, meinen Vater, John und Harriet, meine Flucht. Nach den Jahrzehnten mit Graham kann ich mich an die Zeit mit John kaum noch erinnern. Es war nie etwas Stabiles, nichts Echtes, nichts, verglichen mit einer vierzigjährigen Ehe mit einem liebevollen, wunderbaren, freundlichen Mann. Hätte ich damals gewusst, wie anders eine Beziehung sein kann, wie anders als die meiner Eltern, anders als Hartland, hätte ich mich vielleicht selbst anders verhalten, hätte gleich begriffen, was es wirklich war. Ein törichtes Abenteuer, das nie eine Chance hatte – aber verheerende Folgen.

Ich werde bis morgen warten, wenn unser Hochzeitstag vorbei ist. Heute Abend feiern wir uns, unsere vielen Jahre einer wunderbaren Ehe, da soll es nicht um das gehen, was unmittelbar vorher geschehen ist. Graham hat in all den Jahren so viel ausgehalten mit mir, der arme Mann, er verdient es, Bescheid zu wissen, genau wie Addie.

Ich weiß nicht, ob ihre Schwester mich und sie überhaupt wird sehen wollen, ob wir sie überhaupt jemals finden, aber Merck hat endlich etwas in der Hand und ist dabei, die Register durchzusehen und zu versuchen, Kontakt mit den Frauen aufzunehmen, die zur gleichen Zeit wie ich auf der Station waren. Ich habe ihm gesagt, er soll sich erst melden, wenn er einen konkreten Namen hat und jemanden, der bereit ist zu sprechen, denn noch mehr Enttäuschungen ertrage ich, glaube ich, nicht. Und sobald ich weiß, wer sie ist, wo sie ist, werde ich Addie die ganze Geschichte erzählen. Ich kann mir nicht mal ausmalen, wie es wäre, wenn die beiden sich träfen. Meine zuverlässige, umsichtige Tochter und ihr geheimnisvoller Zwilling. Ich behalte diesen Gedanken im Herzen und hoffe, dass es bald so weit ist. Die Hoffnung, diese treue, flatterhafte Freundin, ist wieder an meiner Seite.

Ich schloss das Tagebuch und legte es oben auf die anderen. Meine Mutter hatte es also am Ende herausgefunden. Sie hatte die Wahrheit herausgefunden, sie war endlich in der Lage, ihre Schuldgefühle loszuwerden, die Vergangenheit ruhen zu lassen. George Holloway hatte dem Arzt die fürstliche Summe von 300 Pfund gezahlt, damit er kooperierte, schwieg und den angeblichen Tod des Babys beurkundete. Er hatte auch das zweite Baby weggeben wollen, aber meine Mutter war mit mir verschwunden, bevor es dazu kam. Sie hatte ihr schwieriges, belastetes Leben weitergelebt, und in Anbetracht der Umstände hatte sie es gut gemacht. Meine Mum war eine Überlebende, und ich war stolz auf sie, stolz, dass sie das Kinn gereckt und die Schultern gestrafft hatte.

Ich hätte wütend oder traurig sein sollen, und das würde ich auch noch sein, das wusste ich, aber vor allem war ich zutiefst erleichtert, weil meine Mutter nicht nur den Geist des toten Babys beerdigen konnte, sondern weil sie gewusst hatte, wenn auch nur für eine Woche, dass ihr anderes Baby nicht nur am Leben, sondern auch in eine liebevolle Familie gekommen und sehr wahrscheinlich froh und munter war, vielleicht sogar in der Nähe. Sie wusste, dass wir zwei uns kennenlernen würden, wenn wir beide es wollten. Und natürlich hatten wir es gewollt.

Offene Fragen gab es noch immer, aber für den Moment Antworten genug. Ich griff mir den Stapel Tagebücher und stand auf. Ich musste mein Handy suchen und Phoebe anrufen. Auf Zehenspitzen ging ich die Treppe hinunter und hoffte, nicht Venetia in die Arme zu laufen, bevor ich die Tagebücher versteckt hatte. Ich war noch nicht bereit, sie zu teilen, auch wenn das egoistisch war. Meine Tasche lag noch unter dem Tisch in der Halle. Ich verstaute die Bücher darin und nahm mein Handy heraus.

«Phoebe?», fragte ich, als sie nach dem vierten Klingeln abnahm. «Bist du wieder zu Hause?»

«Ich bin bei meiner Mum. Wir sitzen im Garten, warte, ich gehe mal rein.»

«Hör zu», sagte ich, «ich habe etwas gefunden.»

Sie hörte schweigend zu. Schließlich atmete sie langsam aus. «Das klingt unglaublich. Ich wünschte …» Sie klang, als würde sie gegen die Tränen ankämpfen. «Ich wünschte, ich wäre jetzt bei dir.»

«Ich auch. Aber deine Mum …», sagte ich. «Ich meine, geht es ihr gut? Geht es *dir* gut?»

«Wir haben ewig lange geredet, und sie hat mir noch ein paar Dinge erzählt. Sie hat gesagt, der Arzt hätte gesagt, sie solle mich einfach unter ihrem Namen eintragen lassen, so würde das normalerweise gemacht werden. Also hat sie dem Standesbeamten ihren Namen gesagt und meinen und den meines Vaters, und das war's. Von einer Adoption war also überhaupt nirgends die Rede. Sie haben wirklich einfach ein lebendiges Baby gegen ein totes getauscht.»

Sie schwieg, und ich hörte sie unregelmäßig atmen.

«Der Arzt sagte, sie solle nicht die ganzen zehn Tage bleiben, das wäre nicht nötig, sie solle ruhig eher gehen. Er muss etwas nervös gewesen sein, weil die beiden Mütter auf derselben Station lagen. Und sie war auch nervös. Also ging sie einfach mit mir, ohne sich noch einmal umzudrehen, bis zu diesem zweiten Brief von Merck. Sie sagte, sie hätte kein zweites Mal lügen können. Sie wollte Elizabeth treffen, bevor Elizabeth mich selbst fand.» Phoebe seufzte. «Es war wahrscheinlich sowieso zu spät, es muss nach dem Unfall gewesen sein, ich sollte also gar nicht darüber nachdenken.»

«Deine Mum liebt dich», sagte ich schnell. «Das hat sie immer getan. So wie mein Dad meine Mum geliebt hat, als er wollte, dass sie sich der Zukunft zuwendet und die Vergangenheit hinter sich lässt. Das ändert nichts daran, wer sie sind, weißt du, sie sind immer noch, wer sie immer waren. Am meisten hat Mum gelitten. Es ging ihr nie wieder richtig gut, ihr ganzes Leben lang nicht.»

«Ja», sagte Phoebe. «Und wenigstens wusste sie zuletzt, dass ich am Leben bin und ein liebevolles Zuhause habe. Kann ich morgen vielleicht für ein Weilchen zu dir kommen, ginge das?»

«Das wäre sogar sehr schön», sagte ich, und schon wieder stiegen mir Tränen in die Augen.

Als ich aufgelegt hatte, blieb ich noch für einen Moment in der Halle stehen und dachte an Phoebe. Ich stellte mir vor, wie sie ihr Handy in ihre gutorganisierte Tasche steckte und wieder zu ihrer Mutter in den Garten ging, wie sie morgen abfahren und den Zug nach London nehmen würde. Plötzlich wünschte ich mir nichts mehr, als dass sie hier wäre. Ich vermisste sie. Aber unten wartete der Rest meiner Familie, und irgendwann musste ich zu der Feier stoßen, die ich selbst organisiert hatte. Mein Wunsch, an Familienfeiern teilzunehmen, war in letzter Zeit nicht besonders ausgeprägt.

Ich legte gerade mein Handy auf den Tisch, als die Küchentür aufging und Andrew erschien.

«Hey.» Er lächelte, als er mich sah. «Unten geben sich alle die Kante. Keiner vermisst dich. Alles in Ordnung? Ich wollte dich gerade suchen.»

In der einen Hand hielt er einen Teller mit Mrs. Baxters Kokos-Sahne-Torte und in der anderen zwei Gläser. Er hatte sich eine kleine Flasche Champagner unter den Arm geklemmt. Die Küchentür schloss er elegant mit dem Fuß.

«Woher weißt du immer, wann du mir Essen bringen

sollst?», fragte ich, nahm ihm den Teller ab und stellte ihn auf den Tisch in der Halle.

«Ich füttere dich eben gern», sagte er schlicht. «Irgendjemand muss es ja tun.»

Er strich sich die Haare aus den Augen, die sich in den Winkeln kräuselten, so wie immer, wenn er sich über etwas freute, und als er zu mir herunterlächelte, stieg eine Blase aus Glück aus meinem Bauch nach oben und platzte mit einem unhörbaren Knall.

«Hat Venetia schon Schaum vorm Mund, weil ich nicht in der Küche bin?», fragte ich, um meine Verwirrung zu überspielen.

Andrew grinste immer noch. «Die sind alle betrunken, außer deinem Vater natürlich, und Venetia ist so mit Torte essen beschäftigt, dass sie dich ganz vergessen hat.»

Das bezweifelte ich.

«Dein Apfelkuchen ist himmlisch, Ads.»

«Bist du deshalb so nett zu mir?», fragte ich und musterte ihn kritisch. «Willst du, dass ich mir das mit dem *Grand Bleu* noch mal überlege?»

«Auf gar keinen Fall.» Er winkte ab, öffnete den Champagner und goss ihn in die Gläser. «Ich bin sogar froh, dass wir das abgehakt haben.»

«Wirklich?»

«Ja», sagte er entschieden und reichte mir ein Glas. «Trink das.»

Er hob sein Glas, und ich stieß mit ihm an. Der Champagner perlte wunderbar kühl durch meine Kehle. Ich trank alles auf einmal und merkte beinahe sofort, wie er mir in die unterzuckerten Venen fuhr. Ich schwankte, und Andrew legte einen Arm um mich, damit ich nicht hinfiel. Plötzlich wurde mir bewusst, dass wir ganz eng beieinanderstanden und die Halle sehr still in der Nachmittagssonne lag.

«Also, äh, bist du glücklich?», fragte ich, mehr, um die Stille zu durchbrechen als aus irgendeinem anderen Grund. Ich wagte es kaum, mich zu bewegen, und beschränkte mich deshalb darauf, seine verwaschene Jeans zu betrachten.

«Ja», sagte er, und ich sah, wie er die Knie beugte, um mir ins Gesicht sehen zu können. «Bin ich. Und du solltest es auch sein. Schließlich sollten zwei Köche keine Beziehung haben.»

«Das hast du schon mal gesagt», murmelte ich, «und was –»

Ich wusste gar nicht genau, was ich sagen wollte, aber es erübrigte sich auch, denn in einer sehr seltsamen und vollkommen unvorhersehbaren Wende der Ereignisse war Andrews Gesicht plötzlich so nah an meinem, dass ich seine blauen Augen und sämtliche feinen Fältchen drum herum erkennen konnte, und dann küsste er mich, lange, und ich schloss die Augen und konnte nur noch denken, dass ich noch nie im Leben so geküsst worden war. Ich fiel und fiel, und als ich endlich wieder auftauchte, hatte ich endgültig vergessen, was ich hatte sagen wollen.

«Aber eine Cafébesitzerin und ein Koch, das würde, glaube ich, sehr gut zueinander passen.» Er lächelte.

«Ich … ja», sagte ich außer Atem und lehnte mich an ihn,

weil ich nicht sicher war, ob ich in der Lage wäre, alleine zu stehen.

«Wollen wir zu den anderen gehen?» Er deutete mit dem Kopf Richtung Küchentür. «Nein? Sicher?»

Er lächelte, zog mich näher zu sich heran und küsste mich noch einmal. Ich hielt mich an ihm fest, spürte die weiche Baumwolle seines Hemdes, sog den frischen Duft ein und hätte ewig so dastehen können. Ich öffnete die Augen, weil ich gleichzeitig nichts verpassen wollte, und stellte fest, dass er mich direkt ansah, mit so blauen, so warmherzigen, so glücklichen Augen, dass ich, absurderweise, weinen wollte. Schließlich löste er sich von mir, ohne meine Hand loszulassen, und bückte sich, um nach meiner Tasche zu greifen.

«Na, komm.» Er zog mich Richtung Haustür. «Wir verschwinden, bevor es jemandem auffällt. Und den Kuchen nehmen wir mit.»

Epilog

«Irgendwo hier *muss* es sein! Ich glaube, hier müssen wir links …»

«Oh ja, guck, da ist die schmale Straße, die Harriet erwähnt hat.»

Ich rutschte auf meinem Sitz nach vorn und zeigte auf den Wegweiser, der fast in der Hecke verschwand, und Phoebe fuhr mit quietschenden Bremsen eine haarsträubende Kurve und holperte dann über den Weg, der uns nach Hartland bringen würde.

So war meine Mutter vor vielen Jahren im Morris Minor ihres Vaters hier angekommen. Aber statt eines jungen Mädchens, das traurig aus dem Autofenster sah, waren es jetzt wir beide, die mit offenem Verdeck durch die sonnige englische Landschaft fuhren und Musik hörten, im Kofferraum einen riesigen Picknickkorb. Phoebe, die mich ein paar Stunden zuvor mit ihrem kleinen Boxster abgeholt hatte, saß gepflegt und gebräunt und vollkommen entspannt am Steuer, zwischen sich und dem Lenkrad wölbte sich ihr Babybauch.

Ich saß mit einer großen Sonnenbrille auf dem Beifahrersitz des Zweisitzers, hatte meine Haare mit dem schönsten Schal meiner Mutter gebändigt und versorgte Phoebe regelmäßig mit Karamellbonbons und Krabbencocktailchips – trotz großer Bemühungen meinerseits ihre bevorzugte Ernährung während der Schwangerschaft. Andrew fuhr mit meinem Vater in seinem eigenen Auto, hatte Phoebe aber inständig gebeten, mich unterwegs nicht umzubringen, denn meine Zwillingsschwester fuhr gern schnell – immerhin flog sie normalerweise eine Boeing 747.

Obwohl wir gut in der Zeit lagen, wartete Harriet schon an dem großen, schmiedeeisernen Tor am Ende des Weges. Sie winkte und trat näher ans Auto heran, um Phoebe die Tür zu öffnen und ihr beim Aussteigen zu helfen, während ich schon draußen stand und durch das Tor spähte. Harriet versuchte sich an dem Schloss an der schweren rostigen Kette, und Phoebe kam zu mir und hakte sich bei mir ein, und gemeinsam standen wir da und betrachteten das Haus und den Park, in dem alles begonnen hatte.

Es war ein Durcheinander von Grün und Braun und sämtlichen Zwischentönen, Bäume und Büsche, Blumen und Rhododendren, wilde Gräser und Kletterpflanzen, die sich um das rankten, was von den Ställen und Nebengebäuden übrig geblieben war. Inmitten des Parks, der inzwischen eher eine fröhliche Wildnis war, stand das Haus, das genau so aussah, wie meine Mutter es in ihrem Tagebuch beschrieben hatte: Die geschwungene, kiesbedeckte Auffahrt führte zum Haupthaus, von dem aus zwei kleine Seitenflügel ausgingen. Nur die honigfarbenen Steine und die weißen Fensterrahmen, das schieferfarbene Dach, auf dem die Tauben hin und her spazierten, während meine Mutter morgens in ihr Tagebuch schrieb – all das gab es nicht mehr. Hartland war nur noch eine zerbrechliche Hülle, die Fenster klaffende

Wunden. Die Mauern, die noch standen, waren schwarz und grau und der gesamte linke Flügel, in dem das Feuer ausgebrochen war, vollkommen verfallen. Auch hier hatte die Natur das Ruder übernommen und sich überall ausgebreitet. Von der Meeresbrise in Mauerritzen gewehte Samen hatten sich festgesetzt, und auf der höchsten der stehen gebliebenen Mauern hatte offenbar ein Turmfalke sein Nest gebaut. Eigentlich war es ein verheerender Anblick, und für Harriet, die uns gefolgt war und eine Hand auf Phoebes Schulter gelegt hatte, war er sicher schwer zu verdauen. Gleichzeitig strahlte die Ruine etwas so Lebendiges aus, wirkte so grün und üppig, dass man lächeln musste angesichts der Fülle, die auf seltsame Weise zu dem Überschwang passte, den das Tagebuch meiner Mutter aus dem Sommer 1958 beschrieb.

Einen Augenblick später hörten wir hinter uns das Quietschen von Reifen, und Andrew und mein Vater gesellten sich zu uns.

«Das ist es also», sagte Andrew nach einem Moment ehrfürchtigen Schweigens. «Wow, sieh mal, Graham, der ganze Flügel ist in sich zusammengebrochen.»

«Das muss aber ein riesiges Feuer gewesen sein», sagte mein Vater. «Und das gehört Ihnen alles noch, äh, Mrs. Sinclair?»

Er bot ihr seinen Arm, und sie nahm ihn mit einem kurzen, überraschten Lächeln.

«Ach, bitte nennen Sie mich doch Harriet. Schließlich sind wir ja beinahe verwandt, oder? Wissen Sie, es war ein elektrischer Defekt, eigentlich nichts Großes, aber zu der

Zeit lebte nur Abel hier, und der kam zu spät, um das Feuer noch löschen zu können. Wir waren damals in Amerika und kamen zu Abels Beerdigung zurück. Ich war seit Jahren nicht hier», hörten wir sie sagen, als die beiden langsam über die Auffahrt auf die Überreste des Hauses zugingen. «Ich behalte es für Carrie, aber sie denkt selbst darüber nach, nach Amerika zurückzugehen, also, wer weiß …» Ihre Stimmen waren kaum noch zu verstehen, aber ich sah, dass mein Dad Harriet mit geneigtem Kopf zuhörte und sie anlächelte, und ich war plötzlich sehr froh, dass er mitgekommen war.

«Nimmst du den Picknickkorb, Andrew?», fragte Phoebe über ihre Schulter. «Ich nehme die Decken, aber der Korb ist ziemlich schwer.»

Andrew winkte galant ab. «Natürlich. Geht ruhig schon vor. Ich bringe alles dort rechts hin, wo vermutlich der Garten war.»

Er zwinkerte mir zu, drehte sich um und ging zum Auto, mit beinahe mütterlichem Stolz beobachtet von Phoebe, die von Andrew, erwartungsgemäß, vollkommen hingerissen war.

«Er ist so ein Schatz», sagte sie sehnsüchtig. «Du Glückliche.» Sie strich sich geistesabwesend über den Bauch, während wir langsam die Auffahrt hinuntergingen. Trotz all ihrer Bemühungen hatte sich so schnell kein Seelenverwandter gefunden, und nach einer Reihe unergiebiger Verabredungen – die mal wieder bewiesen, dass es da draußen einfach keine guten Männer gab, wie sie sagte – hatte sie sich einen Samenspender gesucht und war mit alkoholfreiem Sekt und einem rot-blauen T-Shirt bei mir aufgekreuzt, auf dem *Supertante* stand. In bester Phoebe-Manier hatte sie das Ganze aufs schönste durchgeplant, jedes greifbare Schwangerschaftsbuch gelesen, mit ihrer Firma bereits ausgehandelt, wann sie wie viel arbeiten würde, und sie hatte auch schon einen Raum ihres Hauses zum Kinderzimmer umgewandelt, das jetzt auf die Ankunft der kleinen Charlotte wartete.

«Ja, er ist ein Schatz», sagte ich glücklich. «Und weißt du was? Wir haben beschlossen zusammenzuziehen. Gestern Abend.»

«Whoohoo», machte Phoebe. «Du gibst also doch noch die Kontrolle über dein verschimmeltes Küchenhandtuchteigdings ab. Ich habe dir ja immer gesagt, diesen Mann musst du festhalten.»

«Das tut sie ja auch», hörten wir hinter uns Andrews Stimme, «und sie hat versprochen, unsere Küche von verschimmeltem Teig frei zu halten, jetzt, wo sie das Café hat.»

Er legte einen Arm um mich, als er mit dem Picknickkorb zu uns aufschloss, und wir folgten Harriet und meinem Vater durch dschungelartige Gräser und Farne.

«Da lang», schlug ich vor und zeigte vom Haus weg. Wir umrundeten es in einem großen Bogen, betrachteten die leeren Türen und Fenster und das schwarze, verbrannte Innere. Dort, wo der Seitenflügel fast vollkommen zerstört war, konnte man in die Innenräume des Hauptgebäudes sehen wie in ein riesiges, verwüstetes Puppenhaus. Während das Erdgeschoss fast leer war, erkannte man in den oberen Stockwerken, die offenbar nicht mehr zugänglich waren, noch die verkohlten Überreste von Möbeln, Gemälden und Vorhängen.

«Das da muss die Bibliothek gewesen sein», flüsterte Phoebe und zeigte auf einen großen, offenen Raum, der von einem Stahlgerüst gekrönt wurde, das einmal eine Glaskuppel getragen haben musste. Die vom Boden bis zur Decke reichenden Regale waren schwer beschädigt und halb verbrannt, Buchskelette und Lederrücken waren zusammengeschmort und verrottet.

Ich stellte mir vor, wie meine Mutter in den Raum schlüpfte, der einmal schön und hell gewesen sein musste, um sich zwischen Ivy Compton-Burnett und Lady Dorothy Mills zu entscheiden, und Phoebe musste es genauso gehen, denn sie beschleunigte ihr Tempo und trat auf die Terrasse, die direkt vor uns lag. Die Steinplatten und die niedrige Mauer drum herum waren noch deutlich zu erkennen, aber verwittert und von Efeu überwachsen.

«Ich glaube nicht, dass wir da hochgehen sollten», sagte ich. «Das ist bestimmt nicht sicher.»

«Nur diese Stufen», sagte Phoebe und zeigte darauf. «Ich glaube, das ist in Ordnung.»

Ich hakte mich bei ihr ein, damit sie auf den unebenen Stufen nicht ausrutschte. Ganz oben blieben wir stehen und betrachteten das, was aus dem Park von Hartland geworden war.

«Oh», hauchte ich. «Es ist immer noch *so schön.*»

Die Landschaft fiel zu einem in der Sonne funkelnden kleinen See hin leicht ab, und der Himmel über uns war von einem unwahrscheinlichen Blau. Schwalben tanzten auf und ab. Phoebe drückte meinen Arm und deutete mit dem Kinn auf die Wiese zu unserer Rechten, wo Harriet und mein Vater im Schatten einer alten Platane die Decken ausbreiteten. Mein Vater kämpfte mit einem widerspenstigen Klappstuhl, den er für Phoebe mitgebracht hatte, und Harriet berührte seinen Ellenbogen, zeigte in unsere Richtung und winkte uns zu. Auch Andrew, der den Korb ausgepackt hatte, sah auf und winkte. Die Stelle, wo sie das Picknick vorbereiteten, lag direkt neben –

«Der Rosengarten», sagte ich erstaunt. Auch dort war aus der menschengemachten Ordnung ein wildes, lebendiges Chaos geworden, aber von unserem Standpunkt aus konnte man die Umrisse von Hecken, Beeten und Spalierbäumen noch erkennen. Und überall blühten Rosen, in Rot und Rosa und Weiß.

Phoebe legte ihren Arm um mich, und ich legte meinen Kopf an ihre Wange, und so standen wir da und betrachteten den Rosengarten, der unsere Mutter für ein paar kurze Wochen sehr glücklich gemacht hatte.

Nachbemerkung der Autorin

Die fünfziger Jahre waren ein merkwürdiges Jahrzehnt, eingeklemmt zwischen dem Krieg auf der einen und den rebellischen sechziger Jahren auf der anderen Seite. Viele erinnern sich an sie als an eine behagliche, unschuldige Zeit, in der die Kinder auf der Straße spielten, bis ihre Mütter sie zum Abendessen riefen, in der der Schutzmann seine Runde drehte, die Krankenschwester mit ihrer Tasche am Lenker vorbeiradelte und man ohne weiteres per Anhalter fahren konnte. Nach den Entbehrungen der Kriegs- und Nachkriegszeit hatten die Leute wieder Geld zum Ausgeben und eine hell erleuchtete, bunte Welt zu erkunden, eine Welt mit neuem Komfort und Fernsehen, mit neuer Musik und neuen Autos.

In vieler Hinsicht *war* diese Zeit heil und aufregend und unschuldig, aber es gab auch eine dunklere Seite. Spitzengardinen-Anständigkeit und die Schicklichkeit der Vorkriegszeit sperrten Frauen, die während des Krieges in der von Männern dominierten Gesellschaft Fuß gefasst und ihr Land tatkräftig unterstützt hatten, wieder ins Haus zu ihrer Familie und unterwarfen sie der Heuchelei und Doppelmoral geradezu viktorianischer Moralvorstellungen, die abweichendes Verhalten nicht tolerierten.

Sexualerziehung gab es nicht, und vorehelicher Sex wurde dämonisiert oder ignoriert – bis daraus eben eine uneheliche

Schwangerschaft entstand. Dann wurde die bedauernswerte, alleinstehende werdende Mutter hart bestraft – unverhältnismäßig hart angesichts der Tatsache, dass Mädchen und junge Frauen auf die «echte Welt» nur sehr unzureichend vorbereitet wurden. Ließ sich eine Frau «ein Kind andrehen», ohne einen Ehemann zu haben, wurde das ausschließlich als ihre Schuld betrachtet, selbst wenn der Vater des Kindes ihr Verlobter oder sie vergewaltigt worden war. Es war eine Sünde, ein Zeichen von Schwäche und Verkommenheit – schließlich war es noch nicht sehr lange her, dass alleinstehende Mütter in die Nervenheilanstalt oder ins Zuchthaus gesteckt worden waren.

Manche Familien entschieden sich, das uneheliche Baby stillschweigend bei sich aufzunehmen und es als deutlich jüngere «Schwester» oder entfernte «Cousine» aufzuziehen, aber viele Frauen hatten keine andere Möglichkeit, als das Baby in einem Frauenhaus auf dem Land heimlich zu bekommen, es zur Adoption freizugeben und in die Gesellschaft zurückzukehren, um dem «normalen» Leben noch eine Chance zu geben. Wie auch immer sie in diese Situation kamen: Keine Frau überstand diese Erfahrung unversehrt, jede litt in unterschiedlichem Ausmaß unter der Behandlung im Frauenhaus, unter der Verurteilung durch ihre Familie, der Trauer und dem Trauma der vor- und nachgeburtlichen Erfahrungen sowie der Geburt selbst, die stets unter Aufsicht zutiefst missbilligender Schwestern und Ärzte stattfand, und schließlich der herzzerreißenden Qual, das eigene Baby Fremden übergeben zu müssen. Nach alldem kehrten sie mit der Erinnerung an ihr fortgegebenes Baby in ihr Leben zurück, oft, ohne jemals wieder darüber sprechen zu dürfen.

Diese Frauenhäuser existierten noch bis Ende der sechziger Jahre, bis durch die sich verändernden Moralvorstellungen kaum noch Bedarf an ihnen bestand, auch wenn alleinstehende Mütter noch bis weit in die achtziger Jahre hinein stigmatisiert, verurteilt und schlecht behandelt wurden.

Mit dem *Children Act* von 1975 war es Adoptivkindern in England und Wales erstmals möglich, Einsicht in ihre Geburts- und Adoptionsurkunden zu nehmen, vorausgesetzt, sie stimmten einer Beratung zu, aber erst mit dem *Adoption and Children Act* von 2002 waren auch Mütter berechtigt und in der Lage, die Spur ihrer fortgegebenen Babys aufzunehmen. In vielen Fällen war die Verbindung zwischen diesen Müttern und ihren Kindern für immer abgebrochen, insbesondere wenn es sich um eine private Adoption handelte oder das Kind an eine dritte Partei gegeben worden war, denn erst in den frühen achtziger Jahren traten neue Adoptionsgesetze in Kraft, die den Prozess formalisierten und legalisierten.

Von den vielen Büchern, die ich über die Themen Frauen in den fünfziger Jahren, uneheliche Kinder und Adoption gelesen habe, waren einige besonders hilfreich. Alle, die mehr über diese schwierigen und schmerzhaften Aspekte dieses Jahrzehnts wissen möchten und des Englischen mächtig sind, können Jane Robinsons *In the Family Way* und Sue Elliotts *Love Child*, Sheila Toffields *The Unmarried Mother*, *My Secret Sister* von Helen Edwards und Jenny Lee Smith,

Modern Motherhood von Angela Davis, *British Society since 1945* von Arthur Marwick, *A 1950s Childhood* von Paul Feeney und *Sixty Years a Nurse* von Mary Hazard lesen. Dies sind nur einige Titel, die mir dabei geholfen haben, ein historisches Bild der Umstände und Probleme zu zeichnen, denen sich Elizabeth Holloway ausgesetzt sah. Ganz ohne dichterische Freiheit ging es allerdings nicht: Alle Figuren sind frei erfunden. Die Wohltätigen Schwestern und das All Saints Hospital basieren zwar auf verschiedenen Institutionen, die es tatsächlich gab, sind aber dennoch das Ergebnis meiner Phantasie. Die geographischen Gegebenheiten habe ich zwar weitgehend respektiert, Porthallow und Tideford Cross, Brimley und Hartland gibt es jedoch nicht.

Wie sich die Geschichte des 20. Jahrhunderts, die wir aus Schulbüchern kennen, in Familiengeschichten niederschlägt, hat mich schon immer fasziniert. Betrachten wir Familiengeheimnisse und schicksalhafte Entscheidungen in unseren Familien vor dem komplexen Hintergrund eines vergangenen Alltagslebens, das sich sehr von unserem unterschied, sieht man die Dinge in einem anderen Licht. Und doch kämpft jede Generation mit moralischen Schwierigkeiten, die auf erstaunliche Weise zeitlos sind und vor denen die meisten von uns im Laufe ihres Lebens einmal stehen.

In Buchform und auf Webseiten, die sich der Zusammenführung von Familien widmen, gibt es unzählige persönliche Geschichten, die sich mit der oft schmerzhaften Suche von Müttern nach ihren Kindern und umgekehrt befassen, mit über Generationen aufrechterhaltenen Geheimnissen, mit

Ungewissheit und Sehnsucht, im Falle des Erfolges abgelöst durch die schwierige Aufgabe, sich viel zu spät kennenzulernen – oder dem Entschluss, den weiteren Weg nicht gemeinsam zu gehen.

In *Zeit der Schwalben* verändert sich das Leben von Elizabeth, Addie und Phoebe durch die Ereignisse jener Nacht im Februar 1960 für immer. Was sie erleben und was sie lernen, ist so unterschiedlich wie die Geschichten aus dem echten Leben, die mal erschütternd sind und mal erhebend.

Diese drei Frauen zeigen in ihrem begrenzten fiktiven Universum, wie weitreichend und verheerend das Erbe erzwungener Trennungen von Mutter und Kind tatsächlich ist.

Dank

Um ein Kind aufzuziehen, braucht es ein ganzes Dorf, um ein Buch auf die Welt zu bringen, braucht man mindestens genauso viele Menschen, und ich bin unendlich dankbar für die erstaunliche Unterstützung, die ich beim Schreiben meines ersten Romans erhalten habe.

Besonders danken möchte ich meiner Lektorin Marion Donaldson, die immer nur einen Anruf entfernt war, für ihre vielen weisen Worte – und dafür, dass sie meinen Traum wahr gemacht hat. Ich danke dem großartigen Team von Headline, das mich in die Headline-Familie aufgenommen hat, und meiner wunderbaren Agentin Caroline Hardman. «Zeit der Schwalben» hat bei Wunderlich ein perfektes Zuhause gefunden, und ich freue mich insbesondere über die immer fröhliche und tatkräftige Unterstützung von Katharina Naumann und die wunderbare Übersetzung von Nicole Seifert.

Ein dickes Dankeschön geht an Jenny, dank deren Hilfe die Geschichte überlebt hat, und an Frances, die nicht zugelassen hat, dass ich aufgebe. Ich danke Maresa für die Inspiration und Rebecca und Hannah für tolle Mittagessen und viele nette Worte.

Von Herzen danke ich, wie immer, meiner Familie. Meinen Eltern, die schon immer an mich geglaubt haben und meine treuesten und frühesten Leser sind. Meinen beiden wunderbaren Jungen, die mich schon lange, bevor dieses Buch Gestalt annahm, als «meine Mutter, die Schriftstellerin» vorgestellt haben und mich sowieso unendlich stolz machen. Und schließlich meinem Mann Paul, ohne den überhaupt gar nichts ginge. Ihm widme ich dieses Buch ganz besonders, in Liebe.

Weitere Titel von Nikola Scott

Das Leuchten jenes Sommers

Zeit der Schwalben

MIX
Papier aus verantwortungsvollen Quellen
FSC® C083411

Das für dieses Buch verwendete Papier ist FSC®-zertifiziert.